문학이라는 신세계

이근화 李謹華 , Lee Geun-hwa

1976년 서울 출생. 단국대 국문과와 고려대 국문과 대학원 졸업. 「정지용 시 연구」로 석사학위를, 「1930년대 시에 나타난 식민지 조선어의 위상」으로 박사학위를 받았다. 저서로 『근대적 시어의 탄생과 조선어의 위상』이 있다. 고려대학교 한국학연구소, 영남대학교 인문과학연구소를 거쳐 현재 숭실대학교와 서울과학기술대학교에 출강하여 학생들을 가르치고 있다. 월간 『현대문학』 편집자문위원으로 활동하고 있다.

문학이라는 신세계

초판인쇄 2021년 8월 25일 **초판발행** 2021년 8월 30일

지은이 이근화 **펴낸이** 박성모 **펴낸곳** 소명출판 **출판등록** 제13-522호

주소 서울시 서초구 서초중앙로6길 15, 2층

전화 02-585-7840 **팩스** 02-585-7848

전자우편 somyungbooks@daum.net **홈페이지** www.somyong.co.kr

값 30,000원 ⓒ 이근화, 2021

ISBN 979-11-5905-575-1 93810

문학이라는 신세계

이근화 지음

THE MORDEN LITERATURE
AS A NEW WORLD

문학을 공부하면서 내가 이끌렸던 부분은 혼종성과 번역이었다. 이렇게 책을 묶고 나서야 어렴풋한 관심을 분명한 형태로 알게 되었다. 이해하기 어려운 글들은 여전히 내게 매력적으로 다가온다. 미지의 것을 더듬는 글쓰기 작업이 우리에게 새로운 세계를 선사해주는 것이 아닐까 생각해 보게 된다.

1부에는 공동 프로젝트를 수행하며 쓴 글들을 모았다. 근대 잡지에 수록된 문학 텍스트를 조사, 정리하고 입력하는 지난한 작업을 수행하는 일이었다. 내가 주목했던 잡지는 아동 문예지 『별나라』와 종교지 『가톨릭청년』이었다. 잡지를 살핀다는 것은 그것이 출간된 시대의 독자와 필자의 호흡을 상상하는 일이다. 프로 문학을 지향하던 작가들의 실험 의식과 예정된 실패를 보여주었던 별나라를 통해서 근대 초기 문학의 흐름을 읽을 수 있었다. 한국 서정시의 초월성은 상당 부분 종교적 색채를 드러내고 있는 듯이 보인다. 『가톨릭청년』에 드러난 계몽주의는 비단 종교 활동으로만 한정지을 수 없는 시대적 요구가 포함되어 있으며 이를 문학적 양식과 결합하는 일련의 성과를 보여주었다. 『문장』은 조선문학의 큰 흐름을 형성하였던 주요 잡지로 여러 동료들과 함께 강독을 이어나갔다. 굵직한 담론이야 '전통'과 '민족주의'에 있었지만, 나는 질병과 신체 모티프에 주목하여 근대적 스타일의 한 경향성을 잡아보려 시도하였다. 병에 대한 독특한 감각과 문학적 발현이 근대적 표상으로 자리잡아 가기 시작하는 면모를 드러내고자 하였다. 여성잡지 연구는 개인 연구를 통해 이어갔다. 이 책에 실린 글은 여성잡지의 전반적인 실태와 양상을 밝히는 개괄적 성격의 글이다. 앞으로는 개별 잡지와 작가 연구를 계획하고 있다. 특히 '여성'과 사회주의 운동의 결합 양상에 주목하고 있다. 노동 계층의 해방에 여성 문제가 어떻게 개입되었는가를 살핀다면 불평등한 자본주의 사회의 이면에 대한 비판의 지점을 효과적으로 드러낼 수 있지 않을까 하는 생각을 해보게 된다.

2부에서는 번역과 시 창작의 문제를 주로 이하윤, 정지용, 백석 시인의 작품과 문학 활동을 통해 다루었다. 이하윤은 외국시를 번역하면서도 전통 시형을 강조했으며, 노랫말 가요시를 쓰면서도 창작시 영역을 따로 구상하였다. 번역과 창작, 전통 시형과 새로운 형식의 구상은 언뜻 달라 보이지만 그렇게 뚜렷하게 대별되는 영역이라고 하기는 어려워 보인다. 근대적 글쓰기는 그렇게 서로 다른 것처럼 보이는 것들의 영향 관계를 통해 성립한다. 정지용 역시 내용과 형식면에서 모더니즘과 전통 시형 사이의 다양한 고민과 방황을 드러내고 있다. 그런 시적 편차 자체가 조선문학의 특성이라고 할 수 있을 것이다. 해방 전후라는 시기 구분을 놓고 보면 더 뚜렷하게 보이지만 각 시기가 전혀 다른 세계로 설명되는 것은 아니다. 번역과 창작 사이 한 인간의 고뇌와 실험은 조선어 시의 근대성과 서정성의 확립이라는 길로 수렴된다고 보아야 할 것이다. 백석이야말로 넓은 의미에서 번역 그 자체를 시 창작의 근간으로 삼았다고 볼 수 있다. 고유명사를 효과적으로 활용하였는데, 번역 불가능성을 시적 가능성의 영역으로 옮겨놓은 작품들이 많다. 백석 시에서 기억은 구체적 감각의 언어라는 새로운 호흡을 얻었다. 조선의 자연과 사물은 가장 전통적이면서도 모던하다는 의미에서 그의 작품에서 개성적으로 되살아나고 있다. 백석 시의 호명을 통해 조선어는 근대화 과정을 온전하게 겪어낼 수 있게 되었다.

3부에 수록된 글들은 1930년대 시어의 양상에 주목하여 쓰여졌다. 시어의 특별한 지위는 그것이 예외적 언어이기 때문에 발생하는 것이 아니라 혼종적인 양상을 띠는 역동성에 기반하여 새로운 지위가 확립된다고 생각하였다. 시가 될 만한 특정 범주의 언어를 찾는 일은 무용하다. 오히려 비시적인 언어의 유입과 활용을 통해 시는 다른 세계를 보여줄 수 있었다. 김기림 연구는 시도할 때마다 여러 난관에 부딪혔다. 문학론과 시론, 기타 평론의 성과에 비해 시가 주는 감동의 영역이 적다는 것에 대부분의 연구자들이 합의하고 있는 것처럼 보였다. 그의 애씀에 비해 간신히 시적으로 느껴지는 어떤 작품들을 보면 그렇기는 하다. 여러 시어의 혼재 양상을 통해 살펴볼 수 있는 김기림의 실험 의식과 그 개방성이야말로 근대적 에스프리를 보여준다고 생각하였다. '북쪽'이라는 방향 감각은 정치적으로나 역사적으로 왜곡되었지만 백석과 이용악의 시를 통해 살펴본 북방이라는 표상은 훨씬 더 다양하고 근원적인 정서를 포함하고 있었다. 이용악 시에 나타난 다양한 반복은 기억을 복원하는 과정이라 할 수 있다. 상실의 감정을 치유하는 언어가 발생하는 자리를 확인할 수 있었다.

4부에서는 정지용 관련 연구를 모았다. '유리창' 시편에 대한 해석을 위해 일본어 창작시, 영문 번역시와 비교하였고, 휘트먼 시와 정지용의 작품을 비교하며 정지용 시의 이미지와 상징을 살펴보았다. 일본어 시와 산문들을 통해 식민지 조선의 지식인으로서 정지용의 내면적 갈등과 시대적 상황들을 살필 수 있었다. 여러 산문과 시편들을 통해 시적 감각이라는 것이 단순히 상상력에만 의존하지 않는다는 사실을 발견할 수 있었다. 감각이 어떻게 만들어지고 조율되는지 시어를 기반으로 재구성해 보았다. 모국어를 배제하고 글을 쓰는 이중언어 작가들만의 깊은 고뇌에 언제나 경외감을 갖고 있다. 식민지 지식인들의 대부분이 이러한 모순적 경험으로부터 글쓰기를 이어나갔다. 억압과 배제, 통섭과 지향이 얽히는 과정 속에서 우리 문학은 새로운 감수성을 개발하였다. 정지용 전집이 새로 발간되는 시점에서 정지용 연구의 범위와 가능성을 다시 살펴보기도 하였다.

5부에 수록된 글들은 김수영 시에 관한 것들인데 시간 편차가 있고 방법론 역시 달라서 산만한 감이 있지만 오랫동안 김수영 시를 펼쳐 놓고 여러 고민을 늘어놓았던 흔적이라는 점에서 개인적으로는 특별한 느낌을 갖게 한다. 제일 먼저 관념성을 타파하는 시의 방식에 매료되었다. 김수영이 눈치 보지 않고, 재지 않고 썼던 과감한 진술은 시적 해방감을 맛보게 한다. 김수영 시어 가운데 관념어와 조어, 한자어 등을 중점적으로 살펴보았다. 한편 자기 자신을 억압하는 기제들과 맞서 싸우는 시적 용기도 대단하게 생각되었다. '그림자'와 '적'을 수용하는 시적 통합의 방식에 대해 알게 되었다. 김수영 사전 작업을 진행하던 시간들은 각별한 의미를 갖는다. 낱낱의 시어를 뜯어보다가도 다시 그것을 수합하여 김수영 시만이 갖는 특별함을 산출하기 위해 애썼다. 한자어와 조어의 양상에 주목하여 김수영 시가 갖는 언어적 특수성을 해명하기 위해 시도하였다.

뚜렷하게 아는 즐거움도 크지만 모르고 가는 용기도 글쓰기와 인생살이에 중요하다는 것을 깨닫게 되었다. 어느 덧 나이듦에 관해 새로이 배워야 하는 시기에 접어들었는데 이때조차도 기괴한 언어가, 비통의 글쓰기가 나를 이끈다. 가족들에게, 동료들과 선후배님들에게, 선생님들께 감사의 마음을 전한다. 깜깜한 허영과 빛나는 거짓말 속에서도 믿음이 사람을 성장시킨다는 것을 보여주셨다. 가난과 질병, 차별과 폭력, 전쟁과 재난으로 인간의 세계가 요동치고 있을 때에도 미지의 글쓰기가 계속되고 있으니 그것을 문학이라고 하는 편이 낫겠다. 미래는 시간으로 정향되는 것이 아니라 행위와 움직임으로 실현되는 것이라고 믿는다. 그래서 더욱 읽고 생각하고 반성하고 쓰는 행위를 멈춰서는 안 될 것이다. 글쓰기는 일정한 태도를 만들어낸다. 어설픈 나의 자세들을 다듬고 아울러 주신 소명출판과 편집부에 감사드린다.

2021년 봄
이근화

차례

4부 정지용 시 연구

1부

문학이라는 신세계

제1장

『별나라』소재
아동 문예물의 이면과 전략

1. 『별나라』 개관 및 연구사 검토

『별나라』는 1926년 6월 창간하여 1935년 2월 폐간까지 80호가 발행된 아동문예지다.[1] 안준식, 박세영이 주간을 맡았으며 이기영, 송영, 박아지, 손풍산, 윤곤강, 임화, 엄흥섭, 김해강, 염근수, 이동규 등이 주요 필진이었다. 이상의 필진에서 드러나듯이 『별나라』에는 사회주의적 계급의식을 반영한 작품들이 많이 게재되었을 것으로 추측할 수 있다.[2] "가난한 동무를 위하야 갑싼 잡지로 나오자 이것이 처음의 우리들의 부르지즌 막연한 표방(슬로간)이엿든 것이다"[3]를 비롯하여 "조선의 무산 아동을 위하여"라는 슬로건을 쉽게 찾아볼 수 있다.[4] '수염 난 총각'[5]이라는 비유는 잡지의 이러한 성격을 잘 말해준다. 그러나 『별나라』가 처

---

1   창간과 종간에 대해서는 이견이 있다. 이에 대해서는 류덕제, 「『별나라』와 계급주의 아동문학의 의미」, 『국어교육연구』 46, 국어교육학회, 2010, 각주 2 참조.
2   이응백 · 김원경 · 김선풍 감수, 『국어국문학자료사전』 상, 한국사전연구사, 1994 참조.
3   「별나라 6년 약사」, 『별나라』(창간 5주년 기념호), 1931.6.
4   엄흥섭, 「별나라 거러온 길」, 『별나라』 6-6(해방속간), 1945.12.
5   송완순, 「조선아동문학시론」, 『신세대』, 1946.5, 83~84면.

음부터 계급주의적 성향을 가지고 있었던 것은 아니다.[6] 1930년대 초 카프 계열의 필진들이 편집에 참여하면서 계급주의적 성향이 강해졌던 것으로 보인다. 박세영이나 엄흥섭이 발간 시기를 구분하는 것도 조선 문예 운동의 흐름 속에서 『별나라』가 변화해갔다는 사실을 보여준다. 신현득의 회고에서도 『별나라』가 초기에는 프로문학적 성격을 갖고 있지 않았으며, 1920년대 말부터 그러한 성격이 강화되었다고 말하고 있다.[7] 그렇다 하더라도 최종적으로 사회주의 이념을 농민, 노동자 계급의 어린이들에게 교육하고자 하는 계몽적 성격은 이 잡지를 이끌어가는 주요 동력으로 작용하였다.[8]

『별나라』는 '계급주의 아동문학'의 성격을 보여주는 잡지로 문학사에서 부분적으로 언급되고 있을 뿐 문학 연구에서 본격적으로 다루어지지 않았다. 앞에서 언급한 바와 같이 『별나라』의 이념성 때문이며 이는 자료 접근의 어려움으로 나타난다. 『별나라』는 개인 소장자, 대학 도서관 및 국립 중앙도서관, 어린이청소년 도서관, 국회도서관 등에 흩어져 있으며, 이를 모두 수합한다 해도 결호가 많다. 최근에 영인본으로 제작되어 1930년대 발간된 『별나라』를 보다 쉽게 접근할 수 있게 되었다.[9]

---

6   원종찬은 최근 연구 발표를 통해 1920년대 『별나라』 수록 아동문예물은 '동심 천사주의'에 가깝다고 말한 바 있다. 1930년대 『별나라』의 '사회주의적 계급주의'만을 강조하는 문학사적 시각은 "사상적 차이를 지나치게 부각"시키는 문학사적 관점에 의한 것이라고 비판하고 있다. 원종찬, 「1920년대 『별나라』의 위상 – 남북한 주류의 아동문학사 인식 비판」, 『한국아동문학연구』 23, 한국아동문학학회, 2012, 65~104면.

7   신현득, 「『신소년』・『별나라』회고」, 『아동문학평론』 31-2, 한국아동문학연구원, 2006, 197~198면.

8   박영기, 「일제강점기 아동문예지 『별나라』 연구」, 『문학교육학』 33, 한국문학교육학회, 2010.

9   원종찬 편, 『별나라』 1~4, 역락, 2010. 이 영인본은 5권 5호(1930.6)부터 10권 3호(1935.2)까지 수록하고 있다. 박영기는 1920년대 판본까지 연구 대상으로 삼고 있다.

아동물만을 게재하고 있다는 인상도 연구에서 제외되는 데 한몫을 하고 있다. 소년시, 소년소설, 유년소설, 과학소설, 유년극, 아동극 등의 장르로 많은 문예물이 발표되었다. 그러나 『별나라』는 아동물이 아닌 문학텍스트를 다수 수록하고 있을 뿐만 아니라 기존 문학사 연구에 언급되지 않은 발굴작을 포함하고 있어 꼼꼼하게 살펴볼 가치가 있다. 아동을 대상으로 한 사회주의 이념의 보급이라는 교육적 기능을 가진 잡지였지만 근대적 성격의 리얼리즘 문학의 수립을 향한 작가들의 문학적 고민을 『별나라』의 문예물을 통해 살펴볼 수 있을 것이다. '아동(어린이)'이라는 근대적 관념에서 벗어나 조선의 현실에 처한 '아동'의 모습을 사실적으로 드러내고 있다는 점은 이 잡지의 독특한 면이라고 할 수 있다. 즉 『어린이』의 방정환'은 널리 알려져 있지만 『별나라』의 송영, 박세영'은 잘 모르는 경우가 많다. 『어린이』를 위시한 방정환의 아동문학이 천사주의, 감상주의, 반¥종교주의적 성격을 가지고 있다는 비판(박세영, 송완순)은 '어린이'를 '천사'로 보는 관념에서 벗어나 현실적인 아동관을 정착시키려는 움직임으로 이해할 수 있다.

지금까지 『별나라』에 대한 개별 연구는 그리 많지 않다. 『아동문학개론』에 부분적으로 언급되어 있는 것이 초기의 연구에 해당되며,[10] 『한국잡지백년사』에는 『별나라』 발행 초기 최남선이 쓴 「조선사람은 우뚝」이라는 연재물을 소개하고 있다.[11] 신현득의 회고록이 있는데 『별나라』의 초기 성격과 필진, 몇몇 작품 등을 소개하였다.[12] 박태일은 경남

---

10 이재철, 『아동문학개론』, 일지사, 1978, 120면.
11 최덕교, 『한국잡지백년사』, 현암사, 2004, 260~261면.
12 신현득, 앞의 글.

지역 문인들의 계급주의 시문학, 아동문학 관련 제반 사항을 연구하면서 『별나라』를 언급하고 있다. 특히 카프 해산 이후 경남 문인들의 활동 상황과 『별나라』의 매체 투쟁과 응집력에 초점을 맞추고 있다. 카프 일세대의 퇴조와 검거로 계급시단의 실천적 공백을 경남 지역의 계급 시인들이 아동문학으로 훌륭하게 메울 수 있었다고 말한다.[13] 그러나 위에서 언급한 내용들은 『별나라』에 대한 본격적인 연구는 아니다. 2010년에 이르러 개별 잡지에 대한 연구가 시작되었다. 류덕제는 계급주의 아동문예지로서 『별나라』의 성격과 방향 전환의 면모에 초점을 맞추어 창간호와 종간호 점검, 창간 관련 글과 해방 속간 취지, 『어린이』와의 비교, 검열 문제를 상세히 다루고 있으며, 『별나라』를 위시한 문화 행사 등 잡지 안팎의 사건까지 두루 살피고 있다. 박영기는 『별나라』에서 카프 문인들의 활약상과 벽소설·영화소설 및 아동극의 장르 의식을 살피고, 송영과 임화의 업적을 면밀히 검토하고 있다. 특히 『별나라』와 일본의 『赤い星』의 관계를 살핌으로써 잡지 제명과 초창기 편집 의도를 읽고자 하였다.

이상에서 살펴본 『별나라』의 특징을 정리하면 다음과 같다. ① 필진에는 다수의 아마추어 작가들이 포함되어 있으나 10년간 발행된 전국적 규모의 아동문예지로서 당시 상당수의 독자층을 보유하고 있었다. ② 카프 계열의 문인들이 편집을 맡았으며 계급주의적 성격을 띠는 작품이 수록되었지만 이는 초창기부터 폐간까지 일관된 특성은 아니며

---

13 박태일, 「경남지역 계급주의 시문학 연구」, 『어문학』 80, 한국어문학회, 2003, 291~327면; 박태일, 「나라잃은시기 아동잡지로 본 경남·부산지역 아동문학」, 『한국문학논총』 37, 한국문학회, 2004, 149~200면.

시기별로 다소 변화된 경향이 있다. ③ 계급주의 성격과 관련하여 해방 이후 잡지가 훼손·폐기되었을 가능성이 많다. 지금은 각급 대학 도서관과 국공립 도서관에 산재되어 있으며, 일부는 개인 소장자가 보관하고 있다. 『별나라』 영인본이 발간되었으나 전권 전호를 수록하지 못하였다. ④ 이념적, 지역적 배타성이 발견되지만 당시 문예 운동과 결합되어 있어 조선 사회의 다양한 국면과 리얼리즘 문학의 지향을 고스란히 담고 있다. ⑤ 현실주의적 아동 개념에 접근한 면모를 찾아볼 수 있다. 조선 사회 아동들의 생활 모습을 객관적으로 형상화하려고 시도하였다. ⑥ 문인들의 시집 및 전집에 수록되지 않은 작품을 다수 포함하고 있어 연구 가치가 높다. 이 연구는 이러한 기본적인 특성들을 개별 작품을 통해 확인해보고 문학적 주체 설정의 세세한 국면을 살펴봄으로써 당대 조선 사회에서 『별나라』가 가지고 있었던 계급주의 아동문예지로서의 성격을 밝히고, 당대 리얼리즘 문학의 방향성을 재구해 보도록 하겠다. 이는 프로문학의 퇴조 이후 리얼리즘 문학의 도식성과 한계를 넘어서기 위해 문인들이 어떤 노력을 기울였으며, 프로 작가들이 구상한 새로운 문학의 형식은 어떠한 것이었는가에 대한 고찰이라고 할 수 있다. 이는 박아지나 박세영, 임화 등의 개인의 노력만으로 다 살필 수 없는 영역이라고 할 수 있다. 한상운, 김해강, 엄흥섭, 손풍산, 윤곤강, 안준식의 작품들이 주요한 참조점이 될 것이다.

2. 프로문학과 아동 주체의 결합

『별나라』에는 박영희의 「맑스는 누구인가?」, 권환의 「소년 유물론」등
계급주의적 목적성이 뚜렷한 일련의 글들이 상당수 발표되었다.[14] 특
히 "뿌르조와들이 배부르고 한가한 남아지에 흥이 겨워 '달이 밝다 꽃
이 아름답다' 하는 한가한 노래를 부르고 잇슬 것인가?"[15]라고 한 것을
보면 순문학의 미의식을 적극적으로 문제 삼고 있다는 것을 알 수 있다.
1920년대 후반 프로 문학 검거 및 전향 이후의 위축된 분위기와 1930
년대 출판 검열의 강화 및 조선어 탄압 등의 문화주의 정책 속에서 일
련의 작가들은 문학적 방향 탐색이 필요했을 것이라 추측할 수 있다. 프
로문학의 이상을 드러내는 작품들이 여전히 창작되었으며 이를 발표할
지면이 필요했다면 아동문예지는 아주 적절할 매체였던 것으로 보인다.
계급성과 미의식을 결합하여 소년 소녀들을 계몽한다는 방향 전환을
통해 그들의 사상성을 견지할 수 있었기 때문이다. 『별나라』 소재 계급
주의적 성격을 띠고 있는 시들이 농민 노동자 계층의 문제를 아동 주체
와 결합하여 다루고 있는 것은 우연이 아니다. 임화가 「우리 옵바와 화
로」, 「네거리의 順伊」, 「우산받은 '요꼬하마'의 부두」 등을 발표한 것이
1929년이고, 『별나라』에 평론을 발표한 것은 1930년대 초중반이다.[16]
1930년대 전후 『별나라』 소재 다수의 산문시를 고려해볼 때 아동의 목

---

14 두 글은 『별나라』 5-10(1930.11)에 발표되었다.

15 이고월, 「반동작품 청산하자」, 『별나라』 6-4, 1931.5.

16 임화, 「자장자장」(수필), 『별나라』 5-6, 1930.7; 「舞臺는이럿케裝置하자 – 照明과化粧
까지」(평론), 『별나라』 5-2, 1931.3; 「우리 동무」(시), 『별나라』 7-1(목차상 확인. 발간
년도 확인 어려움); 「兒童文學問題에 關한 二三의 私見」(평론), 『별나라』 9-2, 1934.2
등을 확인할 수 있다.

소리로 서사시를 쓴 것이 임화의 독자적인 작품 세계라고 할 수는 없을 것이다.

①

二

아저씨들!

작연가을 이곳에서 일어나 그사건이라면 잘아시겟지요

그쌔××에서 일하든 우리들의옵바는 모다 그곳에 가지안엇슴니가?

그사건을 일으킬때에 우리의아버지들은 몹시도 반대하엿슴니다

그러케권고하고 일너듸릿것만 ××에도 들지안코

젊은놈들이 몹쓸일을 저즐인다고 몹시도 반대하엿슴니다

　　　×　　　×

그때에 우리어린동무들은 밤마다 ××에 모여서

우리옵바들의 □□으로 일너주는답을 들엇슴니다

그래서 우리들은 ××에서 하는일이 얼마나올흔일인줄을 개다랏슴니다

굴세 생각하여 보세요

작연갓치 가물과수해가 거듭처서 거둘것이란 것이업게된 세월이 언제잇섯슴닛가?

거든곡식을 모다바처도 반이나 자라지못할 소작료를 엇더케 갑흘수 잇겟슴닛가?

그래서 지은곡식만 원통밧치고 나머지는 그감하여달나는것이엇지요

그러나 욕심쟁이 그영감은 그것을듯지안엇슴니다

이러하야 그사건은 일어낫든것임니다

三

작연초겨울 눈이부신부신 나리는 날이엇습니다

그날은 일요일이여서 우리들모?? 학교에가지안코 ××에모와서

옵바들의 그무시무시한 의론을듯고잇섯습니다

그런데 석양이 갓가윗슬째 마을의개들이요란이지젓습니다

        ×

— 박아지, 「少女林順의 레포」[17]

②

멀니간 순희야! 가을밤이면 생각나는구나!

　이밤도 너와놀든옛날과변함업시 둥근달은 창틈으로 고히빗치여 오고, 뜰
아래 귀쓰람이소리와 멀니서다듬이소리가 처량하게들녀오는데 너는멀니
아지못하는곳으로떠나버리고, 영애마저죽엄의나라로가고 이제는친한동무
가하나도업스니 놀내야놀지도못하고 해마다가을철만되면동무생각에잠못
이루고 엣날생각에잠못이루고옛날생각에외로히울고만잇단다 영애는죽엄
의나라로 나까지너조차왜써난이후 일년동안이나소식업느냐? 너잇는곳이
나 이옛날의동무의게 알니여주렴우나.

　九, 九, 二〇江景鄭泰元兄에게

— 한상운, 「順嬉(야)」[18]

　①에서 인용한 박아지의 시는 소작 쟁의를 둘러 싼 사건들을 형상화하

---

17 『별나라』 6-7, 1931.9, 14~16면.
18 『별나라』 10-2, 1934.12, 20~21면.

고 있는 작품이다. 사건에 대한 회고와 현재의 모습이 주를 이루고 있으며 '우리들의 옵바'가 벌인 투쟁의 정당성을 '어린 동무들'과 '우리 아버지들'의 모습을 통해 피력하고 있다. 구체적인 소녀의 이름 '임순'을 거론하고 있는 이 작품은 제목에서 드러나는 바와 같이 한 편의 '레포レボ, report'라고 할 수 있다. 그 지향성과 방향이 비교적 뚜렷하다. "새희망을 심을봄은 왓"으나 밭을 갈지도 씨를 심지도 못하는 상황 속에서 그 이유를 추적하는 가운데 사건의 전모가 드러난다. 거둘 것이 부족하여 세를 감해달라는 청원을 끝까지 들어주지 않는 지주들의 횡포와 먹을 것이 부족한 가난 속에서 고통 받는 소작농의 삶은 겨울에 더 혹독하다. "그 무시무시한 의론" 때문에 청년들은 잡혀가고 마을 사람들은 크게 낙망한다. 울화 속에서도 청년들의 노력이 헛되이 되지 않기 위해 다시 힘을 내고 맹세하는 장면이 나오지만 아직은 어떤 희망의 메시지도 전할 수 없다. 하지만 사건의 전모와 현재 상황을 '우리 어린 동무'의 목소리로 전함으로써 사건 보도의 적실성은 강화된다. 수많은 누이들 앞에 놓인 고통스러운 삶의 모습 앞에서 계급의식은 고취되기 마련이다.

②는 한상운의 작품으로 '순희'를 향한 편지글 형식이다. ①과 마찬가지로 가난한 농촌을 배경으로 하고 있지만 구체적인 사건을 배경으로 한 것은 아니다. 작품 말미에 인명을 거론하며 헌시임을 표기하고 있지만 실제적 정황을 드러내기 보다는 이별의 정조만이 강조되고 있다. 계급의식의 고취보다는 서정성이 강화된 창작 형태를 보여주고 있어 똑같이 아동 주체를 내세우고 있지만 ①과는 대조적으로 읽힌다. 단짝 친구들을 하나하나 잃고 찬 가을밤에 그들을 그리는 모습을 보여준다. 지금은 다 허물어지고 자취조차 찾을 수 없지만 '그 옛날'에는 지금과 같

지 않았다. 과거와 현재의 격절이 원망과 한탄의 중심을 이룬다. '다듬이질 소리' 들리던 과거의 가을밤은 시간적으로도 다시 돌아올 수 없는 과거지만, 영애와 순희가 없는 현재의 시간 역시 그 때의 행복을 되찾을 수 없게 하는 요인으로 작용한다. 변함없이 뜨는 '둥근 달'만이 그 격절을 비추고 있다.

위의 두 작품은 '林順', '順嬉'라는 고유명사의 활용과 호명의 방식을 통해 상황의 구체성과 실제성을 부여하고 있다. 가난한 농촌 마을을 배경으로 벌어졌던 일련의 사건과 고통 받는 삶을 형상화하는데 아동문학 주체를 설정함으로써 현실을 고발하려는 의도를 분명히 하고 있다. 여기에 '저녁 석양', '가을 달밤'은 미적 거리를 유지하는데 활용되는 최소한의 표현이다. 고단한 현실을 형상화하고 고통을 상쇄해줄 미적 언어의 발견은 리얼리즘 시에서 그다지 중요한 것은 아니었다. 문학 안팎의 대상을 위무하고 현실을 치유하고자 하는 의지로부터 이러한 문학적 형식은 발원하였으며, 이는 아동문예지 『별나라』의 목소리이기도 했다. 『별나라』 소재 많은 작품들이 대도시 공장으로 일하러 간 '누나'를 형상화하고 있는 것도 비극적 상황을 통해 노동자들의 계급의식을 고취하려는 문학적 시도와 관련이 있어 보인다.

③
아아 어찌 알엇겟서요 우리누나— 공장에간 우리누나가
반년도 못되어 낫지도못할 병에 걸려 돌아오줄을
'이애야 어쩌자고 이러케 병들어 왓느냐?
내가 병들어 늘고말지 너 알흔 꼴을어찌 본단말이냐?'

이러케 늙은 어메니 누나의손을 붓들고 울고즈질째

말업시 다물입 힘업시 쓰는 누나의눈에 눈물이 팽 고엿드라우

하디니 어봐요 우리누나- 공장에간우리누나-

하루아츰 스러지는 예수처럼 니버이문을 써나고말엇구려!

오늘도 내 진달래꽃을싸서 누나뫼에 쌕려줄쎄

어머닌 어푸러진채 쌍을치며 우시는구려!

아아 누나의 한 자동차- 호강스럽게 써나든 그적이

아즉도 눈에 선-하것만- 누나의 얼굴 어찌 다시는 볼수잇슬가요?

　　　　一九三〇年 두견이우든봄ㅅ밤

　　　　　　　　 ― 김해강, 「아아누나의얼굴다시볼수업슬가?」[19]

④

그런데 누나!

이웃집 목남의누나 수철의누나가

실켜는 공장에 쏩혀가고

누나도 할수업시 갓치가실 때

어머니는 얼마나 우섯슴닛가?

누나도 울고 나도 울고

우리들은 눈물로 그봄을보내엿지요

---

19 『별나라』 5-5, 1930.6, 10~11면.

누나!

한철에 한번식 오시마드니

한해가 지나고 외안오서요?

누으섯든 어머니는 일어낫스나

누나 생각에 눈물진다오

눈은 펄펄 나려싸이고

바람은 사정업시 모라칩니다

설도 몃칠이 안남엇는데

누나 그래 한번도 안오시려오?

— 박일(박아지), 「故鄉을써난누나여!」[20]

③에서 인용한 김해강 시는 파괴된 농촌 사회의 모습을 실감할 수 있게
해주는 작품이다. 가족이나 친구와의 이별, 농촌에서 도시로의 이향, 빈
민과 노동자의 병과 죽음은 식민지 조선 사회의 곳곳에 만연한 사회 현
상이었을 것으로 보인다. 그 삶의 국면들을 전하는 특별한 방식으로서
아동의 목소리로 슬픔과 고통을 담고 있다. 박아지의 작품 ②도 마찬가
지다. 이웃의 모든 누나들이 모두 고향을 떠나 도시의 공장으로 일하러
가서 병들거나 죽어 돌아온다. 봄이 오지만 농사를 짓는 것 역시 쉽지 않
아 형제자매들과 부모의 처지는 더욱 곤궁해진다. 눈과 바람은 그들 삶
의 고통을 세차게 몰아치는 사회적 횡포이며 눈물 흘리는 동생들과 병
든 어머니만이 외롭게 고향 땅을 지키고 있다. 이들 작품에서 문학적 주

---

20 『별나라』 9-1, 1934.1, 46~47면.

체는 아동이며 아동의 시선으로 그려진 비극성은 더 강조되기 마련이다. 표면적으로 보자면 화자로서 '아동'은 사물이나 인물 간의 조응 능력이 예민하고 그것을 서술하는 언어가 보다 직접적이기 때문이다. 그러나 '아동 문예'라는 『별나라』의 외피는 사회적 발화, 즉 부르조아 계층을 비판하고 계급의식을 고취를 가능하게 해주었으며 아동을 대상으로 한 사회주의 의식의 보급이라는 역할까지 수행할 수 있게 해주었다.

③이 누나에 대한 시라면 ④는 누나에게 보내는 시이다. 시적 제재가 되었든 대상이 되었든 간에 대도시 공장으로 간 누나들은 농촌 사회의 피폐함과 노동의 열악한 환경을 강조하는 데 효과적인 역할을 한다. 김소월 이래 한국 현대시에서 '누나'는 하나의 문학적 형식으로 자리 잡아 갔던 것으로 보인다. 리얼리즘 시에 사회적 약자의 목소리가 새겨진다면 그 일부는 유년 화자의 목소리로 '누나'의 모습을 형상화한 것으로 나타난다. 가난에 시달리며 노동하는 주체들은 『별나라』에서 어렵지 않게 찾아볼 수 있다. 「두부 파는 소녀」(박아지, 6-3), 「비지죽과 비지땀」(김대창, 6-3)이 그러하다. 또 '少年農民! 少年勞動者의 노래'(5-10), '우리들의 누나·형님·어머니'(6-1) 등의 특집에, 「공장 언니」(朴猛), 「공장 누나」(金樂煥), 「공장 엄마」(金鍾起) 등의 작품들이 수록되어 있다. 「공장 생활」(강시환, 6-7), 「공장 옵바」(박영하, 8-10) 등의 작품도 찾아볼 수 있다. 민요풍의 정형시거나 3행 또는 4행의 동일한 글자수를 맞추어 창작된 작품 형태를 띄고 있다. 이들 작품에서 미적 거리나 문학적 감수성은 찾아보기 어렵다. 좁은 의미에서 전통적 정형성이 발견될 뿐이다. 이러한 정형성은 몸에 익숙해진 호흡법이며 동시에 날것 그대로 현실을 전하는 방식으로서 시의 선동성을 극대화하는 방식으로 선택된 형식이라고

볼 수 있을 것이다. 조선 사회에서 스러져 간 가족 구성원들을 기억하는 어린 화자의 발화는 조선 민중의 보편적 목소리였으며 이는 상징으로 자리 잡기 이전의 사실 그 자체였으며『별나라』는 아동문예지임에도 불구하고 바로 그러한 '사실'에 주목하였다. 이런 점에서 '별나라'라는 잡지명은 당대 조선사회로부터 가장 먼 거리에 있었던 것으로 보인다. 프로 문학이 이미 조선 문학 담론의 중심에 서는데 실패했고 일련의 작가들이 전향했지만 조선 민중의 피폐해진 '현실'은 쉽게 변화하지 않았다. '사실'의 영역에서 발화를 시작하는 문학적 목소리는 여전히 그것대로 조선 문예운동의 한 형식이었으며 조선 문학의 개성이었다는 점에서 『별나라』는 '사실'의 영역을 탐사하는 문예지였으며, '아동'은 그 탐사에 대한 '물막이' 역할을 했던 것으로 보인다.

임화는『별나라』소재 평론에서 "우리들의 작가는 그들 아동의 문학적 성장을 위하여 그들의 생활과 항상 접근하고 그들을 기술적으로 원조하여 그들의 성장의 훌륭한 보장자가 되어야 할 것이다".[21]라고 직접적으로 말한 바 있다. 여러 작가들이 벽소설이나 아동극 등의 장르에 관심을 갖는 것 역시 같은 맥락으로 이해할 수 있다. 동화나 아동극, 가극 등을 쉽게 찾아볼 수 있는데,『별나라』6권 2호에는 "童劇特輯讀物"이라 하여 연출가의 글 2편, 각본 5편, 연극평론 2편을 수록하고 있다. 평론은 송영과 임화의 글이 게재되어 있다.[22] 두 편의 글 모두 본문에서 밝히는 바와 같이 전문적인 이론을 이야기하는 것이 아니라 교육적 목적

---

21 임화, 「아동문학 문제에 대한 二三의 私見」, 『별나라』9-2, 1934.2.
22 宋影, 「兒童劇의 演出은 엇더케 하나?」; 임화, 「무대는 이렁케 장치하자 – 照明과 化粧까지」, 『별나라』5-2, 1931.3.

을 가진 아동극 또는 학교극을 위한 것이어서 소략하기는 하지만 아동극의 방법론에 대한 고민을 찾아볼 수 있다. 송영은 연출이나 대사가 모두 실생활과 같이 과장 없이 자연스러워야 한다고 말한다. 표정이나 동작에서도 격^格을 맞추는 것을 중요하게 생각한다. 임화는 무대장치에 대해 이야기하면서 실내나 야외에서 무대를 어떻게 설치할 것인지, 소품은 어떻게 활용할 수 있을지 등 구체적인 사안을 중심으로 논의하고 있다. "우리들의 아동극은 될 수 잇는 대로 소박하고 간단한 가운데에서 그 효과를 더 – 낫타내여야 한다"와 같이 소박한 사실주의에 기대어 객관적 현실을 드러내는 것이 중요함을 강조하는 데서 이들이 지향하는 극이 계몽적, 교화적 성격이 강한 초보적 수준의 아동극임을 짐작해볼 수 있다.

3. 근대성 비판과 내러티브의 강화

1920~1930년대에 걸쳐 발간된 문예지로서 『별나라』 역시 근대 문명과 전통주의 담론으로부터 자유로울 수 없었던 것 같다. 전통적 소재의 발굴과 계승의 한 축이 많은 문예물을 통해 발견된다면 또 다른 면으로 근대 문명과 과학 문물에 대한 관심이 드러난다.[23] 이러한 방향성

---

23 송영의 아동극 「그 뒤의 龍宮 – 자라 使臣」(『별나라』 9-4, 1934.9)과 「洪吉童 續編」(『별나라』 8-2, 1933.2) 등은 전통적 소재를 찾아 활용하면서 조선 사회의 상황에 맞게 각색하고자 했다. 자연과학에 대한 사전적 지식과 정보를 전달하는 형식의 이야기를 『별나라』에서 쉽게 찾아볼 수 있다. 제목만 밝히면, 「벌 사회의 조직」, 「독초진담」 등등. 드물지 않게 등장하는 세계문학작품의 소개 또는 번역물 역시 지식과 정보 제공의 교육적 차원에서 다룰 수 있을 것이다. 「세계 명작소설에 나온 세계의 어머니들」 외.

과 관심이 조선 문예물에 나타나는 보편적 성격이라면 『별나라』만이 갖는 독특한 성격은 오히려 근대 사회로의 변화가 가져다 준 현실적 문제 즉, 도시 빈민의 삶의 문제에 대한 관심과 그들 계층의 목소리를 구체적으로 실현하고자 한 데 있을 것이다. 여러 작가들이 다양한 장르를 통해 현실주의 관점을 표명하였다. 대표적인 작가로 송영과 엄흥섭을 들 수 있다. 극작가이자 소설가인 송영은 『별나라』에 콩트, 동화, 벽소설, 에세이, 극본, 희곡론 등의 많은 글을 발표하였다. 또한 아동문학가이자 소설가인 엄흥섭은 동시, 동화, 연재소설, 수필론 등을 발표하였다.[24] 특히 엄흥섭의 시와 소설에는 조선 사회의 근대화에 따른 병폐와 문제점을 비판하는 목소리가 강도 높게 담겨 있다.

①

나는 '요사구라'를 보고 화만낫다 꼿이아름답지안트라 밝안불 파랑불 옭웃붉웃 한 던등불이 묘하고도 곱지 안치는안트라.

그런데 왜? 나는 화만나겟늬! 수만은사람들은 모다 옷도 깨끗이입엇드라, 나처럼 어린애를둘너메고 구경온사람은나는별로보지 못했다

(…중략…)

나에게는 '요사구라'가아모런소용이업섯다. 소용이업슬뿐만안이라 도로 혀귀치안코피로워젓다나는 얼는 전차를타고 돌아와 업은아이를나리고 잠 잘생각만낫섯다.

---

24 동화 「고양이 색기」(『별나라』 5-10, 1930.11), 「기럭이」(『별나라』 5-9, 1930.10), 「노선생」(『별나라』 8-7, 1933.8), 『옵바와 누나』(연재소설)(『별나라』 6-3·7, 1931.4·9) 등은 아직 알려지지 않은 작품이다. 수필론으로 「作文·隨筆 이야기(1·2)」(『별나라』 9-1·2, 1934.1·2) 등이 있다.

그러나 주인여편네는 겻혜서서 사내주인과 소곤거리며 춤추는계집애들만 처다보고섯더라!

(…중략…)

평아!

너와나의 남매 그리고 수만흔 이 이웃의 「오마니」 그리고 너가튼 만은남의집일을해주는 소년!

우리들은 언제나 지금의 이괴로움 가운데서 벗아오겟늬?

자─ 평아!

누나는 다만 그째를바라고 잇다

― 엄흥섭, 「平이」

②

서울의 거리는 못쓰는거리

조흔물건 산가려도 못쓰는거리

시골사람 촌사람 가난한사람

볼쌔마다 소용업는 못쓰는거리

― 엄흥섭, 「서울의 거리」[25]

위의 엄흥섭 작품들은 작품집, 전집에 수록되지 않았을 뿐더러 아직 세간에 알려지지 않았다. ①은 주인집 어린아이를 돌보는 일을 하는 화자가 남동생 '평이'에게 보내는 편지글 형식의 작품이다. 고향을 등지고 서

---

25 『별나라』 5-6, 1930.7.

울에 올라와 가까운 곳에 있어도 마음대로 만나 볼 수 없어 그리워하고만 있다. 부모를 잃고 남의집살이 하는 남매의 고통과 외로움이 절실하게 묻어난다. 주로 자전거 배달을 하는 남동생에게 불평등한 세상의 가혹함에 대해 이야기한다. 남매에게 세상은 모질고 가혹한 것이지만 모든 사람들에게 그러한 것은 아니다. '요사구라'[26] 구경에 함께 나선 안주인에 대한 묘사에서 주로 나타나는데, 불평등한 사회의 국면에서 느끼는 심한 피로감은 고생하신 부모님을 잊지 말자는 대목으로 이어지며 다소 주제 의식이 약화된다. "강한사내가 되여야지", "참으로 세상은 무섭다" 등의 충고 역시 문제 해결을 위한 것은 아니다. 그러나 다쳐도 걱정하지 않는 주인 밑에서 일하느라 반가운 편지가 와도 눈치를 보며 일만 해야 하는 남동생의 처지를 생각하며 휴식을 위해서 편지도 쓰지 말아야겠다고 이야기하는 대목에서 비극성은 고조된다. 돈을 받고 남매를 무서운 곳으로 팔아버리려 했던 '악마와 같은' 삼촌에게서 도망쳐 나온 과거 회상의 장면에서도 그러하다. 곧 쫓겨날 남동생의 일자리를 다시 알아봐 주는 대목에서 이야기는 끝난다. 가난과 노동의 괴로움을 벗어날 '그 때'를 기다리며 말을 맺고 있지만 어느 대목에서도 섣불리 희망을 품을 수 없는 것이 남매가 처한 현실이다. 이 소설은 『별나라』 9권 4호와 10권 1호에 분재되었다(1934.9·11). 9권 4호 목차에는 '少年小說'로 10권 1호 목차와 본문에는 '小說'로 표기되었다. 그런데 장르 표기를 가린다면 앞에서 인용한 산문시들과 차이를 발견하기 어렵다. 이러한 장르 간의 넘

---

26 '요사구라(夜櫻)'는 '밤에 벚꽃을 구경하며 노는 일'을 말한다. 『동아일보』(1934.4.28) 기사를 참조하자면 당시 서울 부인들이 봄에 창경원 등에서 꽃구경하는 일이 유행되었던 것 같은데 이는 일본풍 문화의 영향으로 보인다.

나듦은 조선 문학의 특수한 환경 속에서 발생한 것으로 판단된다. 즉 시의 내러티브는 강조되었으며, 콩트, 벽소설, 단편소설의 호흡은 리얼리즘 시(장시, 산문시, 이야기시)의 형태와 매우 가까워져 있다. 사실에 직핍直逼한 작품들은 미의식이나 장르 의식의 결여의 산물이 아니라 현실을 교정하고자 하는 문학적 의지의 발현이라는 조선 문학의 특수한 배경 속에서 산출된 것으로 보아야 할 것이다.

②는 동요로 표기되어 수록되어 있다. "서울의 거리는 ~거리"의 반복이 정형적 틀을 이루고 있는 단순한 작품이다. 싯그런 거리(1연), 몬지의 거리(2연), 사람의 거리(3연), 못쓰는 거리(4연)라는 표현을 통해서 서울이 소란하고 지저분한 도심이며, 많은 사람들로 북적거리고 물건들이 넘쳐나지만 정작 많은 사람들이 가난하게 지낼 뿐이라는 것을 보여준다. '도시'를 소재로 한 작품들은 주로 불평등한 사회 구조에 대해 비판하는 목소리를 가지고 있거나 노동자 계층의 결속력을 다지고자 하는 투쟁 의지를 보여준다. "인경전 쇠북소리 두리둥 북소리 / 하날높히 나거든 단번에 모히자 / 팔것고 다리것고 힘차게 모히자"[27] "일터에 밥갓다주고오다 / 우리들 동무가되고 / 골목골목 양철집 / 한집에사러서 동무가돼ㅅ다"[28] 등의 작품은 시의 정형성 너머 노래의 선동성에 가닿는다. 이들 작품의 목소리는 '도시'의 가난한 노동자 계급의 각성을 촉구하는 역할을 한다는 점에서 『별나라』의 성격을 잘 보여준다.

한편, 『별나라』 7권 1호는 1932년 신년 특별 기고로 김기진, 주요한, 박영희의 글을 수록하고 있다. 목차에는 이기영과 임화의 글까지 다섯

---

27 洪九, 「종로 네 거리」, 『별나라』 8-2, 1933.2.
28 정청산, 「손잡자」, 『별나라』 8-4, 1933.45.

편이 특집으로 수록된 것으로 표기하고 있지만 본문에는 빠져 있다. 또 목차에는 빠져 있지만 안준식의 글이 본문에 수록되어 있다. 이들 네 문인의 글을 통해 그 즈음의 『별나라』 발간 의의를 짐작해볼 수 있다.

> 엇더한 난관 엇더한 방해물이 잇드래도 여러분은 사회에대한 형편을알여하고 또 그학문을 배워야할것임니다.
>
> — 김기진, 「새해와 少年諸君에게」

> 별나라에서는 먹고 십흔대로 먹고 놀고 십흔대로 놀고 토필작난 맘대로 할수잇는 담벼락과 맘대로 찍고 짓밟고 허물수잇는 동산과 소리치고 써들고 딍굴수잇는 자유의 벌판이 잇슴니다.
>
> — 주요한, 「별나라 行進」

> 잘못알든생각을 바로먹으며 세상을 쪽바로보는 가장쪽쪽한 여러분들이 되여야 할것임니다.
>
> — 박영희, 「별나라의 成長」

> 그래서 왼조선의 동무가 모다별나라의 동무가되야 참으로깨다른소년이 되고 갑잇는소년이 되게할큰임무를 가진것을 깁히 깨닷는바이다
>
> — 안준식, 「새해와 별나라의 임무」

위의 글들은 창간 팔년 째를 맞이하는 『별나라』에 대한 축사의 성격을 갖고 있다. 김기진은 배움과 학문의 중요성을 강조하고, 주요한은 자

유를 향한 발걸음을 독촉한다. 박영희 역시 세상을 바로 보는데 『별나라』가 기여하고 있다고 말한다. 안준식 역시 깨달음을 얻은 동무들이 조선을 씩씩하고 건전하게 이끌 것이라고 말한다. 모든 글들이 『별나라』가 무산계급의 소년 소녀들을 계몽하는 역할을 훌륭히 수행하고 있음을 치하한다. 김기진, 주요한, 박영희라는 이름 앞에 각각 조선일보사, 동아일보사, 중앙일보사라고 밝힌 것으로 보아 문인의 입장에서 쓴 것이 아니라 기자, 편집인의 입장에서 쓴 신년 인사의 성격이 강하다. 그만큼 아동 문예지로서 『별나라』의 입지와 영향력이 상당했던 것으로 보인다. 그런데 『별나라』와 『별나라』를 바라보는 시선이 모두 계몽적, 교육적 기능을 강조하고 있는데 반해, 현실적으로 농민 노동자 등의 빈민의 아동들은 교육에서 소외된 계층이라고 할 수 있다. 동일한 교육 기회를 갖기 어려운 현실 속에서 『별나라』의 고유한 기능과 역할은 강조된다. 즉 책 가격을 '5전' 이상으로 올리지 않을 것을 강조하고 전국적으로 무산 계급의 아동들에게 무상 배포되었다는 점에서 『별나라』의 지향성을 살필 수 있을 것이다. 동시대의 『신소년』이 15전이었던 것과 비교해보면 현저히 싼 가격이다. 위의 글들에 이어 편집인 박세영은 '소년시'라는 표제로 다음과 같이 적고 있다.

동무들!
우리에게는 오직 패전이거듭하고
가난이 더하여젓슬째
오! 새해 또오너라
우리는해가 한해날그니만치

우리들의 힘은 커간것입니다.

입으로만 써들고 주먹만내들으든
지난날의 ✕은 너무나 헐엇습니다
그러면 우리는 오직 한길로가기를 약속합니다.
우리들은 장갑차와가티 저들의우를 굴너갈것입니다.
작엄하게도 씩씩하게도.

                  — 박세영, 「새해에 보내는 頌歌」

    도시 빈민 계층에게 노동을 가능하게 하는 신체는 일용 가능한 양식을 구하는 유일한 도구이며 그들은 '주먹' 이외에 가진 것이 없다. 패하는 것이 익숙한 그들에게 새해는 '더해진 가난' 이외의 것이 아니다. '한 길'의 결의의 내용은 구체적으로 작품 안에 주어져 있지 않지만 그들의 '맨주먹'이 현실 속에서 '장갑차'의 힘을 갖기 위해 가난한 개인이 아니라 '우리들의 힘'의 결속을 강조한다.

    1932년 발간된 『별나라』 역시 검열과 삭제 등의 출판 환경으로부터 자유롭지 못했다. 1935년 2월까지 발간이 2년여 간 지속되었지만 본문과 목차상의 차이, 내용 중의 탈자 등이 발견되고 잡지의 내용과 지면 역시 축소된 경향을 보인다. 그러한 분위기 속에서 새해를 맞이하는 소년 소녀들의 결의와 재도약의 의지는 다소 쓸쓸하게 읽힌다.

4. 장시의 기획과 새로운 공동체의 구상

『별나라』에서 시와 동시, 동시와 동요의 구분은 쉽지 않다. 목차와 본문에 표기가 따로 되어 있는 경우도 있고 그렇지 않은 경우도 있지만 이는 창작자나 편집진의 표기일 뿐, 그것이 꼭 장르상의 엄격한 규칙을 포함하고 있는 것 같지 않다. 콩트와 단편소설, 실화와 창작의 구분 역시 마찬가지다. 장르의 엄격한 구분으로부터 근대문학적 성격이 분명해지는 것이기는 해도 이러한 장르 구분의 어려움은 반근대적인 요소가 아니라 조선 문학의 특성을 설명해주는 부분이라고 할 수 있다. 즉 시의 정형적 틀을 유지하려는 의식적 노력은 전통 시가의 영향이기도 하지만, 현실 사회에 참여하고 반향을 일으키려는 노래의 선동성을 담기 위한 방편도 되는 셈이다. 반대로 『별나라』 소재의 많은 작품들이 장형화된 형태를 보여주는데 이는 도시라는 공간과 그 도시를 살아가는 노동자 계층의 삶의 조건을 형상화하기 때문일 것이다. 도시는 '서정'의 영역이 아니라 확실히 '서사'를 요구하는 공간이었다. 리얼리즘 시에는 인물과 사건 중심의 이야기가 편입되었으며 그러한 내용의 영향으로 시의 리듬과 호흡이 길어진 것은 어쩌면 당연한 변화일 것이다. 시라는 형식 속에 계급주의적 사상을 불러 넣는다고 했을 때, 일련의 작품들은 도시 공간 속에서 벌어지고 있는 가족 구성원 해체의 국면이며, 이는 새로운 공동체의 구상으로 이어진다. 즉 도시 노동자 계급의 결속과 연대를 강조하게 되는 것이다. 장시의 기획 속에는 인물과 사건에 대한 평가, 계급적 불평등에 대한 비판의 의도가 포함되어 있으며 이를 통해 새로운 공동체를 구상하려는 문학적 의지가 포함되어 있다.

「脫走一萬里」는『별나라』5권 5호(1930.6)에 수록된 "連作少年敍事 詩"로 朴世永, 孫楓山, 嚴興燮 세 사람이 이어 쓴 작품이다. 박세영과 손 풍산이 쓴 부분이 산문시 형태인데 반해 엄흥섭이 쓴 부분은 글자 수를 맞추어 정형적 형태를 띄고 있다.

①
고리쇠는 첨하밋헤서 밤을새우며 마음을먹는다
세상은 이싱하구나 왜?나는 모들소리 □밤낫드러도 귀에안드러어오는가?
생각나는건 남의잘사는것쑨이다
일잘하고 마음착하여야 부자가된다는
선생님이 말슴을 삼년이나 드러왓건만

나는 섬사람들이 생각난다
해쓰면일하고 해저야 도라가는바다의 사람이
그럼 그들은 부자가 왜 안되엿슬고?
나는가리라 바다넘어 큰쌍을쑬코
별다른곳으로가리라
×
나는 나희열둘 부모도업고 일가도업고
세상이 차버린 그아란다

— 박세영,「脫走一萬里 (1)」

②

먼지를 날리는 自動車 電車!

붉고 푸르게 빛나는 電燈!

아아 - 그런데 이것은 또 원일이냐

宮殿갓치 어둡고추한 뒷골목에도

집업고 부모업는 수만흔 불상한동무들이

울며불며 사러간다는것은 -

×

멍든가슴 어린몸이 어듸로가나

조선의南쪽항구 부산에왓슬째는

가을이 집허져서 아츰저녁 찬바람이싸도랏다

써나가자 써나자 푸른바다 저쪽으로 -

— 손풍산,「脫走一萬里 (2)」

③

헐벗은 만흔동무 손에손잡고

새나라로 쑤벅쑤벅 다름질친다

몸과마음 한테모와 겁내지말고

산과들을 짓밟고 바다를차며

바위갓흔 풀은물결 망망한바다

조고만 고기잡이 한척의배는

우리들의 어린勇士 고리쇠를실고서

두리둥실 勇敢하게 다름처간다

　　　　　　　　　　　　　　　　　　　　　 — 엄흥섭, 「脫走—萬里 (3)」

　　시의 내용은 고리쇠의 섬 탈출 이야기다. 섬을 어렵게 벗어나 더 넓은
세상에 나아가고자 한다. 도시에 가지만 도시에도 가난하고 헐벗은 사람
들뿐이다. 다시 배를 타고 현해탄을 건너 일본 남쪽 섬에 이른다. 또 다시
떠돌다 이국땅 대만에 이르러 동무들이 그리워지게 된다. 헐벗은 사람들
과 친해지고 버림받은 사연을 손짓발짓으로 전한다. 조선 땅에서 고리쇠
를 잡으러 오지만 도망치고 조선으로 돌아가지 않는다. 헐벗고 가난한
청년의 방황을 통해 당시 사회의 모습을 그려내고 있으며 앞으로 용기를
잃지 않고 살아갈 것이라는 전망을 어렵게 내놓을 뿐이다. 왜 어떻게 도
망가는지 사연이 어떠한지 자세한 내용은 알 수는 없다. 공동 창작이라
는 실험성이 눈에 띄고, 장면성을 강조한 서사시 형태가 가극성을 염두
에 둔 것이 아닌가 판단된다. 필연적 내용보다 배경과 움직임을 강조하
는 측면이 그러하다. 시점이 고정되지 않은 채 내면 독백이었다가 관찰
자의 입장에서의 묘사였다가 하는 식이다. ①에서 보듯 도주의 과정 속
에서 세상을 향해 던지는 고리쇠의 질문은 비단 그 자신만의 것이 아니
라 조선 땅에 살아가는 사람들 모두의 마음일 것이다. '별다른곳'이라 칭
하는 이상 세계의 지향이 다소 공소하기는 하다. 버림받은 자로서 세상
에 발붙일 곳 없다는 설정 역시 탈주의 필연성을 잘 보여주지 못한다. ②
에서 보듯 도시에 대한 짧은 묘사는 가난을 창출할 뿐 사람 살만한 곳이
못 된다는 비판이 숨어 있다. 조선의 대다수 빈민들이 이와 같이 떠돌며
정처 없이 살아갔을 것이다. 섬에 탈출하여 도시에 이르고 '현해탄'을 건

40　1부 | 문학이라는 신세계

너 '대만'에 이르는 고리쇠의 여정과 어디에도 살곳을 마련하지 못하고 정붙일 곳을 찾지 못하는 정신적 방황은 조선 지식인들의 내면을 생각하게 만든다. 특히 ③에서 드러나는 '고리쇠'의 모습을 그대로 식민지 지식인들의 그것으로 알레고리화하여 읽을 수는 없겠지만 '새나라' 건설을 향한 '용기'를 강조하는 측면은 그 방황과 고민의 크기를 짐작할 수 있게 한다. 여러 작가의 공동 창작의 의지가 거기에 있다.

한편 윤곤강의 아래 두 작품은 근대 조선 사회에 만연한 가족 해체의 국면을 보여주며 노동자 계층의 새로운 연대 형성의 필요성을 드러낸다는 점에서 주목된다.

④

철아! 벌서 그때가 아득한 옛일이로구나!

그째 너는 내가 ……가면서도 얼골우에 우슴을 먹음고 썩썩한 거름 거리로 ……을 지어 동무들과갓치 汽車에 몸을 실을째 –

오오 그째 – 너는 몸부림치며 우럿드니라!

눈물조차 일허버린 늙으신 홀어머니 앙가슴에

적고도 새캄안 얼골을 푸–ㄱ 파뭇고 써나가는 네형인 나를 야수꺼히도 늣겨 울엇드니라!

안이 그보다두 안이 그보다두

告別의 인사를 눈물대신 우슴으로 예우든 우리들을

나어린 너와 늬 동무들은

어린 마음에서 용소슴치는 슯흠을억지 못하여

그러나 사랑하는 철아!

너에게만이 사랑하는 형이 잇는것도 안이오

이나에게만 사랑하는 동생 네가잇는것이 아니이라는것을

　그 누구보다도자-ㄹ 알고잇는 너를 나는 무엇보다도 자랑스럽게 생각하
는 것이다!

— 윤곤강, 「달 발은 밤에」[29]

⑤

英이야!

英이야!

오늘밤도 너는

야학교 가는 골목ㅅ길을 더듬어 나가야 되는구나!

(…중략…)

악마가치 도라가는 하구루마에 한쪽다리를먹힌후

三年을 하로가치 쪼고리고 안진 아비를 위하여

날이먼 날, 밤이먼 밤,

째무든 작업복을 뒤어 쓰고

---

29 『별나라』 9-3, 1934.4.

인쇄소 기계ㅅ간에서 시달리는 너!

— 윤곤강, 「오늘밤도 英이는」[30]

　인용 작품 ④, ⑤는 모두 윤곤강 시집, 전집에 수록되지 않은 작품으로 ④은 '詩'로 ⑤는 '童詩'로 표기되어 있다. 작품 말미에 '遺稿中'이라는 표시가 있는 것으로 보아 1934년 카프 제2차 검거 사건 때 체포되어 전주에서 옥고를 치르는 중에 편집진에 의해 수록된 것으로 보인다. 카프 시인으로서 시대의 암울한 현실에 주목하여 고통 받는 조선인들의 모습을 열정적 목소리로 전달하려는 그의 시작 의지가 고스란히 드러난 작품이다. 앞서 살펴본 엄흥섭의 작품에 비해 비판적 성격이 약하고 상황에 대한 비극성을 더 많이 살리는 경향을 갖고 있다. 노동하는 아동의 모습을 비극적으로 형상화한 드문 작품으로 『어린이』와 같은 동시대의 다른 문예지에서는 찾아보기 어려운 성격을 갖고 있다. 즉 노동의 주체로서 아동을 바라보고 그것을 문제 삼았다는 점이다. ④에서는 동생을 노동의 현장에 내보내면서도 수많은 형제자매들이 같은 상황에 처해 있음을 이야기한다. 사랑하는 가족과 이별해야 하는 슬픔에 처한 많은 이웃들의 눈물을 형제애와 연대감 고취를 통해 승화하려고 한다. ⑤에서는 노동 현장에서 다친 후 자식을 일자리로 내보내야 하는 부모의 심경을 말한다. 야학교와 인쇄소를 오가는 딸이 늦은 밤 골목길을 더듬어가는 모습, 더러운 작업복을 입고 인쇄소 기계 앞에 선 모습 등이 형상화되어 있다. 윤곤강의 두 작품은 「나비」와 같은 시적 매개물이 없으며 해방 이후 그

---

30 『별나라』 9-4, 1934.9.

의 작품 「아지랑이」, 「지렁이의 노래」, 「찬 달밤에」와 같이 간결한 형식
도 축약적 어법도 보여주지 않는다. '철아!', '英이야!'의 직설적 화법으로
긴 문장 호흡을 갖고 있어 윤곤강의 작품 세계의 또 다른 측면을 짐작해
볼 수 있게 해준다.

5. 프로문학의 방향 전환

『별나라』에 수록된 아동물의 이면에는 프로 문학의 방향 전환과 리얼
리즘 문학의 실험 의식이 잠재되어 있었다. 『별나라』 소재 문예물의 성
격과 방향은 다음 세 가지로 요약된다. ① 작품 속에 아동문학 주체를
마련함으로써 조선 사회 농민과 노동자의 곤궁한 삶을 타파하고 계급
의식을 도모하고자 하였다. ② 내러티브를 적극적으로 도입한 이야기체
산문시를 통해 빈민을 양산하는 근대 도시적 삶을 비판적으로 형상화
하였다. ③ 근대 문명사회에서 해체된 가족상에 주목하였고 장시 기획
을 통해 이를 대체할 새로운 민족 공동체를 구상하였다. 근대 조선 문학
의 개성은 민족의 고유성과 언어의 예술성을 탐사하는 방향 이외에 사
회적 '사실'의 영역을 탐구하는 프로문학 계열 작가들의 동시, 산문시,
장시 형태의 문예물을 통해 보충되었다. 리얼리즘 시는 사실의 영역을
탐사하면서 실패와 퇴조, 갱생과 실험을 지속하였다. 아동문예지 『별나
라』는 이들 작가들에게 발표 지면을 확보해주었다. 『별나라』에 수록된
작품들은 아동문예라는 외피를 입고 있었지만 사실은 프로 문학 작가
들의 근대 리얼리즘 문학의 탐색 과정을 보여주고 있다. 1920~1930년

대 조선 문학은 아동문학 주체의 수립(소년 소녀시), 내러티브의 삽입(이 야기체 서술), 장시 경향(산문화)을 통해 리얼리즘 성격을 강화하였다. 문학적 주체의 현실적 경험과 고백이 어떻게 사회적 담론의 한 영역이 될 수 있는지에 관한 실험이 근저에 자리 잡고 있다고 할 수 있다. 아동문학은 무한한 상상력, 꿈의 실현, 아름다운 언어를 통해서 확보된다고 가정하기 쉽지만『별나라』의 아동물은 실제로 이러한 요소들과 일정 정도 거리를 갖는다. 조선의 현실 속에서 아동은 아직 '별나라'에서 멀었다. 적어도 리얼리즘 작가들의 눈에 비친 현실 속에서 아동이 '별나라'에 이르기 위해서는 사회적 불평등과 빈곤의 문제가 해소되어야 했고, 계급주의를 강화하여 새로운 공동체 의식이 자리 잡아야 했다. 그들에게 문학은 이러한 사회적 난제를 직시하고 그것을 조정하는 수단 이상이 될 수 없었다. 현실 사회에서 사실의 영역을 탐사하고 현실 문제를 개선하려는 문학적 의지의 발현 속에서 아동문예지『별나라』의 의의를 찾아볼 수 있었다.

1920~1930년대 거쳐 발간된 아동 잡지만 해도 삼십 여종에 이르렀으며, 이들 아동지는 조선사회의 여러 문예운동과 궤를 같이 했다고 한다.『별나라』의 개별 연구는 이들 아동지와 함께 살펴볼 때 선명하게 그 성격이 드러날 것이다.『신소년』,『어린이』,『아이생활』,『아동문학』,『새동무』등의 아동 문예지와의 상관성 역시 연구해볼 만한 가치가 있다.

제2장

『가톨릭청년』 소재 종교시의 양상

1. 『가톨릭청년』 개관 및 연구사 검토

『가톨릭청년』은 조선천주교회에서 지역 교구지 『천주교회보』와 『별보』를 통합하고 발간한 천주교 월간지이다.[1] 편집 겸 발행인은 A. J. 라리보元享根 주교이고, 주간은 윤형중 신보, 편찬위원은 장면, 장발, 이동구, 정지용 등이다. 1933년 6월 창간하여 1936년 12월까지 통권 43호가 발간되었다. 국한문 혼용체로 발행되다가 한글 전용으로 바뀌었으며 십오 전에 판매되었다. 『가톨릭청년』은 해방 이후 1947년 4월 속간하였으나 한국전쟁 발발로 휴간하였고 1955년 1월 다시 속간하였으나 1971년 서울대교구의 종합교양지 『창조』가 창간됨에 따라 폐간되었다.

"이 조선에서만 력사로 백년이오 박해로 사차요 히생으로 수천이요 교

---

1 일제 말기 가톨릭 신앙을 기반으로 한 종교지는 『가톨릭소년』, 『가톨릭연구』, 『가톨릭조선』 등이 있다. 1906년 이미 『경향잡지』가 조선천주교회에서 발행된 바 있으며, 『가톨릭청년』이 나온 지 7개월 만에 평양 교구에서 간행된 『가톨릭연구』는 기존의 『가톨릭청년』이나 『경향잡지』에 비판적인 입장을 가지고 있었다. 『가톨릭조선』은 1937년 1월 발행된 잡지로 그 전신은 『가톨릭연구』이다. 『가톨릭청년』이 폐간되고 『가톨릭연구』와 『가톨릭소년』이 5교구의 공인 기관지로 새롭게 승격한다.

구로 오교구요 살어나고 쮜는 교우가 십이만이다"[2]라는 편집 후기를 통해『가톨릭청년』발간 당시 조선의 가톨릭 현황을 파악할 수 있다.『가톨릭청년』은 가톨릭 문화의 전파와 대중 계몽을 목적으로 서구 지식과 정보를 제공했지만 의외로 개방적인 면모를 지니고 있었다. 지식인 계층을 수용하여 논문과 에세이를 게재하였으며 문인들의 작품을 폭넓게 수록하였다. 총목차 분류를 참고하자면[3] 크게 서구의 역사와 근대 학문에 관한 글, 종교와 철학 논문들, 실용적인 정보를 담고 있는 글들, 시와 소설, 수필 등의 문예물로 나눌 수 있다. 문예란의 주요 필자는 정지용, 이병기, 김기림 등이었는데, 이들은 주로 시, 시조, 수필 등을 발표하였다. 그 외 이상, 박태원, 이태준 등 당대 주요 문인들의 작품을 수록하였다는 점에서 문학사적 의의를 찾을 수 있다. 그렇다고 단순히 문예물의 발표 지면만 확보해 준 것은 아니다. 정지용은 종교시를 활발히 창작하였으며, 이동구는 종교 문학론을 발표하기도 하였다. 초기에 많은 문학 작품들을 수록한 것에 비하면 문예란이 축소되거나 문예물을 실지 않은 경우도 있었다. 초기에는 창작시와 번역시 비중이 높았으나 이후에는 시가 다소 줄어들고 콩트, 단편소설, 희곡, 번역 서사물의 게재가 많았다.

김윤식은『가톨릭청년』에 모인 문인들은 그 시대의 엘리트들이자 한국 모더니즘 시운동의 질적 온상이라고 말한 바 있다.[4]『가톨릭청년』소재 문

---

2 『가톨릭청년』5, 편집후기.(1933.10)
3 『가톨릭청년』19(1934.12)에 총목차가 실리는데 "신학, 사회, 철학, 호교, 종교강화, 가톨릭사, 전망, 성화, 가톨릭운동, 수양, 질의해답, 기타, 가정간호상식, 법률, 과학·예술, 소설·일화"로 분류하고 있다. 30호 총목차에서는 "권두사, 사회, 호교, 성서, 예전, 역사, 가톨릭운동, 법률, 전망, 질의해답, 기타, 실화, 전설, 문예, 시"로, 43호 총목차에서는 "권두사, 사회, 예전, 성서, 호교, 역사, 가톨릭운동, 수양, 음악, 질의해답, 토론, 기타(1), 기타(2), 문예, 시"로 분류하고 있다.

예물들이 개별 문인 연구에서는 중요한 가치를 띠지만 잡지 자체에 대한 연구는 적은 편이다. 『가톨릭청년』을 연구 대상으로 한 학위논문과 소논문을 몇 편 찾아볼 수 있다. 장은희는 문예면에 발표된 작품들을 장르별로 정리하여 제시하고 있으며, 종교지로서의 면모와 모더니즘 문학과의 관계 등을 살피고 있다. 종교시 창작뿐만 아니라 모더니스트들의 발표 지면을 확보해주었다는 데서 시사적 의의를 찾고 있다.[5] 김종수는 종교 교리를 통해 윤리적 문학관을 확보해야 한다는 입장에는 당대 프로문학에 대한 반향이 깔려 있음을 지적하며, 구체적인 작품 분석을 통해 『가톨릭청년』의 문학사적 가치를 밝히고 있다. 현대 문명을 비판, 성찰하여 윤리 의식을 마련하려는 문학적 움직임과 함께 가톨릭 문학이 본격화되었다고 말한다.[6] 김수태는 『가톨릭청년』 분석을 통해 서울교구의 가톨릭 운동의 내용과 한계를 살피고 있다. 『가톨릭청년』이 조선 천주교 주교회의 결정에 따라 가톨릭 운동의 주요한 목표인 문서 선교를 직접 추진하는데 기여한 면을 밝혔다. 다섯 개의 교구를 통합하여 관리하겠다는 의지를 천명하고 있음에도 불구하고, 당시 가톨릭 운동의 주도권을 평양 교구에서 가지고 있었다면 문서 선교를 서울 교구가 담당하겠다는 교구 간의 분권 지향의 의지가 실려 있는 것으로 파악하였다.[7]

---

4 김윤식, 『한국근대작가론고』, 일지사, 1974, 90~96면; 김윤식, 「가톨리시즘과 미의 식」, 『한국근대문학사상사』, 한길사, 1984 참조.

5 장은희(「1930년대 『가톨릭청년』지의 시사적 연구」, 건국대 석사논문, 1999)는 이태 준의 「수선」을 난해시로 다루고 있으나 이 작품은 『무서록』에 실린 수필이다. 또한 이 상의 시 「易斷」의 부분들을 개별 작품으로 다루고 있으나 소제목이 각각 달린 한 편의 작품이다.

6 김종수, 「『가톨릭청년』의 문학 의식과 문학사적 가치 연구」, 『교회사 연구』 27, 한국교 회사연구소, 2006.

『가톨릭청년』 문예란을 통해 조선 문단에서 종교지의 역할과 기능을 살펴볼 수 있을 것으로 기대된다. 즉 근대 조선의 새로운 삶의 양식이 종교지 문예물을 통해서 어떻게 구상되고 있었는가를 추적해보고자 한다. 가톨릭 운동과 종교문학의 형성은 조선 사회의 결여태를 파악할 수 있는 지점이기도 하다. 이 논문에서는 『가톨릭청년』에 게재된 글을 통해 당대 선교 활동의 방향과 계몽 담론을 살펴봄으로써 조선 사회에서 근대적 삶의 규범이 어떻게 마련되어 갔으며, 문예란에 발표된 작품들의 특성을 통해 1930년대 조선 문단에 종교지가 어떤 역할을 했는지 살펴보고자 한다.

2. 『가톨릭청년』의 선교 활동과 계몽주의

『가톨릭청년』의 제명은 조선 가톨릭교회의 '청년회' 중심으로 문서 선교 활동[8]을 하겠다는 의지의 표명이다.[9] "청년이란 말은 희망과 포부의 소유자를 뜻하는 말이니 (…중략…) 다시 한걸음 더나가 어두운 밤중에 방황하는 우리 동포자형들의게 이 광명의 압길을 개척하여 주어야한다"에는 계몽주의 담론이 표면적으로 드러나 있다. 오교구[10]를 대표한 서울 교

---

7   김수태, 「1930년대 천주교 서울교구의 가톨릭운동 – 『가톨릭청년』을 중심으로」, 『한국근현대사연구』 49, 한국근현대사학회, 2009.
8   『가톨릭청년』에서는 '호교', '가톨릭운동'이라는 용어를 주로 사용한다.
9   「청년 운동과 계몽 운동에 대하야」, 『가톨릭청년』 4-3(1936.3).
10 조선 천주회는 경성, 평양, 원산, 대구, 연길 다섯 개의 교구가 있었다. "1920년대는 한국천주교회사에서 교구분리의 시대라고 말할 수 있다. 1910년대에 있은 서울교구와 대구교구의 분리 이후 또 다른 교구들이 나타나게 된 것이다. 먼저 원산교구가, 이어

구가 발행 주체라면 그 활동의 실질적 주체는 청년회이며 조선 사회 대중을 대상으로 선교 활동을 한다는 것이 이 잡지의 기본 취지이다. 『가톨릭청년』에 수록된 글들은 보편 종교로서 가톨릭을 알리는 동시에 조선 사회의 가톨릭 역사와 활동 상황을 보고하는 성격이 강한데 매호 이러한 성격의 글들이 발표되었다.[11] 내용이 어렵다는 독자들의 반응에도 불구하고 기독교 사상사, 세계 역사, 과학과 종교에 관한 다수의 글이 지속적으로 실렸고 15호부터는 "교리 연구"라는 코너명이 부여하였다.

아래 인용한 글에는 『가톨릭청년』의 구체적인 행동 지침과 방향이 직접적으로 드러난다.

본지는 가톨닉 진리와 사상으로 대중을 획득할 기관이 되어야하며 가톨닉교와 그의 모든 제도적 옹호하는 기사가 되어야 한다.

가톨닉청년은 대중이 현대의 사조와 사상을 바로 파악하고 정확히 비판케 할만한 교육적 사명을 소유하고 잇다.

이러한 이유하에서 제자의 분투노력을 기대하며 또한 여좌한 요구를 게시한다.

1. 반가톨닉적, 반성직적, 기지직접간접적으로 비가톨닉적 출판물을 절대거부하며 『가톨닉청년』지를 물질적으로 후원하라.

2. 가톨닉가정에 『가톨닉청년』지를 드려 보내라.

서 평양교구가, 마지막으로 연길교구가 만들어졌다." 김수태, 앞의 글, 7면.

11 「성토마스철학의 서곡」(윤형중, 『가톨릭청년』 1)과, 「독일 가톨닉교회의 정세」(Locius Roth, 『가톨릭청년』 1), 「성직자와 독신생활」(장면, 『가톨릭청년』 1), 「현대 가톨닉의 지적 사명」(C. 도슨, 『가톨릭청년』 2), 「구약성경의 역사적 가치」(장면, 『가톨릭청년』 2), 「엇던것이 그리스도의 교회냐」(양기섭, 『가톨릭청년』 2) 등의 글들이 게재되었다.

3. 학교, 병원, 호텔, 고장, 모든 공공단체에 『가톨닉청년』을 침입케하라.

4. 광고와 광고료를 획득하라.

5. 원고를 보내고 모든 방법을 다하야 원조하라.

6. 『가톨닉청년』지의 중요성을 인린과 친우에게 설명하라.

7. 구독하며 선전하는 것을 의무로 하라.

— 연길 백주교, 「발간사」, 『가톨릭청년』 4호

『가톨릭청년』은 대중을 상대로 가톨릭 문화를 보급하고 교양을 내면화하겠다는 방향을 가지고 있다. 필자로 비종교인을 적극적으로 포섭하는 이유에 대해서 표면적으로는 보편적인 포용성을 가져야 하기 때문이라고 말하고 있지만[12] 가톨릭 대중을 선도해야 할 목표와 사명에 따른 것으로 보인다. '가톨릭 대중'이란 말은 「가톨릭 청년과 우리」[13]를 비롯하여 편집 후기와 문답란에서 여러 차례 사용되고 있다. 대중은 잠재적 교인으로 면수를 늘리고 가격을 낮추려는 노력(1935년 1월호) 역시 선교 활동의 일환으로 이해할 수 있다.

"『가톨릭청년』은 '연애'와 '상업기질'이 없다"(6호 편집후기)는 잡지의 성격을 가장 노골적으로 보여주는 말이다. "조선교회의 좋은 기관으로 천주의 영광과 공중의 이익이 되어라"(창간사)에서 천명하는 바와 같이 가톨릭 정신을 널리 알리고 사회 문화 운동을 펼칠 것을 기약하고 있다. 가톨릭 전파는 문명의 개척자로서 진정한 선구자가 되는 길[14]과 통한다는 인

---

12 「가톨릭의 보편화에 적응」, 『가톨릭청년』 2-12(1934.12).

13 "어려운난관이 잇다하드래도 우리대중의힘을 다하야 이난관에당하면능히이것을 정복할수잇슬줄밋는다." 최정복, 「『가톨닉청년』과 우리」, 『가톨릭청년』 3.

14 「가톨릭의 文化的 意義」, 『가톨릭조선』, 1937.1.

식이 밑바탕 되어 있다. 종교 관련 논문과 에세이를 주로 게재하면서도 과학, 의학, 일반교양 관련 글과 문예면을 따로 두고 있는 것은 이러한 인식이 밑바탕 되어 있기 때문이다. 이 계몽적 세계관은 유럽식 문화에서 비롯된 것으로 과학 기술의 발전과 인간 정신 발달의 균형을 맞추고자 하는 계몽주의를 가톨릭적 사랑과 실천으로 감싸고 있다는 것이다.

> 우리 사랑스러운 朝鮮에 가톨닉精神을 더욱 퍼기위하야 비롯한 이일이 諸子의 協力으로 날을 쌀어 나어갈것은 의심이업다. 가톨닉精神은 사랑과 光明과 平和의精神이니 사랑은 天主와 敎會와社會를眞心으로사랑함이오 光明은永遠한 道理와知識과 義務를밝힘이오 平和는 모든사람과 모든일에 화목함이다.
>
> — 원주교 창간사, 『가톨릭청년』 1

> 강하고 약한 인민의 분별을 말할진대, 참 개화를 한 나라는 강하고 참 개화를 체화하지 못한 나라는 약하나, 그 개화를 일우는 것은 지식이라, 이 지식이 마음의 본 양식이 되어, 사람이 이 지식을 가지면 강한 사람이오, 이 지식을 가지지 못하면 약한 사람이 되느니라.
>
> — 권두 논설, 『보감』 1

사랑의 실천은 가톨릭의 주요한 행동 지침이자 『가톨릭청년』의 발간 목표이다. "철학을 생활하는 자"(8호 편집후기)가 되어야 함을 반복해서 강조하는데, 사랑을 실천하기 위해서는 올바른 정신을 가져야 한다고 말한다. 지식과 교양을 쌓는 이유는 바로 그러한 이유 때문이라고 보고 있다.[15] 실생활에 대한 정보를 제공하는 것은 교양 교육의 일환으로 이해할 수 있다. 과학, 의학 정보 및 교양 기사가 연재되는데 주로 이동원과 박병래 등이 맡았다.[16] 그 외 연재되었던 「화랑」(장발)에는 유럽의 성화나 조상 등이 소개되고 있다. 한편 종교와 직접적으로 관련되지 않는 그림들이 매호 지면에 작품과 함께 소개되었다.[17] 선교사, 신부, 유학생 등을 통해서 입수된 것으로 보이는 이러한 작품들은 당대 독자들에게 새로운 감각을 불러일으키는 예술 작품이었을 것이다. 『가톨릭청년』은 선교라는 일차적 목표의 달성을 위해 지식 및 교양 교육이라는 전술을 쓰고 있으며 이는 조선 사회에 가톨릭을 정착하기 위한 문화적 포석이라고 할 수 있다.

『가톨릭청년』은 1934년 11월호부터 편집상 한글 위주로 하고 있는데 이미 그 이전부터 한글에 관련된 논문과 에세이를 게재한 바 있다.[18] 특히 17호에서 밝히고 있는 바와 같이 경성에서 오교구 출판회의 이후 새로운 활동기에 들어가고 있음을 알 수 있다. 특히 조선어 연구 논문들을 수록하여 한글 보급에도 앞장섰던 면모[19]를 찾아볼 수 있는데 이 역시

---

15 "가톨닉 정신으로 살라는 것 (…중략…) 착한 의지와 론리적 정신을 발표하라는 것이다. (…중략…) 가톨닉 정신으로 사는 자는 자기가 가진 진리를 다른 만흔 형제에게 주기를 원하여야만 안전한 평화를 누릴 것이다."(경성 원주교)

16 「스포-츠란 무엇인가」(이동원, 『가톨릭청년』1), 「하계 전염병에 대하야」(박병래, 『가톨릭청년』1), 「하기 스포-츠 수영」(이동원, 『가톨릭청년』2), 「마라리아의 증세와 치료법」(박병래, 『가톨릭청년』2), 「등산과 야영」(이일, 『가톨릭청년』3), 「가정간호상식」(박병래, 『가톨릭청년』8)

17 10호 정지용의 종교시 발표 지면, 13호 가람의 시조 발표 지면 하단부에 피카소의 그림이, 11호 유치환, 임학수의 발표 지면에 반 고흐의 그림이 인쇄되어 있다. 15호 임학수 시, 방수룡 역시에 마티스의 작품이 인쇄되었다.

18 이병기, 「朝鮮語講話」(연재); 申昌斗, 「우리말은 우리 글로」(『가톨릭청년』2-11, 1934.11); 安應烈, 「言語에 對한 一考察」(『가톨릭청년』2-11, 1934.11); 「『가톨릭청년』지의 한글 신철자법 채용을 보고서」(『가톨릭청년』2-12, 1934.12)

19 『가톨릭청년』에는 이병기의 「조선어강화」가, 『가톨릭조선』에는 「신철자법연구」가 게

대중성의 확보와 선교의 효과적 수행을 위한 것으로 보인다.

> 될수록 대중의 요망을 존중히 녁여온 본지 편집부원은 일층더 이에 유의하야 이제는 문자 그대로의 대중잡지로 할 생각입니다. 이렇게 함에는 몬저 될수록 조선문으로 쓸 것입니다. 또 취미란을 확장하여야 할 것입니다. 이 두 가지가 구비된 때의 대중의 환호를 우리는 지금부터 상상하고 있읍니다. 조선말을 살릴 의무는 조선사람에게 있습니다.
>
> ─「편집후기」, 『가톨릭청년』 17

> 취미진진한 그리고도 우리의 지적 영양이 될 만한 것이면 무엇이든지 공개하려 한다. 따라 매수(枚數)도 제한하지 않어 문자그대로의 대중을 본위로 한 원고를 환영하려 한다.
>
> ─「원고모집 광고」, 『가톨릭청년』 18

17, 18호부터는 잡지가 쇄신해야 함을 적극적으로 표명하고 있다. 19호에는 "그 다음으로 오교구 위원들의 알선하에 다수의 새로운 집필자를 망라하야 일층 더 활기 있는 진용을 꿈이고저 합니다"(알림란)라고 언급하며 64매에서 80매로 증가하겠다고 밝힌다. 18, 19호 「본지 내용 쇄신에 대한 각계 인사의 의견 (1·2)」을 연재하고 있다. 가톨릭 출판물의 중요성을 역설하면서 출판물의 지속과 영향력의 확대에는 "대중의 마음을 파악하는 것"이 중요하다고 말한다(25호 권두사). 이러한 움직임들은 교

재되었다. 『조선크리스토인회보』, 『협성회회보』 등의 초기 기독교 잡지 역시 순한글 구어체를 표방하였다.

구 통합과 문서 선교라는 잡지의 역할을 효과적으로 수행하고 있지 못하다는 위기의식에서 비롯된 것으로 보이며, 방어적이고 비판적인 담론이 꾸준히 생산되는 원인이 된다. 아래 인용한 글에서 문제를 진단하는 방식이 그러하다.

> 현하의 모든 불안 질투 계급투쟁 착취 등의 모든 현상은 우리가 개탄하는 바다. 그런 현상의 원인은 어듸 잇는가? 그는 다 애덕이 부족한데 잇는 것이다. 서로 사랑하고 도아주면 동정하는 것을 우리의 중요한 본분으로 생각하는 이가 만흐나 그들의 소위 휴마니타티즘(인성주의)은 너무 세속과 인성만 생각하는 것이 그 결점이다.
>
> ― 원산홍신부, 「발간사」, 『가톨릭청년』 10

유물론과 로만 가톨릭 간의 대립은 『가톨릭청년』에서 그대로 재현된다. 조선 가톨릭을 공고히 하기 위해 가톨릭 역사를 살피거나, 가톨릭 교리를 연구하는 글을 싣는 한편으로 유물사관을 비판하는 글을 지속적으로 게재한다.[20] 일본에서 '불안의 철학', '행동주의 문학'에 대한 논쟁이 있었다는 사실을 전하며, 사회주의나, 자유주의 모두에 반대 입장을 밝히며 불안을 극복(초월)할 것을 요구하기도 한다(『가톨릭청년』 23, 편집후기).

---

20 「성서상으로 본 공산주의」(오기순, 『가톨릭청년』 5~6), 「유물론자의 자연발생관」(신인식, 『가톨릭청년』 6), 「물질본질관의 시대적 고찰」(김덕유, 6호), 「유물사관 비판」(라우레스, 7호), 「물질본질관의 시대적 고찰」(김덕유, 8호), 「사회주의의 자본주의에 대한 투쟁」(길세동, 21호), 「사회주의와 자유주의」(길세동, 24호)

3. 『가톨릭청년』 소재 문예물의 특성

1) 『가톨릭청년』 문예란의 성격

종교지에는 종교적 성격에 맞춰 표면적으로 구원이나 구도를 내용으로 한 시가 많은 데 비해 『가톨릭청년』의 문예란에는 조선 문단에서 활약하고 있는 주요 작가들의 비종교적 성격의 시들이 비교적 많이 발표되었다. 문예란에 발표된 작품의 성격과 방향에 대해서는 아래 편집후기를 참조해 볼 수 있다.

> 압흐로 숨어게신학자 예술가를 얼마던지 들추어내이기가 『가톨닉청년』의 유일한 흥미이다 가톨닉작가여! 우리는 그대들을 몹시고대한다. 우리는 '가톨닉이오 작가'를 생각한다. '비가톨닉이오 작가'는 매우낫서른손님이다
> ─ 「편집후기」, 『가톨릭청년』 2

> 가톨닉文學은 독마的存在가아니다. 敎皇無謬性은 문학에 公式應用하는 것이아니다. 가톨닉文學은 다만 態度가 가톨닉的이오 動作이 가톨닉的이오 文學批判도 이에서 出發할뿐이다.
> ─ 「편집후기」, 『가톨릭청년』 4

가톨릭 작가의 훌륭한 종교시를 고대하면서도, 비종교적 작품이라도 태도의 측면에서 가톨릭적 충실성이 확보된다면 잡지의 지면에 충분히 허용된다는 입장을 표명한다. 초기 문예란의 주요 필진들은 이병기, 정지용, 김기림 등이었다. 정지용이 성경을 발췌 번역하고 종교시와 수필

을 창작하여 발표하였다면 이병기는 종교와 무관한 내용의 시조와 수필을 발표하였다. 김기림과 이상의 시, 박태원의 콩트와 이태준 수필 역시 비종교적인 작품들이다. 조선 문단에서 주요한 활약을 보이고 있는 작가들을 대거 유입하고 있는 것은 아무래도 초기 문예란의 입지를 살리고 잡지의 품격을 유지하려는 의도가 종교문학의 확립보다는 더 우선시되었기 때문으로 보인다. 그러나 문예물의 필자 확보가 그리 쉬웠던 것은 아니었던 것 같다. 10호에는 지방 투고시가 많이 발표되었음을 편집 후기에 밝힌 바 있고, 12호에는 문예물이 게재되지 않았다. 14호에도 문예물이 대폭 축소되었다. "이것으로는 우리의 창작란이 넘우나 적막한 것 갓습니다. 가을이 오면 이곳에도 풍부한 과일이 몰려오겠지요"(15호, 편집 후기)라고 밝히기도 하였다.

필자 확보의 어려움에도 불구하고 문예란을 지속하고 있으며 종교문학 담론을 펼치고 있다. 『가톨릭청년』의 문학적 의욕에 반해, 임화는 가톨리시즘에 대해 문화의 퇴조적 경향이라 규정하고 '조선문학의 위기'라고 말하였다(「가톨릭문화비판(1)」).[21] 가톨리시즘 문화 운동을 부르주아 이데올로기에 의한 것이라고 보는 입장이다. 임화의 가톨릭 이해가 편협함을 지적하고 인간 역사에서 물질만큼이나 정신적 요소가 중요함으로 역설한 사람은 윤형중(「가톨리시즘은 현대문화에 엇던 위치에 섯는가」)[22]과 이동구이다. 이동구는 「가톨닉은 文學을 어떻게 取扱할까」에서[23] 문학

---

21 『조선일보』, 1933.8.11〜18.

22 『조선일보』, 1933.8.26.

23 『가톨릭문학』 1-1, 1933.6. 그 외 이동구는 단편소설 「渡航勞動者」(1-4, 1933.9)와 장편소설 「風船」(2-3, 1934.3)과 평론 「文藝時評」(1-5, 1933.10)을 『가톨릭청년』에 발표하였다.

을 고민적 문학, 파괴적 문학, 향락적 문학으로 구분하고 프로문학을 파괴적 문학으로 취급하였다. "그 작품을 읽는 독자를 배양식히는 요소는 그 작품에 내포된 '조직화한 도덕'임으로 이 요소를 부화할 확고한 인생철학이 필요"하다고 말하며, 종교문학의 입지를 구축하기 위한 문학론을 펼치고 있다. 이효상의 "종교자의 비종교적 시보다 비종교자의 종교적 시가 더 낫다"(「가톨릭 信仰과 가톨릭 詩人과」)[24]는 발언은 언뜻 '비종교자'라는 말 때문에 보편적 윤리를 추구하는 것처럼 보이나 사실은 가톨릭 종교가 교회 안에서의 종교인의 논리 이상의 것으로 개인의 일상과 사회의 제도를 규율하고자 한다는 사실을 보여준다.

2) 근대시의 격조와 종교시의 초월성 – 이병기, 정지용 외

김기림은 현대문학에 있어서 불안 심리의 피난처로서 가톨릭이 지니는 매력에 대해 긍정적으로 논하였다.[25] 그럼에도 불구하고 그의 작품에는 실제 가톨릭적 요소를 찾을 수 없다. 작품 창작에 가톨릭적 요소를 가장 적극적이고 세련된 면모로 실천한 시인은 정지용이다. 그는 일찍이 "신앙이야말로 시인의 일용日用할 신적 양도糧道가 아닐 수 없다"(「시의 옹호」)고 말한 바 있다.[26] 이러한 차이보다 더 중요한 것은 실제 창작의 방법에 가톨릭적 요소들이 어떻게 자리 잡고 있는가이다. 『가톨릭청년』 초기 문예

---

24 『가톨릭청년』 4-5, 1936.5.
25 「문단시평」, 『신동아』 23, 1933.9.
26 方濟各이라는 필명으로 성경을 발췌 번역하여 연재한 것이 「그리스도를 본받음(1-1 ~2-7)」(1933.6~1934.7)이다. 정지용이라는 이름으로 수필 「素描(1~5)」를 연재하였다. 정지용이 『가톨릭청년』 발표한 시는 「海峽의 午前 二時」, 「毘盧峰」, 「臨終」, 「별」, 「恩惠」, 「갈릴레아 바다」, 「時計를 죽임」, 「歸路」, 「다른 하늘」, 「不死鳥」, 「나무」, 「紅疫」, 「悲劇」이다. 대부분 종교적 색채가 강한 작품들로 '지용' 또는 '정지용'이라는

란의 주요 필자는 정지용과 이병기였는데,[27] 서로 다른 창작 방향과 활동을 보여준다는 점에서 이들의 작품 성향은『가톨릭청년』의 문예란과 당대 조선 문단의 방향을 점검하는 데 주요한 측면을 시사해준다.

골짜기 눈얼음이 아즉도 자저잇고

바람ㅅ긋 차다하여 오는봄 더듸다 마라

언덕위 금잔듸비치 어제 오날 다르네
(…중략…)
쓸위에 심은 나무 한길 남아 자랏고나

늘어진 낡은 가지 새로 나는 어린 니피

볼스록 보드라워라 손이 절로 가지네

— 이병기, 「紅桃」,『가톨릭청년』1

얼골이 바로 푸른 한울을 우러럿기에
발이 항시 검은 흙을 향하기 욕되지 안토다.

곡식알이 걱구로 써러저도 싹은 반듯이 우로!

───────────
이름으로 발표되었다.
27 가람의 시조, 「紅桃」, 「함박꽃」, 「달」, 「幸州」, 「怪石」, 「天摩山峽」. 수필, 「換節」.

어느 모양으로 심기여젓더뇨? 이상스런 나무 나의 몸이여!

(…중략…)

목마른 사슴이 샘을 차저 입을 잠그다시

이제 그리스도의 못박히신 발의 聖血에 이마를 적시며

오오! 新約의 太陽을 한아름 안다.

— 정지용, 「나무」, 『가톨릭청년』 2-3

벌판한복판에 꼿나무하나가잇소 近處에는 꼿나무가하나도업소 꼿나무는제가생각하는꼿나무를 熱心으로생각하는것처럼 熱心으로꼿을피워가지고섯소. 꼿나무는제가생각하는꼿나무에게갈수업소 나는 막달아낫소 한꼿나무를爲하야 그러는것처럼 나는참그런이상스러운숭내를내엿소

— 이상, 「꼿나무」, 『가톨릭청년』 2

위의 세 작품은 모두 '나무'를 제재로 하고 있다. 이병기의 '복사나무'와, 정지용의 '나무', 이상의 '꽃나무'를 바라보는 시인의 시선과 형상화 방식은 조금씩 다르다. 『홍도』에서 계절의 변화를 미묘하게 감각하는 이가 바라보는 나무는 실제적 풍경 속에 서 있다. 『나무』에는 반추하고 회고하는 자가 등장하며, 그는 십자가에 못 박힌 그리스도의 희생을 사유하는 자로서 성체와 자신의 신체를 늘 나란히 놓는다. 『꽃나무』에는 존재와 부재의 혼돈 속에 서 있는 벌판의 나무가 등장하며 이 나무는 제 존재를 온전히 증명할 수 없는 달아나는 존재로서의 '나'와 겹친다. 제재의 유사성에도 불구하고 여러 시선의 혼재 자체가 당대 조선 문학의 한 특

징이라고 할 수 있으며 이러한 작품들을 모두 게재하였다는 것이『가톨릭청년』의 특징이라고 볼 수 있다. 이병기의 시조가 자연스럽게 "손이 절로 가지"는 나무를 묘사하고 있다면, 정지용의 시에는 신성성을 내포한 성체로서의 나무를 통해 종교적 초월성을 지향하는 고백적 주체가 드러나며, 이상의 시에는 "열심으로" 사유하지만 불가능에 이르는 '이상스러운 숭내'를 내는 '나'의 탈주와 유희가 엿보인다. 계절의 변화를 감각하는 '나'가 자연의 일부라면, 천상의 세계를 지향하는 '나'는 한없이 낮은 자리에 임하고 있으며, 세계와 나의 대면 속에서 불가능한 싸움을 벌이고 패배하는 나는 세계 그 자체이다.

이병기가 시조의 현대화를 통해 조선시의 격조를 창조하는 것이 조선 문학을 근대화하는 한 방법으로 여겼다면 이상은 새로운 기호와 문법을 통해 '나'를 창조하는 독특한 실험 정신과 유희로 조선시를 새로운 영역 안에 발 들여놓게 하였다. 물론『가톨릭청년』에서 가장 활발하게 활동했으며 적극적으로 종교시를 창작한 시인은 정지용이다. 정지용 시에 나타난 초월적 주체나 내면 성찰적 자아를 언급할 때 빼놓을 수 없는 부분이『가톨릭청년』에 발표된 종교시편이다. 정지용의 종교시[28]는 개인사와 관련되어 주로 언급되거나,[29] 초기시와 후기시의 격절을 이어주는 가교적 역할을 하는 것으로 이해되었다. 정지용이 풍요로운 정신적

---

28 논자마다 종교시편으로 다루는 작품에는 다소 차이가 있다. 대체로 1933~1935년 사이『가톨릭청년』에 발표된「臨終」,「별」,「恩惠」,「갈릴레아 바다」(1933.9),「다른 한울」,「또하나 다른 太陽」(1934.2),「나무」,「不死鳥」(1934.3),「勝利者 金안드레아」(1934.9),「悲劇」(1935.2) 등의 작품들을 정지용의 가톨릭시로 볼 수 있다.『시문학』에 수록된「그의 반」과『백록담』에 수록된「슬픈 우상」역시 종교시로 봐야 할 것이다.「어머니」와「천주당」등의 작품을 포함시키는 경우도 있다.

29 정지용은 1928년 성프란시스코 사비엘 천주당(가와라마치 교회)에서 요셉 히사노 신

위상을 확보하고 동양적 전통에 침잠할 수 있었던 데에 가톨리시즘이 일정한 역할을 했다는 것이다.[30] 또한 감각의 경박성을 극복하여 시적 품격을 유지하고 사상과 관념을 부여하는데 가톨릭의 수용이 필요했다고 보고 있다.[31] 고뇌와 번민의 대상을 투사할 수 있는 신의 자리에 대한 갈구와 완벽한 인간상에 대한 시적 구현은, 그의 문학적 열망이 종교적 스타일의 옷을 입을 수 있게 만들었던 것으로 보인다.[32] 그러나 구도적 자세를 보여주거나 참회의 언어로 시의 형식을 마련해가는 것은 종교시라고 판단되는 특정 시편에만 집중된다고 볼 수 없다.[33] 고독과 절망으로부터 구원받으려는 것은, 본원적인 것이지만 이 욕망은 식민지 조선의 상황과 그것을 인식하는 비애감과 무관하지 않아 보인다. 후기시의 의식화된 자연 공간은 이러한 필요에 의해 창출되었을 것이다.

종교인들은 신의 섭리에 따르는 구도적 삶을 지향하지만 사제와 일반인들의 태도가 같을 수는 없을 것이다. 조선 문인들이 종교와 문학을 접속하는 지점에도 '불가능'을 인식하고 그것을 넘어서려는 시도가 거

노스케를 대부로 하여 뒤퇴 신부에게 세례를 받았다고 한다. 『가톨릭청년』의 편집위원으로 활동하며 세례명 방지거(方濟各)로 종교시를 발표하였으며 성경을 발췌 번역하여 수록하기도 했다(「주여」, 「성모」, 「가장 나즌자리」, 「그리스도를 본바듬」), 1938년 전후 정지용은 새벽 미사를 다니는 독실한 가톨릭 신자의 모습을 보였다고 한다 (『정지용문학독본』, 박문출판사, 1948, 31면; 최동호 편, 『정지용 사전』, 고려대 출판부, 2003 참조).

30 최동호, 「산수시의 세계와 은일의 정신」, 『불확정 시대의 문학』, 문학과지성사, 1987.
31 김용직, 「정지용론」, 『한국현대시사』, 한국문연, 1996; 이숭원 편, 『정지용』, 문학세계사, 1996, 258면.
32 김윤식은 정지용, 이양하, 이태준 등이 보여준 30년대의 이러한 문화적 감수성이 귀족주의적 취향의 일종이라고 말했으며, 정지용의 가톨리시즘이 장식적인 미학의 수준을 넘어서지 않는다고 보았다. 김윤식, 앞의 책, 421면.
33 유성호, 「정지용 '종교시편'의 의미」, 『정지용시인 탄생 100주년 기념─지용문학세미나』, 대한출판문화협회, 2002.5.15, 63~86면.

기에 있었을 것이다. 그 때 불가능은 인간이 가지는 본원적 한계일 수도 있고 식민지 조선인으로 살아간다는 것으로서의 내면 갈등일 수도 있다. 후자의 측면에서 조선 문학에서 감각을 역사화하는 방식이 현실적으로 불가능할 때 자기 경험을 초월성에 잇대는 활로가 개척되고 이는 가톨릭 문학의 출현과 활성화라는 결과를 낳는다고 볼 수 있을 것이다.

3) 『가톨릭청년』이 키운 모던보이들―김기림, 이상 외

종교적 색채와 거리가 멀지만 김기림과 이상 역시 다수의 문예물을 『가톨릭청년』에 발표하였다.[34] 김기림의 작품들은 주로 문명 비판적 성격을 갖고 있으며 이미지즘 차원에서 논할 수 있는 작품들이다. 이상의 발표작들 역시 가톨릭과 무관해 보이지만 이상의 시세계를 가늠할 수 있는 주요 작품들이다. 그 외 신석정, 유치환, 임학수, 허보, 방수룡, 김공흠, 이효상, 방수룡의 시가 『가톨릭청년』의 문예란에 게재되었다. 후기 문예란으로 갈수록 방수룡, 김공흠 등이 쓴, 종교적 색채가 강한 작품들이 주로 발표되는 경향을 띠고 있다. 모더니즘 계열의 시인들이 보여주는 작품들에는 사물과 대상을 집요하게 관찰하는 '나'가 드러나며, 풍경을 재구성하는 근대적 주체로서 세계에 맞닥뜨린 개별자로의 개성을 보여준다.

밤이 거러온다 아득히 지평선 밖에서- 살분 살분 밤그늘이 거러온다

---

34 이상의 시, 「꽃나무」, 「이런 詩」, 「一九三三. 六. 一」, 「거울」, 「正式」 I ~ Ⅵ, 「易斷」; 김기림 시, 「한여름」, 「海水浴場의 夕陽」, 「바다와 抒情詩」, 「밤의 SOS」(「비」), 「戱畫」, 「마음」, 「밤」. 김기림의 수필 「象形文字」.

이윽고 내 창에 와 가만히 얼굴을 대이면

그 가슴 속에서는 빛나는 불 하나

— 임학수, 「밤그늘」, 『가톨릭청년』 20

이 풍만한 삼월의 한울 아래서 너희의 날개는 어째서 빨래와 같이 꾸겨저 있느냐?

나는 문득 벽옹에 흐터저 있는 상형문자들이 바로 내 자신의 성자(姓字)들임을 발견한다.

(…중략…)

胡蝶들을 다리고 나는 窓머리로간다. (…중략…)

나는 그들을 손바닥에 추어들고 卽時날기를 命한다. 그러고 놓아보낸다.

그렇나 날림은 벌르서 숲속에 닞어버리고온 머-ㄴ 風俗이다.

이윽고 窓밑 꺼분∨한 空氣의 底層에 빠저잠겨버린 수없는 胡蝶의 屍體들.

— 김기림, 「상형문자」, 『가톨릭청년』 22

거울속에도 내게 귀가잇소

내말을못아라듯는짝한귀가두개나잇소

◇

거울속의나는왼손잡이오

내握手를바들줄몰으는—握手를몰으는왼손잡이오

— 이상, 「거울」, 『가톨릭청년』 5

「밤그늘」에서 '밤'은 낮이 지나고 자연스럽게 다가오는 어둠의 시간이 아니라, 그늘을 거느리고 다니며 가슴에 불을 품은 방문객이다. "내 창에 와 가만히 얼굴을 대이"는 밤은 발걸음이 있고, 얼굴이 있다. 어느 밤에 창가에 선 '나'는 '나'와 '밤' 사이를 새롭고 낯설게 느낀다. 밤에 육체성을 부여할 수 있는 것은 시적 주체가 이미 자연의 시간에 순응하는 존재가 아니라는 것이다. '삼월의 하늘' 아래 절망을 느끼거나 '벽 위'의 낙서에서(또는 '흰구름속에서') 자신의 이름을 발견하는 「상형문자」의 시적 주체 역시 마찬가지다. 사물과 대상 속에서 수집한 '상형문자'를 "나의 표본실에 진열"하는 이는 수집광의 모습을 보여준다. 자연에 대한 독해의 방식에서 주체의 불안을 느낄 수 있고 대상을 바라보는 관찰자의 정서적 감흥을 통해서 절망하고 '빗겨선' 주체의 출현을 감지할 수 있다. 이 '빗겨섬'을 가장 잘 보여주는 시인이 이상이다. 「거울」에서 '나'와 거울 속의 '나'는 만날 수 없다. '나'의 말을 '못 알아듣고', 내 악수를 받을 줄 '모르는' 거울 속의 '나'를 마주보는 행위는 실제의 '나'와 사유하는 '나' 사이의 간극, 실재의 '나'와 세계 속의 '나'의 불화를 극명히 보여준다. 출구 없음에 맞닥뜨리는 이상의 절망은 종교에 반한 것인지도 모른다. 가톨릭교회의 교리와 권위에 따르지 않고 스스로 의미를 발견하고 방황하는 주체는 '비종교적'이다. 그러나 이러한 작품들은 꾸준히 『가톨릭청년』에 게재되었다. 이 비종교적 태도의 진실성은 천부적인 재능과 초월적 감각이 만나는 지점에서 발생한다. 진리를 향한 탐구와 자유 의지는 그것 자체가 종교적이지 않지만 가톨릭이 지켜가고자 하는 합리적 이성이나 실천적 사랑과 먼 거리에서 만날 것이다.

4.『가톨릭청년』의 에세이와 번역물

『가톨릭청년』 21호 문예란에는 박태원, 이병기, 서항석, 이태준의 글이 수록된다. 편집후기에 "이번문예란은 조선현문단에 있어 주요한 地步를 점령하고 있는 작가제씨의 원고만을 실렸읍니다"라고 기록하고 있다. 이들의 작품에 드러난 주요 정조는 슬픔과 고독인데 대상에 대한 연민을 통해 자신을 발견하는 모습을 보여준다. 이러한 작품들을 통해 조선인의 내면과 조선 사회의 한 국면을 유추해볼 수 있다.

水仙.

"너는 고향이 어디냐?"

나는 지난밤 자리에 누우며 문득 그에게 이러케 속삭였읍니다. 그는 다음과 같이 도련도련 대답해주는 것 같습니다.

"내 고향은 멀어요 이러케 추은 데는 아니예요 하늘이 비춰 같고 따스한 햇볓이 입김처럼 서리고 그리고 물이 거울처럼 우리를 처다보면서 찰락 찰락 흘러가는 데예요 또 나비도 있예요 부얼도 날러오는 데예요"

하는 듯 그의 말소리는 애처롭게 애처롭게 내 마음 속을 어이는 듯했읍니다.

— 이태준, 「수선」, 『가톨릭청년』 21

廊下 兩녘에 띠엄 띠엄 놓여 있는 長椅子 우에 그러케도 아퍼 풀이 죽은 病者들의, 그 쭈그리고 앉었는 양이 애닯고 또 불결하다.

그네들의 힘없는 눈은 끊임없이 그네들의 아픔을 하소연하고, 간혹 입을 열어 그네들이 곁의 사람과 말을 건넬 때, 그네들의 말소리는 그러케도 힘없이 또 힘 있을 수 없이 아픈 이야기 마듸마듸에, 그네들은 서로 한숨짓고, 서로 가엽서하고, 그리고 또 서로 아퍼합니다.

— 박태원,「병원」,『가톨릭청년』21

역사를하노라고 쌍을파다가 거다란돌을하나 쓰집어내여놋코보니 도모지어데서인가 본듯한생각이들게 모양이생겻는데 목도들이 그것을메고나가드니 어데다갓다버리고온모양이길내 쏘차나가보니 危險하기짝이업는큰길가드라.

그날밤에 한소낙이하얏스니 必是그돌이깨씃이씻겻슬터인데 그잇흔날가보니까 變怪로다 간데온데업드라. 엇던돌이와서 그돌을업어갓슬가 나는참이런凄凉한생각에서 아래와가튼作文을지엿도다.

'내가 그다지 사랑하든 그대여(…중략…)'

엇던돌이 내얼골을 물스럼이 치여다보는것만갓서서 이런詩는 그만씨저버리고십드라.

— 이상,「이런詩」,『가톨릭청년』2

인용 작품들에서 글을 쓰는 주체는 모두 어떤 대상으로부터 자신의 감정을 읽어내고 있다. 그러한 감정들은 온전히 내 것도 아니고 대상의 것도 아니다. 대상을 관찰하는 시선을 통해 촉발된 것이며 감정이 굴절되어 간다. 「수선」에서는 가족(아내와 아이) → 수선 → 나로, 「병원」에서는 환자 → 간호부 → 병원으로 시선이 이동한다. 「이런 시」에서는 공사장(돌 발견) → 큰길가(돌 있음) → 이튿날(돌 없음) → 노트(부재의 시선)로 공간이 변화한다. 이태준의 수필에서 '수선'에서 느끼는 애처로움은 슬픔과 결핍감을 촉발한다. 박태원의 수필에서 '환자들'에게서 느꼈던 연민은 간호부들의 건강함과 대비되어 자괴감을 느끼게 만들고 이 절망감은 허연 병실의 벽에 투사된다. 이상의 시에서 '사라진 돌' 때문에 느끼는 처량함은 작문作文으로 이어지며 그 글속에서 '나'는 사랑에 빠져 상실과 결핍을 느끼는 자처럼 표현된다. 그런데 세 편 모두 '어찌할 수 없음'을 고백하는 것으로 글이 마무리된다. 그것은 무능보다는 항거에 가까운 것인데 이태준은 수선에 대한 자신의 기호를 단념할 수 없다고 고백하고, 박태원은 죽음의 그림자에 몸서리치면서도 내일의 건강을 기원한다. 이상은 부재하는 돌의 시선을 느끼며 자신의 메모를 찢어버리고 싶어진다고 고백한다. 대상에 대한 관찰이 '나' 자신과 세계에 대한 사유로 이어지고, 그러한 과정 속에서 산출된 시선의 변화와 감정의 굴절은 글을 쓰는 이의 조건과 환경을 생각하게 만든다. 조선인과 조선 사회를 배경으로 한 문인들의 지적 탐색과 그 기록 자체는 직접적으로 종교적인 것은 아닐 것이다. 문제를 뚜렷하게 해결해주지 못하는 사건의 병치와 사물의 나열 역시 종교적인 것과 거리가 멀다. 문인들은 심연에 가닿아 진리를 깨닫지 못하고 주변부에 맴도는 자임에도 불구하고 당대 조선 사회의 주요 지식인 계층이었으며 이들에게 부여된 사회적 역할과 기대가 있었을 것이다. 절박한 위기를 타개할 비전을 제시하고자 이미지를 더듬고 정서를 창출하는 문인들의 목소리에 귀 기울이고 발표 지면을 확보해주었던 것이 『가톨릭청년』이었다.

한편, 『가톨릭청년』에는 소설 장르의 글이 그다지 많이 발표되지 않았다. 아무래도 종교적 영향이 이야기 장르에는 보다 직접적으로 영향을 미치기 때문인 것으로 보인다. 강석현이 소설 장르의 주요 필자였는데 「비밀의 비밀」은 프랑스 파리를 무대로 한 이야기로 성직자가 등장하는 종교적 색채가 강한 콩트이다. 「거울과 왕후」는 '백설공주'를 각색한 내용이다. 오기순의 「최후의 승리」(극) 역시 종교적 색채를 드러낸다. 기타 기행문, 회고록, 실화가 게재되기도 하였다. 玉수산나, 「異域의 印象記」, 張勉, 「大陸橫斷記」, 姜神父, 「大戰에 動員되었던 나의 회고담」, 李根實, 「死線을 脫走하여」(3-1, 1935.1), 吳基順, 「死線을 넘던 群像」, 徐廷夏, 「北滿夜話」(4-11, 1946.11), 「슈밀 박사 방문기」(27호) 등이 있다. 그 외 「군난체험기」 코너가 28호에 신설되었으며 다섯 편의 글이 실린다. 두 세 차례의 대담과 좌담물이 수록되기도 하였다. 「지상 토론」이라는 코너에는 "조선에 있어 가톨릭 진리를 선전함에는 금전일가? 열성일가?"(김공흠, 김수암)를 통해 조선 사회 가톨릭 운동에 대한 설전이 벌어지며, 「평양교구 가톨릭운동 연맹」라는 표제 하에 "각지 대표자 좌담회"(홍신부 외 15인)가 수록되기도 하였다.

한편 종교와 무관하게 많은 외국 작품들이 번역 게재되었다. 논문이나 성경 번역 이외의 유럽의 문학 작품들이 많이 소개되었으며 확실히 독일 문예물을 많이 번역하였다. 특히 6호에 서항석(피세르 콜브리, 아이헨도르프), 김안서(폴 베를렌), 이하윤(프란시스 잠)의 번역시를 대거 수록하였다. 이어 7호에 안헤르미나(폰 막데부르흐), 오기선(안젤루스 실레시우스)의 번역시가, 9호에 양기섭, 서아가다의 번역시가 발표되었다. 드물게 번역 성극 「수난」(헤르만 호이쎼르스)이 발표되기도 하였다. 「네 뜻대로」(김수명 역, 루네바샨 작)도 종교적 색채의 이야기다.

번역 소설로는 「어둠에 반짝이는 것」(헨릭. 센키-위즈, 이병기 역), 「두 老人」(알퐁스 도오데, 조용만 역), 「베니스」(아-더 사이몬, 임학수 역), 「네 뜻대

로」(루네바산, 김수명 역), 「聖像 만드는 修士」(헨릭 셍키 위치, 임명화 역), 「聖
旨」(스위-W. 카민스, 방수룡 역), 「배바구니梨籠」(사를 비루도락, 방수룡 역), 「벤
후르」(연재, 1936.1~1936.12)(레위 왈라스, 羅瑞道 역) 등이 있다. 번역시에는
「어둠 속의 바람」(피세르 콜브리), 「어린 것을 잃고서」(아이헨 도르프, 서항석
역), 「안개 속을 걸음의 야릇함이여」(헤르만 헤세, 서항석 역),[35] 「黃燭에 불
을 밝히며」(데니스 A 맥카-티, 徐아가다 역), 「고부라진 가시」(버-튼 칸프레, 徐
아가다 역), 「하늘은 지붕 위에」, 「검고 끝없는 잠은」(폴 베를렌, 김안서 역),
「만일 네가」, 「너는 오려니」(프란시스 잠, 이하윤 역), 방수룡의 번역시가 특
히 많은데[36] 「생명의 별」(독일 민요), 「평화」(하인리히. 하이네), 「젊은 마음
아」(아이헨 돌푸), 「자장가」(조지 위더), 「聖母」(독일 민요), 「恩惠의 배」(타울
렌), 「밤의 꾀고리」(폴 베를렌), 「거룩한 밤」(J. 폴)을 번역 발표하였다. 『가
톨릭청년』에 수록된 이들 작품들은 조선의 번역 문학 작품을 살피는 데
유용한 자료로서 앞선 시기의 번역물들과 함께 살펴볼 때 그 특성과 영
향을 가늠할 수 있을 것이다.

5. 근대 계몽주의와 서정시의 초월성

『가톨릭청년』은 조선 가톨릭 연합회가 문서 선교를 위해 1933년 6월
발간한 월간지이다. 발간 취지에 따라 가톨릭에 대한 지식과 정보를 주

---

35 독문학자이자 극작가인 서항석(徐恒錫)은 함경남도 홍원 출생으로 중앙고등보통학
   교를 거쳐 일본 동경제국대학 독문과를 졸업하였다. 대학시절부터 '해외문학파'에 가
   담하여 한국에 독일문학을 소개하는 데 관심을 기울였다.
36 『가톨릭청년』뿐만 아니라 『가톨릭조선』에도 많은 편수의 시를 발표하였다.

로 제공하였으며 서구 역사와 전통을 알리는 계몽적 성격의 글들을 게재하였다. 각국의 가톨릭 소식을 통해 내부적인 결속력을 다지고자 했으며, 서구 문화를 살피는 글들을 통해서 세계 속에서 조선의 위상을 새롭게 인지하게 하며 중국이나 일본과의 관계를 새롭게 볼 수 있는 시각을 마련해 주었을 것으로 보인다. 『가톨릭청년』의 담론은 유럽 위주의 보편적 발전 방향을 설정하고 있으며 근대적 삶의 규범을 내면화할 것을 강조한다. 사랑과 실천을 강조하는 담론에서조차 조선 사회를 발견하려는 적극적인 노력이나 시도가 부족한 것이 사실이다. 그들이 내세운 헌신과 포용력은 천주 안에서의 그것이다. 조선사회가 가톨릭에 대해 친화력을 갖고 있었다면 그건 이미 백 년 전에 선교 활동이 이루어졌기 때문이 아니라 경제적 붕괴와 국권 상실, 식민지 통치로 이어지는 조선의 근대화 과정에 새로운 담론과 인식론적 토대가 조선인들에게 필요했기 때문일 것이다. 가난을 심화시키지 않고 무력을 앞세우지 않았던 '가톨릭'의 사랑과 실천, 헌신과 봉사는 '천주'에 대한 심각한 고민이나 검증 없이 조선인들을 믿음의 세계로 인도할 수 있었던 것으로 보인다.

『가톨릭청년』은 매호 문예란을 통해 조선 문인들의 작품과 번역물들을 싣고 드물게 종교문학과 관련된 평론이 발표되기도 하였다. 이러한 문화적 포석은 계몽 담론의 연장이자 선교 활동의 효과적 수행을 위한 것으로 보인다. 그렇더라도 『가톨릭청년』은 작품을 발표하는 지면을 할애에 주었으며 당대 문인들의 대표작들을 대거 수록하였다. 뿐만 아니라 종교와 문학이 만나는 접점을 구상하도록 해주는 계기가 되었다. 자율성을 확보하기 위해 세속화된 근대문학이 조선 사회에서 왜 다시 종교와 만났던 것일까. 종교적 믿음은 개인의 내면과 초월적 권위를 연결시켜주는 핫라인[1]으로 작용했던 것은 아닐까. 근대 서정시가 가지는 초월성은 이 종교성으로부터 비롯된 것으로 보이며, 이는 정지용의 시를 통해 살펴볼 수 있다. 한편 상징적, 통찰적, 실천적, 미래적 가치의 측면에서 종교의 긍정성을 논할 수 있으며, 바로 이 지점이 문학과 통하는 지점이기도 하다. 따라서 여러 층위에서 '가톨릭적인 것'을 논할 수 있다. 소재나 모티프의 차원에서 가톨릭적인 것, 실용적 기능의 차원에서 선교를 목적으로 한 것, 인생과 세계에 대해 통찰적이고 초월적인 사유를 내포하고 있는 것, 세속적 삶을 되돌아보고 더 나은 삶을 향해가려는 움직임을 보유한 것 등이 『가톨릭청년』 문예란에 게재된 작품들의 특성이라고 할 수 있다. 이러한 요소들은 『가톨릭청년』이 문예란을 지속시켰던 중요한 이유 중의 하나이다. 그러나 근대적 주체의 반성적 사유를 보여주거나 미학적 성과를 거두고 있기는 하지만 실질적인 체험의 영역에서 현실 사회의 문제점을 직면하지 못하고 있는 측면이 발견되기도 한다. 국권 회복과 주체성의 확립을 벗어난 담론이라는 측면에서 피상적이라는 혐의를 벗어나기 어려울 것이다. 다만 종교가 이미 탐구한 것을 전하려는 강력한 의지로 충만해 있다면, 문학은 예술 장르의 특성상 여전히 사물과 대상을 탐구하려는 의지가 계속 남아 있었다. 그리고 바로 이 지점이 조선 문학의 변하지 않는 가능성이라고 할 수 있을 것이다.

---

1   테리 이글턴, 『신을 옹호하다』, 모멘토, 2010, 165~166면; 김명주, 「테리 이글턴의 종교적 전회」, 『문학과 종교』 17-2, 한국문학과종교학회, 2012 참조.

제3장

『문장』에 나타난
'질병'과 '피로'의 문학적 전용

1. 근대 신체 담론과 『문장』

근대 초기 '신체'는 주로 건강이나 위생 담론 속에서 다루어졌다.[1] 신체와 관련하여 '질병'이 새로운 담론의 지층을 만들며 문학적으로 수용된 것은 1910년대였다. '아픈' 몸은 '건강한' 몸을 대신하여 새로운 감각으로 세계를 받아들일 수 있는 계기로 작용하였다.[2] 특히 결핵과 신경쇠약 등과 같은 질병이 예술가의 천재적 감수성인 것처럼 다루어지기 시작한 것은 1920년대 초부터였다.[3] 폐결핵은 산업혁명 이후 빈민 계층의 병이었음에도 불구하고 "「文明은 肺病」이란 시대"[4]라는 말처럼, '문명'

---

1 김주리, 「근대적 신체 담론의 일고찰―스포츠, 운동회, 문명인과 관련하여」, 『한국현대문학연구』 13, 한국현대문학회, 17~30면 참조.
2 신지연, 「축소된 주체와 재현의 밀도」, 『글쓰기라는 거울―근대적 글쓰기의 형성과 재현성』, 소명출판, 2007, 219~229면.
3 이수영, 「한국 근대문학의 형성과 미적 감각의 병리성」, 『민족문학사연구』 26, 민족문학사학회, 2004, 259~285면; 권보드래, 「현미경과 엑스레이」, 『한국현대문학연구』 18, 한국현대문학회, 2005, 19~40면 참조.
4 정석태, 「민족보건의 공포시대」, 『삼천리』, 1929.9, 41면; 김주리, 앞의 글, 38면 재인용.

제3장 | 『문장』에 나타난 '질병'과 '피로'의 문학적 전용 73

그 자체로 향유되는 경향이 만연했다.[5] 또한 근대적 연애와 관련하여 '육체'는 관계를 돌이킬 수 없게 확정하는 기호로 작용하기도 했다.[6] 1930년대 모더니즘 소설에는 육체에 대한 해부학적 명칭과 근대 의학 지식이 빈번하게 등장한다. 작품 속의 의학 지식과 병명은 단지 개인의 것이 아니라 근대 사회 시스템을 말해주는 역사적 성격을 갖는 것으로[7] 근대를 비판하는 일종의 메타포로서 활용되었다.[8] 뿐만 아니라 문학 작품 속에서 질병은 지식인의 전유물로서 미화되어 병든 자가 자신을 치유하기 위해 병든 목소리로 스토리텔러가 되는 경향을 보이기도 하였다.[9]

질병이 문학이라는 양식과 결합하여 메타포로 작용했던 것은 동서양을 막론하고 오랜 전통을 가지고 있으며, 특히 18, 19세기 유럽의 낭만주의 문학과 근대 초기 일본 메이지 문학에서 흔히 발견된다.[10] 질병은 사람들을 좀 더 의식적인 상태로 만들었으며 개성을 부여하도록 하는 경향이 있다. 즉 질병은 어떤 사람을 '흥미롭게' 만들어 주는 역할을 하였다.[11] 근대문학에서 질병이라는 소재는 작가 자신의 내면을 개성적으

---

5   황상익,『문명과 질병으로 보는 인간의 역사』, 한울림, 1998, 207면.

6   권보드래,『연애의 시대－1920년대 초반의 문화와 유행』, 현실문화연구, 2003, 153~159면.

7   이경훈,「모더니즘 소설과 질병」,『어떤 백년, 즐거운 신생』, 하늘연못, 1999, 133~155면 참조.

8   임병권,「1930년대 모더니즘 소설에 나타난 은유로서의 질병의 근대적 의미」,『한국문학이론과 비평』17, 한국문학이론과 비평학회, 2002, 84~85면.

9   Arthur W. Frank, *The Wounded Storyteller: Body, Illness, and Ethics*, The University of Chicago, 1995, pp.1~25; 임병권, 앞의 글, 89면 재인용.

10 수전 손택은 '결핵'과 '암'이라는 두 가지 질병이 어떻게 은유로서 사람들의 의식을 지배하고 있는가를 규명하고 있다(이재원 역,『은유로서의 질병』, 이후, 2002, 11~124면); 가라타니 고진은, 도쿠토미 로카의『불여귀』라는 작품에서 결핵이 일종의 메타포로 작용하기 시작했으며 병이 문학에 의해 신화화되었다고 말한다(박유하 역,『일본근대문학의 기원』, 민음사. 2001, 130~150면).

로 연출할 수 있도록 감성을 개발하고 감각을 발현하도록 도왔으며, 작품 내에서는 실제적인 증상을 떠나 고상하고 지적인 상태를 주인공에게 부여해주는 역할을 하였다. 조선문학에서 '질병'이라는 메타포가 활발하게 사용된 것 역시 이러한 맥락 위에 놓인다고 할 수 있을 것이다. 또한 질병에 대한 문학적 전용은 근대적 공간의 창출과 관련되어 있는 것으로 보인다.[12] 신체와 정신의 불균형, 도시와 지방(요양소)의 대립, 도시 간의 위계(경성과 동경) 등이 작품의 모티프나 구조를 이루는 경우가 흔하게 발견된다. 한편 질병에 관한 담론은 궁극적으로 근대적 이념의 양산과 관련되는데, 병을 신화화하는 문학의 도착적인 면은 국민국가 수립과 근대문학의 형성이 서로 결탁하고 있음을 보여주는 것이라고 할 수 있다.[13]

『문장』에서도 '신체'와 관련하여 근대 문화의 유행과 스타일에 관해 자신의 소견을 밝히는 글들이 종종 발견된다.[14] 신체 기관을 소재로 하

---

11 수전 손택, 이재원 역, 위의 글, 50~51면.

12 공간의 문제를 신체의 문제와 직접적으로 결부시킨 것은 르페브르이다(H. lefebvre, *Production of the Space*, Blackwell, 1991, p.194). 그는 '공간적 신체'가 공간의 생산물이자 공간을 생산한다고 말하였으며, 이에 대해 이진경은 '공간 내 신체'와 '공간적 신체'를 개념적으로 구분해야 한다고 이야기한다(이진경, 『근대적 시 · 공간의 탄생』, 푸른숲, 2002, 147~148면).

13 가라타니 고진, 박유하 역, 앞의 글, 148면.

14 편발의 변천사를 이야기하며 "파아마넨트 라는 놈이 또한 꽤 마음에" 들지만 "늘 보아도 눈에 설고 얄미워 보이는 (…중략…) 고놈의 쥐똥머리"는 별로이며, "무 토막처럼 싹뚝 단발을 해버리는 요즈음의 오가빠상"이나 "뒤통수에 딱 붙여버린 최신형 히사시가미"는 보기에 괴로운 것이라고 말한다(선부(김용준), 「머리」, 『문장』 11, 1939.12, 156~157면). 찻잔을 내려다보다 우연히 눈에 띈 긴 '손톱'을 바라보며, 손톱에 관한 옛날의 전설과 오늘날의 유행을 생각해보는 글에서, 신체 기관을 인식하는 데도 신구 가치의 대립이나 문화적 유행의 영향을 짐작할 수 있게 해주며, 손톱의 모양이나 위생 상태로부터 그 사람을 건강 상태나 직업 같은 것을 알 수 있고, 신분이나 귀천을 드러내기도 한다고 말한다. 정래동, 「손톱」, 『문장』 3-4(폐간호), 1941.4, 221면.

여 가벼운 감상을 밝히거나, 전거를 찾아가며 기능과 그 내력을 소개하는 글들이 게재되기도 하였다.[15] 특히 '질병'이나 '피로'와 관련된 수필과 시 작품은 비교적 흔하게 찾아볼 수 있다. 이 논문에서는 『문장』에 수록된 수필과 시를 통해 1930년대 후반에서 1940년대 초반에 이르기까지 조선의 문인들이 '신체'를 어떻게 받아들이고 있으며, 특히 질병이나 피로와 관련하여 그것을 어떻게 문학적으로 전용시키고 있는가에 주목하기로 한다. 전통의 창조와 민족적 정체성의 확립이 식민지 조선 사회에 요구되는 이상적 담론으로서 종합문예지인 『문장』이 그러한 담론을 구축하는 역할을 훌륭히 수행했다면, 전통주의나 민족주의 담론 바깥에서 산출되는 글들은 당대의 또 다른 경향과 성격을 보여주는 것으로 『문장』을 바라보는 다각적인 시각을 마련해줄 것이다. 문학적 주체의 감각의 발현이나 개성적 표현의 구축은 좀 더 개별적이고 작은 차원의 문제라고 할 수 있을 것이다. '신체'는 내밀한 개성을 드러내고 감각을 보존하는 공간으로, 식민 후기 현실 속에서도 비교적 안전하게 작가적 개성을 구축하는 문학적 공간이 되어주었을 것이다. 현실에 대한 표상 체계를 구성하면서도 현실 세계를 초월할 수 있는 계기가 될 수 있다는 점에서 신체 감각과, 그 증상인 '질병'과 '피로'는 식민지 후기 조선문학의 주요한 징후라고 할 수 있을 것이다.

---

15 황제내경(皇帝內徑)을 인용하여 동양 음색의 궁상각치우가 오색, 오미와 어떻게 대조되고 관련되는지 정리하고 있는 글(오종식, 「미각소고」, 『문장』 11, 1939.11, 152~153면), 사람의 얼굴 각 기관에 대해 개관하고 있는 번역물(알랭, 「사람의 얼굴에 대하야」, 『문장』 2-6, 1940.6·7, 199면), 다방에 앉아 자신의 손을 들여다보면, 지난 시간과 앞으로의 시간들이 고스란히 자신의 손에 흔적을 남길 것이라는 소소한 발견을 적은 글(임학수, 「손」, 『문장』 2-6, 1940.6·7, 158~159면) 등.

2. '질병'과 예술적 신체

질병은 물리적 고통을 가져다주며 죽음에 이르게 하는 공포를 불러일으키지만 바로 그러한 고통과 불안은 예술 작품에서 미화되어 나타난다. 근대문학 작품에서 '질병'에 덧붙여진 것이 바로 '아름다움'이었다. 결핵에 걸린 사람은 아름답게 쇠약해져 갔다. 실제 병의 증상이나 죽음의 고통은 은폐된 채 순결한 영혼이 앓는 낭만적 질병으로 그려졌던 것이다. 질병을 비유나 메타포로 사용하는 것에 대한 인식을 보여주는 다음의 글은, 문학과 현실의 거리를 문제 삼고 있어 주목된다.

> 詩라는것은(그詩人에게도 따르지만)現實보다 아름다운 수가 많다. 그러기 때문에 아름다운것을 形容하여 詩的이라고도 하는것이다.
>
> 芝溶詩集 가운데「紅疫」이라는 一片이 있다. (…중략…) 이것은 그 一例에 지나지 않지만, 「紅疫」 또한 現實의 그것보다 지나치게 아름다웁고 고요한 詩다.
>
> (…중략…) 무서운病인 紅疫이 마을에 드렀다는데 어떻게 그런 고요한 心境을 지닐수가 있을까, 그것이 자못 疑心스럽다고 말하고 싶었을 따름이다.
>
> (…중략…) 人力으로 어찌할수없는 天災를 當하였을때, 그때에도 우리는 藝術이라는것을 생각할것일가.
>
> (…중략…) 그것은[재앙에 닥쳐 그것을 어떻게 묘사할까 생각할 수 있는 호걸의 존재:인용자] 意識的인 한갓 俳優的 衝動에서지, 決코 無意識한 藝術的衝動은 아니라고 말하고싶다.
>
> 이런意味에서 藝術이란 生命이 있은뒤의것이요, 人生의 絶對的인것 같지

는 아니 생각된다.

— 장만영, 「紅疫」, 『문장』 2-6, 1940.6 · 7, 245~246면

장만영의 이 글은 본격적인 평론이 아니라 수필 형식으로 발표되었다. 정지용의 시를 둘러싸고 상당히 조심스럽게 예술과 삶에 대해 의문을 던지고 있다. "모두가 끝없는 불안과 공포에 떨"며 마을 아이들의 병앓이와 죽음을 지켜볼 때 "마음이 바삭 바삭 타지 않을 수 없는 일"이라면서, 현실보다 아름다운 문학에 대한 반감을 드러내고 있다.

정지용의 작품 「홍역」의 원문[16]과 장만영의 글, 이숭원과 권영민의 해석[17]을 나란히 배치한 평자는 유종호이다.[18] 그는, "장만영이 이 시의 핵심을 이해한 것 같지는 않다"고 말하며, 정지용의 「홍역」은 "집안의 언뜻 평화로워 보이는 실내 상황을 간결하게 전하고 홍역이 불러일으키는 불안이나 공포감에 대해서 말을 아끼고 있"다고 설명한다. 유종호가 홍역의 발반發斑 과정을 자세히 설명하는 것은 "홍역과 꽃과 철쭉" 사이의 "단순하나 창의적인 비유법"을 강조하기 위한 것처럼 보인다. 유종호에게 정지용은 "기억할만한 언어 자원 활용"을 보여주는 시인으로, "모국어의 기본 단어의 하나"까지도 섬세하게 새기는 시인으로 평가되고 있다. 미적 감각의 발현과 모국어의 활용은 정지용에게 근대 조선시 형

---

16 "石炭 속에서 피여 나오는 / 太古然히 아름다운 불을 둘러 / 十二月밤이 고요히 물러 앉다. // 琉璃도 빛나지 않고 / 窓帳도 깊이 나리운 대로— / 門에 열쇠가 끼인 대로— // 눈보라는 꿀벌떼 처럼 / 닝닝거리고 설레는데, / 어느 마을에서는 紅疫이 躑躅처럼 爛漫하다." 정지용, 「紅疫」, 『가톨릭청년』 22, 1935. 3.

17 이숭원 주해, 『원본 정지용 시집』, 깊은샘, 2003; 권영민, 『정지용 시 126편 다시 읽기』, 민음사, 2004.

18 유종호, 「홍역과 꽃과 철쭉—시와 말과 사회사(1)」, 『서정시학』 30, 2006, 324~329면.

성의 하나의 기준이 되었던 것으로 보이며 유종호가 긍정하는 대목은 바로 여기에 있다. 그러한 평가를 접어두고 보더라도, 1930년대의 어느 시점에선가 시인들에게 질병이 가져다주는 고통은 미적 표현 양식으로 전용될 수 있었으며, 물리적인 고통을 간접화하는 방식으로서 시적 표현에 가능했던 데에는 '예술적 신체'를 만들어 내는 담론이 깔려 있을 것이다. 예술을 위해 신체는 변형·왜곡될 수 있었으며 고통은 미적 양식이 될 수 있었다.

　조선문학에서 사랑이나 열정이라는 이미지와 결합하여 병은 아름다움과 접점을 이루어가고 있었다. 질병과 미의식의 결합은 근대적인 예술관에서 비롯된 것이라고 할 수 있다. 그런 면에서 장만영의 글에서 "인생의 절대적인 것 같지는 아니 생각된다"는 근대문학의 존재 양식과 그 운명에 대한 예고처럼 보인다. 개인의 내면을 드러내고 개성적 표현을 궁구하는 문학적 양식으로서 서정시는, 현실의 고통과 억압을 드러내고 그것을 전면적으로 다루는 것이 아니라 '고통 받는' 예술화된 주체를 창출하는 방식을 선택하였다. 특히 모국어의 역량을 보여주는 서정시의 출현은 근대 제도로서 자리를 확고히 하는 문학 양식의 출현이라고 할 수 있을 것이다.

　근대 초기에 한국에 만연한 질병은 홍역이 아니라 콜레라였다.[19] 홍역이나 콜레라뿐만 아니라 수많은 유행병으로 사람들이 죽어갔을 것이다. 질병이 아니더라도 신체를 고통에 몰아가는 물리적인 고통이 '창조'

---

19 1821년 이후로 한국에 콜레라가 크게 창궐했으며, 1821~1822년에는 13만 명이, 1859 ~1860년에는 40만 명이, 1895년에는 30만 명이 죽었다고 한다. 1907년과 1909년에도 두 차례에 걸쳐 콜레라가 한국을 강타했다고 한다. 이승원, 『학교의 탄생』, 휴머니스트, 2005, 136·141면 참조.

되었다.[20] 몰랐던 병을 알게 되면서 신체에 대한 관심과 고통은 증가한다고 할 수 있다. 병 그 자체에 대한 인식의 영역이 넓어지면서 더 많은 병에 노출되게 되는 셈이다. 병이 아니더라도 신체의 변형이나 왜곡은 자기 자신을 새롭게 지각하는 기회를 제공한다. 『문장』에서 신체에 대한 묘사를 통해 자신의 개성을 드러내는 글을 쉽게 찾아볼 수 있다.[21] 아래 인용한 계용묵의 글은 근대 예술가로서 문학 창작과 현실적인 의미에서 노동을 구분 지으려는 시각을 드러낸다. 이는 '질병'을 문학적으로 전용하여 미적 언어 감각을 획득하는 것과는 달리 창작 행위 자체가 현실 생활에서 어떤 의미를 가지는가에 대한 자의식의 문제라고 할 수 있다. 즉 쓰는 행위에 대한 자각이 '신체'에 대한 이해로부터 발단되고 있는 점이 특이하다.

내 일즉이 내 손으로 밥을 먹어보지 못했다. 先祖가 물려준 논밭이 나를 키워 주기 때문에 내 손은 놀고 있어도 足했다. 다만 내 손이 必要했든것은 펜을 잡기 위한데 있었을뿐이다. 實로 나는 이제껏 손이 펜을 잡을줄 아러 내 마음의 使者가 되어 주는데만 感謝를 드리고 있었다. 그리고 그 펜이 바른손의 장손가락 끝마디의 외인모에 적은 팥알만한 멍울을 만드러 놓은것을 자랑으로 알고 있었다. 글 같은 글 한 줄 이미 써놓은것은 없어도 그것을

---

20 예전에는 "여러 가지 다른 병인데도 불구하고 한 병명인지 혹은 증후명인지 또는 변화명인지를 병명처럼 쓰는 때가 있"었으나 화학과 생물학의 발전으로 질병을 구분하고 분류할 수 있게 되었다. 윤일선, 「질병의 수」, 『문장』 25, 1941.3, 92면.

21 "자욱에 못이 든 이 손가락, 백묵가루가 넉친 무디디한 손끝, 북한산을 넘나드는 매운 바람에 껍질이 부시시하고 군데군데 넓직한 세포와 세포 사이의 금에 뾰조롱히 피가 돋은 이 손등, 싸아늘한 버석버석한 이 기름기 없는 손을 일평생 지닐 것이 아마도 나의 운명인가 보다." 임학수, 「손」, 『문장』 13, 1940.3, 158~159면.

쓰기 위한것이 만드러준 멍울이래서 그멍울을 나는 내 生命이 담기운 財産 같이 貴하게 여겼다. 그리고 그것은 옥갓[온갖:인용자] 不安과 憂鬱까지도 잊게하는 내 마음의 慰安이기도 했다.

그러나 그 멍울 한점만을 가질수 있는 그 손은 인제 確實이 不安과 憂鬱을 가저다 준다. 내 손으로 往復해야 할 그 原稿紙에 도리어 傷處를 입었다는것은 네가 그 멍울의 자랑만으로 能히 사러 갈수가 있느냐 하는 그 무슨 힘찬 訓戒도 같았든 것이다.

(…중략…) 그 장손가락의 멍울을 기르는 동안에 그러할 能力을 이미 빼앗기었으니 全體의 멍울을 길러보긴 인젠 장히 힘든 일일것 같다.

그러나 亦是 그 손가락의 멍울에 不安은 있을지언정 그것이 내 生命이기는하다. 그것에 愛着을 느끼지 못하게 되는 때 나라는 存在의 生命은 없다. 나는 그것을 스스로 自處하고도 싶다.

— 계용묵, 「손」, 『문장』 20, 1940.10, 199면

계용묵의 수필 「손」에서, '밥'과 '펜'은 서로 다른 지점에 놓인다. 나는 "내 손으로 밥을 먹어 보지 못했다"와 "펜을 잡기 위해 있었을 뿐" 사이에, 노동의 의미는 갈라진다. 육체노동과 정신적인 행위로 구분되며 정신적인 것으로서 창작은 "마음의 사자가 되어 주는" 것이 된다. '나'의 존재감을 손의 멍울에서 찾고 "내 생명이 담기는 재산같이 귀하게" 여기면서도 '나'는 현실적인 문제를 고민하지 않을 수 없어 불안하고 우울해진다. 그러한 감정에 이르도록 한 계기가 종이에 손을 벤 것이다. '나'는 종이에 손을 베고 칼에 벤 것보다 아프고 마음이 좋지 못하다. 그러나 현실적 능력(육체노동을 통해 밥을 먹는 일)이 결여된 자신과 그러한 자신을 고스란히

드러내는 '손'을 긍정할 수밖에 없다. '나'라는 존재와 나의 '생명'은 쓰는 행위 속에 확인되기 때문이다. '쓰는 자'로서의 자기 자신에 대한 분명한 자각과 긍정은 작가로서의 자의식을 드러내는 지점이라고 할 수 있다.

반면 동시대 일련의 작가들은 쓰는 행위 자체를 육체의 것과 정신의 것으로 나누어 고민하지 않고 육체를 소재로 정신 그 자체를 고민한다. 이상에게 폐결핵은 일종의 근대적 기호로서 '문학적 방법론'이었다.[22] 이상은 식민지 조선의 '경성'과 일본 본토의 '동경' 사이에서 병적 증후를 드러내며 식민지 현실과 조선적 이상의 간극 사이에서 '앓았다.'[23]

> 이都市는 몹시 '깨솔링'내가 나는구나!가 東京의 첫 印象이다.
>
> 우리같이 肺가 칠칠치 못한 人間은 위선 이都市에 살 資格이 없다. 입을 다물어도 벌려도 척 '깨솔링'내가 滲透되어버렸으니 무슨 飲食이고간 얼마간의 '깨솔링'맛을 免할수없다. 그렇면 東京都市의 體臭는 自動車와 비슷 해가리로다.
>
> (…중략…)
>
> 十九世紀 쉬적지근한 내음새가 썩많이나는 내道德性은 어째서 저렇게 自動車가 많은가를 理解할수 없으니까 結局은 大端히 점잖은 것이렷다.
>
> ─ 이상, 「東京(遺稿)」, 『문장』 4, 1939.5, 140면

---

22 김윤식, 『이상 연구』, 문학사상사, 1995, 109~138면 참조.
23 이에 대해서는 임병권, 「1930년대 모더니즘 소설에 나타난 은유로서의 질병의 근대적 의미」, 『한국문학이론과 비평』 17, 한국문학이론과 비평학회 2002, 82~103면; 김미영, 「일제하 한국 근대소설 속의 질병과 병원」, 『우리말글』 37, 우리말글학회, 2006, 309~336면; 김한식, 「30년대 후반 모더니즘 소설과 질병─최명익과 유항림의 소설을 중심으로」, 『국어국문학』 128, 국어국문학회, 2002, 201~221면 참조.

이상의 유고 「동경」은 동경 시내를 돌아다니면서 느끼는 감상과 소회를 적고 있는 글로 '마루노우찌 삘딍' 근처에서 느끼는 '환멸'로 시작된다. '나'는 "자동차가 구두노릇"을 하는 거리에서 가솔린 냄새를 맡으며 "도보하는 사람"으로, 근대 '도시'에 적응하지 못하는 '폐병' 환자로 그려진다. 자신을 "세기말과 현대자본주의를 비예睥睨하는 철학인"으로 규정하고 "이십세기라는 제목을 연구"한다고 했을 때 작가는 도시적 병폐와 자신의 폐병이 연관되어 있음을 의도적으로 드러낸 것이라고 할 수 있다.[24] 이상이 "나의 호흡에 탄환을 쏘아넣는 놈이 있다"(「각혈의 아침」)고 표현했을 때, '놈'은 차가운 겨울 공기쯤이 되겠지만 궁극적으로 병은 외부로부터 온 것이 아니라 내부의 것이다. 이상의 시에서 육체는 외부 세계와 능동적인 관계를 맺는 물체적 근거로서, 그는 병든 육체와 도시 공간의 부정적인 이면에 대한 사유를 결합하고 있다.[25] 자신의 병든 육체를 유리창(거울)으로 사용하면서[26] 식민지 조선의 경성과 내지의 동경 사이에서 근대인의 형상을 비추어 보는 작업을 마치지 못하고 이상은 생을 마감했다.

김기림은 이상의 영전에 바치는 시 「쥬피타 추방」에서 "땅을 밟고 하는 사랑은 언제고 흙이 묻었다"고 하며 "쥬피타 너는 世紀의 아푼 상처였다. / 惡한 氣流가 스칠적마다 오슬거렸다"고 쓴다(『김기림 전집』 1, 207~209면). 김기림은 이상의 병을 그의 천재성에 기인한 것으로 이해하였다. 그러나 정작 그 자신은 우리 문학사에서 드물게 '건강성'을 노래

---

24 근대 도시 '동경'에 대한 환멸은, 김기림에게 보낸 서신 「私信」에서 보다 직접적으로 드러난다고 할 수 있다. 조해옥, 『이상 산문 연구』, 2009, 서정시학, 50~56면 참조.
25 조해옥, 『이상 시의 근대성 연구—육체의식을 중심으로』, 소명출판, 2001, 191~192면.
26 이경훈, 『오빠의 탄생—한국 근대문학의 풍속사』, 문학과지성사, 2003, 241면.

하고 있다.[27] 조선 사회의 병폐를 해결하기 위한 김기림 식 처방에 해당되는 것으로 이해할 수 있다. 질병에 대한 은유가 박태원, 최명익, 한설야 등의 소설과 김종한, 이한직, 오장환의 시 등에서 일반적으로 찾아볼 수 있는 것이라면, 김기림의 건강성은 우리 문학사에서 매우 희귀한 예라고 할 수 있을 것이다. 특히 그것이 작품에서 비유나 상징으로 그치지 않고 시론에서 본격적으로 전개된다는 점에서 그렇다.[28] 김기림에게는 확실히, '늙은' 동양의 피로를 '젊은' 서양의 활기로 바꾸고자 하는 의욕이 있었던 것 같다. 결핵과 같은 질병의 은유가 심리적으로 좀 더 자각적이고, 좀 더 복잡해진다는 것의 가치를 긍정하는 데에 쓰임에 따라 건강은 진부하고 천박한 무엇이 되어버렸지만[29] 김기림의 건강성이 동양 담론이나 전체시론과 어떻게 연결되는지는 논의될 필요가 있어 보인다.

『문장』의 주요 필진이자 편집에 관여했던 이태준의 작품 「가마귀」(『조광』, 1936.1)는 폐결핵에 걸린 한 여인의 죽음을 다루고 있다. 여인의 미신(죽음에 대한 상징으로서 까마귀)을 대하는 '그'의 의학 지식에 바탕을 둔 태도는, 근대 의학의 승리를 구현하고 있는 것이라고 할 수 있

---

27 "5월―그는 그의 성격인 명랑과 건강과 성장, 색채 그 모든 것 때문에 나의 「비아트리스」가 되기에 충분하다"(「진달래 懺悔」, 『조선일보』, 1934.5.1); "우리는 뜰에 나려가서 거기서 우리의 病든 날개를 햇볕의 噴水에 씻자. / 그리고 표범과 같이 독수리와 같이 몸을 송기고 / 우리의 발굼치에 쭈그린 미운 季節을 바람처럼 꾸짖자"(「噴水」, 『김기림 전집』 1(시), 심설당, 1988, 67면); "그러나 四月이 오면 나도 이 추근추근한 季節과도 작별해야 하겠습니다 / 濕地에 자란 검은 생각의 雜草들을 불살워 버리고 / 太陽이 있는 바다까로 나려가겠습니다 / 거기서 벌거벗은 神들과 健康한 英雄들을 맞나겠습니다". 「겨울의 노래」, 『문장』 11, 1939.12, 114~116면.
28 김기림이 『문장』에 발표한 평론은 「동양의 미덕」(1939.9), 「동양에 관한 단장」(1941.4), 「과학으로서의 시학」(1940.2), 시는 「에노시마」(1939.6), 「뇌호뇌해」(1939.7) 등이 있다.
29 수전 손택, 이재원 역, 앞의 글, 44면.

다.[30] 이러한 단순한 대치의 논리는『문장』이 발간되는 시점에는 좀 더 다양하게 변주되고 있다.『문장』에서 '질병'은 더 이상 특수하고 희귀한 양상은 아니었다. 오히려 하나의 메타포로 자리 잡은 질병에 대한 문학적 양식화를 찾아볼 수 있으며, 신체 담론으로부터 작가로서의 자의식을 적극적으로 찾아가는 측면을 확인할 수 있다. 1930년대 후반과 1940년대 초반 질병에 대한 문학적 전용은 근대문학이라는 제도의 역량과 한계를 그대로 포함하고 있는 것으로 보인다.

3. '피로'와 초월적 공간

신경쇠약은 근대 사회의 속도와 복잡성이 일으키는 질병으로『동아일보』등의 신문에 여러 차례 소개되었다.[31] 박태원의 중편소설「소설가 구보 씨의 일일」에서 '나'의 두통과 각종 신경증적 감각 이상 역시 경성 거리를 거닐며 느끼는 피로감 때문인 것으로 보인다.[32] 이 소설에서 근대화된 식민지 도시를 배회하며 느끼는 소외와 불안은 병리학적 증상에 대한 '나'의 집착으로 드러난다. 그러나 박태원의 소설에서 중요한 것은 피로감이나 병명, 그 자체가 아니라 식민지 경성 거리의 박물과 풍경을 채집하고 기록하는 자의 특수한 시선과 감각에 있다. 피로한 자에

---

30 이경훈, 앞의 책, 140면.
31 C. 한스컴,「근대성의 매개적 담론으로서 신경쇠약에 대한 예비적 고찰」,『한국문학연구』29, 동국대 한국문학연구소, 2005, 161~162면 참조.
32 '질병'과 관련하여 1930년대 모더니즘 소설을 논할 때 불안, 우울, 소외감, 권태, 신경쇠약 등의 용어들이 두루 사용된다. 이 글에서 '피로'는 신체적, 심리적 병인으로 인한 무기력과 바깥 세계로부터 느끼는 자아의 소외감을 포함한다.

의해 편집된 세계는 어떤 환상을 포함하고 있는데, 그 세계에는 현실에서는 찾아볼 수 없는 위로와 위안이 포함되어 있다. 현실 사회의 억압을 극복하고 작가로서의 고독을 치유해 줄 세계를 향한 무의식적 동경과 섬망은 식민지 조선문학에서 글쓰기의 한 방향으로 자리 잡아 가고 있었던 것으로 보인다. 박태원의 소설 속에 나타나는 경성 거리를 거니는 화자에게 "동경과의 일치의 느낌"[33]을 찾기 위한 욕망이 잠재되어 있었다면, 그것은 실제로 경성과 동경을 일원화하려는 욕망이 아니라 경성에서의 피로를 다른 세계의 개진을 통해 해소하려는 욕망이었을 것이다. 『문장』에서도 이러한 징후를 드러내는 글들을 찾아볼 수 있다. 특히 다음의 글에서 병에 대한 피로감을 푸는 작가만의 독특한 방식이나 자신의 글쓰기 욕망을 드러내는 글에서, 근대적 글쓰기 공간으로서 문학이 개성의 표현과 억압의 해소를 바탕으로 한다는 것을 보여준다. 한편 시에서 초월적 공간을 상정하는 문학 주체를 찾아볼 수 있는데 이는 작가 개인의 것이면서 동시에 조선문학의 한 방향이 된다는 점에서 면밀하게 다루어져야 할 부분이라고 할 수 있다.

①

하루 어머님께 이야기를 하고 于先 술은 形便을 보아 葡萄酒를 사오십쇼 사이다도 한병 사오십쇼, 그리고 파인애플도 사오십쇼, 菓子와 능금과 미깡 砂糖 담배도 큰 가게에 가서 가오리와 카이다로 사오십쇼 해서는, 病床의 내 머리맡에다 수북하니 쌓노았다. 그리고 雜誌等屬도 널리 求하야 될수있는

---

33 김윤식, 『한국 현대문학 비평사론』, 서울대 출판부, 2000, 258면.

대로 浪費에 가깝도록 꾸며본것이다.

(…중략…) 오래 병고에 시달리니, 좀 호화로운것이 댕길심이고 또 그렇게 내 氣分을 맞후어 놓고보면 關節炎의 炎症이 담박 내리기야 하랴마는, 그래도 얼마쯤 기운이 생기고 마음에 慰安이될것 같아서였다.

— 안(회)남, 「病苦」, 『문장』 5, 1939.6, 160~161면

②

어떻게 생각하면 참 아모것도 아니 우수운 줏입니다. 하나 나는 이러므로서 孤獨한 幸福을 느끼니까요. 슬픈 孤獨을 어르만지니까요, 아모래도 내 靈魂의 上昇은 여기에 있나봅니다.

내 生命에對한 愛着을 가진 내가 내게 하는 命令에 복종한것입니다. 아모런 思索도 雜念도없이 오직 삶을 爲해서 죽엄앞에 발버둥을 친것입니다. 죽엄이 和平하리라 생각되든일은 머언 傳說과같습니다.

(…중략…)

神을 가까히하고져하는 마음이 곧 내가 좋은 글을 쓰고져하는 마음입니다.

종소리가 아직도 들려 옵니다. 점점 더 요란한 소리로 땅— 땅—. 宇宙보다 雄大한 空間이되어 宇宙全體를 싸버리고있습니다. 지금 나는 무릎을 꿀고 神앞에 사랑을 求하는 哀憐한 姿態를 지은 나와 또는 미칠듯 神을 저주하는 悽慘한 나를 그 소리에서 發見하고 있습니다. 두개의 모순된 내 形像이 땅— 땅— 울리는 요란한 종소리에 엉키었다간 풀리고 풀렸다간 엉키고합니다.

— 최정희, 「病室記」, 『문장』 12, 1940.1, 174~181면

①에서 '나'는 관절염에 걸려 꼼짝도 못하는 신세이다. 자신의 친구가

일전에 '赤痢'(설사병)에 걸려 기분 내키는 대로 돈을 쓰고 나왔다는 이야기를 늘어놓는다. 병에는 별 차도가 없을 것이라는 사실을 알면서도 자신도 병상에 과할 만큼의 마실거리, 먹을거리, 읽을거리 등을 사다놓는다. 병상의 지루함을 견디는 방식을 고안해내기 위해 병증과는 상관없는 호사를 누림으로써 기운과 생동을 느끼려고 하는 것이다. 갑갑하고 무료한 마음을 위로해줄 물건들은 작가의 취향을 말해주는 것으로, 기분 전환을 위해 자신의 기호에 닿는 것들을 소비하는 데서 작가적 개성을 미묘하게 표출하는 부분이 흥미롭다.

②에서 '나'는 위가 헐었다는 진단을 받고 입원을 한다. 아이를 떼놓고 병원에 누워 있는 마음이 편하지 않다. 같은 병실의 환자들을 의식하거나 창을 열어 놓고 바깥 풍경을 보는 것이나 가족들 생각을 하는 것이나 모두 병자들의 흔한 심리라고 할 수 있다. 그런데 이 글에서 나의 '병'은 마음의 병에서 비롯된 것처럼 보인다. 현실적 피로, 남편과 헤어져 홀로 아이를 키우며 지내는 것이 위장병을 일으키고 병실에 누워 자신의 삶의 피폐함을 되돌아보는 계기가 되고 있는 것이다. 최정희가 『문장』에 발표한 소설 「인맥」(1940)에서도 '나'는 친구의 남편을 사모하는 마음을 이기지 못해 '폐병'에 걸린다. 정신적 갈등이 신체의 병과 연결되어 있는 것이라고 할 수 있다. 신체의 병은 정신적 피로를 일깨우는 계기를 마련해주며, 정신적 피폐함은 좋은 글에 대한 선망으로 나타난다. 신 앞에서 서로 다른 욕망을 가진 두 개의 '나'에 대해 고백하는데 이르러 자기모순의 발견은 글쓰기에 대한 자각과 관련 있음을 깨달아간다.

위의 두 산문이 정신적 피로와 신체의 질병 사이에서, 자신의 개성과 글쓰기 욕망을 발견하고 마음의 위안이 될 만한, 혹은 영혼의 상승을 불러일으키는 무엇인가를 찾고자 했다면, 정신적 피로에서 비롯된 초월적 문학 공간의 형성은 다음의 시에서 보다 구체적으로 드러난다.

③

(…중략…) 다람쥐도 좇지 않고 뫼ㅅ새도 울지 않어 깊은산 고요가 차라리 뼈를 저리우는데 눈과 밤이 조히보담 희고녀! (…중략…) 시름은 바람도 일지 않는 고요에 심히 흔들리우노니 오오 견듸랸다 차고 几然히 슬픔도 꿈도 없이 長壽山속 겨울 한밤내—

— 정지용, 「長壽山(1)」, 『문장』 2, 1939. 3, 120면

④

풀도 떨지 않는 돌산이오 돌도 한덩이로 열두골을 고비고비 돌았세라 (…중략…) 꿩이 긔고 곰이 밟은 자옥에 나의 발도 노히노니 물소리 귀또리처럼 喞喞하놋다 (…중략…) 온산중 나려앉는 획진 시울들이 다치지안히! 나도 내더져 앉다 일즉이 진달레 꽃그림자에 붉었던 絶壁 보이한 자리 우에!

— 정지용, 「長壽山(2)」, 『문장』 2, 1939. 3, 121면

정지용은 『문장』의 주요 필진이자 신인을 등용시킨 선자로서 「장수산」, 「비로봉」, 「백록담」 등의 시와 「시의 옹호」, 「시와 발표」, 「시의 위의」, 「시와 언어」 등의 평론을 『문장』에 발표하였다. 특히 후기 대표작들에서 정지용은 새로운 문학적 공간에 대한 모색을 보여준다. 그러한 시도는 민족문학에 대한 반성을 기반으로 한 것으로 보인다. "표현기술에 있어서는 다정다한을 주조로 하는 봉건시대 시인 문사의 수법적 원형에

외래적 감각 색채 음악성을 착색하여 무기력하게도 미묘한 완성으로서 그친 것이므로 이를 차대민족문학에 접목시키기에는 혈행력이 고갈한 것이다"(「민족시의 반성」,『문장』, 1938. 10)라는 민족시에 대한 진단에는, 감상주의와 외래사조의 어설픈 결합으로 민족적 정서를 확보할 수 없다는 자각이 포함되어 있다.

또한 일제 강점기 지식인으로서의 정신적 피로감이 새로운 공간 모색의 원동력이 되었던 것으로 보인다. 「장수산(1・2)」은 정지용의 견인주의 정신을 확인할 수 있는 작품으로[34] 자연 공간을 탐색하는 관조적 자세는 '나의 시름'(「장수산(1)」), '나의 자리'(「장수산(2)」)에 대한 고민으로 나타난다. 이는『백록담』을 출간한 시기의 피폐한 정신 상태에 대한 시인의 고백과도 상통하는 측면이 있다. 탈속적 공간으로의 '산'은 새로운 세계가 열리는 곳이며 그곳에서 '나'의 신체는 새로운 예술 감각을 발견할 수 있게 해주는 매개가 된다. 정지용에게 청신한 감각의 개발과 그것을 이미지화한 언어적 표현은 이 세계에서 열려 있는 저 세계(다른 세계)를 개진하는 방법이었으며 조선어의 가능성과 민족 문학의 건설은 그러한 방식 위에 놓여 있었다.

한편, 동시대 활동한 백석의 '피로'는 유랑 생활에서 오는 것 같지만, 사실 유랑의 원인은 조선의 근대화 과정과 그 속에서 비롯된 것이라고 할 수 있다. 「北方에서」에서, "익이지못할 슬픔과 시름에 쫓겨" 고향으로 돌아왔으나 내가 사랑하는 모든 것들은 "바람과 물과 세월과 같이 지나가고 없다"(『문장』 2-6, 1940.6・7, 187면). 전통과 근대, 즉 조선적 정체성

---

34 최동호, 「산수시와 은일의 정신」,『하나의 도에 이르는 시학』, 고려대 출판부, 1997, 11면.

과 식민지 근대라는 두 세계의 낙차를 줄이는 데에 이 피로감을 줄이는 열쇠가 있을 것이다. 그것을 발견하기 위해 백석이 몰두한 것은 조선의 세부였으면 그것을 수집하기 위한 방식이 유랑이었다. 「흰 바람벽이 있어」(『문장』 3-4(폐간호), 1941.4, 167면)에서, 외지의 어느 골방 바람벽에 자기 자신을 비추어 보며 "하눌이 이세상을 내일적에 그가 가장 귀해하고 사랑하는것들은 모두 가난하고 외롭고 높고 쓸쓸하니 그리고 언제나 넘치는 사랑과 슬픔속에 살도록 만드신것이다"라는 깨달음에 이르러, 자기 자신과 같은 존재감을 가진 사물들을 하나하나 호명해 본다. "초생달과 바구지꽃과 짝새와 당나귀"와 함께 "「프랑시쓰·쩸」"과 陶淵明과 「라이넬·마리아·릴케」"를 불러본다. 풍속과 언어의 채집을 통해 백석은 두 세계의 간극에서 오는 피로감을 줄이고 견딜만한, 새로운 조선과 만날 수 있기를 바랐던 것이라고 할 수 있다.

4. 문학적 표상으로서 '질병'과 '피로'

'신체'에 대한 자각이 예술적 충동을 불러일으키게 된 것은 근대 초기부터였다. 이후 '질병'과 '피로'가 문학적 표상으로 자리 잡게 되었으며, 점차 문명에 대한 감각과 근대화에 대한 거리가 생기면서 '질병'과 '피로'는 문학적 소재이자 방법으로서 다양한 양상으로 변주되어 나타나게 되었다. 1930년대 후반부터 1940년대 초반에 이르는 시기에 『문장』에 발표된 수필과 시에는 이미 신체와 관련된 여러 증상들이 문학적으로 전용轉用되기 시작하였다. '질병'은 문학적 개성을 창출하고 작가 의식을 드러내는 소재로 활용되고 있으며, '피로'는 글쓰기 욕망을 일깨우거나 현실의 억압을 해소하고 초월적 문학 공간을 마련하는 계기로 작용하고 있다.

『문장』에 수록된 작품 중에서 질병과 피로의 문학적 전용을 가장 뚜렷하게 보여준 작가는 이상과 정지용이다. 이상은 근대 도시의 병폐와 자신의 폐병을 나란히 배치함으로써 극단적 자의식을 드러냈다. 그것은 근대 사회의 모순과 병폐를 드러내기 위한 문학적 방식이었다. 경성과 동경, 현실과 이상을 오가며 자신의 병든 육체를 거울삼아 근대인의 형상을 비추어 보는 실험을 감행했던 것이다. 정지용이 일제 강점기 조선 사회에서 느꼈던 피로감은 새로운 문학 공간에 대한 탐색과 견인주의 정신의 발현으로 이어진다. 이는 민족 문학에 대한 반성과 새로운 문학에 대한 모색과도 연관되어 있다. 신체는 대상을 감각하는 출발점이며, 새로운 세계를 향한 통로이기도 하다. '병들고 피로한' 신체는 식민지 조선 문인들만의 특수한 감각과 개성을 드러내고 새로운 문학 공간을 탐색하도록 해주는 요소였다.

근대적 글쓰기 공간으로서 여성잡지

근대 초기 여성잡지의 실태와 양상

1. 근대 여성잡지 연구의 전제

1) 연구 목적과 방법

근대 초기 조선사회에서는 종합 문예지 이외에 특정 계층을 표방하여 만들어진 다수의 전문 잡지들이 발간되었다. 여성, 농민, 노동자, 아동 등은 근대 사회의 새로운 계층으로 부각되었다. 특히 여성잡지의 출현은 가족을 사회의 새로운 단위로 인식하는 사회적 관념에 기초하여 여성에게 새로운 역할과 사명을 부여하는 담론을 활성화시켰다. 구습을 타파하고 가족 윤리를 변화시켜 여성의 지위를 새롭게 정립시키고자 하는 취지를 밝히고 있는 글들을 쉽게 찾아볼 수 있다. 생활 정보를 비롯하여 학문과 문화의 영역에 이르기까지 주로 논설과 평론 성격의 글을 독립운동가나 문필가들이 맡아 쓴 경우가 많았다. 1906년에 발간된 최초의 여성잡지 『가뎡잡지』에서 신채호는 가정의 혁신이 정치, 법률, 산업의 영역만큼이나 대단히 중대한 일이라고 속간사에서 밝힌 바 있다. 사회적 사건, 현상 및 문화계 소식들을 여성에게 전달하는 일은 이전

시대에 없던 새로운 소통의 장이 열렸다는 것이며 여성을 사회에 연결하는 매체가 마련되었다는 것이다. 그러나 근대 초기 여성은 아직 계몽의 대상이었으며 뚜렷한 사회 활동의 영역을 확보해 나가지는 못했다. 해방 이전 조선의 여성잡지 지면에는 비문인의 일상적 글도 다수 포함되어 있는데 전문 작가군이 아니더라도 시나 에세이를 써서 발표할 수 있었다. 주로 일상적 경험에 대한 고백이나 자연에 대한 완상이 주를 이룬다. 글쓰기 지면을 통해 소통의 통로를 확보하는 일은 여성들에게 절실한 문제였다고 할 수 있다. 당대 문해능력을 가진 여성들은 소수에 불과했을 것이지만 교육 받은 신여성이 잡지 지면을 통해 자기표현과 담론의 형성에 활발히 참여할 통로가 확보되었다는 것은 유의미한 일이라고 할 수 있다.

1900년대에서 1910년대 이르는 시기의 여성잡지가 주로 초기 단계로서 계몽의 성격이 강하다면 1920년대부터 1930년대에 이르는 시기에 발간된 『신여자』, 『여성』, 『조선여성』, 『신가정』 등의 여성잡지는 좀 더 발전된 양상을 보여준다. 『녀자지남』, 『자선부인회잡지』, 『신여자』에 이르러서야 교육 받은 신여성들이 잡지 발간이나 필진으로 적극적으로 참여하기 시작하였으며 여성 필자들의 글쓰기 시대가 열리기 시작하였다. 김일엽은 "신여자선언"(『신여자』)에서 "우리 여자가 인격적으로 각성하여 완전한 자기 발전을 수행코자 함이외다"라고 말한 바 있다. 일반 여성들에게 자기표현과 개성의 발현이라고 할 수 있는 글쓰기는 근대 여성으로서 정체성을 확인하는 통로가 되어 주었다. "인생은 저를 표준한다. 표준할 자기가 없는 때는 만상이 어찌 있으랴. 모두 허공이다"(『부녀지광』 권두언)라는 말은 여성 주체성의 문제를 제기한다. 조선 사회가

재래의 관습과 시스템에서 벗어나 무엇을 향해서, 어떻게 형성되어 가고 있는가는 매우 중요하다. 여성잡지가 새로운 매체로 대두되어 일반인들에게도 글쓰기 공간이 열려 있었다면 그 세세한 국면들은 문학적 글쓰기의 형성에도 중요한 시사점을 던져 준다. 내용과 형식의 측면에서 이들 텍스트를 선별하고 분석해내는 것이 필요하다. 본 과제를 통해 근대적 글쓰기의 국면에 여성잡지의 발간이라는 새로운 매체의 양상을 밝혀보고자 한다. 특히 부분적으로 다뤄졌던 여성잡지의 면모의 총체적으로 종합, 판별하여 정확한 목록을 제시하는 것을 주요 목적으로 한다.

새로운 계층의 대두와 사회 구조의 변화는 신문명의 유입으로 인해 급격하게 이루어진 것은 아니다. 조선 후기 양반 여성들과 기생 등의 여성 필자들이 부분적으로 참여하는 양상을 보이고 있었다. 여성잡지의 발간과 유통은 사회 전면에 여성에 대한 새로운 이해의 영역을 만들어갔으며, 문학적 글쓰기의 영역까지 확장되었다. 특히 여성문인들의 대거 출현과 활약은 문화 예술의 영역에서 파급력이 큰 양상으로 드러났다. 나혜석, 김활란, 노천명, 최정희, 고황경, 박인덕, 김일엽, 김명순, 윤심덕 등 근대사회의 새로운 지평을 연 여성 지식인들의 활약이 두드러졌다. 여성잡지가 사회 개조와 계몽의 형식으로서 여성을 대상으로 한 글을 싣는 것에서 시작하였다면 점차 여성의 사회운동과 문인들의 글쓰기 영역으로 여성잡지의 지면은 기능하였다. 여성잡지라는 새로운 매체의 출현이 근대적 글쓰기와 맺는 관계 양상을 살피기 위해 이 글은 1900년대 초기부터 해방 이전에 이르는 근대 초기의 여성잡지의 목록을 살펴보고, 여성잡지의 발간 특성과 연구 가능성을 점검해 보도록 하겠다.

2) 연구사 검토

근대 초기에 발간된 여성잡지에 대한 연구는 1920~1930년대 발간된 여성잡지에 집중되어 있다.[1] 이 시기에 여성잡지의 발간이 가장 활발했고 여성 담론의 형성이 두드러지게 나타났기 때문이다. 일반적인 방법은 연구 대상에 따른 것으로 잡지 중심의 연구가 주를 이룬다. 1917년부터 1920년까지 일본 동경 여자유학생 친목회에서 발간한 『여자계』, 1920년 김일엽에 의해 창간된 여성잡지 『신여자』, 1923년 개벽사에서 발간한 월간 여성잡지 『신여성』 등에 집중되어 있다.[2] 비교적 실물 확인이 쉽고 다수의 권호 수가 발간되어 여성 필진들의 글을 확인할 수 있다. 실물 자료의 추가 조사와 확보를 통해 연구 대상을 보다 확장할 필요성이 제기된다.

여성잡지를 둘러싼 인물 중심의 연구가 진행되기도 하였는데 최정희, 김활란, 김일엽, 고황경, 나혜석, 박인덕 등이 주로 다뤄지고 있다. 주요 여성 작가나 여성 지식인에 관한 계보학적 탐색이나 연구는 그들의 활동 양상과 작품들을 살피는 방식으로 제출되었다.[3] 문인, 예술가, 사회

---

1 이미정, 「1920~30년대 여성잡지 연구」, 이화여대 석사논문, 2006; 이소연, 「일제강점기 여성잡지연구−1920~30년대를 중심으로」, 이화여대 석사논문, 2002; 윤선자, 「1920~1930년대 여성잡지를 통해 본 여성들의 여가문화」, 『역사민속학』 18, 한국역사민속학회, 2004.

2 이은희, 「한말여성지 『녀자지남』 연구」, 숙명여대 석사논문, 1995; 이혜진, 「『여자계』 연구−여성필자의 근대적 글쓰기를 중심으로」, 연세대 석사논문, 2008; 2002; 박용옥, 「1920년대 신여성−『신여자』와 『신여성』을 중심으로」, 『여성연구논총』 2, 서울여대 여성연구소, 2001; 유진월, 「『신여자』에 나타난 근대 여성들의 글쓰기 양상 및 특성 연구」, 『여성문학연구』 14, 한국여성문학학회, 2005.

3 김효순, 「'식민지기 조선인 여성작가' 최정희의 문학과 전쟁동원」, 『일본연구』 32, 중앙대 일본연구소, 2012; 김성은, 「일제시기 고황경의 여성의식과 가정, 사회, 국가관」, 『한국사상사학』 36, 한국사상사학회, 2010; 이송희, 「신여성 나혜석의 민족의식과 민

활동가 등 다양한 여성 지식인뿐만 아니라 비문인의 글쓰기 지면으로서의 역할도 여성잡지가 수행했다는 점을 고려하여 연구 대상에 대한 분류와 필자 개념이 섬세하게 다뤄질 필요가 있는 것으로 보인다.

조선사회에서 발간된 여성잡지의 기능 및 영역별 연구 현황도 살펴볼 수 있다. 기존의 연구들은 서양식 근대 교육이 여성들의 삶과 존재 양상을 어떻게 바꾸었는지, 교육적 관점들의 차이 및 시대별 변화 양상 등을 살피고 있다.[4] 또한 가톨릭 종교가 개입된 교육 및 사회 운동이 여성에 대한 인식의 변화를 어떻게 이끌었는지를 고찰하고 있다.[5] 교육, 종교, 사회 운동은 근대적 삶을 이끈 주요 국면으로서 여성이라는 새로운 계층의 탄생 국면에서 빠질 수 없는 부분이다. 그러나 이러한 범주 설정은 자칫 서구식의 일방적 근대화라는 담론으로부터 빠져나오기 어렵다. 조선 사회 내부의 구조적 변화나 움직임에 대한 고려가 필요한데, 서구 근대화 담론과 조선적 주체성의 확보 사이에 균형 감각을 갖고 텍스트에 접근할 수 있도록 해야 할 것이다.

조선 여성의 삶의 변화에 대한 사회학적 연구도 상당히 많이 제출되었다. 매체의 변화, 담론의 형성 및 사회적 이미지에 대한 연구, 미국이

족운동」,『여성연구논집』17, 신라대 여성문제연구소, 2006; 이숙진, 「박인덕의 연설 활동과 근대적 주체의 탄생」,『여성신학논집』1, 이화여대 여성신학연구소, 2014.

4 지윤정, 「근대교육이 여성지식인 형성에 미친 영향」, 경희대 석사논문, 2001; 이은결, 「서양 근대 초기 여성교육 옹호론자들의 관점 비교 분석」, 청주대 석사논문, 2016; 이영분, 「근대 한국 미션스쿨의 여성교육과 한국 여성의 삶의 변화」, 이화여대 석사논문, 2015.

5 심옥경, 「1920년대 한국 여성운동의 고찰－기독교계 여성운동을 중심으로」, 경남대 석사논문, 2005; 전상숙, 「'조선여성동우회'를 통해서 본 식민지 초기 사회주의 여성지식인의 여성해방론」,『한국정치외교사논총』22-2, 한국정치외교사학회, 2001; 윤지영, 「한국교회 초기 기독교 여성의 삶과 여성교육운동」, 장로회신학대 석사논문, 2013.

나 일본 등지의 유학생에 관한 연구 등이 그것이다.[6] 여성의 삶과 문화에 대한 연구는 일상과 여가에서부터 관념과 인식의 변화에 이르기까지 여성들의 삶의 세부가 어떻게 변화하였는지에 대해 논의하고 있다.[7] 그런데 이러한 연구들에서 담론의 주체가 누구인가라는 문제를 검토해봐야 할 것이다. 여성잡지의 실제 필자들이 남성 문인들인 경우가 많으며, 남성적 시각에서 재편된 담론인 경우가 드물지 않기 때문이다(『부인』). 근대 여성들의 삶에 대해 누가, 무엇을, 어떻게 다룰 수 있는지에 대한 세밀한 검토가 필요하다.

여성잡지가 문학적 글쓰기의 장으로서의 역할을 하고 있는 까닭에 문예물에 대한 분석과 평가가 뒤따른다. 근대 여성들의 서사적 글쓰기 양상 및 여성 주체들의 글쓰기에 대한 연구가 진행되어 왔다.[8] 여성문인, 여성문학이라는 말 자체는 그것 자체가 여성들의 삶과 글쓰기를 초점화하는 반면 관념적으로 주변화시킬 가능성을 갖고 있다. 궁극적으로 여성잡지가 출현할 수밖에 없었던 근원에 대한 탐색은 표면적 수위에

---

6 김안나, 「1950년대 대중매체의 여성 재현 연구」, 동덕여대 석사논문, 2014; 이윤희, 「한국 근대 여성잡지의 표지화를 통해 본 여성 이미지」, 이화여대 석사논문, 2007; 김성은, 「1920~30년대 미국유학 여성지식인의 현실인식과 사회활동」, 서강대 박사논문, 2012; 박정애, 「1910~1920년대 초반 여자일본유학생 연구」, 숙명여대 석사논문, 1999.

7 윤선자, 「해방 직후 여성지에 나타난 여성 문화와 여가에 관한 담론」, 『역사와 담론』 46, 호서사학회, 2007; 이정희, 「해방공간의 여성지에 나타난 성·사랑(로맨스)·결혼의 담론」, 『역사민속학』 21, 한국역사민속학회, 2005; 김수진, 「신여성담론 생산의 식민지적 구조와 『신여성』」, 『경제와 사회』 69, 비판사회학회, 2006; 박영균, 「근대 초기 모성담론의 형성과 젠더화 전략」, 『시대와 철학』 12-1, 한국고전여성문학회, 2001.

8 이정희, 「한국 근대여성지 연구를 위한 예비적 고찰―여성 고백담과 근대체험」, 『비교문화연구』 5, 경희대 비교문화연구소, 2002; 김미숙, 「한국 여성지위변화에 관한 문학사회학적 접근―1920년대 잡지단편소설에 나타난 지식여성상의 경우」, 이화여대, 1998; 맹문재, 「한국 근대시에서의 여성미 연구―1900~1945년까지의 여성지를 중심으로」, 고려대 석사논문, 2003.

드러나 있는 양상과 동시에 진행될 수밖에 없을 것이다. 신문학의 형성과 발달에 있어 여성잡지의 출현과 간행이 어떤 의미가 있는지 살피기 위해서는 근대 매체로서 소통의 장이 되어 주었던 여성잡지에 수록된 문학적 글쓰기의 국면을 면밀히 살펴봐야 할 것이다.

2. 여성잡지 종별 목록과 개요

근대 초기 여성잡지의 총목록과 발간 현황을 『한국여성관계자료집』, 『한국 근대여성의 일상문화』, 『한국잡지백년』, 『한국 근대잡지소재 문학텍스트 연구』, 『아단문고 미공개 자료총서 2014』를 참고하여 1900년대부터 1945년 해방 이전에 발간된 여성잡지 전체 목록을 파악하여 분류하였다. 이화여대 한국여성연구소의 『한국여성관계자료집』 한말여성지편에는 『녀자지남』, 『자선부인회잡지』, 『가정잡지』 영인본을 수록하였다.[9] 『한국잡지백년』에는 여성잡지 15여 종의 자료 해제가 포함되어 있다.[10] 경희대 비교문화연구소 한국근현대여성연구팀의 결과물 『한국 근대여성의 일상문화』 9권에는 1906년부터 1945년까지의 종합여성지 20여종의 목차가 제시되어 있다.[11] 고려대 한국학연구소 한국 근대잡지 소재 문학텍스트 조사 및 연구팀에서는 해방 이전까지의 모든 잡지의 문학 텍스트를 정리하여 『한국 근대잡지소재 문학텍스

---

9 이화여대 한국여성연구소 편, 『한국여성관계자료집』, 이화여대 출판부, 1981.
10 최덕교 편저, 『한국잡지백년』, 현암사, 2004.
11 맹문재, 유진월, 허동현, 이화형, 윤선자, 이정희, 『한국 근대여성의 일상문화』, 국학자료원, 2005.

트 연구』를 발간하였는데 이중 여성지 34종의 목록과 문학텍스트가 제시되어 있다.[12] 가장 최근 발행된 아단문고 자료총서에는 1910년대부터 1950년대까지 45종의 미공개 자료를 잡지별로 영인하여 제시하고 있다.[13] 개화기부터 해방공간에 이르는 전체 여성잡지를 45종으로 보고 있으나 1945년 해방이전 자료까지가 41종에 이르고, 1945년 이후 1950년대에 이르는 여성잡지도 11종에 이르러 우리나라에서 출간한 근대 여성잡지는 50종 이상으로 추정할 수 있다.[14]

　잡지의 성격과 문자 체계에 따라 여성잡지의 목록이 다소 상이하게 제시될 수 있으나 본 연구는 해방이전 조선에서 발간된 여성잡지의 전체 양상을 살펴보기 위해 가능한 포괄적으로 자료 조사를 진행, 수합하여 다음과 같은 목록을 확정하고 발간 현황과 양상을 검토하였다. 총 41종의 목록을 발간시기순으로 정리하여 제시하면 아래와 같다.[15]

　　『가뎡잡지』(1906), 『女子指南』(1908), 『자선부인회잡지』(1908), 『우리의가뎡』(1913), 『婦人公論』(1916),[16] 『家庭雜誌』(1916), 『女子界』(1918), 『新女子』(1920),

---

12　최동호·최유찬 외, 『한국 근대잡지소재 문학텍스트 연구』, 서정시학, 2012.
13　『아단문고 미공개 자료총서 2014』, 소명출판, 2014.
14　『여성문화』(1945), 『보육』(1946), 『부인』(1946), 『여성공론』(1946), 『여학원』(1946), 『신소녀』(1947), 『새살림』(1947), 『신여원』(1949), 『여학생』(1949), 『부인경향』(1950), 『직업여성』(1950) 등은 해방 이후 발간된 것으로 본 연구 대상에서 제외하였다. 해방공간부터 한국전쟁에 이르는 시기에 발간된 잡지들의 경우 이전과 체재와 내용, 구성이 매우 다를 것이라 예상되므로 별도의 연구가 필요하다고 판단하였다. 『한국 현대여성의 일상문화』(국학자료원, 2005)에서는 해방 이후부터 1960년대 초까지 출판된 여성종합지를 연구하여 그 결과물을 연애, 미용, 복식, 여가, 결혼, 자녀교육, 가정생활, 가정위생으로 구성한 바 있다.
15　『家庭時報』, 『女論』, 『半島女性』 등은 잡지 실물을 확인하기 어려웠다. 『家庭雜誌』(1922), 『婦人公論』(1916)은 일문판으로 발행되었다.
16　『婦人公論』은 부인공론사(1932), 사해공론사(1936, 경성), 중앙공론사(1916, 동경) 등

『女子時論』(1920), 『家庭雜誌』(1922),[17] 『婦人』(1922), 『新女性』(1923),[18] 『婦人界』(1923), 『婦女之光』(1924), 『性愛』(1924), 『衛生과化粧』(1926), 『家庭時報』(1927), 『婦女世界』(1927), 『長恨』(1927), 『活婦女』(1927), 『現代婦人』(1928), 『女性之友』(1929),[19] 『槿友』(1929), 『우리가정』(1929), 『女聲朝鮮』(1930), 『女性時代』(1930), 『新光』(1931), 『現代家庭公論』(1931), 『女論』(1932),[20] 『女人』(1932), 『萬國婦人』(1932), 『半島女性』(1932),[21] 『婦人公論』(1932), 『우리집』(1932), 『新家庭』(1933),[22] 『現代女性』(1933), 『家庭之友』(1936),[23] 『女聲』(1936), 『婦人公論』(1936), 『百合』(1941), 『日本婦人』(1944)[24]

여성잡지들은 대개 월간지, 종합 교양지의 형태를 취하고 있으나(『만국부인』, 『보육』, 『부녀세계』, 『부인경향』, 『부인계』, 『부인공론』, 『신여자』, 『여성시대』, 『여성지우』 등) 조선 후기 열악한 출판 환경에 따른 경제난과 식민 통치

의 판본이 있다. 중앙공론사 판본은 일문판 잡지이다. 『2014 아단문고 미공개 자료총서』 20 수록.

17 유일선이 발행한 것(『가뎡잡지』, 1906.6~8, 한국잡지정보관 소장)을 신채호가 이어받아(家庭雜誌, 1906.8~1908.8, 연세대 소장) 발행한 것으로 알려짐(이화여대 한국여성연구소 편, 『한국여성관계자료집』, 이화여대 출판부, 1981). 이외 심상민이 발행한 것(『家庭雜誌』, 1922.5(『2014 아단문고 미공개 자료총서』 15, 소명출판, 2014))과 1916.7~12 발행된 동명의 잡지(월간, 동경 박문관 발행, 고려대 소장)가 확인됨.

18 1923년 10월부터 1934년 4월까지 통권 38권까지 발행. 『2014 아단문고 미공개 자료총서』 35(소명출판, 2014) 수록.

19 1935년 『女性』으로 제호를 바꿔 속간.

20 실물잡지 확인 어려움. 당대 신문(『동아일보』, 『중앙일보』)에 창간호 소식 실림.

21 실물잡지 확인 어려움. 당대 신문(『동아일보』)에 창간호 소식 실림.

22 1933년 1월부터 1936년 8월까지 총 45호까지 발간되었다. 고려대, 연세대 소장. 『한국여성관계자료집』 1~14(이화여대 한국여성연구소 편, 1981).

23 1938년 '家庭의友', '家庭の友', '半島の光' 등으로 제호가 변경되었다(『2014 아단문고 미공개 자료총서』 31(소명출판, 2014) 수록). 국립중앙도서관, 고려대 등에 소장.

24 대일본부인회조선본부에서 창간. 한글판과 일본어판 두 가지.

의 검열 속에서 단명하거나 폐간된 경우가 많다. 동아일보, 경향일보, 조선일보 등의 신문사에서 간행된 여성잡지들은 여타 다른 여성잡지들에 비해 지속적으로 간행되었다. 특히 『신가정』(1933~1936), 『여성』(1936 ~40), 『신여성』(1923~34) 등의 여성잡지는 다수의 권호와 텍스트를 게재하고 있어 연구 대상으로 주목된다. 『가정の우』, 『녀자지남』, 『만국부인』, 『부녀세계』, 『소녀계』, 『女聲』, 『여인』 등의 잡지는 권호수도 적고 수록 텍스트도 미약하다. 창간호가 종간호가 된 경우도 적지 않다. 문인들의 작품 발표 지면으로서 기능하고 여성 담론을 주도할 수 있었던 여성잡지는 일부로 한정되어 있었다.

자매지, 기관지, 교지, 부록 등의 형태로 발간된 경우도 있다. 『신가정』은 『신동아』의 자매지이며, 『부인공론』은 『사해공론』의 자매지이다. 『부인』은 『신민』의 임시호 부록 형태이다. 『여자계』는 동경여자유학생 친목회 기관지로, 『자선부인회잡지』 자선부인회 기관지로 발행되었다. 『녀자지남』은 교지의 형태로 발간되었다. 회보 형태로 『백합』(기독교청년회), 『보육』(조선보육연구회) 등을 들 수 있다.

발행 주체에 따라 여성잡지의 발간 취지와 목적도 상당히 차이가 난다. 『신여자』의 발행인은 미국인 감리교 선교사이자 연희전문학교 부교장이었던 '삘링쓰 부인'으로 교양 교육과 선교 활동, 직업 훈련에 지면을 많이 할애하는 면모를 보여주었다. 『부인계』의 발행인은 신문사와 잡지사에서 오래 근무했던 '이토 우사부로'였는데 조선에서 출간한 잡지를 일본어로 번역하여 일본인들에게 제공할 목적으로 출간된 것으로 보인다. '타케우찌'가 발행한 『우리의 가뎡』는 일본의 식민 정책을 찬양하고 황민화를 선동할 목적으로 출판되었으며, 『일본부인』 역시 전쟁과 관련된 기사와 글이 많았다. 일본인 발행인이 일본어로 간행한『신여성』도 전쟁의 담론 안에서 군국주의를 선동하던 잡지였으며『반도의 광』은 국가정책 홍보의 성격이 짙었다.[25]

여성잡지의 구성 체계와 특성은 편차가 매우 심한 편이었다. 근대 초기 주부를 상대로 한『가뎡잡지』,『신가정』,『우리집』,『우리가정』등은 가정의 위생과 자녀 교육을 강조하면서도, 그 배후에는 전통적 윤리와 도덕적 관념을 강조하는 잡지로 전통적 어머니상, 부녀상을 창출하려고 하였으며 이는 표지에 고스란히 드러난다. 동양화 삽도를 그리거나 아이를 안고 있는 전통적 여성상을 그린 경우가 많다. 특히『현대가정공론』은 전통 지향성을 강하게 드러내는데 한문현토체로 표기하고 있으며, 고전시가를 다수 수록하고, 수양과 교육을 강조하는 면모를 지니고 있다. 이보다 여성 교육과 계몽, 근대 교양의 함양에 주력한 여성잡지들은 현대적 여성상을 단독으로 표지로 삼은 경우가 많다.『신여성』,『여성』,『현대부인』등이 그러하다.[26]

한편『백합』,『우리가정』,『우리집』(기독교),『부녀지광』(보천교),『신여자』(감리교) 등은 종교적 색채가 짙다. 실용성이 강화된 구성과 체계를 보여주며 실질적인 정보 위주의 잡지로『활부녀』를 들 수 있다.『위생과 화장』은 전문성을 살린 경우이며,『가정지우』는 '농촌여성'이라는 특수 계층을 표방하였다. 사회 운동과 관련된 잡지로는『여성지우』와『여인』,『현대부인』(사회주의 성향의 필진) 등을 들 수 있다. 혁신적이며 진보적 성

---

25 오영식·신혜수,「여성잡지 영인본 해제」,『2014 아단문고 미공개 자료총서』, 소명출판, 2014, 6~46면 참조.
26 서유리,「잡지, 여성, 이미지」,『아단문고 미공개 자료총서 2014』, 소명출판, 2014, 49면.

향을 보여주는 잡지로『근우』,『만국부인』,『성애』등을 꼽을 수 있다.

여성잡지의 가격, 발행부수, 조판 형태 등은 다음과 같다. 우선 여성잡지의 가격은 15~30전 내외였던 것으로 보인다. 평균 가격이 30전(『여성시대』,『현대부인』,『활부녀』) 정도였으며, 조금 싼 경우『부인』(15전),『부인계』(20전),『현대여성』(20전), 비싼 경우『성애』(40전) 정도였다.『여자계』(18전~35전) 등은 가격이 점차 오른 경우에 해당된다. 발행 부수의 정확한 확인은 다소 어렵고 드물게 확인할 수 있는 경우도 편차가 매우 심하다.『일본부인』의 5만 부라는 발행부수는 조선과 일본의 유통분을 모두 합한 경우로 보인다. 잡지 볼륨 역시 잡지마다 편차가 심하고 같은 잡지라도 매번 다른데『우리가정』(60면 내외),『우리의가뎡』(50면 내외),『현대여성』(60면 내외),『신여성』(40면 내외) 정도가 된다. 대개는 국한문 혼용체 세로쓰기의 형태로 발간되었다. 드물게 국문체 한글 표기를 한 여성잡지로『부인계』,『여자시론』,『우리집』등을 들 수 있다.『일본부인』의 경우 국문판과 일문판이 모두 간행되었다.

3. 여성잡지의 지면 구성과 특성

근대 초기부터 해방기에 이르는 여성잡지의 출간 목록과 배경을 살피고 세부 목차와 출간 내용들을 점검하였다. 여성잡지 각각의 특성과 발간 사항을 요약하면 다음과 같다.

초기 여성잡지의 대부분은 교양지로서의 성격을 갖고 있으며, 사회 계몽의 대상으로서 가정주부를 여성 독자로 설정하였다.『우리의 가

덩』에는 가정의 규범과 위생 교육 등의 실용적인 정보를 주는 글들이 주로 게재되었다. 가정의 규범, 가정의 학술, 가정의 위생 셋으로 나누어 내용이 구성되었다. 이러한 성격의 여성잡지에는 교육의 수요층이자 잡지의 독자층으로서 주부를 대상으로 하여 근대 종교, 과학, 문화, 예술 전반에 대한 평론과 에세이를 잡지에 수록하였다.

여성 운동을 적극적으로 표방한『여자시론』에는 여성 해방과 가정 개혁을 주장하는 논설류가 주로 실렸는데 이전의 전통적 여성상을 타파하고 새로운 사회 계층으로서 거듭날 것을 요구하였다. 사회주의 담론의 성격을 가진 글들이 발표된『현대부인』역시 보다 특성화된 여성잡지라고 할 수 있다. 항일여성운동단체인 근우회의 기관지『근우』에는 삭제, 검열된 원고가 많은 것으로 전해진다. 이러한 여성지에서 여성은 사회 변혁을 이끌 해방의 주체로 그려진다. 여성 필진들의 두드러진 활약을 드러내는 잡지로 1920년 3월에 창간된『신여자』는 여성 편집진과 필자로 구성한 월간지이다. 김원주, 나혜석, 박인덕, 김활란, 허영숙 등의 활약을 찾아볼 수 있다.『신여성』은 다수의 권호가 발간되었기에 여성 관련 수필과 평론, 기사와 좌담, 사건 관련 글들이 다수 발표되어 당대 여성 담론의 양상을 적극적으로 살펴볼 수 있다.

친목 도모를 위한 기관지의 성격을 갖고 있는 여성잡지도 발간되었다.『녀자지남』은 교지의 성격을 드러내고 있었으며, 1917년 6월에 창간된『여자계』는 동경여자유학생친목회의 기관지로서 나혜석, 김명순 이외에도 주요 필진으로는 전영택, 이광수, 최남선, 염상섭 등의 필진이 참여하고 있다.『일본부인』은 1944년 4월 대일본부인회조선본부에서 창간한 여성잡지로 한글판과 일본어판 두 가지 형태로 발행되었다. 전쟁에 관한 글이 대부분이고 문학 작품도 일부 포함되어 있다. 정비석, 장덕조, 조풍연 등의 글이 실려 있다. 이광수의 '갱생소설'이 수록되어 있기도 하다.

『성애』와 『장한』은 특색 있는 면모를 보여주고 있는 잡지라고 할 수 있다. 1924년 3월에 창간된 『성애』는 성 담론을 공론화한 선구적인 자료로 생리학과 성과학, 연애 담론, 가정생활, 정조 관념에 대한 논설과 기사가 게재되어 있다. 기생동인지 『장한』은 1927년 1월 10일에 창간되었다. 창간사에는 기생제도 폐지와 사회모순을 지적한 내용이 실려 있기는 하나 『장한』에 발표된 시와 수필을 보건대 조선의 기생 제도에 대해서 다 같은 입장과 견해가 아니었던 것으로 보인다. 필자들마다 서로 다른 입장의 글을 피력하였다. 현재까지 2호만 전해지고 있으며, 이르게 종간된 것으로 보인다.

여성지이지만 문예지로서의 성격이 강한 여성잡지들도 다수 발간되었다. 문예물에 대한 할애가 많은 잡지로 『여성』, 『신여성』, 『신가정』 등을 들 수 있다. 『여성』은 백석, 안석영, 정현웅, 노자영 등이 편집자로 활동하였으며 여성지임에도 불구하고 많은 편수의 시, 소설, 수필 등이 발표되었다. 김기림의 시와 수필, 김유정과 안회남, 함대훈, 박태원, 엄흥섭, 김유정, 이효석, 채만식, 이상, 김남천, 김동인의 소설, 모윤숙과 박용철, 이상, 박태원, 정지용, 이태준, 모윤숙, 유치진, 김유정, 백철, 안회남, 엄흥섭, 이은상, 김환태, 신석정, 한설야의 수필, 이광수의 연재 수필, 이상, 임옥인, 안석영, 노천명, 모윤숙, 오장환, 백석의 시, 함대훈의 장편 연재소설, 박용철의 번역시(릴케), 정지용의 평론 등이 수록되어 있다.

『신여성』 역시 문인들의 다양한 장르의 문학작품이 수록되어 있다.

김명순의 시와 소설, 김형원의 번역소설(체홉), 김억의 시, 김기진의 수필, 방정환의 동화, 시, 소설, 김기진, 김억, 나혜석, 박영희, 최정희의 수필, 염상섭, 현진건의 수필, 박영희의 평론과 소설, 번역소설(모파상), 김기진과 이광수의 평론, 김소월, 이장희, 이하윤, 김동환, 김동명, 이광수의 시, 주요섭, 이효석의 장편 연재소설, 김억의 번역시(투르게네프), 이태준의 장편 연재소설, 한정동의 시조, 안회남의 소설, 유진오, 이무영, 이은상, 이헌구의 수필, 김기림의 시와 수필, 김유정의 소설, 이헌구의 번역소설, 김소운의 시 외 다수의 외국문학론이 발표되었다.

일제강점기의 대표적 여성잡지인 『신가정』은 신동아사에서 1933년 창간되었는데 1936년 9월 종간될 때까지 다양한 필진이 참여하여 여러 장르의 글을 선보였다. 이병기의 시조, 이은상, 최정희, 현상윤, 모윤숙의 수필, 윤석중의 동요, 이무영의 희곡, 이태준, 박화성의 소설, 모윤숙의 시, 이광수, 이은상, 김억, 주요한의 수필, 김자혜, 송계월의 소설, 박화성, 모윤숙, 김억, 심훈, 정래동, 함대훈, 이무영의 수필, 최정희의 단편소설, 이광수, 피천득의 시, 김동인, 이태준, 이무영, 박태원의 수필, 윤석중의 동화, 김억의 시, 다수의 번역물(시, 소설, 동화)이 수록되어 있다.

여성잡지에 글을 싣는 것은 대부분이 시인, 소설가, 평론가, 기자, 교육자, 사회운동가, 종교인 등의 전문 작가군이었으나 비문인의 글이 혼재되어 있으며, 일반 투고란의 학생과 노동자, 일반 독자의 글들도 일부 수록되어 있다. 『부인공론』, 『부인』, 『부녀세계』, 『女聲』, 『여성지우』, 『우리집』, 『현대가정공론』 등에 다수의 비문인 시와 수필, 콩트 등이 포함되어 있다. 장르로는 일반 논설과 시사 관련글, 에세이가 가장 큰 비중을 차지하며 시와 소설(콩트, 단편, 장편 연재) 등의 문예물에 대한 지면

할애가 많다. 여기에는 동시와 동화 등의 아동물(윤석중, 방정환)이 포함
되어 있다. 다른 일반 잡지와 마찬가지로 번역물도 어렵지 않게 찾아볼
수 있으며, 영화, 무용, 미술 등의 문화 와 예술에 대한 다양한 평론이 게
재되었다. 설문과 대담, 좌담, 방담 등을 통하여 근대적 담론 공간의 형
성으로 여성지가 주요한 역할을 하고 있음을 살펴볼 수 있었다. 이들 잡
지에는 호나 아명, 약자나 무기명 형태로 발표된 글들이 많이 실려 있어
필자를 정확히 파악하기 어려운 경우도 부분적으로 확인된다.

4. 여성잡지의 의의와 가치

조선 후기 문학 주체들의 '새로운' 문학에 대한 고민은 형식과 내용의
차원에서 근대성을 확보하기 위한 노력으로 이어지며 다양한 장르에서
풍요로운 문학작품을 생산할 수 있었지만 일제 강점기를 배경으로 한
까닭에 식민성과 주체성 사이의 고민의 흔적을 지울 수 없었다. 근대잡
지에 발표된 작품들과 이들 지면을 통해 형성된 담론 역시 그러한 성격
을 드러내고 있다. 항일 여성 운동에 앞장섰던 근우회의 기관지 형태로
발간되었던 『근우』의 경우 구체적인 사건을 다루거나 현장 기사들을 포
함하고 있는데, 근로자들의 삶을 생생하게 그리는 방문기를 수록하고
있어 주목된다. 여성 직공이 일하는 공장을 방문한 기사들뿐만 아니라
야학운동이나 강연록 등이 게재되었다. 한편 『여성』(1934), 『장한』(1927)
등은 카페 여급이나 기생들을 위해 출간된 여성잡지로 발간이 오래 지
속되지는 못했으나 특수 계층의 여성들의 삶에 대한 고충들을 생생하

게 전달해주는 글들을 수록하였다.

근대문학은 허구성과 개인성을 기반으로 하지만 그것이 의미 있는 것은 사회적 관계와 시스템을 문학적 글쓰기가 어떻게 반영하는가에 대한 고민을 포함하고 있을 때다. 앞서 언급한 여성잡지가 보여주는 비문학적 글들은 글쓰기를 고민했던 문인들에게 적지 않은 영향력을 미쳤을 것으로 생각된다. 여성잡지를 여성성의 차원에서만 다룰 수 없는 국면이 여기에서 부각된다. 문체나 스타일의 새로움의 차원에서가 아니라 조선 민중의 삶을 글쓰기에 어떻게 반영하느냐의 문학적 과제가 제기될 수 있는 것이다. 사회적 사실 관계와 문학적 글쓰기의 차원에서 여성잡지의 출간과 유통은 리얼리즘 문학의 차원에서 중요한 의미를 갖는다. 이러한 잡지들은 실제 생활애서 조선인들이 겪는 삶의 구체적인 부면에 대한 관심과 새로운 사회에 대한 열망을 담고 있었다. 수기와 고백록, 방문기 등은 리얼리즘적 글쓰기의 토대가 되었을 것으로 보인다. 반대로 노동 현장에서 일하는 비문인 필자들의 글이 일반 에세이에서 문예물의 성격으로 변화해 가는 경향에 대한 세부적 검토 역시 필요해 보인다.

여성잡지는 시대가 지나면서 교육, 계몽의 차원에서 점점 더 취미, 문화적 취향을 맞추는 방식으로 변모해 갔다. 여성잡지의 문예면이나 기사면에 빠지지 않는 것이 세계 역사와 문학, 서구 유명 인물들에 대한 소개였다(『신광』, 『여인』). 그러다가 1930년대 후반부터는 여성 독자를 의식한 풍속 기사와 상품 광고 지면이 점차 확대되었다. 특히 신문사에서 펴낸 잡지들이 이러한 상업성을 띠게 되었는데 동아일보에서 발행한 『신가정』, 조선일보에서 발행한 『여성』 등이 그러하다. 구독료만으로 잡지 발간을 유지하기 어려운 실정을 반영한 것이겠지만 현란한 광고 지면은 대중화와 세속화의 일면이라고 할 수 있을 것이다. 가정의 행복이 조선 사회와 민족의 행복이라는 단순한 논리를 표명하거나(『신가정』창간사) 사람들의 이목을 끄는 표지나 그림에 더욱 신경을 쓰기도 한다(『조선일보』표지와 화보). 그럼에도 불구하고 이러한 여성잡지들은 지속적으로 문예면을 통해 작가들의 활동 무대가 되어 주었기 때문에 글쓰기 공간으로서의 역할을 간과할 수 없다. 신문학의 형성과 발달에 있어 여성잡지의 출현과 간행이 어떤 의미가 있는지 살피기 위해서는 근대 매체로서 소통의 장이 되어 주었던 여성잡지에 수록된 문학적 글쓰기의 국면을 면밀히 살펴봐야 할 것이다. 특히 여성잡지에 대한 총괄적 연구를 통해 주목받지 못했던 여성문인의 작품들을 새롭게 읽을 수 있을 것이다. 또한 여성잡지의 연구를 통해 새로운 문학 텍스트를 확보하고 발굴할 수 있을 것으로 기대된다. 전집 및 작품집에 수록되지 않은 문인들의 글이 다수 눈에 띄었다.

여성잡지의 독자는 '여성'으로 표방되지만 여성이라 함은 가정주부, 여학생 및 유학생, 여성 지식인과 문인, 재외국인, 노동자 등 다양한 성격을 지닐 수밖에 없다. 각 여성지가 표방하는 여성성에 대해 비판적 거리를 두고 살펴보아야 할 것이며, 근대 여성성에 대한 여성잡지의 입장들을 대별해볼 필요가 있다. 여성잡지라 하더라도 남성 필자의 비중이 매우 높았다. 초기 여성잡지라 할 수 있는 『가뎡잡지』의 경우 거의 남성 필자들이었다. 『녀자지남』, 『자선부인회잡지』 정도가 여성 필진을 확보하기 시작하였다. 드물게 『신여자』는 여성 편집진과 여성 필진만으로 발간되기도 하였다. 여성의 참여도 담론 생산의 기여도를 구체적으로 논의하기 위한 자료를 세부적으로 수합할 필요성이 제기된다.

　여성문인, 여성문학이라는 말 자체는 여성들의 삶과 글쓰기를 주변화하는 혐의를 갖고 있다. 근대사회의 시스템과 체계를 받아들이는 과정에서 여성에 대한 새로운 이해가 필요했다면 문학적 글쓰기와 향방은 여성 매체의 출현과 밀접한 관련을 맺을 수밖에 없을 것이다. 조선 후기에는 사회 담론과 운동을 남성들이 주도하는 편이었지만 점차 일본이나 미국 등지에서 유학한 신여성이나 국내 설립된 여러 교육기관을 통해 배출된 여성 지식인들이 사회 각 분야에서 두각을 나타내기 시작했다. 여성잡지에 대한 연구는 사회적 주체로 새로이 부각된 여성들이 조선 사회의 문화적 흐름 속에서 어떠한 움직임을 보였는가를 파악하는 방법이 될 수 있을 것이다. 근대 조선에서 발간된 여성잡지 텍스트를 정리, 분석함으로써 새로운 여성 주체들의 목소리를 확인할 수 있으며, 조선 사회가 여성에 대한 시각을 어떻게 마련해 갔는지를 고찰할 수 있을 것이다. 근대 여성의 글쓰기 및 담론의 형성에 대한 연구는 격동하는 조선 사회에 대한 이해를 밑바탕으로 국문학의 형성과 발전 단계를 파악하고자 하는 것이다. 이는 근대문학을 이해하는데 필수적인 텍스트를 확보하는 일이며, 이들 텍스트에 대한 분석과 비평은 국문학 연구 및 문학 교육에 다양한 방식으로 활용될 수 있을 것으로 기대된다.

5. 여성잡지라는 글쓰기 공간

근대 초기 여성, 농민, 노동자, 어린이 등을 표방하여 발간된 전문지들은 새로운 주체를 내세워 근대화와 독립이라는 조선사회의 시급한 난제들을 해결하기 위한 노력을 보여주었다. 특히 가족에 대한 근대적 이해는 여성을 새로운 사회 구성원으로 인식하게 만들었다. 여성잡지의 출현은 이러한 사회적 요구에 부응하는 것으로 여성잡지에 수록된 비평 담론과 글쓰기에 나타난 여러 양상들은 여성매체로서 여성잡지에 대한 연구를 요구한다. 조선 후기부터 해방 이전까지 이르는 근대 초기 41종에 이르는 여성잡지의 목록 확정과 발간 양상에 대한 고찰을 통해 조선 사회가 어떻게 새로운 계층을 수용하고 근대적 시스템을 마련해 가고자 했는지를 추측해 볼 수 있었다. 근대 초기 여성잡지는 사회적 소통과 자기표현을 위한 통로였다. 전문 작가군의 본격 문학의 지면이 되기 이전의 특성을 이들 여성잡지는 보여주고 있어 글쓰기에 대한 당대의 문화적 관념과 사고를 유추할 수 있는 주요 자료로 활용 가능하다. 초기 남성 필진에 의해 출간된 경우가 많았지만 점차 여성 필진의 참여가 확대되었다. 또한 기자, 편집인, 교육인, 종교인, 문인 등의 전문 작가군 뿐만 아니라 여학생과 여성 노동자 등의 참여도 이루어졌다.

한편, 여성잡지 연구의 가장 큰 어려움은 유실되어 전문 확보가 어렵다는 데 있다. 『성애』(2호만 확인), 『신여자』(4호만 확인), 『여자계』(창간호 유실), 『여성조선』(27, 28호) 등을 들 수 있다. 창간호만 확인되거나(『녀자지남』) 창간호가 종간호인 경우(『만국부인』, 『신여원』, 『자선부인회잡지』)도 많다. 검열, 삭제되거나 금지 처분을 받은 경우(『부녀세계』, 『성애』, 『신여원』, 『신여자』, 『여자시론』, 『현대부인』)도 어렵지 않게 찾아볼 수 있다. 또한 필명, 아호, 약자 등의 사용으로 필자 파악이 어려운 부분(특히 『성애』, 『장한』, 『여성조선』)도 있다. 무기명 기사도 어렵지 않게 찾아볼 수 있다. 앞으로 자료 확보와 확보된 자료에 대한 분석이 과제로 남아 있지만, 이미 확보된 자료를 바탕으로 여러 담론을 생산해낼 수 있는 가능성이 열려 있다고 할 수 있을 것이다.

여성 문화와 여성의 글쓰기에 대한 연구는 이미 상당히 축적되어 왔으며 현 단계에서 주변적인 것으로 다루어지는 것 같지는 않다. 하지만 근대 초기 여성잡지의 실태와 양상을 조사하는 과정 속에서 아직 자료 조사와 확인이 추가로 필요하며, 이미 확보된 자료에 대한 연구 영역이 무한히 열려 있다는 점을 확인할 수 있었다. 새로운 방법론의 구상도 절실하여 접근 방식에 대한 고민도 구체적으로 진행할 수 있었다. 특히 비문자화된 사회적 상상력을 보여주는 수기, 기록물, 기사, 방문기를 대상으로 하여 여성의 글쓰기 양상과 여성 담론에 대한 연구를 진행할 수 있을 것으로 기대된다.

2부
1930년대 번역과 시 창작

제1장

이하윤의 번역과 시 창작의 상관성

1. 이하윤과 번역

　이하윤은 번역가이자 시인이자 작사가였다. 주요 활동과 업적을 고려한다면 번역 일을 가장 중심에 놓은 것 같지만 상당수의 창작시를 묶어 작품집으로 출간했으며 대중가요 가사도 적지 않게 창작하였다. 근대문학 초기 시를 창작하며 외국시를 번역했던 이들은 종종 있었지만, 그러한 작업과 함께 대중가요 가사를 적극적으로 창작한 이력을 갖고 있는 사람은 드물었다. 그 자신은 외도로 치부했지만,[1] 그의 번역과 창작과 작사는 모종의 관계를 맺고 있는 것으로 보인다. 특히 외국문학 연구자로서 근대 조선문학의 확립을 위해 세계문학을 알고 배워야 한다는 입장을 고수하면서도, 시와 가사 창작에 있어서 전통 시형을 강조한 점은 상당히 이례적이라고 할 수 있다. 이 글은 번역을 통해 일본문화의 종속성으로부터 벗어나 조선문학을 세계문학에 매개하고자 했던 번역가로

1　이하윤, 「나의 문단회고」, 『신천지』 5-6, 서울신문사 출판국, 1950.6.

서의 태도와, 전통 시형을 창작의 전범으로 제시하고자 했던 시인으로서의 내면과, 대중문화의 선도자로서 작사가의 면모를 모두 가지고 있었던 이하윤의 글쓰기를 살펴보고자 한다. 이하윤 글쓰기의 혼재적 양상을 통해 근대 조선 지식인의 정체성에 접근해보려 한다. 이는 인생과 자연에서 발견되는 아름다움과 비감을 정형시 위에 정초시키려 했던 그의 시 창작 방향의 동력을 점검하는 일이 될 것이다. 조선의 특수성과 근대 세계의 보편성 사이를 '번역문학'을 통해 매개하고, 시 창작을 통해 서정시의 전통을 이어나가고자 했던 이하윤의 글쓰기 욕망을 드러내는 일이기도 하다.

이하윤은 1930년대 전후 외국문학 번역을 주도하였다. 그는 해외문학파의 중심인물로 꼽히는데 '해외문학파'라는 명칭은 외국문학 연구자 및 번역가들 집단 내부에서 이루어진 것이 아니었다.[2] 프로문학파의 논쟁과 대립 속에서 이루어진 것이었으며, 정확하게는 '외국문학연구회'였다. 이들은 실제로 저널리즘의 지배권을 가지고 있었는데[3] 이는 원본을 소유하고 원본에 대한 이미지를 일반인들에게 전달할 수 있는 외국어 능력과 관련된다. '사상'을 소유하면서도 실질적인 소통 공간을 장악하지 못했던 카프작가들과는 상당히 대조적이라고 할 수 있다. 해외문학파의 활동은 주로 『동아일보』를 무대로 한 것이었으며,[4] 이후 1930

---

2 박용철, 「문학유파의 개념」(『조선일보』, 1936.1.3)과 이헌구, 「신년좌담회」(『동아일보』, 1933.1.8) 등에서 이런 점들이 언급된다.

3 이하윤은 『동아일보』 기자, 정인섭은 『중외일보』 사회부장, 이헌구와 함대훈은 『조선일보』 기자였으며, 이선근은 『조선일보』 편집국장대리였으며, 김진섭은 경성제대 도서관 촉탁이었다. 조윤정, 「번역가의 과제, 글쓰기의 윤리」, 『반교어문연구』 27, 반교어문학회, 2009, 27면.

4 이혜령, 「『동아일보』와 외국문학, 해외문학파와 미디어」, 『한국문학연구』 34, 동국대

년대 극예술연구회, 『시문학』 및 『문예월간』 창간 등의 순문학운동으로 연결되어 박용철, 정지용, 김기림, 김영랑 등의 활동으로 이어진다는 점에서 의의를 찾을 수 있다.[5] 해외문학파 활동의 성과와 문제는 이미 1932년 이헌구에 의해서 지적된 바 있으며 이후 김윤식, 백철 등에 의해 언급되었다.[6]

1927년 창간된 『해외문학』의 번역 수준과 문제에 대해서 당대 양주동은 신랄하게 비판하였고[7] 이는 이하윤, 김진섭, 정인섭 등과의 논쟁을 불러일으켰다.[8] 김진섭과 이헌구가 카프 작가들과 첨예하게 대립하며 논쟁한 데 반해[9] 이하윤은 자기 입장을 비교적 온건한 태도로 표명하였다. 그것은 번역 활동 속에 잠재된 서정성에 대한 옹호와 전통에 대한 지향 때문이었을 것으로 보이는데, 이 때 순수문학과 전통에 대한 지향은 『문장』의 그것과는 차이가 난다. 『문장』이 부분적으로 해외문학의 동향과 흐름을 파악하기 위해 외국문학 작품을 번역, 소개하였지만 해외문

한국문학연구소, 2008, 359~391면.

5 김현곤, 「한국에 있어서의 불문학」, 『인문과학연구』, 전남대 인문과학연구소, 1970, 20면.

6 이헌구, 「해외문학과 조선에 있어서의 해외문학파의 임무와 장래」, 『조선일보』, 1932.1.1~13. 해외문학파에 관한 연구로는 고명철, 「해외문학파와 근대성, 그 몇 가지 문제」, 『한민족문화연구』 10, 한민족문화학회, 2002; 김효중, 「『해외문학』에 관한 비판적 고찰」, 『한민족어문학』 36, 한민족어문학회, 2000; 조영식, 「해외문학파와 시문학파의 비교 연구」, 경희대 박사논문, 2002.8. 참조; 김윤식, 『한국근대문예비평사연구』, 일지사, 1976, 137~141면; 백철, 『신문학사조사』, 신구문화사, 1980; 김용직, 「해외문학파의 외국문학 수용양상」, 『관악어문연구』 8, 서울대, 1983; 박노균, 「해외문학파의 형성과 활동양상」, 『개신어문연구』 1, 개신어문학회, 1981 참조.

7 양주동, 「문예비평가의 태도 기타」, 『동아일보』, 1927.2.28~3.4.

8 김영민, 『한국문학비평논쟁사』, 한길사, 1992, 436~440면; 김욱동, 「외국문학연구회와 양주동의 번역 논쟁」, *Foreign Literature Studies* 40, 한국외대 외국문학연구소, 2010 참조.

9 서로를 타자화하면서 비평적 입지를 마련해가는 "임화와 해외문학파의 논쟁적 글쓰기"에 대해서는 조윤정, 앞의 책, 373~410면 참조.

학파가 『문장』의 필진에서 제외되었던 것은 그들이 서구추수주의자로 오해되었기 때문이었을 것이다.[10] "文壇의 兩大陣營의 틈바구니에 끼어든 것이 세칭「海外文學派」, 異色的인 灰色分子로, 또 文壇의 庶子格으로 白眼視 당하는데"[11]에서 드러나는 바와 같이, 해외문학파는 프로문학과 민족주의 문학 사이에서 자신들의 입지를 마련하기 위해 애썼던 것으로 보인다. 이런 상황에서 외국문학 연구자 혹은 번역가로서 이하윤이 전통 시형을 본받을 것을 강조하고 실제 시 창작에 실천했던 점은 상당히 이례적이다. 번역문학의 중요성을 피력하는 일과 시 창작의 방향을 모색하는 일을 나란히 두었다는 점에서 다른 해외문학파들과도 구별된다. 시 창작과 대중가요 가사 창작은 번역 활동의 연장선상에 있으면서도 그것으로 다할 수 없었던 그의 글쓰기의 잉여를 보여준다. 외국문학이라는 근대적 보편 시간을 적극적으로 유입하면서도 그 시간을 조선적 전통과 맥을 잇고자 하는 의도 속에는 부조화와 억압이 발견되는데, 이 글은 그 틈을 엿보고자 한다. 근대 지식인으로서 글쓰기 방향 모색 과정을 살펴볼 것인데, 서로 다른 글쓰기 간의 영향력과 상관성을 살펴볼 때 이하윤이 생각한 근대적 글쓰기가 드러날 것으로 전망된다.

---

10 이상숙, 「『문장』의 해외문학 연구」, 『우리어문연구』 39, 우리어문학회, 2011, 549~577면 참조.
11 이하윤, 「문단과 교단에서」, 『이하윤 선집』 2, 한샘, 1982, 167면.

2. 번역문학의 필요성과 전통 시형의 강조

이하윤의 외국시 번역은 이전 시대의 번역 활동에 비해 다양한 작가와 작품을 포괄하는 것이었다.[12] 외국문학 연구자로서 자신의 작업에 대해, "작품 감상과 번역, 문학사의 연구, 서적잡지의 출판 실행"이라고 밝혀 적을 때[13] 이하윤은 번역자로서 자신의 책무와 소임을 뚜렷하게 표명하고 있는 것으로 보인다. 번역에 대한 이하윤의 기본적 태도는 '직역直譯'에 충실하자는 것이었다. 「庚午譯壇一瞥」와 같은 글에서는[14] 원작을 훼손시켜서는 안 되며 필자와 역자를 분명히 밝혀 적어야 한다는 기본적인 태도를 강조한다. 한편 양주동 대 이하윤, 김진섭의 번역 논쟁은 1930년대 번역 문학에 대한 이해의 심도가 깊어졌음을 반영한다. 역어로서 조선어를 어떻게 이해할 것이며 번역 문체를 확립하기 위해 어떤 노력을 기울여야 하는가에 대해서 이야기하고 있다.[15] 번역의 '적어適語'의 발견이 우리말의 통일과 발달에 기여할 수 있으며 그것이 우리 문학건설에 훌륭한 언어를 가질 수 있는 바탕이 된다는 『해외문학』 1호 (1927.1)의 편집후기는 해외문학파가 외국문학을 소개하는데 그치지 않고 번역어로서 조선어에 대해 인식하기 시작했다는 점을 말해준다.[16]

---

12 이하윤의 첫 번역 시집 『실향의 화원』(시문학사, 1933)의 작가별, 작품별 분포 및 주제 · 경향별 분포는 조영식, 「연포 이하윤의 번역시 고찰」, 『인문학연구』 4, 2000, 229~247면 참조.

13 이하윤, 「佛文壇回顧」, 『신생』 2-12, 1929.12, 10면.

14 『신생』 3-12, 1930.12, 10~11면.

15 이하윤, 「『해외문학』독자 양주동에게(1 · 2)」, 『동아일보』, 1927.3.19 · 20.

16 여태천, 「1920년대 번역에 나타난 조선어 인식」, 『한국시학연구』 30, 한국시학회, 157면 참조.

그러나 이러한 인식에는 문학어로서 조선어의 불충분성에 대한 인식이 밑바탕 되어 있다. 조선문학의 빈곤함으로부터 문학 번역의 정당성을 확보하고자 하는 태도는 이하윤의 글에서 쉽게 찾아볼 수 있다. "우리의 荒蕪한 文壇에 外國文學을 받아드리는 바이다"[17]에서 나타나는 바와 같이 외국문학을 다양하고 풍부한 문화적 유산으로 보고, 그것을 조선 근대문학의 자양분으로 삼고자 하는 이하윤의 번역 태도는 독서를 권고하는 다음 글에서도 엿볼 수 있다.

學者에게만아니라 所謂文士가되시는분들에게도 眞心으로 讀書를 勸하고 싶흡니다. 先天的素質만을가지고는 貧弱함을免치못하는것이니까요.

偉大한作品은 豊富한知識이基礎되지안코는 나하지지안는것입니다.

요지음新聞雜誌에붓을드는者이殆半은 다만自己의無識을暴露할따름이래도 過言이안이올시다

(…중략…)

깁히 그러고잘알어야하겠습니다. 문제는 量에잇지안이하고 質에잇는것입니다.

그런意味에서 우리는아직도이러타할만한 學者도作者도 가지지못하엿습니다.

(…중략…)

조흔書籍이만치못한것이憤感인것만큼 初學者라도 그동안우리의言語가輕視안되는限度에서 外來書籍에만히依하는수밧게업슬가합니다. 同

17 이하윤, 「권두사」, 『해외문학』 창간호, 1926.1.

視에우리의조흔作品과飜譯과硏究를貴重히녁이는習慣을 길너야하겠습니다.[18]

위의 글에서 이하윤은 현 조선의 출판계를 비판한 후에 외래서적을 많이 읽을 것을 권한다. 무지에서 벗어나 교양을 얻음으로써 문학적 소양과 재질을 펼칠 수 있는 조건을 마련하자는 것이다. "大典의名作에만히接하라는 것"이 독서론의 요지며, 그 대안으로 "레프카드어 헤론의 讀書論"을 제시한다. 예술의 영원성, 진리성의 추구에 대한 이상을 가지고 있는 이하윤은 문화적 이상을 '저기 멀리'로 상정하고 있는데 그것에 다가서기 위한 특별한 노력이 필요하다고 역설하였다. "(…중략…) 적어도우리가 建設하는 國民文學이 世界文學의 一部를 形成하는以上 外國文學을 옴겨놓는 義務는 確實히 우리들에게 賦與된한重大한課題다"[19]라는 언급에서 번역가로서의 책임감과 의무를 읽을 수 있다. 조선문학이 국민문학으로 확립되기 위해서는 세계문학으로서의 조건을 갖추어야 하며 이는 번역가의 활동이 매개될 때 가능하다고 보는 입장이다. 그런데 이하윤에게 조선인의 '무지'는 안팎으로 발견된다.

우리는 넘우도 外國에 對하여 無知합니다. 그렇다고 또 우리가 우리것에 對하여 有術하냐하면 그도 아닙니다. 우리것도 잘모르고 남의것도 잘알지 못하는 頭腦에서 낳는 作品이 무엇이훌륭한것이 되겠읍니까. 不足한 修養과 貧弱한 思想으로 적은名譽慾에서 粗雜하게 그리어 내는 그作品이 『藝術

18 이하윤, 「良書를選擇하야」, 『대중공론』 2-6, 1930.7, 455면.
19 『신생』 3-12, 1930.12, 11면.

은길다』라는 眞理에 敢히 어찌符合될수가 있겠읍니가. 한개의 文學靑年 그
도 다른나라의 그들은 얼마나한 素養과 才質이있는가. 우리는 우리의 自身
을 한번 다시 돌아볼 必要가 있는가 합니다. 外國의 文學靑年은 많이 읽습니
다. 그리고 思潮를 硏究합니다. 그리하여 쓰는것입니다. 그럼으로 그들에게
는 이런것은 硏究가 아니요 오히려 한 常識이외다. 그러나 朝鮮에 있어서는
그것이 어려운 한 學問(?)이되어 잇는만치 우리는 無知합니다.[20]

1929년 불란서 문단을 회고하는 자리에서 이하윤은 조선의 문학청년
들에게 부족한 것을 위와 같이 언급한다. 그런데 외국문학의 번역과 소
개의 중요성을 피력하면서 이하윤이 늘 강조하는 것이 '전통'이다. 그는
번역문학의 필요성을 강조하면서 늘 '조선적 전통'을 덧붙여 이야기하
였다. 즉 번역문학의 정당성을 전통 시형에 대한 발견과 연결지었다. 글
쓰기를 개인의 창조성이나 영감에만 기댈 수 없다고 이야기하며, 외국문
화에 대한 습득과 우리 것에 대한 인식을 회복하는 것이 무지에서 벗어
나 교양과 사상을 기반으로 한 문학 작품을 생산하는 방법이라고 강조하
였다. '바깥(외국문학)'에 대한 인식과 '내부(조선적 전통)'에 대한 발견을 함
께 가져가자는 것이 그의 문학 창작의 실제적인 방향이었다. 다른 글에
서도, 세계를 호흡하는 조선사람으로서 세계문학 작품을 감상할 것이며,
거기서 받은 영향을 통해 당연히 우리 민족다운 것을 드러내야 한다고
말하였다.[21]

"朝鮮의 한 奇異한 區別的 存在"[22]라는 표현에 드러나듯이 이하윤은

---

20 이하윤, 「佛文壇回顧」, 『신생』 2-12, 1929.12, 10면.
21 김효중, 「한국의 문학번역이론」, 『비교문학』 15, 한국비교문학회, 1990, 218면.

조선문학의 개성과 스타일을 확보하는데 '세계문학'이라는 대타적 자리가 필요함을 강조하였다.[23] 그는 서구 문학이 그 나라의 문학만이 아니며, "과거와 현재와 미래는 잠시라도 끈흘수업는 상호관계를 가지고 청신한 이지 활달한 정열로써 꿈여져가는것이 아니면 아니다"[24]라고 말하였다. 외국문학 작품에서 보편적 성격을 발견하려는 인식은 서구의 근대적 시간을 조선의 역사 위에 이식하기 위한 노력처럼 보인다. '이식'의 성공을 위해서 외국문학의 세례와 함께 '뿌리'가 절실히 필요했던 것이다. 시조와 민요에 대한 평가와 지향에는 이 '뿌리'에 대한 갈망이 드러난다. "오로지 原意를 尊重하야 우리詩로서의 律格을 내깐에는 힘껏 가초아 보려고 애쓴"(『실향의 화원』, 시문학사, 1933, 3면) 흔적들은 번역시의 정형성으로 나타난다. 『대중공론』에 연재한 번역시 "西詩選譯"에서[25] 「작은 것들」, 「덧」(제임스 스티븐슨), 「겨울」(존 밀링톤 싱그), 「여름 노래」(알베르 사맹) 등의 작품은 시의 운율과 리듬을 고려한 번역으로 보인다. 일정한 행과 연 처리 방식이나 글자수를 맞춰 한 행을 일정한 띄어쓰기로 처리하는 특징을 갖고 있다. 「나무」(칼머)[26]역시 각 연을 2행, 한 행을 2음절로 맞추고 있다. 음보율을 고려하여 한 행을 세 어절로 맞추려는 의도를 「어머니의 꿈」(윌리엄 번즈)[27] 등의 작품에서도 찾아볼 수 있다. 그의 번역시들은 전통 지향성 위에서 형태를 갖추는데 원시의 행, 연

---

22 이하윤, 「세계문학과 조선의 번역운동」, 『조선중앙일보』, 1933.1.1.
23 국민문학과 세계문학의 상호관련성을 강조하는 태도는 정인섭, 김진섭 등의 외국문학 연구자들에게서 공통적으로 찾아볼 수 있다.
24 이하윤, 「외국문학연구서론(5)」, 『조선일보』, 1934.8.18.
25 『대중공론』 2-3~6, 1930.4~7.
26 『신생』 3-6, 1930.9, 31면.
27 『신생』 4-9, 1931.9, 26면.

구분을 훼손시키지 않으려는 노력과 조선어시로서 정형성을 갖추려는 모순적 시도가 함께 작동하고 있다.

외국문학 연구와 번역을 통해 궁극적으로 "朝鮮的 要素를 發見"[28]하고자 한다는 이하윤의 언급은 다소 방어적인 논리로 보인다. "왜 조선문단에 번역문학이 필요한가"라는 궁극적 질문에 이르면 이하윤의 태도는 지나치게 단순해지는 경향도 발견된다. 일본어 중역에서 벗어나 번역가로서의 전문성과 체계성을 갖추려는 외국문학 연구자로서의 노력은 식민지의 후진성과 결핍을 보상하려는 욕망이라고 볼 수 있으나, 서구문학의 보편성에 매혹되어 서구와의 동시성을 전유할 수 있다고 믿는 태도의 이면에는 여전히 또 다른 종류의 식민성을 찾아볼 수 있다[29] "現代世界人으로서의 必然的任務"[30]를 강조하는 이하윤에게서 일본이나 중국을 제외하고 서양으로부터 배움의 대상을 찾고자 했던 또 다른 종류의 식민성과 종속성이 발견된다. 한편 시조와 민요로부터 전통 시형을 찾아내고 이를 조선시의 근간으로 삼고자 하는 태도는 그의 창작시에서도 찾아볼 수 있다.

3. 시 창작과 서정시의 전통

1939년에 발간된 첫 창작집 『물네방아』에는 109편의 창작시가 수록

---

28 이하윤, 「외국문학연구서론」, 『조선일보』, 1934.8.15.
29 서은주, 「1930년대 외국문학 수용의 좌표」, 『민족문학사연구』 28, 민족문학사학회, 2005, 41~68면 참조.
30 이하윤, 『문예월간』 1, 1931.11, 94면.

되어 있다. 번역시에 비해 상대적으로 적은 편수지만 당대 창작 시집으로는 상당한 분량의 작품집이라고 할 수 있다. 이하윤의 시세계는 비극적 현실 인식과 극복 의지를 드러내고 있으며, 이는 방랑과 향수, 과거 지향 등으로 나타난다.[31] 또한 그의 시세계를 비판적 현실의식, 현실의 고발, 회상과 귀향의식, 가족과 종교의 세계로 나누어 살필 수도 있다.[32] 이하윤은 서정시의 전통을 내용상으로는 자연에 대한 아름다움과 인생의 비의에서 찾고 있는 것 같다. 인생과 자연을 테마로 하여 서정성이 높은 작품들을 보여주고 있다. 주로 현실에 대한 비감을 드러내거나 자연물을 메타포로 활용하는 특징이 두드러지게 나타난다. 다음 인용시에서도 죽음, 방황, 상실감, 비애, 불안 등의 정감들을 자연물이나 풍경에 투사하여 제시하고 있다.

北門턱 외딴길에

풀닙 거츠른

님자일흔 무덤이

하나 잇더니

放浪의손 외로히

지날때 마다

무덤앞에 안저서

---

31 이상호, 「이하윤 시 연구」, 『동아시아 문화 연구』 7, 한양대 동아시아문화연구소, 1985, 225~247면 참조.
32 조영식, 「연포 이하윤의 시세계」, 『인문학연구』 3, 경희대 인문학연구소, 1999, 251~ 271면 참조.

쉬고 가더니

—「일허진무덤」1, 2연, 『물네방아』, 8면

오늘은 이대로 고닯흔 잠속

자최업는 꿈길을 밟고 감니다

이래도 한때는 영화로운 꿈

죄업는 명상도 깊엇것마는

—「자최업는길」1, 2연, 『물네방아』, 14면

異國의 빈들을 헤매노라니

쌀쌀한 벌바람이 모라처 와서

넘어가는 붉은햇발 엷어갈수록

외로운 이내몸은 치워 떰님니다

아모리 칩다고 떨어보아도

주림을 한밤에 웨처보아도

끝업는 광야의 애처러운 그림자

불상한 이내몸은 설어서 웁니다

—「彷徨曲」1, 2연, 『물네방아』, 22면

「일허진 무덤」은 임자 없는 무덤을 지나는 나그네의 손길을 통해 상실
감을 드러내고 있으며, 「자최업는길」은 꿈을 잃고 방황하는 모습과 불

안한 미래에 대해 노래하고 있다. 「방황곡」은 굶주림과 추위에 시달리며 이국을 헤매고 있는 모습을 다루고 있다. 그런데 비극적이고 고통에 찬 정감을 표현하고 있다는 내용상의 공통점보다 더 주목을 끄는 것은 형식 상의 문제이다. 행의 길이나 연 구성이 기계적이라 할만치 일관되게 조 정되고 있다. 이하윤의 작품들은 대부분 2, 3, 4행이 한 연을 이루는 연시 형태를 띄고 있으며, 3음보 7·5조의 형식을 갖추려는 의식적 노력이 엿 보이기도 한다.

이하윤은 『동아일보』에 「형식과 내용, 운문과 산문·시가의 운율」이 라는 글을 연재하였는데, "언어가 표하는 사상과 감정에 節律과 音數를 부여한 평균의 규칙적 파동"이 있어야 한다고 언급한 바 있다. 이 규칙 성을 시조나 민요의 정형성에서 발견한 것처럼 이야기하지만 전통시형 에 대한 이하윤의 관점은, 그 자신이 말한 시조나 민요에서 온 것이 아 니라 하나의 단위에 적절한 글자수를 배치하는 노래가사의 형태에 대 한 고려인 것처럼 보인다.[33] 즉 번역시와 창작시를 가요시의 형식에 접 근시킨 것이라고 할 수 있다. 시조나 민요, 한시의 형식적 특성이 시 창 작에 거의 발견되지 않는다는 점에서 앞선 시대 김억의 문학 활동과도 구별된다.[34]

이하윤은 170여 편의 노래 가사를 창작하였다.[35] 노래 가사에 '가요

---

33 구인모, 「이하윤의 가요시와 유성기음반」, 『한국근대문학연구』 18, 한국근대문학회, 2008, 176~177면 참조.
34 노춘기, 「안서와 소월의 한시 번역과 창작시의 율격」, 『한국시학연구』 13, 한국시학회, 2005, 277~306면 참조.
35 목록을 통해 확인되는 것은 176곡, 가사를 찾을 수 있는 것은 162곡이다(장유정, 「이 하윤 대중가요 가사의 양상과 특성 고찰」, 『한국민요학』 28, 한국민요학회, 2010, 147 ~177면). 구인모의 글에서는 가요시 116편을 대상으로 음원을 확인할 수 있는 작품

시'라는 명칭을 부여한 것은 이하윤 자신이었으며, '가요시초'라는 명칭
으로 묶어서 창작 시가집 『물네방아』 뒷부분에 수록하고 있다.

> 즉 유행가요가 그시대 그사회 그대중을 反映하는 것이라면 작금의 軍歌
> 와 時局歌謠의 齊唱은 일반 민중의緊張된기분을 명랑케해주고잇스며 오늘
> 과갓흔 國家非常時局에처해잇는 우리들에게 퇴폐적가요는 당분간 의식적
> 으로라도 禁物이 되지안홀수업는일이다.
> 이러한뜻에서 나는 대중가요의 古典으로의 復舊를 이기회에 부르짓고 십
> 다. 따라서 國民歌謠, 家庭歌謠등의 명칭도 그實績을 뵈여주기를바라며 유행
> 가란일홈에 실증이이나서 부친듯한 抒情歌등도 약간 斬新한맛이 잇는듯십
> 흐나 요컨대 무엇보다도 각각 그내용이 모든 것을 規定해주게되는 것이다.[36]

이하윤은, 대중가요가 민중이 요구하는 바에 따라야 하지만 저속하거
나 영리에 부합해서는 안 된다고 말하며 '우리민요'를 본받을 것을 요구
한다. 대중가요 가사를 창작하는 데 있어서도 고전 시 형태로 복귀할 것
을 일관되게 주장하고 있는 것이다. 유행가의 격조를 강조하는 이하윤의
태도는 대중을 선도하고 이를 통해 조선문학의 활로를 확보하고자 한데
있는 것으로 보이며,[37] 이러한 방향성 모색 역시 일정한 모델이 있었던
것으로 추측된다. 이하윤이 직접 언급한 바 있는 일본의 번역문학가이며
작사가인 사이조 야소西條八十가 조선에 소개되어 크게 유행했던 것으로

들에 대해 언급하고 있다(구인모, 앞의 글).

36 이하윤, 「邪路에 彷徨하는 大衆歌謠」, 『家庭の友』 26, 1939.6, 19면.

37 이하윤은 『동아일보』에 「유행가작사문제일고」(1933.9.20~24)와 「유행가요곡의 제
작문제」(1934.4.5) 등의 글을 연재하면서 이러한 입장을 밝히고 있다.

보아 일본의 사례들을 통해 문학적 활동의 가능성을 개척했다고 볼 수 있다.[38] 그렇다면 이하윤이 직접 쓴 대중가요 가사는 창작시와 어떻게 같고 다른가. 이별의 슬픔과 고독을 드러내고 있는 노래가사 두 편은 다음과 같다.

꽃핀봄날 언덕에서 노래 부를땐
오래오래 계신다고 말씀 하시고
가을날이 고요한 이 아츰에는
야속히도 떠나시단 웬 말슴이오

이섬속에 우릴 두고 가시는 그대
언덕에서 바라뵈는 배가 미워서
안보려고 몇번이나 맘먹고서도
안개속에 무치도록 늣겨웁니다

― 「섬색시」 1, 2연, 『물네방아』, 113면

온종일 좁은바― 한구석에서
올사람 하나업시 기다리는 밤
잔속에 이내한숨 서릴뿐이라

퍼불뜻 흐린겨울 음울한 대기

가등마자 희미한 오늘 저녁엔

목메인 저종소리 더욱 무거워

　　　　　　　　　　　—「서울의 밤」1, 2연, 『물네방아』, 8면

「섬색시」는 야속하게 떠난 님을 그리는 섬 처녀의 마음을, 「서울의 밤」은 늦은 밤 바에서 술잔을 기울이는 이의 고독한 마음을 노래하고 있다. 이하윤의 대중가요 가사는 그리움과 이별 등의 사랑과 관련된 노래가 많으며 애상과 슬픔의 정조를 보여주는 이러한 작품들은 '비극적 낭만성melancholy'을 보여준다.[39] 창작시보다 한자어나 관념성의 노출이 덜하지만 기본적으로 정서적 표현 양태는 같다고 할 수 있다. 내용상으로도 그렇지만 형태상으로 2, 3, 4행을 한 연으로 연시 형태를 보여주고 있다는 점에서 창작시와 가요시의 경계도 그렇게 확연히 구별되지 않는다. 레코드 기술과 결합하여 라디오를 타고 가수의 목소리로 전달되는 노래 가사는, 종합지나 문예지에 원작자와 번역자의 이름이 표기되어 '읽혀지기'를 기대하는 번역시나 창작시와는 다르다. 가요시는 유성기라는 당대 음향기술의 발전과 관련지어 문자텍스트의 한계를 벗어나 음성텍스트와 결합한 이례적 사례로 꼽을 수 있을 것이다.[40] 그러나 이하윤에게 가요시는 전통 시형을 전범으로 창작시 또는 번역시와 하나의 장르처럼 이해되었던 것으로 보인다.

---

39 장유정, 앞의 글, 147~177면 참조.
40 구인모, 183면.

4. 번역시, 창작시, 가요시의 상관성

창작시에서 찾아볼 수 있는 이하윤의 회고적 감각은 외국문학 전공자로서의 자의식과는 정반대편에서 생성된 것이었고, 식민지 시대 순수 서정시가 귀착한 퇴행적 경로를 확연하게 보여주는 것이었다.[41] 가요시 창작 역시 근대 음향 기술의 발전에 부합하는 면모를 보여주지만 다른 한편으로는 대중문화에 대한 종속으로 볼 수 있다. 번역시 역시 형태상으로는 창작시, 가요시와 마찬가지로 정형의 틀을 유지하고 있다는 점에서 전통 시형 지향은 이하윤에게 강박으로 작용했던 것 같다. 그에게 '시'는 '시가'와 겹치는 것이었으며, 번역시 역시 창작시, 가요시와 마찬가지로 전통 리듬을 보여주는 것이어야 했다.

시조와 민요에 대한 집착은 당대 시인들을 평가하는 기준으로도 작용하였다. 이하윤은 『현대서정시선』 출간을 기념하여 신시의 역사를 개관하는 글을 쓰며 당대 잡지 출간 현황과 시인들의 활동 내력을 펼쳐 보인다.[42] "在來의 拘束된 詩調의 形式을 벗어나 自由詩를 試驗하게된 始初"를 긍정적으로 평가하면서도 최남선이 이후 "時調의 길에 들어서서 새로운 境地를 開拓해 놓았으니 그의 眞實한 面目은 時調에서 찾을것"이라고 말한다. 이광수 역시 "소설을 쓰는 틈틈이 時調와 新詩에 精進함으로써 오늘에와서 오이려 初期的舊習을 벗어나 藝術美 넘치는 抒情詩도 여러편 보여주게까지 되었다"고 말한다. 시조에 대한 이하윤의 지

---

41 유성호, 「해외문학파의 시적 지향—이하윤의 경우」, 『비평문학』 40, 한국비평문학회, 2011, 181~205면.

42 이하윤, 「『現代抒情詩選』을 내며」, 『博文』 7, 1939.5, 18~21면.

향성은 소월을 평가한 대목에서도 드러난다. "眞實로 驚異에 값할만한 天才的民謠詩人 素月은 우리가 永遠히 가지고있는 빛나는 寶玉의하나로" 평가하고 있다. "카프詩人中에서 抒情詩人의 素質을 가장 豊盛하게 감추었던 임화는 드디어 옛길로 돌아오고있으며"라고 말한다. 또 김기림의 장시와 황석우의 소곡의 의의를 의문시하면서 "抒情的要素가 缺如된 韻文은 詩歌가 되지 못하는것이니"라고 한다. 이러한 평가가 현대의 문학사적 자리매김과 크게 어긋나 있는 것은 아니지만, 시조와 민요를 강조하면서 사용하는 '옛길', '서정', '보옥' 등의 용어는 허사처럼 보인다. 당대 조선문단의 결핍과 결여를 보상하려는 심리가 그것을 떠받치고 있는 것 같다. 식민지로서의 주변성 극복과 세계라는 더 큰 무대의 발견은 같은 짝이라고 할 수 있다. 그 텅빈 기호를 채우는 방식에는 조금씩 차이가 있었던 것으로 보인다. 외국문학 연구자로서 이하윤은 '번역'으로 국민문학을 확립하고자 했고, 시인으로서는 '전통 서정시'의 발견으로 민족문학을 수립하고자 했다. 근대 자본과 기술의 유입으로 창출된 가요의 스타일과 유행은 빠른 속도로 그 자리를 쇄신할 수 있었을 것이다. 이 세 가지 다른 영역에 두루 걸쳐 있었던 이하윤과 그의 글쓰기는 일정한 성과와 한계를 동시에 가질 수밖에 없었을 것이다. 이전 시대에 비해 번역의 전문성을 갖추었지만 세계주의에 경도될 수밖에 없었다. 이하윤은 시조나 민요 등의 시형을 강조하며 전통 지향의 태도를 보여주고 있지만 그가 지향한 전통적 율격은 사실은 대중가요 가사의 기계적 형식이었다.

5. 이하윤의 번역과 시 창작

1930년대 글쓰기에도 다음과 같은 조건이 여전히 필요했던 것 같다. 첫째, 근대 문명과 지식에 대한 탐구, 둘째 조선적 전통에 대한 지향, 셋째, 대중 교화와 선도가 그것이다. 이를 이하윤 식으로 바꿔 말하자면 서구 지식과 교양의 함양, 조선적 전통의 발굴과 창조, 자연과 감성의 발견일 것이다. 번역가이자 시인으로서, 그리고 작사가로서 그는 이 세 가지 규율 속에서 글쓰기를 실행하였다.

번역시와 창작시, 가요시를 나란히 놓고 보면 내용상의 공통점보다 두드러지는 것이 형식상의 문제이다. 정형시를 전통 시형으로 놓고 이를 추구하고자 하는 태도를 찾아볼 수 있다. 그러나 그러한 지향은 시조나 민요에서 온 것이 아니라 대중가요 형식에서 온 것으로 보인다. 일정한 단위에 적절한 음절수를 배치한 기계적 형식은, 자연과 인생에 대한 비감, 이별과 그리움에 대한 정조를 내용으로 하여 감성적이고 낭만적인 시를 만들어냈다. 이하윤의 전통과 서정성에 대한 추구는 서정주의에 함몰될 위험에 노출되어 있을 수밖에 없었다. 근대시의 음악성을 조선어 그 자체에서 발견하지 못하고 기계적인 음악성을 부여하려고 했던 것이 그의 과오의 핵심이라고 할 수 있다.

이하윤은 근대적 시간을 보편적인 것으로 놓고 조선적 전통이라는 특수한 것과 화해시키려 했다. 조선문학을 세계문학의 반열에 올리고자 한 이하윤의 기획은 번역가로서의 특수한 인식 세계를 보여준다. 이러한 면모는 실제 시 창작에서 전통 지향과 대중성 확보로 나타난다. 카프 작가들이 민중문학으로 계급문제를 해결하려 했다면, 가요시의 쇄신을 통해 이하윤은 대중적인 것을 민족적인 것과 화해시키려 했다. 이는 조선문학의 낙후성을 회복하기 위한 지식인의 윤리성으로 이해할 수 있을 것이다. 이러한 태도에는 세계주의를 지향하는 또 다른 종류의 식민성이 잠재해 있다. 자본과 기술이 결합하여 유행과 스타일을 창출할 수밖에 없는 자본주의의 이면에 대해서 반성하지 못한 측면이 발견되기도 한다.

제2장

정지용의 영문 번역시와 시 창작

1. 정지용과 번역

번역은 좁은 의미에서 텍스트의 언어를 변환하는 일이지만 넓은 의미에서 문명과 문화, 제도를 받아들이고 내면화하는 과정을 총체적으로 일컫는다. 이 논문에서는 좁은 의미에서의 번역이라는 용어로 출발하여 정지용의 영문 번역시와 창작시 사이의 상관관계를 해명하고자 한다. 이는 번역 행위가 정지용의 시 쓰기와 시 세계 구축에 어떤 영향력을 미쳤는지를 알아보고자 하는 것이다. 즉 정지용이 영문시 번역 과정을 통해 글쓰기 주체로서 자의식을 어떻게 형성하였으며 이러한 면모가 그의 시세계에 어떤 영향을 주었는지 살피고자 한다. 이러한 면모들은 조선과 세계의 접속이 조선어 시의 개성 확보에 어떤 가능성과 거리를 시사해주는가를 파악하는데 기초적인 작업이 될 것이다.

정지용은 시작 초기부터 외국어 시를 번역한 것으로 알려져 있다. 타고르의 시 「기탄잘리」 외 몇 편의 시를 부분 번역하여 『휘문』에 게재하였으며[1] 「소곡」(1·2), 「봄」 등을 1930년 3월 『대조』 1호에 재발표하였다. 이후 윌리엄 블레이크와 월트 휘트먼의 시를 번역하여 잡지와 신문에 게재하였다. 윌리엄 블레이크는 정지용이 일본 도시샤 대학 영문과를 졸업할 당시 학위논문의 대상이었다. 수적으로는 월트 휘트먼의 시를 더 많이 번역하였다. 논자들에 의해 정지용 번역의 오역은 이미 지적된 바 있다. 이 글은 원문과 번역을 대조하는 대신 정지용의 영문 시 번역을 시 창작과의 연관성 하에 파악하고 조선어와 조선어 문학에 대한 정지용의 문학적 태도를 번역 작업을 통해 유추해보고자 한다.

허윤회는 정지용의 번역시 활동을 크게 세 시기로 구분하고, 블레이크 시에 가득 찬 비전에 대한 불만이 휘트먼 시에 표현된 사실적인 모습 앞에서 일종의 균형을 찾고 있다고 말했다.[2] 1930년 블레이크 시를 소개한 시기,『해외서정시집』(인문사, 1938)이 간행되는 1938년 무렵 월트 휘트먼 시를 소개한 시기, 해방 이후 휘트먼의 시를『경향신문』에 번역하여 수록한 시기로 구분한 것은 연대별 번역의 경향과 흐름을 보여준다. 이러한 번역 활동의 구분은 정지용의 시 창작 경향과 어떤 연관을 맺고 있는지 면밀하게 검토해야 할 필요성을 제기해준다.

정지용의 도시샤 대학 영문과 학부 졸업 논문은 정정덕에 의해 최초로 번역되었다.[3] 이후『정지용 사전』에 원문과 김구슬 번역본이 수록되었다.[4] 정지용은 블레이크를 정리하면서 그의 놀라운 시적 수법을 상상

---

1 『徽文』창간호에 「씨탠젤리」, 「퍼-스포니와 水仙花」, 「黎明의 女神 오—로아」를, 『徽文』제8호에 블레잌詩五篇(「봄에게」, 「초밤별에게」, 「소곡」, 「소곡」(앞 「소곡」과 다른 작품), 「봄」)을 번역 게재하였다. 이를 다시『대조』와『시문학』에 재발표하였다.
2 허윤회, 「정지용과 번역」, 『민족문학사연구』28, 민족문학사학회, 2005, 47~71면.
3 정정덕, 「'정지용의 졸업 논문' 번역」, 『한양어문연구』13, 한양어문학회, 1995, 597~617면.
4 김구슬 역, 「윌리엄 블레이크의 시에 있어서의 상상력」, 최동호 편저, 『정지용 사전』,

력을 통해 확인하면서 그 상상력이 지시하는 비전의 세계에 함몰되지 않으려 노력하였는데, 그럴수록 정지용의 시야에 더 가깝게 다가오는 것은 인간 그 자체의 삶과 모습이었다.[5] 정지용은 블레이크가 무한한 상상력을 바탕으로 영원의 세계를 추구하고 있는 것에 대해 관념적이고 신비적인 요소를 한계로 지적하는데, 이러한 지점이 고전주의를 지양한 정지용과 낭만주의자 블레이크의 차이라고 할 수 있다.[6]

최동호는 교지 『휘문』에 실린 정지용의 타고르 시 번역을 발굴하여 소개하고, 당대의 노아, 김억의 번역과 비교하여 분석하였다. 정지용의 시 번역에 대한 최초의 탐색을 보여주고 있다는 점에서 중요한 의미를 갖는다.[7]

유종호는 정지용의 시어 선택의 묘미와 의도를 섬세하게 짚어내고 있다. 그는 정지용이 사용한 우리말의 의미를 정확하게 밝히고 그러한 시어를 선택한 맥락과 사회적 배경을 고려하여 시를 해석하고자 시도하였다. 번역과 관련해서 유종호는 '초밤'이란 이른 밤이란 뜻으로, 정지용이 윌리엄 블레이크의 'To the evening star'를 '초밤별'이라 번역하였으며 후대 시인들이 이 말을 사용하게 되었다고 말하고 있다.[8]

지금까지 정지용이 번역한 것으로 알려진 영문 번역시 목록을 정리하며 다음과 같다.[9]

고려대 출판부, 2003, 546~565면.

5   허윤회, 앞의 글, 62면.

6   김구슬, "Chung Ji-young and William Blake", *Comparative Korean Studies* 15, 국제비교한 국학회, 2007, 101~119면 참조.

7   최동호, 「정지용의 타고르 시집 『기탄잘리』 번역 시편에 대하여」, 『한국학연구』 39, 한 국학연구소, 2011.

8   유종호, 『시와 말과 사회사』, 서정시학, 2009, 35~36면.

제목	발표지면(수록지면)	원저자
기탄잘리 외	휘문(1923.1.25)	타고르
小曲 1	대조 1호.(1930.3)	윌리엄 블레이크
小曲 2	대조 1호.(1930.3)	윌리엄 블레이크
봄	대조 1호.(1930.3)	윌리엄 블레이크
봄에게	시문학 2호.(1930.5)	윌리엄 블레이크
초밤별에게	시문학 2호.(1930.5)	윌리엄 블레이크
주여	별 49호.(1931.7.10)	포울 피이링스
성모	별 50호	애란의 고시
가장나즌자리	별 50호	크리스티나 로우세티
水戰이야기	해외서정시집(1938.6)	월트 휘트먼
눈물	해외서정시집(1938.6)	월트 휘트먼
神嚴한 주검의 속살거림	해외서정시집(1938.6)	월트 휘트먼
靑春과 老年	경향신문(1947.3.27)	월트 휘트먼
關心과 差異	경향신문(1947.4.3)	월트 휘트먼
大路의 노래	경향신문(1947.4.17)	월트 휘트먼
自由와 祝福	경향신문(1947.5.1)	월트 휘트먼
法廷欄間에 선 重犯人	경향신문(1947.5.1)	월트 휘트먼
弟子에게	경향신문(1947.5.8)	월트 휘트먼
나는 앉아서 바라본다	경향신문(1947.5.8)	월트 휘트먼
平等無終의 行進	산문(1949.1)	월트 휘트먼
目的과 鬪爭	산문(1949.1)	월트 휘트먼
軍隊의 幻影	산문(1949.1)	월트 휘트먼

2. 해방 이전 창작의 방향성 모색

1) 고유어의 개발과 조선어 리듬의 창출

'봄'을 표제로 한 블레이크의 시는 "Spring", "To Spring", "Spring Song" 모두 세 편이다. 정지용은 이 중 두 편을 번역하였는데 1930년 3월에 『대조』에 「봄」을, 5월에 『시문학』에 「봄에게」를 각각 발표하였다. 번역

---

9 김학동 편, 『정지용 전집』, 민음사, 1988; 이희환, 「젊은날 정지용의 종교적 발자취」, 『문학사상』, 1998; 김병철, 『세계문학번역서지목록총람』, 국학자료원, 2002; 허윤회, 앞의 글; 최동호, 앞의 글 참조.

어를 선택하는데 조선어 고유어를 섬세하게 골라 쓰고 있다는 점이 우선적으로 눈에 띈다. 이러한 면들을 정지용의 초기 민요시편의 특성과 비교해 볼 수 있다.

①
피리 불어라 !
인제 소리아니 나노나.
새들 조하 하고
나지나 밤이나,
쇠소리
산골에서,
종달새 한울에서,
길겁게,
길겁게, 길겁게, 해를 맞누나.

어린 사내아이
깃버 넘치고,
어린 기집아이
귀엽고 참하고,
닭이 운다
늬도 쌀아서,
길거운 소리
갓난니 재롱피기

길겁게, 길겁게, 해를 맞누나.

어린 羊아

이리로 오렴,

할터라

내 하이얀 목을

씹자

네 보드라운 털,

입 맞추자

네 쌤에,

길겁게, 길겁게, 해를 맞누냐.

— 정지용 역, 「봄」(『대조』 1, 1930.3), 『정지용 전집』 1, 209면[10]

②

눈에 아름 아름 보고 지고.

발 벗고 간 누의 보고 지고.

따순 봄날 이른 아침 부터

산에서 온 새가 울음 운다.

—「산에서 온 새」(『신소년』 5-6, 1927.6),

이숭원 주해, 『원본 정지용 시집』, 깊은샘, 2003, 128면[11]

숨스기 내기 해종일 하며는

나는 슬어워 진답니다.

슬어워 지기 전에

파랑새 산양을 가지요.

떠나온지 오랜 시골 다시 찾어

파랑새 산양을 가지요.

　　　　　　　—「숨씨 내기」(『조선지광』 64, 1927.2), 『원본 정지용 시집』, 141면

아지랑이 조름조는 마을길에 고달펴

아름 아름 알어질 일도 몰라서

여읜 볼만 만지고 돌아 오노니.

　　　　　　　　　　—「紅椿」(『신민』 19, 1926.11), 『원본 정지용 시집』, 72면

　정지용이 번역한 윌리엄 블레이크 시에는 정지용의 초기 창작시에서
쉽게 찾아볼 수 있는 시적 어휘와 소재들이 발견된다. 번역시 「소곡」 1
에 '니치쟌는', '부즐업슨', '한종일', '시름', '골작', 「소곡」 2의 '지줄거리
고', '고흔', '한종일', '아롱비달기', 「봄」의 '피리', '꾀꼬리', '길겁게', 「봄에

<hr>

10　"Sound the flute! / Now it´s mute! / Birds delight, / Day and night, / Nightingale, / In the
dale, / Lark in sky, — / Merrily, / Merrily, merrily to welcome in the year. // Little boy, /
Full of joy; / Little girl, / Sweet and small; / Cock does crow, / So do you; / Merry voice, /
Infant noise; / Merrily, merrily to welcome in the year. // Little lamb, / Here I am; / Come
and lick / My white neck; / Let me pull / Your soft wool; / Let me kiss / Your soft face; /
Merrily, merrily we welcome in the year." William Blake, "Spring", *Songs of Innosence*.
11　이후 『원본 정지용 시집』의 인용은 책제목과 면수만을 밝힌다.

게」의 '이실', '귀살포시', '향긔롭은', '그립어', '고혼', '고달핀', '초밤', '졸님', '눈초리', '이실' 등의 어휘는 정지용의 민요풍 동시에서도 흔히 볼 수 있는 어휘와 소재들이다. 특히 새, 봄, 별, 눈물 등은 번역시나 창작시에 빈번하게 등장하는 제재들이다. 1926년 6월 『학조』 1호에 발표한 일련의 민요풍 동시, 「지는 해」, 「띠」, 「홍시」, 「병」, 「짤레와 아주머니」, 「삼월 삼질 날」, 「짤레」나 1927년 5, 6월에 『신소년』에 발표한 「할아버지」, 「산 넘어 저쪽」, 「산에서 온 새」, 「해바라기 씨」 등에서 유사한 어휘군을 살펴볼 수 있다. 이러한 소재와 어휘의 유사성은 이미 앞선 논자에 의해 지적된 바 있다. 사나타 히로코는 번역시 「봄」의 "어린 양아, 이리로 오렴, 할 터라 내 하이얀 목을"은 「카페프란스」를 연상시킨다고 말하였다.[12] 허윤회는 번역시 「소곡(1)」은 「비애」, 「시계를 죽임」에서 드러난 상심과 비감어린 정서가 엿보이며, 「수전 이야기」의 구절과 「백록담」 구절 사이의 유사성을 지적한 바 있다.[13] 「소곡(1)」의 "흘으는 거울 속 / 시처가는 부즐업슨 심사를 낙그리"의 원문은 "And fish for fancies as they / Within the watery glass"("Song")이다. 번역하면서 전반적으로 시의 행을 조정한 것은 영어와 조선어의 통사 구조의 차이 때문이라고 보더라도 상당한 의역이라고 할 수 있다. 정지용은 가능한 시적 분위기를 창출할 수 있는 어휘를 골라 썼고 이를 위해서 새로운 낱말을 독창적으로 만들어 쓰기도 했던 것으로 보인다.[14]

어휘 선택뿐만 아니라 짧은 행갈이와 경쾌한 호흡 등은 초기 시편의 창

---

12 사나다 히로코, 『최초의 모더니스트 정지용』, 역락, 2002, 126면.
13 허윤회, 앞의 글, 54~64면.
14 김효중, 「최신 번역이론의 관점에 본 1930년대 한국시 번역」, 『배달말』 33, 배달말학회, 2003, 133~135면 참조.

작과 영문시 번역이 영향 관계가 있다는 사실을 보여준다. 그러나 시적 유사성의 발견보다 더 중요한 것은 시를 번역하는 과정에서 정지용이 선택한 번역어로서의 조선어의 개성이다. 정지용은 블레이크 시를 번역하는데 있어 우리말의 어법에 맞게 각운을 살리고 시적 분위기를 위해 새로운 조어를 사용하는 경향을 보여주고 있다.[15] 정지용과 블레이크 시의 유사성은 리듬과 아름다운 언어의 사용에서 찾을 수 있을 것이다.[16] 이는 조선어의 감각을 살려 쓰고 조선시의 개성을 찾아가고자 하는 시적 의지의 소산이라고 할 수 있다. 이러한 의지는 언어 선택에 그치는 것이 아니라 정서를 개발하고 감성을 표현하는 층위에 대한 고민까지 이어진다. 정지용의 민요풍 동시에는 번역시에는 없는 조선적 정조가 포함되어 있다. 작품의 정조나 비애감은 글쓰기 환경으로서 조선의 현실에 대한 시인의 태도를 엿볼 수 있게 해준다. 번역시가 밝고 경쾌하다면 창작시에는 '고달픔'이나 '시름'이 포함되어 있다. 이는 정지용이 조선적 서정성을 어떻게 확보할 것인가의 고민을 드러내준다고 할 수 있다. 「홍춘」의 '고달퍼', '여윈', 「숨기내기」의 '슬어워', 「산에서 온 새」의 '울음 운다' 등의 서술어의 선택은 이러한 맥락에서 파악할 수 있다.

2) 시적 대상의 확장과 조선적 서정성의 구축

정지용은 이미지즘에 천착한 일련의 작품들을 창작하였다. 「바다(2)」, 「유선애상」, 「호수」, 「난초」 등의 작품이 이른바 '사물시'로 일컬어진다.

15 김효중, 「정지용의 블레이크 시 번역에 관한 고찰」, 『국어국문학논총』, 이우성교수정년퇴임기념논총간행위원회, 1990.
16 김구슬, 앞의 글, 119면.

시적 대상이 되고 있는 사물의 개성과 고유성을 감각적 언어로 보여주는 작품들로 회화적 이미지가 강하다. 그런데 정지용 시에서 회화적 이미지즘의 대상은 단순히 자연물에 그치지 않는다. 2인칭 '그대', '당신', '너'를 향한 연서의 방식을 취하고 있는 작품들의 진술 방식은 서정시의 시적 대상을 개발하고 확장하는 모습을 보여준다. 편지글 형식의 창작시 「뻣나무 열매」, 「오월 소식」 등에는 정지용이 번역한 시의 화법과도 유사한 측면을 살펴볼 수 있다. 타고르의 시 「기탄잘리」 번역에서도 2인칭 대상어(님, 그대, 당신)를 선택한 바 있으며, 다음의 윌리엄 블레이크의 번역시에서도 대상을 향한 영탄과 감격이 드러난다.

①
오오, 이슬매진 머리딴 드리우고
새밝은 아츰창으로 내여다보는 그대,
그대 각가히 옴을 마지랴 합창소리 우렁차게 이러나는
우리 서쪽 섬나라로,
그대 天神스런 눈초리를 돌니라, 오오, 봄이여!

언덕과 언덕은 서로마조 불고
골작과 골작은 귀살포시 듯노나,
그리움에 겨운 우리 눈들은
그대 해ㅅ빗발은 天幕을 우러러 보노니, 나오라 아프로,
그대 거륵한 발로 우리나라를 밟으라.

동쪽 산마루마다 올라오나, 바람들

그대 향긔롭은 옷자락에 입맞추게 굴고, 우리들

그대 아츰 저녁 가벼운 입김을 맛게 하라, 그대 그립어

사랑알는 따우에 진주를 흐트라.

오오, 그대 고흔 손으로 그를 호사롭게 꾸미라,

그대 보드라운 입마침을 그의 가슴에 부으라,

그대 黃金寶冠을 고달핀 그의 머리에 이루라,

숫시런 그의 머리는 그대 때문에 언처저 잇는것을.

　　　　—정지용 역, 「봄에게」(『시문학』 2, 1930.5), 『정지용 전집』 1, 210면[17]

②

바다 바람이 그대 머리에 아른대는구료,

그대 머리는 슬픈듯 하늘거리고.

바다 바람이 그대 치마폭에 니치 대는구료,

그대 치마는 부끄러운듯 나붓기고.

---

17 "O thou with dewy locks, who lookest down / Thro' the clear windows of the morning, turn / Thine angel eyes upon our western isle, / Which in full choir hails thy approach, O Spring! // The hills tell each other, and the listening / Valleys hear; all our longing eyes are turned / Up to thy bright pavilions: issue forth, / And let thy holy feet visit our clime. // Come o'er the eastern hills, and let our winds / Kiss thy perfumed garments; let us taste / Thy morn and evening breath; scatter thy pearls / Upon our love—sick land that mourns for thee. // O deck her forth with thy fair fingers; pour / Thy soft kisses on her bosom; and put / Thy golden crown upon her languished head, / Whose modest tresses were bound up for thee." William Blake, *To Spring*.

그대는 바람 보고 꾸짖는구료.

※

별안간 뛰여들삼어도 설마 죽을라구요
빠나나 껍질로 바다를 놀려대노니,

젊은 마음 꼬이는 구비도는 물구비
두리 함끠 굽어보며 가비얍게 웃노니.

— 「甲板우」(『文藝時代』 2, 1927.1), 『원본 정지용 시집』, 61면

　번역시 「봄에게」에서 '그대'는 '봄' 혹은 봄의 기운으로 충만한 '자연'
이지만 정지용의 창작시에서 2인칭 '그대'는 구체적인 인물이다. 번역시
에서 '그대'에게 계절의 변화를 이야기하고 그 충만함을 통해 서정적 감
성을 전달하고 있다면 창작시 「갑판우」는 '그대'에게 여행의 설렘을 고
백하고 낭만적 서경을 그리고 있다. 연애 감정이 드러난 두 작품의 발화
대상이 모두 2인칭 대상을 향해 있다. 시적 대상을 향한 발화는 호명 방
식과 서술어 층위를 결정하고 시적 자아의 위치를 정하는 데도 일정한
기준이 된다. 「갑판 우」에서 바다 바람이 '아른대다', '니치대다'는 것은
그대의 '슬픔'과 '부끄러움'을 드러내기 위한 것처럼 제시되는데 이 때
'바람'을 향한 '그대'의 꾸짖음은 '그대'와 '나' 사이의 관계에 대한 암시처
럼 읽힌다. 즉 "젊은 마음 꼬이는 구비도는 물굽이"를 굽어 보며 가볍게
웃을 수 있는 곳에 '그대'와 '나'가 있다.

2인칭 대상을 향한 연애풍의 시는 서정시의 감성을 모색하는 과정을 보여준다는 점에서 의미를 갖는다. 개인사를 드러내면서도 그것을 정제된 시의 형식으로 압축적으로 표현하여 높은 시적 품격을 유지할 수 있었던 것은 절제된 감각과 균형감 있는 표현 때문이라고 할 수 있다.[18] 사랑이라는 감정이 현실적으로 가로막힐 때 초월성과 만나게 되는데 절대자를 통한 구원과 구도적 자세를 통해 이를 극복하려는 경향이 나타난다. 특히 정지용의 경우 가톨릭 신자로서 신앙 세계에 접하면서 시 세계의 변이 과정을 겪게 된다. 즉 먼 대상을 지금 여기의 현실에 견인하는 태도는 시적 초월성과 관련을 맺으며, 종교적 감성이 서정시와 만나는 지점이라고 할 수 있다.

한편, 휘트먼 시는 우리 시단에 매우 활발하게 번역되어 소개되었다. 1920년대 오천석, 김우송, 유무애, 주요한, 김석송, 1930년대 주요한, 한흑구, 이광수, 계민 등에 의해 각종 문예지에 수록되었다.[19] 조선적 모더니즘의 실현, 이미지즘의 영향, 감각적 풍요로움을 추구했던 정지용에게 휘트먼의 시 세계는 그러한 시적 관심들을 조선 문학에 어떻게 적용시킬 것인가를 고민하고 천착하게 만들었던 것으로 보인다. 이는 블레이크 시에 대한 불만이면서 동시에 정지용 자신의 시 세계에 새로운 계기를 마련하는데 중요한 분기점이라고 할 수 있다.

---

18 이숭원, 『정지용 시의 심층적 탐구』, 태학사, 1999, 84~92면 참조.
19 김효중, 「정지용의 휘트먼 시 번역에 관한 고찰」, 『영남어문학』 21, 한민족어문학회, 1992, 70~71면.

①

　神嚴한 주검의 속살거림이 속살댐을 내가 듣다.

　밤의 입술이야기― 소곤소곤거리는 合唱

　가벼히 올라오는 발자최― 神秘로운 微風 연하게 나직히 풍기다.

　보이지 않는 강의 잔물결― 흐르는 湖水― 넘쳐 흐르는 永遠히 넘쳐 흐르는

　(혹은 눈물의 출렁거림이냐? 人間눈물의 無限量한 바닷물이냐?)

　나는 보다 바로 보다 하늘로 우럴어 크낙한 구름덩이 덩이를

　근심스러히 착은히 그들은 굴르다 묵묵히 부풀어 오르고 섞이고

　때때로 반은 흐리운 슬퍼진 멀리 떨어진 별

　나타났다가 가리웠다가

　(차라리 어떤 分娩― 어떤 莊嚴한 不滅의 誕生, 눈에 트이어 들어올 수 없

는 邊疆 위에 한 靈魂이 이제 넘어간다.)

　　　　　　―「神嚴한 주검의 속살거림」(월트 휘트먼, 해외서정시집(1938.6));

　　　　　　　　　　　　　　　　　　　『정지용 전집』1, 217면[20]

②

---

20 "WHISPERS of heavenly death, murmur'd I hear; / Labial gossip of night―sibilant
chorals; / Footsteps gently ascending―mystical breezes, wafted soft and low; / Ripples of
unseen rivers―tides of a current, flowing, forever flowing; / (Or is it the plashing of tears?
the measureless waters of human tears?) // I see, just see, skyward, great cloud―masses; /
Mournfully, slowly they roll, silently swelling and mixing; / With, at times, a half―dimm'd,
sadden'd, far―off star, / Appearing and disappearing. // (Some parturition, rather―some
solemn, immortal birth: / On the frontiers, to eyes impenetrable, / Some Soul is passing
over.)" Walt Whitman, *Whispers of Heavenly Death*, Leaves of Grass, 1900.

琉璃에 차고 슬픈것이 어린거린다.

열없이 붙어서서 입김을 흐리우니

길들은양 언날개를 파다거린다.

지우고 보고 지우고 보아도

새까만 밤이 밀려나가고 밀려와 부디치고,

물먹은 별이, 반짝, 寶石처럼 백힌다.

밤에 홀로 琉璃를 닥는것은

외로운 황홀한 심사 이어니,

고흔 肺血管이 찢어진 채로

아아, 늬는 山ㅅ처럼 날러 갔구나!

—「琉璃窓(1)」(『朝鮮之光』89, 1930.1);『원본 정지용 시집』, 33면

번역시 「신엄한 주검의 속살거림」은 죽음에 대한 성찰이 담겨 있다. 시적 주체인 '나'는 자연물을 통해 영혼의 속삭임을 듣고 죽음의 충동을 읽어낸다. 특히 '눈물'과 '별' 등의 이미지는 창작시 「유리창 (1)」에서 그대로 변주된다. 번역시가 속살거림, 속살댐, 입술이야기, 소곤소곤거리는 합창 등의 청각적 이미지와 강의 잔물결, 눈물의 출렁거림, 크낙한 구름덩이, 흐리운 별 등의 시각적 이미지를 통해 죽음을 구체화된 감각으로 제시하고 있다면, 창작시는 차고 슬픈 것 등의 촉각적 이미지와 새까만 밤, 물 먹은 별 등의 시각적 이미지를 통해 죽은 이에 대한 애상을 전한다. 얼마간의 모호성을 포함하고 있지만[21] 감각적 이미지로 인간의 비극적

---

21 「유리창(1)」의 감각적 모호성은 이희중의 「정지용 초기시의 방법 비판」,『현대시의 방법 연구』, 월인, 2001, 203~206면을 참조.

운명 또는 죽음이라는 사건을 제시한다는 공통점이 발견된다.

한편 구체적인 자연물을 통해서 자기 승화의 에너지를 발견하고 그것을 초월적 감성에 잇대는 방식은 정지용 시의 탁월한 성취라고 할 수 있다. 정지용이 「유리창(1)」에서 보여준 절제된 감정의 응축된 표현은 현대시의 중요한 가치 척도로 자리매김 되었다.[22] 그런데 「유리창(1)」은 번역시 「신엄한 죽음의 속살거림」과 내적 유사성이 발견된다. 두 작품의 간결한 표현과 정밀한 이미지 구축 속에는 강렬한 서사가 내포되어 있다. 번역시에서 "때때로 반은 흐리운 슬퍼진 멀리 떨어진 별/나타났다가 가리웠다가"는 창작시에서 "물먹은 별이, 반짝, 寶石처럼 백힌다"로 변형된다. 번역시가 죽음에 대한 사유와 성찰의 방식을 제공했다면 창작시는 구원과 치유의 결정체인 셈이다. 유리창에 "차고 슬픈 것이 어린" 거리는 것이 최초의 감정 상태였다면 "밤에 홀로 유리를 닦는" 행위를 통해 "외로운 황홀한 심사"로 승화된다. 바로 이 내적 승화의 에너지가 후기 산수시에서 자연 속의 견자의 시선을 가능하게 해주는 요소라고 할 수 있다.

3. 해방 이후 현실과 이념의 모색

해방 이후에도 정지용은 월트 휘트먼의 작품을 계속 번역하는데 그 이전과 성격이 상당히 다른 번역물들을 내놓게 된다. 산문적 진술과 이

---

22 이창민, 「감상의 제어와 표현의 기구」, 최동호·맹문재 외, 『다시 읽는 정지용 시』, 월인, 2003, 104면 참조.

넘성이 두드러지는데 그것이 휘트먼 작품의 특성이더라도 유독 그러한 성격의 작품들만을 골라서 번역한 정지용의 의도를 따로 살피지 않을 수 없다. 인민, 동지, 근로자, 해방, 개혁 등의 시어를 빈번하게 찾아볼 수 있는데 이는 현실에 대한 반성과 참여의 형식을 모색하는 시인의 사유 과정을 엿볼 수 있게 해준다. 해방 이후에는 어떤 이념적 공백을 적극적으로 모색할 수 밖에 없었고, 정지용은 이를 지식인의 몫이라 여겼던 것 같다. 서정성이 탈각한 갑작스런 선회라고도 볼 수 있다. 『경향신문』에 발표되었던 휘트먼 번역시는 이러한 면들을 살필 수 있게 해준다.

> 나는 天性的 人民들이 興起하기를 披露하노라.
>
> 正義가 意氣揚揚하기를 披露하노라.
>
> 讓步할 수 없는 自由와 平等을 披露하노라.
>
> 率直의 肯定을 自尊心의 正當化를 披露하노라.
>
> —「靑春과 老年」(『경향신문』, 1947.3.27);『정지용 전집』1, 218면

> 市長과 政廳 그리고 勞動者의 賃金— 그들은 晝夜로 어떠한 關心을 갖는 지를 생각하라!
>
> 모든 勞動層 사람들은 一如히 重大한 關心을 가즘을 생각하라— 그러나 우리는 別로 關心치 아니한다!
>
> 蒙昧한 사람이나 또는 洗鍊된 人士나— 그대들은 무엇을 善이라 무엇을 惡이라 稱하느냐— 얼마나 넓은 差異가 있는 지를 생각하라.
>
> —「關心과 差異」(『경향신문』, 1947.4.3),『정지용 전집』1, 219면

「청춘과 노년」은 휘트먼의 시 "Songs of Parting"의 일부를 발췌하여 번역한 작품이다. 원문과 행, 연의 구분도 다르고 제목 역시 임의로 단 것으로 보인다. 그 이전에는 찾아볼 수 없는 번역 태도라는 점에서 이례적이다. 또한 블레이크의 시를 번역할 때의 시어 선택과는 달리 상당히 관념적인 한자어가 많이 사용되었다. 해방 이후 발표한 일련의 창작시들, 「그대들 돌아오시니」(『혁명』 1, 1946.1), 「愛國의 노래」(『대조』 1, 1946.1), 「異土」(『국민문학』 4, 1941.2) 등은 기념시 형식을 띠고 있는데 이들 시편에서도 선동적이고 관념적인 시어들이 나타난다는 점에서 번역시와 상통하는 측면이 발견된다. 「창」, 「이토」와 같은 작품들도 행사용 시로 제작된 것이라 할지라도 거기에는 조선적 서정성 대신에 어쩌할 수 없는 현실에 대한 개탄이 담겨 있고 조선의 지식인으로서 다하지 못한 책무에 대한 비애가 서려 있다. 이러한 창작시들은 정지용의 다른 작품들과 상당히 이질적이며 휘트먼 시 번역 의도를 짐작할 수 있게 해준다. 휘트먼은 자유와 평등에 바탕을 둔 개인주의의 찬미자로 동포와의 연대를 통해 각 개인이 완성될 수 있음을 주장했는데, 그의 시에 빈번하게 사용되는 어휘로 연대, 단결 등의 용어는 그러한 배경 속에 있다고 한다.[1] 정지용 역시 해방 이후 조선 사회를 바라보면서 현실을 타개할 비전을 모색해보지 않을 수 없었던 것으로 보인다.

한편 후기 산수시[2]에는 신비주의적 성향과 초월성이 엿보이는데 휘트먼이 가지고 있는 신비주의 경향, 즉 모든 것이 하나가 되는 우주적

---

[1] 김효중, 앞의 글, 7면.
[2] 최동호, 「정지용의 산수시와 은일의 정신」, 『민족문화연구』 19, 고려대 민족문화연구소, 1986.

자아의 이상은 정지용의 후기시와 통하는 바가 있다. 현실적 조건에 대한 사유와 심적 피로에 따른 초월적 공간 모색은 산수시 창작과의 연관성을 살펴볼 수 있게 해준다. 즉 시를 통해서 직접적으로 현실에 참여하고 발화할 수 없는 조건 속에서 초월적 공간을 모색하고 그러한 공간 속에서 사유를 개진하는 미적 자기 갱신의 태도를 정지용은 유지하고 있었다. 「장수산」 1, 2와 「비로봉」 등에 개인성이 탈각되고 자연과 하나되어 존재하는 시적 자아의 모습을 확인할 수 있다. 그러나 그 이면에는 상실감과 비애가 여전히 존재한다. 후기작 「곡마단」에서 "防寒帽 밑 外套 안에서 / 危殆 千萬 나의 마흔아홉 해가 / 접시 따러 돈다 나는 拍手한다"고 했다. 이는 정지용이 인식한 조선의 현실에 대한 솔직한 심경 고백으로 들린다. 시의 후반부에서 곡예의 장면들이 무질서하게 흩어지며 화자의 감정이 개입되어 객관적 거리가 차단되는 것은 그 때문일 것이다.[3] 또한 「별 2」에서 "세상에 안해와 사랑이란 / 별에서 치면 지저분한 보금자리. // 돌아 누어 별에서 별까지 / 海圖 없이 航海하다"에서도 상실감과 회의 속에서 시작의 가능성을 타진하는 자아의 모습을 엿볼 수 있다.

---

3 김명인, 「곡예의 시대와 문학―'곡마단'의 작품분석」, 김학동 외, 『정지용 연구』, 새문사, 1988, 99면.

4. 정지용의 번역과 시 창작

번역은 텍스트의 언어를 변환하는 작업인 동시에 자기 세계를 모국어로 새롭게 구축하는 일이다. 조선시 의 창작 주체로서 정지용이 영문시를 번역하는 과정에서 조선어의 개성은 새롭게 인식되었으며, 현실과 이상이 충돌하고 화해하는 지점에서 조선시의 서정성은 새롭게 구축되었다. 이 지점에 정지용의 시적 개성과 조선 문학의 특수성이 자리하고 있다. 영문시 번역은 정지용의 시 창작 과정과 밀접한 연관을 맺고 있으며, 그의 언어관이나 문학적 사유의 과정에 직접적 영향을 주었음을 확인할 수 있었다.

정지용에게 조선적 시어는 번역어와의 거리를 통해 인식되었으며 시 세계 변화 과정 역시 번역 작업과 밀접한 연관성을 맺고 있다. 정지용은 언어 자체의 신비를 추구하는 미적 자기 갱신의 태도와 현실 사회의 이념을 추구하고 사유하는 태도를 모두 갖고 있다. 이러한 태도는 영문시를 번역하고 시 창작의 방향성을 모색하는 일련의 과정 속에 드러난다. 정지용이 이 두 가지 태도를 견지하였기 때문에 그의 작품 속에 초월적 자연 공간이 형성되었으며 정신이라는 특이한 영역이 강조되었다.

정지용은 영문시를 번역했을 뿐만 아니라 일어시를 창작하고, 자신의 조선어 창작시를 일문시로 번역하기도 하였다. 뿐만 아니라 중국 고전에 주해를 달고 시경을 직접 강의하기도 하였다. 정지용의 시 창작 방법을 일문시 창작과 조선어 시 일문 번역, 중국 고전 번역과의 상관성 하에 고찰하는 것 역시 필요한 작업이다.

제3장

백석 시의 번역적 관점과
현대시의 방법론

1. 백석 시와 번역적 관점

백석은 시 창작 이외에도 산문과 문학론, 번역물 등을 내놓았다. 특히 일본어와 영어 사용에 능통했기 때문에 조선 문단에 해외 문학을 번역하고 소개하는 작업을 수행할 수 있었던 것으로 보인다. 번역물 중에는 시와 산문, 서간과 소설 작품들 이외에도 창작론이나 사회주의 사상에 관한 글 등도 있다.[1] 그런데 외국어를 조선어로 번역해내는 이러한 작업은 그의 시 창작에도 중요한 관점을 시사해준다. 한 언어 내에서도 번역

---

1 백석의 번역물은 다음과 같다. 「佛堂의 燈불」(타고르의 시)·「臨終체홉의 六月」(코텔리안스게탑 린슨의 서간, 『조선일보』, 1934.6); 「'쬬이쓰'와 愛蘭文學」(띠. 에스 미-르스키 번역 산문, 『조선일보』, 1934,8); 「校外의 눈」(토마스 하디 시)·「겨울은 아름답다」(W. H. 데이뷔즈 시, 『조광』, 1936.1); 장편소설 『테스』(조광사, 1940); 「招魂鳥」, 「密林有情」(러시아 작가 N. 빠이코프 단편소설, 『야담』(1941.10), 『조광』(1941.12)에 각각 발표); 쏠로호프의 『고요한 돈강』(1949); 빠블렌코의 『행복』(1953); 『이싸꼽프스키 시초』(1954); 「레닌과 난로공」(이. 뜨왈도브스키, 『조선문학』, 1956.4); 쏠로호프, 백석 역, 『그들은 조국을 위하여 싸웠다』, 청문각, 1998. 그 외 최근 발간된 『백석 문학전집』 2(서정시학, 2012)에 「耳說 귀ㅅ고리」, 「1914년 8월의 레닌」, 「로동 계급의 주체」, 「창작의 자유를 론함」, 「생활의 시'적 탐구」, 「국제 반동의 도전적인 출격」 등의 번역문이 게재되어 있다.

적 관점을 논의할 수 있는데, 그것은 시간과 공간을 달리하는 언어를 소통하고 매개하려는 시적 의지에 의해 가능하다. 백석은 그의 작품 안에서 비루하고 낡은 사물의 내력을 밝힘으로써 현재적 관점에서 사물의 의미와 가치를 새롭게 자리매김 하였다. 그러한 방식은 과거와 현재를 조선어로 새롭게 접속해내는 일이라고 할 수 있다. 백석의 이러한 작업은 '~것이다'라는 문장의 반복적 사용과 효과에서 두드러지게 나타난다.[2] 근대화의 과정 속에서 은폐되어 있었던 집단의 기억을 시적 언어로 번역해 내는 작업이라고 할 수 있다. 그러나 백석에게도 그 자신과 세계는 항상 분명하고 뚜렷했던 것 같지는 않다. 눌변의 미학[3]이라고 일컬을 수 있는 더딘 행보 속에서 그는 자신을 둘러 싼 세계의 안팎을 둘러보고 조응 관계를 살피면서 사물을 새롭게 규정하려고 시도하였다. 부언과 반복이 많은 것은 그러한 시적 방식과 관련되어 있다. 불투명한 세계 속에서 조선어와 조선 문학의 지반을 새롭게 마련하려는 움직임은 그가 시적 언어적 가능성을 믿고 그것을 확장하려는 시도를 보여준다. 백석의 옛것을 향한 시선은 식민지 조선의 근대화라는 사회, 역사적 조건으로부터 발생한 것이지만 동시대적 시선과 당대 시적 언어와도 차별성을 갖는다. 근대적 관점과 시 방법론에 비추어 볼 때 그의 시작 방식은 매우 이질적이었던 것이다.[4] 다른 시공간을 불러옴으로써 은폐된 세계

---

2 이경수, 「백석 시에 쓰인 "-는 것이다"의 문체적 효과」, 『우리어문연구』 22, 우리어문학회, 2004.
3 이숭원, 「풍속의 시화와 눌변의 미학」, 고형진 편, 『백석』, 새미, 1996, 126~128면.
4 백석 언어의 생경함에 대한 최초 언급은 김기림에게서 찾아볼 수 있다(「『사슴』을 안고」, 『조선일보』, 1936.1.29). 한편 김윤식은 백석의 작품이 이상 문학의 계보에 든다고 하였는데 이 역시 백석 언어의 특성이 자연어 그 이상의 것임을 보여준다(「백석론」, 위의 책, 210~211면).

를 복원하는 것은 끊어졌던 관계를 회복하고 새로운 연대를 구축하려는 것이다. 그에게 근대화의 격랑 속에 놓여 있었던 조선 사회와 조선어 문학은 의미와 가치와 기능의 재구축이 필요했을 것이다. 그의 시의 번역적 관점은 후대 시인들에게도 영향을 미쳤으며 한국시의 주요한 방법론이 되었다. 박목월과 김종삼, 김수영의 시를 백석의 언어와 함께 살펴보도록 하겠다. 백석 연구의 비교 관점을 참조하여[5] 자연과 사물에 대한 백석 식의 번역을 살피고 그러한 방법론이 현대시 창작에 면면히 계승되고 있음을 밝히는 것이 이 글의 목적이다.

2. 고유명사의 번역 불가능성

시적 주체로서 '나' 이전의 사물과 세계는 이름을 갖지 않는다. 호명하는 순간에 그것은 하나의 의미와 맥락을 가지고 재탄생하게 된다. 호명하는 자는 호명하는 세계와 깊이 연루되어 있는 까닭에 대상과의 거리가 발생하게 되고 그 거리를 조율하는 자아의 감성과 직관은 시 세계의 고유성으로 전환된다. '나'는 무의미하게 떠돌아다니는 이름을 호명함으로써 대상의 고유성을 부여할 수 있게 된다. 그러한 행위는 세계를 '나'의 인식영역 안쪽으로 끌어들이는 일이며 동시에 내가 연루된 세계를 건설하는 일이 된다. 고유명사의 시적 사용은 이러한 과정을 내포하

---

5   고형진, 「체험의 설화적 시화─백석과 신경림의 시적 방법론과 사회적 문맥」, 『예술논문집』 27, 대한민국예술원, 1988; 고형진, 「지용 시와 백석 시의 이미지 비교 연구」, 『현대문학이론연구』 18, 현대문학이론학회, 2002; 고형진, 「방언의 시적 수용과 미학적 기능─영랑과 백석과 목월의 시를 중심으로」, 『동방학지』 125, 연세대 국학연구원, 2004.

는 일이며 언어 자체가 갖고 있는 번역의 불가능성을 시적 언어의 가능성으로 연계하는 일이 된다. 한국어 시에서 고유명이 가장 빛나는 작품들이 바로 백석의 시편이라고 할 수 있다. 백석의 '여우난골'이나 '가즈랑'은 "부피를 갖는 기호"[6]처럼 보인다. 일반 명사에는 담을 수 없는 특별한 가치와 의의가 부여되어 있다. 지나간 시공간을 다시 끌어올 때 과거의 나와 현재의 나는 이 고유명사를 통해 만난다. 낡은 항구에 옛날이가지 않은 '천희'라는 이름을 부를 때(「통영」) 아름답고 튼튼한 '북관' 계집의 운명을 서러워 할 때(「절망」) 조선 여인들의 굴곡 많고, 가펴로운 삶은 고유명사와 함께 각인된다. 가난한 나와 아름다운 나타샤를 대비시킬 때나(「나와 나타샤와 힌당나귀」) 어느 춥고 누긋한 방에 들어 자신의 외로움이 갈매나무에 닿을 때(「남신의주유동박시봉방」)도 고유명은 자신의 운명과 처지를 대변해주는 유일한 기표가 된다. 특히 「힌 바람벽이 있어」에서 자연물을 인간과 나란히 배치할 때, 그리고 세계의 시인들을 조선어 시에 기입할 때 조선문학에서 찾아볼 수 없었던 낯선 거리가 발생한다.

그런데 또 이즈막하야 어늬사이엔가
이 힌 바람벽엔
내 쓸쓸한 얼골을 쳐다보며
이러한 글자들이 지나간다
— 나는 이 세상에서 가난하고 외롭고 높고 쓸쓸하니 살어가도록 태어났다

---

6   최정례, 『백석 시어의 힘』, 서정시학, 2008, 135면.

그리고 이세상을 살어가는데

내 가슴은 너무도 많이 뜨거운것으로 호젓한것으로 사랑으로 슬픔으로
가득찬다

그리고 이번에는 나를 위로하는듯이 나를 울력하는듯이

눈질을하며 주먹질을하며 이런 글자들이 지나간다

—하늘이 이세상을 내일적에 그가 가장 귀해하고 사랑하는것들은 모두

가난하고 외롭고 높고 쓸쓸하니 그리고 언제나 넘치는 사랑과 슬픔속에
살도록 만드신것이다

초생달과 바구지꽃과 짝새와 당나귀가 그러하듯이

그리고 또 「프랑시쓰·쨈」과 陶淵明과 「라이넬·마리아·릴케」가 그러하
듯이

— 백석, 「흰 바람벽이 있어」⁷

위의 인용시에는 '나'의 외로운 심정과 고독한 처지가 그대로 드러난
다. 그런 '나'를 위무해줄 그리운 대상들을 호명하면서 시적 자체의 고유
한 자리가 발생한다. 작품은 "흰 바람벽" 위의 글자들을 그대로 기록한
형식을 취하는데 "가난하고 외롭고 높고 쓸쓸하니 살어가도록" 되어 있
는 나의 운명을 거기서 발견하는 것으로서 나는 내가 호명한 대상과 나
란히 놓인다. "눈질 / 주먹질"을 하며 지나는 글자들은 근원적으로 나의
존재감을 보충해주는 것으로 기능하게 된다. 즉 흰 바람벽은 세상에 태
어난 '나'의 의미와 그 존재감을 해명해주는 기능을 갖고 있으며, 초생달,

7 고형진 편, 『정본 백석 시집』, 문학동네, 2007, 277~278면(이후 백석의 작품은 이 책
에서 인용한다).

바구지꽃, 짝새, 당나귀, 프랑시쓰·쨈, 라이넬·마리아·릴케를 호명하면서 사랑과 슬픔 속에 존재하는 자신을 발견한다.

특히 외국 시인들의 이름을 호명하는 방식에는 백석의 독서 경험이나 번역 작업 등의 영향이 있었을 것인데,[8] 근대 조선 사회로부터 소외되어 있는 자신과 근대 문화로부터 격리된 지역적 삶을 구제하고 소통의 통로를 확보하려는 노력의 소산으로 이해할 수 있을 것이다. 다른 대상들을 호명하면서 '세상'과 화해의 계기를 마련하고자 하는 의지를 읽을 수 있다. 고유명사의 발견과 시적 사용은 그러한 치유 과정에 이르도록 하는 동력이며, 화해를 도모할 수 있는 계기가 되어준다. 외부 세계를 바라보고 그 세계 속에서 '조선'을 구상하는 것이 고유명사의 시적 사용을 통해 가능하다는 점에서, 백석 시의 고유명사들은 근대적 시어로서 가치를 지닌다. 세계 시인들을 호명함으로써 그 관계 속에 자신의 소명과 운명을 배치하는 일은 근대적 주체로서 새로운 관계 맺기의 방식이라고 할 수 있다.[9] 세계문학을 조선문학의 장에서 호명한다고 했을 때라도, 백석은 그 발견의 대상을 언제나 구체적이고 지역적인 사물들을 통해서 제시한다. 백석의 장점은 추상적, 관념적 차원에서 대상을 다루지 않는다는 점에 있다. 즉 글쓰기를 환기시킬 때라도 메타적인 것이 되지

---

8 이숭원은 시인들의 이름이 거론되는 백석의 작품들을 검토하면서 거론되는 시인들과 "시의 방법에 있어 유사성"을 검토하여, 백석과 프랑시스 잠이 "소재 열거의 취향"이 있다고 밝힌 바 있다(앞의 글, 126~128면).

9 최두석은 「백석의 시세계와 창작방법」(고형진 편, 『백석』, 새미, 1996, 153면)에서, 백석이 윤동주에게 미친 영향은 단순히 시구의 유사성에 그치지 않을 것이라고 언급한 바 있다. 김수림 역시 「서재의 역사」(『문장 웹진』, 2007.10)에서, "삶의 방식으로서의 문학', '시작의 방법론으로서의 고유명의 수집 편찬'을 통해서 백석과 윤동주는 식민지인이라는 굴레로부터 벗어나 세계와 세계문학을 만날 수 있었던 것이 아니었을까" 라는 문제의식에 도달한다.

않고, 세부적인 육체성을 보유할 수 있도록 만든다. 백석은 환유적 감각의 배치를 통해 당대의 불안정하고 피폐한 현실을 구제하고 삶이라는 더 큰 울타리에 자신을 포용할 수 있었다.[10]

고유명사의 시적 사용과 배치의 효과는 김종삼의 시에서도 찾아볼 수 있다. 특히 김종삼은 외래어 고유명사의 시적 사용을 통해 모국어적 감성과는 다른 이질적 세계를 효과적으로 창출해낸다. 시어와 구문들이 창출하는 생략과 여백은 김종삼 시대의 허무와 고독의 반향이며, 전후 시대가 극복해가야 할 감성적 충격의 이면을 드러낸 준다.

> 바로크 시대 음악 들을 때마다
> 팔레스트리나 들을 때마다
> 그 시대 풍경 다가올 때마다
> 하늘나라 다가올 때마다
> 맑은 물가 다가올 때마다
> 라산스카
> 나 지은 죄 많아
> 죽어서도
> 영혼이
> 없으리
>
> — 김종삼, 「라산스카」[11]

---

10 이근화, 「1930년대 시에 나타난 식민지 조선어의 위상」, 고려대 박사논문, 165~166면 참조.
11 권명옥 편, 『김종삼 전집』, 나남, 2005, 69면.

팔레스트리나^{Palestrina}는 이탈리아의 르네상스 시대 작곡가로 105곡 이상의 미사곡과 250여 곡 이상의 모테트를 작곡한 대위법 음악의 대가라고 한다. 팔레스트리나는 가톨릭의 반종교개혁이 진행 중이던 시대에 살았으며 16세기 교회음악의 보수적인 경향을 대표하는 작곡가였다.[12] 라산스카는 한 시대를 풍미했던 뉴욕 출신 소프라노 가수 헐더 라산스카로, 아마도 팔레스트리나의 대척점에 있었을 것으로 보인다(황인숙). 바로크 음악 역시 17세기 르네상스 이후의 최소한의 양식만을 유지한 자유분방한 양식이므로 팔레스트리나나 라산스카와는 이질적이다. 이렇게 서로 다른 양식과 취향을 나란히 배치해 놓는 고유명사 사이에는 어떤 간극이 존재한다. 그것을 차례대로 호명하면 서로 다른 "그 시대 풍경"다가왔을 것이라 이야기한다. 서로 다른 풍경에도 불구하고 지울 수 없는 것은 하늘나라나 물가로 상징되는 '죽음'이라는 깊은 그림자이다. 팔레스트리나와 바로크와 라산스카의 시대는 모두 갔지만 그 음악은 시적 주체에 대해 다시 호명되고, 그 시적 주체가 발딛고 선 이곳의 풍경이 지나간 시대와 겹친다. 그 겹침은 내가 지은 죄를 되비춘다. 죄의 명목을 따질 수 없는, 구체적인 죄가 아니라는 점에서 그 죄는 예술과는 반대되는 현실 세계의 임하고 있는 '나'의 불순함으로 읽는 것이 온당해 보인다. 역설적으로 내 영혼이 머물 곳은 음악이 있는 곳이므로 비루한 현실 세계의 바로 이곳이다.

김종삼의 고유명사의 활용을 통해 창출되는 시적 세계에는 확실히 "내용 없는 아름다움"이 있다. 생의 불순함과 현실의 시련을 극복할 수

12　브리태니커 백과사전 참조.

있는 것이 못되었다. 그의 시에 남아 있는 이국정취에 대한 애호나 고전 음악에 대한 심취는 고유명사의 시적 호명을 통해 드러나는데 자주 타락한 현실 세계와 피안의 순수 간의 거리를 조율할 수 없는 시적 주체의 비극적 세계 인식을 드러낸다. 그럼에도 불구하고 김종삼은 외래어를 그려다 붙이며 제 교양이나 취향을 드러내는 데 그치지 않고, 거기 의지해 정서적 확장과 공명을 이뤄내는 데 자주 성공했다.[13] 김종삼은 흔히 낭만주의, 초월주의, 예술주의, 보헤미아니즘 등으로 설명된다. 비극과 절망을 응시하는 그의 감성에는 그러한 면이 어느 정도 깔려 있기는 하다. 김종삼의 시어가 세계와의 불화했던 흔적이라면 그의 시어에 나타난 고유명사는 그 불화의 간극들을 메우고 있는 몇 안 되는 위로의 언어들이다. 이 세계에는 없는 것들과 눈을 맞추기 위한 최소한의 형식이었던 셈이다. 김종삼의 등단작 「원정」에도 세계에 대한 비극적 인식과 화해할 수 없는 거리가 나타난다(김현). 불가능한 세계에서의 서성거리며 썩은 열매를 딸 수밖에 없는, 씻을 수 없는 죄의 손길은 거꾸로 예술을 향한 추동력이 되고 있는 셈이다.

기원을 향해 거슬러 올라가는 것은 과거를 현재의 이름으로 기록하는 일이며 미래를 추동하는 힘이 거기에 내재한다. 고유명사는 "반쯤 열린 의미의 장을 형성"[14]하고 있다. 번역되지 않는 고유명의 반쯤 열린 문을 열어젖히고 거기에 새로운 '나' 혹은 '우리'의 삶을 기입하는 일은 시적이다. 백석이 라이너 마리아 릴케와 프란시스 잠을, 두보와 도연명을 부를 때, 그는 '조선'과 '문학'의 거리를 조율하기 위해서는 '세계'와 접

---

13 고종석, 『모국어의 속살』, 마음산책, 2006.
14 질 들뢰즈, 서동욱·이충민 역, 『프루스트와 기호들』, 민음사, 2004.

속하고자 했던 것 같다.[15] 시를 쓴다는 것은 타자의 언어를 기록하는 일이며, 타자에 대한 인식은 이름 없는 세계의 폭력성에 맞서 선한 이름을 부여하고, 시간의 선조성을 흩트려 삶을 재창조하는 일일 것이다. 백석 이후 김종삼에게도 이러한 고유한 시적 방식을 확인해 볼 수 있었다.

3. 보편적 '자연'과 번역의 고유성

자연은 원래 그대로 존재하는 것으로 그 자체로 특수한 이름을 갖지 않는다. 이름을 갖지 않을뿐더러 인간을 고려하지 않고 운용되는 거대 시스템이라고 할 수 있다. 자연에 이름과 기능을 부여하는 것은 인간이어서 이름 없는 자연을 호명하고 재단하는 방식에 따라 인간과 자연의 관계가 드러나며, 그 메커니즘은 시대와 지역에 따라 조금씩 달랐다. 근대적 공간으로서 자연은 인간 본위로 대상화되고 있는 경향이 더욱 뚜렷해진다. 저 만치 놓여 있던 자연이 적극적으로 '풍경'이 되었으며, 거기에 기계 문명과 대비되는 이미지와 상을 부여하였다. 문명적 질서와 대비되는 정서적인 것으로 풍경을 사유하기 시작했던 것이다. 조선문학에서 자연은 특히 근대적 체계의 배면에 물러서며 옛 질서를 상징하거나 잃어버린 고향을 사유하는 기능을 부여받았다(김기림, 정지용). 특히 공간 이동이 자유로워지면서 삶의 공간으로서 자연은 풍경화되는 경향을 띄었는데 '여행'을 통해 근대 지식인들은 보편적 자연을 개인의 내밀

---

15 김수림, 「방언—혼재향의 언어」, 『어문논집』 55, 민족어문학회, 2007, 124~125면 참조.

한 언어로 번역해내며 그 고유함을 시에 기입하기 시작했다. 삶의 공간으로서 자연이 근대적 풍경으로 변화하는 순간의 복잡하고 내밀한 시선이 백석의 시에는 존재한다.

　統營장 낫대들었다

　갓 한 닢 쓰고 건시 한 점 사고 홍공단 단기 한 감 끊고 술 한 병 받어들고

　화륜선 만져보려 선창 갔다

　오다 가수내 들어가는 주막 앞에
　문둥이 품바타령 듣다가

　열니레 달이 올라서
　나룻배 타고 판데목 지나간다 간다

— 백석, 「南行詩抄(二) – 統營」, 229면

「통영」은 『조선일보』(1936.3.6)에 발표된 작품으로 '徐丙織 氏에게'라는 주석이 붙어 있다. 서병직은 백석이 사랑한 여인 박경련의 외사촌으로 백석이 통영에 머무르는 동안 그를 대접했다고 전해지는 인물이다.[16] 통영을 비롯한 가수내, 판데목은 구체적인 지명이지만 사랑하는 여인을

---

16 『백석 문학 전집』 1, 서정시학, 2012, 101면 참조.

만나러 가는 길목에서 그곳은 오히려 구체적인 사물을 통해 인지된다. 작품의 전면에 사랑의 감정이나 그 대상은 드러나지 않고 통영과 화자의 통영 주유만 드러나 있다. 장터와 선창가, 주막의 모습은 항구 도시의 일반적인 풍경일 테지만 그것을 바라보는 화자의 시선과 행위 속에서 이 항구 도시만의 특별한 풍경과 그 특별함을 야기하는 심정이 배면에 깔리게 된다. 갓 한 닢, 건시 한 접, 홍공단 단기 한 감, 술 한 병의 나열은 그 세목을 통해 통영에 특별한 인연을 은밀하게 기입한다. 선창에 이르러 화륜선을 보게 된 것을 '만져보려'라는 서술어로 받는 것 역시 매우 독특하다. 세밀한 감각의 영역으로 풍경이 들어서는 것이다. 1연의 '낫대들었다'의 서술어 역시 직정적인 표현이다. '만져보려'와 '낫대들었다', 이 두 서술어는 통영이라는 특수한 공간에서 발생한 것으로 발화자의 감정이 반영되어 있다. 품바타령이나 열니레 달 역시 여행길의 설렘을 극적으로 만든다. 특히 '지나간다 간다'의 서술어를 통해 공간에 대한 사유가 정서적 흐름이나 시간의 변화를 적극적으로 담보하고 있음을 감지할 수 있다. 자연과 자연물이라는 객관적 상태는 화자의 심정에 의해 고유한 영역으로 탈바꿈된다. 그 배면에는 애정과 변화하는 시대에 대한 애수가 있다. 옛것을 옛것으로 인지하게 하는 새로움이 통영에도 물밀듯 들어와 있을 것이고 그러한 변화의 바람과 함께, 화자에게 통영은 특별한 인연을 환기시키는 공간인 셈이다. 실제 풍경의 거리와 심리적 거리는 정확히 일치하지 않는다. 이 어긋남과 변화무쌍한 거리까지가 이 시의 개성이며 근대적 공간으로서 자연과 풍경을 인지하는 백석의 개성일 것이다.

자연물과 '나'를 동등한 위치에 놓고 사유하는 백석의 방식은 그의 작품에 두루 나타난다. "낡은 나조반에 흰밥도 가재미도 나도 나와 앉아서

/ 쓸쓸한 저녁을 맞는다"(「함주시초-선우사」) "가무래기도 나도 모두 춥다"(「가무래기의 낙」). "나도 길다랗고 파리한 명태다"(「멧새소리」) 등에서 가난하고 외로운 존재들은 세상의 바깥에 존재하는 것처럼 느껴진다. 이런 쓸쓸한 고백은 담백함을 너머, 자신의 세계를 탈범주화하고 연대 감을 형성하려는 어떤 움직임처럼 보인다. 한편, 자연물의 이상적 배치 를 통해 시적 주체의 지향을 보여주는 방식을 박목월의 시를 통해서도 확인할 수 있다.

머언 산 청운사
낡은 기와집,

산은 자하산
봄눈 녹으면,

느릅나무
속잎 피어 나는 열두 구비를

청노루
맑은 눈에

도는 구름.

— 박목월, 「청노루」[17]

이 시의 '청운사'와 '자하산'은 현실에는 없는 곳으로 시인이 지향하는 이상 세계를 가리킨다는 독법이 지배적이다. 그러나 그 먼 세계를 불러오는 간결한 서술들은 그곳을 오히려 느릅나무처럼 어디에도 있는 곳으로 만든다. 어느 먼 곳을 내 곁에 두기 위한 고유명의 사용은 백석 시의 보편 자연을 고유하게 번역하는 행위와 닮아 있다. 특히 이상 세계를 구체적이고 생생한 감각 위에 두는 것은 이 시의 주요한 개성으로 다가온다. 청운사와 낡은 기와집이, 자하산과 봄눈이 짝을 이루면서 먼 것과 실재하는 가까운 것의 거리를 좁힐 수 있게 된다. 또한 나무와 청노루와 구름이라는 서로 먼 거리에 있는 자연물들을 어울려 내는 3연에서 5연에 걸쳐 있는 비문법적 구성은, 그 어긋남을 묘하게 뛰어넘는 자장을 보여준다. 느릅나무 속잎사귀의 겹과 흘러가는 구름과 청노루의 맑은 눈은 각각의 개성적인 리듬과 패턴을 가지고 움직임을 보여주는 것이겠으나 이세 가지를 어울려내는 진술이 아름다움 풍경을 구성한다. 간결한 진술과 여백 속에 가장 주요하게 시선이 머물러야 할 곳은 아마도 청노루일 것이다. 이 시의 제목이기도 한 청노루는 잠시 뜀을 멈추고 서 있는 것 같다. 동작을 정지한 잠깐의 상태에서 그 눈 안에 인접 거리의 자연을 되비추고, 그것을 바라보는 화자의 시선을 통해 완전무결할 풍경이 포착된다. 구체적인 시간과 공간이 지워진 이 거리 감각이 만들어내는 품격은 우리 시의 풍요로운 자산이라고 할 만하다.

백석이 실제 지명과 자연물을 내밀한 정서를 기입하며 1930년대 조선의 항구 도시 통영을 재구하였다면 박목월은 현실에 없는 곳을 구체

---

17 이남호 편, 『박목월 시 전집』, 민음사, 2003, 36면.

적 자연물과의 연계를 통해 1950년대 현실 속에서 구상할 수 있는 이상적 지향을 보여주었다. 식민지 조선과 전후 한반도는 다른 시적 공간이지만 현실의 피폐함과 절망을 넘어서기 위해 백석과 박목월은 풍경을 재구성하고 자연물을 호출하였다. 이러한 문학적 번역이 의미 있는 것은 현실 세계와 이상 세계의 접속을 위해서 문학적 코드들이 열려 있다는 점에 있다. 보편적 자연 공간을 개성화함으로써 문학적 번역을 성공적으로 수행한 면을 백석과 박목월의 작품을 통해 확인할 수 있었다.

4. '사물'의 이름과 개성화 과정

백석은 아무런 연관이 없는 듯한 사물과 풍경으로부터 자신을 발견하는 시적 사유의 힘을 보여준다. 특히 백석의 사유 공간은 낯선 도시의 거리인 경우가 많다. 거리 한 복판에 선 화자의 목소리를 통해 과거와 현재, 옛것과 새것이 어떻게 뒤섞여 있는지 증언하게 된다. 그리하여 사물의 고유성과 정황의 의미를 현재적 관점에서 되살려 내는데 이를 시적 진술의 근간으로 삼았다. 이 때 번역적 관점이라는 것은 사물과 정황에 대한 명명을 통해 맥락을 만들어가는 시적 에너지와 힘을 통해 확인할 수 있다. 근대 사회로부터 소외된 지역적 삶을 구제하고 소통의 통로를 확보하려는 노력의 소산으로 이를 이해할 수 있을 것이다.

내가 이렇게 외면하고 거리를 걸어가는 것은 잠풍날씨가 너무나 좋은탓이고

가난한동무가 새구두를신고 지나간탓이고 언제나 꼭같은 넥타이를매고
곻은사람을 사랑하는 탓이다

　내가 이렇게 외면하고 거리를 걸어가는 것은 또 내 많지못한 월급이 얼마
나 고마운탓이고
　이렇게 젊은나이로 코밑수염도 길러보는탓이고 그리고 어늬 가난한집 부
엌으로 달재 생선을 진장에
　꼿꼿이 짗인 것은 맛도 있다는말이 작고 들려오는 탓이다.

— 백석, 「내가 이렇게 외면하고」, 249면

　'외면하다'는 대상을 필요로 하는 서술어이다. 무엇을 외면하는지에
대해서는 생략하고 왜 외면하는지에 대해 전면적으로 이야기하는 방식
으로 이 시는 구성되어 있다. 외면의 이유를 설명하는 데 있어 부정 서술
어와 호응을 이루지 않고 좋은, 사랑하는, 고마운 등의 감정 진술로 연결
되는 것이나 지나간, 길러보는, 들려오는 등의 상황 진술어로 연결되는
것을 고려한다면 '외면하다'는 애써 가리고 지나치지만 사실은 외면할
수 없는 역설적 상황에 대한 강조로 읽힌다. 즉 백석이 애써 "이렇게 외면
하고 거리를 걷는 것"은, 저 세상과 자신과의 거리를 인지하고 있기 때문
일 것이다. 거리의 시인이, 그 자신과 맞출 수 없는 시대의 속도를 목격하
며 걷는다는 것은 이미 세상과 그 자신의 거리를 조율하기 시작했다는
의미가 된다.
　그러니까 작품의 세목은 시적 주체가 외면하지 못하는 다종다양한 것
들로 채워져 있다. 잠풍날씨, 가난한 동무의 새 구두, 많지 못하지만 고

마운 월급, 젊은 나이에 길러보는 코밑수염, 가난한 집의 저녁 상 등이다. 당대 한 순간을 포착해놓은 솜씨로는 구체적이고 생생하며 다정하고 풍요롭다. 당대 삶의 구체적 면모를 제시하는 언어로 선택된 것으로 이 명명은 평범한 개인의 것이면서 매우 섬세하고 구체적이며 리드미컬하다. 당대적 삶의 모습을 날카롭게 포착해내는 시적 방식은 김수영에게서도 찾아볼 수 있다. 김수영 역시 해방 이후 현대적 삶의 모습 속에서 변화무쌍한 현실 사회의 모습을 날카롭게 구축해내고 있다.

종로 네거리도 행길에 가까운 일부러 떠들썩한 찻집을 택하여 나는 앉아
있다
이것이 도회 안에 사는 나로서는 어디보다도 조용한 곳이라고 생각하고
있기 때문이다
그러한 나의 반역성을 조소하는 듯이 스무 살도 넘을까 말까 한 노는 계
집애와 머리가 고슴도치처럼 부스스하게 일어난 쓰메에리의 학생복을 입은
청년이 들어와서 커피니 오트밀이니 사과니 어수선하게 벌여놓고 계통 없
이 처먹고 있다
신이라든지 하느님이라든지가 어디 있느냐고 나를 고루하다고 비웃은 어
제저녁의 술친구의 천박한 머리를 생각한다
그 다음에는 나는 중앙선 어느 협곡에 있는 역에서 백여 리나 떨어진 광산
촌에 두고 온 잃어버린 겨울 모자를 생각한다
그것은 갈색 낙타 모자
그리고 유행에서도 훨씬 뒤떨어진 서울의 화려한 거리에서는 도저히 쓰
고 다니기 부끄러운 모자이다

거기다가 나의 부처님을 모신 법당 뒷산에 묻혀 있는 검은 바위같이 큰 머리에는 둘레가 작아서 맞지 않아 그 모자를 쓴 기분이란 쳇바퀴를 쓴 것처럼 딱딱하다

그러나 나는 그것을 시골이라고 무관하게 생각하고 쓰고 간 것인데 결국은 잃어버리고 말았다

그것은 아까워서가 아니라

서울에 돌아온 지 일주일도 못 되는 나에게는 도회의 소음과 狂症과 속도와 허위가 새삼스럽게 미웁고 서글프게 느껴지고

그러할 때마다 잃어버려서 아깝웁지 않은 잃어버리고 온 모자 생각이 불현듯이 난다

저기 나의 맞은편 의자에 앉아 먹고 떠들고 웃고 있는 여자와 젊은 학생을 내가 시골을 여행하기 전에 그들을 보았더라면 대하였으리 감정과는 다른 각도와 높이에서 보게 되는 나는 내 자신의 감정이 보다 더 거만하여지고 순화되어진 탓이라고는 생각하지 않는다

나는 구태여 생각하여 본다

그리고 비교하여 본다

나는 모자와 함께 나의 마음의 한 모퉁이를 모자 속에 놓고 온 것이라고
설운 마음의 한 모퉁이를.

— 김수영, 「시골 선물」[18]

인용시는 종로 찻집의 모습을 보고 시골 방문의 기억을 되살리고 있다.

---

18 『김수영 전집』 1, 민음사, 1998, 39~40면.

조용한 곳을 애써 찾아들어간 것인데 떠들썩함 때문에 신경질이 난 화자는 "잃어버린 겨울 모자를 생각하게" 된다. 찻집의 어수선한 남녀와 두고 온 겨울모자는 논리적 맥락이 없지만 시적 사유를 이끌게 된다. "백여 리나 떨어진 광산촌"에 두고 모자는 "서울의 화려한 거리에서는 도저히 쓰고 다니기 부끄러운" 것인데 모자의 역할과 기능은 엉뚱하게 거기 두고 온 다음에 발생한다. 이 우연성이야말로 무관한 사물을 연결시키고 사건을 발생하게 만든다는 점에서 현대적 사유의 전형이자 김수영 시의 개성이라고 할 수 있다. "불현듯이" 생각 난 모자는 시골 방문 전의 나와, 그 이후의 내가 달라졌음을 증명하는 계기가 되는 셈이다. 모자를 두고 경험이 없었더라면 "다른 각도와 높이에서 보게" 되리라는 것. 두고 온 모자에 "설운 마음의 한 모퉁이"도 놓고 온 것이라는 점을 깨닫게 된다. 모자와 함께 마음을 잃은 것이 시골의 '선물'인 까닭은 시골 방문 이전의 나와 이후의 나를 개관하는 나 자신의 변화에 있는 것 같다. "도회의 소음과 광증狂症과 속도와 허위가 새삼스럽게 미웁고 서글프게 느껴지"게 된 것은 도시와 시골 사이의 거리 감각이 내게 체득되었기 때문이다. '종로'와 '광산촌' 사이의 서로 먼 거리에 대한 현기증이야말로 사물과 정황을 감각적으로 되살리게 만들어 준 것이라고 할 수 있다. 종로 네거리 떠들썩한 찻집에서 "스무 살도 넘을까 말까 한 노는 계집애와 머리가 고슴도치처럼 부스스하게 일어난 쓰메에리의 학생복을 입은 청년이 들어와서 커피니 오트밀이니 사과니 어수선하게 벌여놓고 계통 없이 처먹고 있"는 것을 우연히 목격한 것이지만 여기에는 당대의 도시 풍속도가 세밀하고 재밌게 그려져 있다. 시골의 경험이 아니었더라면 지나치고 말았을 것인데 도시의 떠들썩함을 인지할 수 있는 거리감의 발생은 사물을 호명하고 정황을 진술하게 함으로써 현대적 사유와 감각을 이 시에 부여할 수 있게 해준다.

　백석과 김수영이 서로 다른 사물들을 같은 시공간에 배치하면서 하나의 맥락을 이끌어낼 수 있었던 것은, 현실을 읽어내려는 의지와 절실함에 있었던 것 같다. 광포한 속도를 가진 삶의 변화 속에서 자신만의 리듬과 패턴을 찾으려는 두 시인은 무관한 사물들을 연결하여 새로운 의미와 가치를 찾아냈으며 이는 사물들의 이름을 재발견하는 과정이기도 하다.

5. '백석'이라는 필명

　'백석白石'이라는 이름은 좀 특이한 데가 있다. '백기행白夔行'이라는 본명 대신에 '백석'이라는 필명을 썼을 때는 뭔가 특별한 이유가 있을 것 같지만 쉽게 그 이유를 찾아볼 수는 없다. 기억하기 쉽고 사용하기 편한 글자에 대한 선호 때문이었을지도 모른다. 그는 왜 개성적인 '기'를 접어두고 평범하고 단순한 '석'으로 자신의 이름을 '번역'했을까. 이름의 한자는 생년월일시를 고려해서 타고난 기질과 운명에 도움이 되는 한자를 사용하는 것이 보통이어서 한자의 음과 훈 그대로 풀이를 하는 것은 맞지 않지만 '기행'을 그대로 풀어 보면 "조심해서 다니다"이니 백석의 시적 행로나 그의 일생과 어쩐지 무관해보이지 않는다. 평북 정주 출생인 그는 동경에서 유학하고 경성의 신문사에 입사하여 일하다가 함흥의 교원으로, 다시 만주로 거처를 옮기고 신의주, 길림성에 이르렀다.

그는 한반도의 남도와 북도를 가리지 않고 떠돌아다녔으며 그 고유명사를 작품 곳곳에 부려놓았다. 태어났을 때 "조심해서 다니다"가 그의 일생에 중요한 인생 지침이 됐을 법하다. 그런데 그는 이 운명적 이름을 대신하여 '석'자를 썼다. '석'자에 '돌로 만든 악기'나 '비석'의 뜻도 있으니 음악과 죽음을 선병처럼 끼고 다니는 것이 시인으로서의 운명이라고 한다면, 이 무의식적 자기 번역이 잘 들어맞는 측면이 있다. 그의 시에 페시미즘적 정서가 있다면(유종호) 최초 지점은 아마도 자신의 필명을 정한 데 있을 것이다. 그런데 페시미즘적 요소가 드러난 자기 번역의 관점은 백석 작품을 읽는데 중요한 지침이 된다. 『모렐의 발명』에서 주인공 '나'는 부당한 사형 선고를 받고 빌링스라는 무인도로 찾아들어가 그곳에서 같은 공간을 점유하는 다른 시간대의 사람들을 목격하게 된다.[19] 서로의 시간과 장소를 침범하지만 결코 만날 수 없는 사람들을 만나게 하는 것은 현실 법의 부조리한 모순 때문이라고 할 수 있다. 식민지 조선사회에서 백석이 견뎌내야 했던 삶의 조건과 그 시공간 역시 다른 시공간을 꿈꾸게 했을 충분한 조건이었던 것 같다. 그의 시 창작 방법은 한국의 많은 시인들에게 참조, 유전되고 있으며 많은 애독자를 거느리고 있다. 그러나 한반도의 역사는 '백석'을 내버려두지 않는다. 북으로 간 백석은 1995년 1월 양강도 삼수군에서 83세의 나이로 사망한 것으로 알려져 있다. 분단 이후 '백석'을 접어 두고 오랜 기간 '백기행'으로서의 삶이 어떠했는지는 잘 알려져 있지 않다. 절필 이후 농사를 지으며 살았다고도 하니 백기행으로서의 그의 삶이 궁금하다.

---

19 아돌포 비오이 카사레스, 송병선 역, 『모렐의 발명』, 민음사, 2009.

제1장

김기림 시어의 혼종성

1. 김기림 시어의 이질적 면모

김기림은 '낡은' 전통을 부정하고 앞선 시대와의 차별성을 통해 새로운 문학의 형식을 찾아가고자 하였다. 1920년대 '센티멘털 로맨티시즘'을 비판에는 영미문학이론이나 신비평 등의 영향이 있었을 것이다. 김기림의 지성에 대한 강조와 실험 정신은 '기교주의'(임화), '인위적' 시학 (박용철)이라는 반응을 끌어냈다.[1] 프로문학파와 시문학파의 김기림 비판이 대체로 가능한 견해로 생각된다. 김기림의 시론이 몇 차례 변화하는 것을 감안하더라도 그의 '새로우려는노력'(박용철)에는 강박이 존재하고, 언어적 실험에는 과도함이 엿보인다. 그러나 이러한 강박과 과도함은 조선 문학의 특수한 지반에서 비롯된 것으로 사적 맥락에서 중요한 의미를 차지한다고 볼 수 있다. 이 글은 김기림의 강박과 과도함을 쫓아 그의 정신적 편력을 시어의 선택과 배열을 통해 살피고자 한다.

1 　임화,「휘천하의 시단 1년」,『문학의 논리』, 서음출판사, 1989, 367~368면; 박용철,
　　「'기교주의'설의 허망」,『박용철 전집』, 깊은샘, 2004.

다른 많은 조선의 지식인과 마찬가지로 김기림은 다방면의 활동을 펼친 사람이다. 시론, 문학론, 문장론, 문명 비평, 역서 등을 편찬했으며, 문학 창작에 있어서도 시, 소설, 희곡, 수필 등 다양한 장르의 글을 발표하였다. 그에게 '시인'이라는 칭호는 다른 모든 활동을 아우르기에는 너무 '작은' 호칭이었던 것으로 보인다. 당대 신문 학예면을 조선의 문예 공간으로 보았을 때[2] 다른 많은 글쓰기와 마찬가지로 시 창작도 가능했던 것으로 보인다. 이는 글쓰기 공간의 문제이기도 하고 독자층과의 소통 문제이기도 하다. 민족의 문제를 고려한 보편적 공감의 영역에 대한 시적 고민[3]과 함께 대중 독자를 상대로 한 스타일과 유행도 김기림의 주요한 관심사였다. 새로운 것, 앞선 것을 보여주어야 한다는 지식인으로서의 사명이 식민지 조선 문학의 주체에게는 존재한다. 여기에 지식인으로서의 역할이 덧보태어질 때 새로운 조선문학에 대한 고민은 근대성의 문제와 만나지 않을 수 없다. 조선시의 근대적 양식에 대한 고민은 김기림이 시의 형식과 시어를 선택하는데 주요한 기준이었다.

김기림의 시에는 표준어와 방언이, 외래어와 고유어가, 관념어와 구체어가 뒤섞여 나타난다. 김기림은 확실히 방언보다 표준어를, 고유어보다 외래어를, 구체어보다 한자어를 더 선호했던 것 같다. 시어 선택이나 비유가 모두 효과적인 것은 아니지만 그 문학적 성취와 별개로 이 혼재가 김기림의 시어 선택의 특수성이며, 인공어 사용[4]만으로 비판할 수

2   조영복, 『문인기자 김기림과 1930년대 활자도서관의 꿈』, 살림, 2007 참조.
3   김윤정, 「김기림 담론의 독자지향적 글쓰기」, 『김기림과 그의 세계』, 푸른사상, 2005, 245~277면 참조.
4   김기림의 시는 현실과 소통할 수 없는 매체적 언어(인공어)로 창작되었다(김윤식, 『한일 근대문학의 관련양상 신론』, 서울대 출판부, 2001, 12~13면). 문명어나 한자어가 빈번히 사용되고 있으며 이는 지식인의 것, 인공적인 것이다(최학출, 「1930년대 한

없는 지점을 가지고 있다고 생각된다. 그러나 중요한 것은 시어에 대한 김기림의 선호도나 그 목록보다 혼재 양상이 궁극적으로 지시하고 있는 근대적 주체의 양상이나 그가 지향하고 있었던 근대문학 형성에 있어서 조선어의 가능성일 것이다. 이 논문에서는 여러 다양한 층위의 조선어가 뒤섞여 나타나는 김기림의 시를 통해 조선어가 어떻게 근대적 시어로서의 위상을 찾아가는가의 문제를 따져보고자 한다. 외래어의 목록이나 문명, 신어에 대한 빈도수보다는 그러한 언어를 차용한 자리를 살펴볼 것이다. 백석의 시적 성취를 모던한 태도로 가장 먼저 긍정한 것은 김기림이다. 김기림은 모어나 방언에 대해 적대적이지 않았다. 김기림은 이상의 열정 또한 이해했다. 수학적 기호나 도형, 숫자 등에 대해서도 이물감을 드러내지 않았다. 동료 시인에 대한 이해의 폭이 그의 시적 성취와 관련된 것은 아니지만 최소한 언어 인식의 폭과 깊이를 말해준다고 할 수는 있을 것이다. 혼재 양상이 동시대의 문인들과 어떤 소통 관계를 이루고 있는지 그 흔적을 살피고자 한다. 시어에 대한 언급은 동시대의 감각적 층위에서 논해야 하기 때문에 정지용, 백석, 이용악, 임화 등의 시 구절이 함께 언급될 것이다.

국 모더니즘시의 근대성과 주체의 욕망체계에 대한 연구」, 서강대 박사논문, 1995).
백석이 취한 시어가 '자연어'였다면 그와 대응되는 자리에 모더니스트였던 김기림과 이상이 사용했던 '인공어'가 자리한다고 할 수 있다. 최정례, 「백석 시의 근대성 연구」, 고려대 박사논문, 2005, 122면.

2. 고유어와 외래어의 혼재 양상

"待合室은 언제든지 '투-립'처럼 밝고나"(「함경도 오백킬로 여행풍경」)는 김기림의 의식적 지향과 언어적 개성을 말해주는 구절이다. 김기림의 시에는 집웅, 산모록, 옴크리다, 우둑허니, 옷섭, 홀적홀적의 고유어와 비로-드, 푸록코-트, 미카엘, 포케트 등의 외래어가 뒤섞여 나타난다(「하로 일이 끝났을 때」). 이러한 외래어 사용 양상은 비단 김기림만의 것은 아니었다. "옴겨다 심은 종려나무"(정지용,「카페 프란스」)의 거리에서 조선 유학생은 고독하고 우울한 정서를 장미, 패롵(앵무), 울금향(튤립) 등의 이미지로 끌어오게 된다. '여승'을 형상화하는데 가지취와 옥수수와 도라지꽃이 효과적이었던 것처럼(백석,「여승」), 순하고 부끄럼 많은 색시에게 감춰져 있는 충만한 생기와 젊음을 표현하기 위해서는 "함빡 피여난 따알리아"(정지용,「따알리아」)가 필요했다. 아마도 "國境 가까운 停車場들"에 피어 있는 '따리아'는 향수를 자극하는 진홍빛 꽃이었는지도 모른다(김기림,「따리아」). "花瓶에 씨들은 따알리야가 / 날개 부러진 두루미"(이용악,「병」)로 보이는 슬픔은 동시대의 정서적 감흥을 불러일으켰던 것 같다. 이들의 시어에는 고유어(모어) 계열과 외래어 계열이 동시에 존재한다. 신구의 대립, 새로움과 낡음의 대비로서 나타나기도 하지만 고유어와 외래어의 사용 양상을 모두 그러한 가치 대립의 양상으로 읽어낼 수는 없다. 두 시어 간의 위계와 질서보다는 시어 간의 자유로운 대치(비유)가 조선어 문학의 새로운 창작 기법으로 자리 잡기 시작한 것이라고 보아야 할 것이다. "銀杏나무와 포프라와 나는 그러기에 / 가을이며 누구보다도 먼저 단풍이 들었다"(김기림,「길 잃은 노루처럼」)에서, '나'는 노루, 은행나무, 포프라와 같은 층위에 제시된다. 문제는 표면적으로 드러난 서술이 아니라 대상을 선택하고 배열하는 시적 주체의 고유한 감성일 것이다.

김기림 시에서 더 흔한 것은 서양 인물이나 신화 속 주인공에 대한 비유로, 2인칭 대상을 향한 고백의 화법 속에 제시된다. 일찍이 이상화가 「나의 침실로」에서 '마돈나'를 호명하였던 것(1923)을 시작으로 하여 외래어 고유명은 1930년대 전후로 빈번하게 나타난다. 김기림의 '미미'가 그렇고[5] 백석의 '나타샤'가 그렇고 정지용의 '소니야'가 그렇고 이용악의 '벨로우니카'도 그렇다. 식민지 조선의 문학적 주체들은 무엇인가를, 누구인가를 끊임없이 그리워하고 찾고 있었다. 이러한 여성 인명의 사용은 독서 체험, 여행 경험 등에서 비롯된 것일지라도, 시어로서 그러한 대상들이 반복적으로 호명될 때 분명해지는 것은 근대적 주체로서 '나'라는 1인칭 화자의 존재 양상이다. 국권이 상실된 식민지 조선에서 민족의 전통과 문화를 수호하는 것이 지식인의 사명처럼 받아들여지는 것은 당연하다. 2인칭 대상을 향한 발화 방식은 개인적이고도 보편적인 '이상'을 추구하기에 적절한 형식이 되어 주었다. 1920년대 중후반 김소월과 한용운의 '님'이 부재의 형식으로 존재한다면,[6] 1930년대에도 여전히 그러하다. 부재의 형식을 공고히 지지해주고 있는 것은 이상적 존재의 필요성이다. 미래에 실현 가능한 이상을 담지하고 있는 '님'이야말로 현재적 님, 현실적 님의 존재 이유다. 1910, 1920년대 '님'은 1930년

---

5   호명의 대상이 꼭 외래어 인명인 것만은 아니다. 김기림의 경우 란아, 순아, 순이 등의 고유명사가 등장하기도 한다.

6   여태천, 『미적 근대와 언어의 형식』, 서정시학, 2007, 278~286면.

대 '당신'으로 나타나는데 '당신'을 향한 발화는 근대적 개인의 이상과 위기에 처한 민족적 이상을 겹칠 수 있게 만들어 주었다. 문학적 주체로서의 개성을 확보하면서도 민족의 현실을 간과하지 않을 때, 이 겹침은 여러 다양한 층위에 시어가 걸쳐 있게 만드는 요소라고 할 수 있다.

> 당신을 암니까.
> 해오라비의 그림자 걱구로 잠기는 늙은 江우에 주름살 자피는 작은 파도를 울리는 것은 누구의 작난임니까.
> 그러고 듯습니까. 골작에 싸인 빨갓코 노란 떠러진 입새들을 밟고오는 조심스러운 저 발자취 소리를—
>
> '클레오파트라'의 눈동자처름 情熱에 불타는 「루비」빛의 林檎이 별처름 빛나는 입사귀 드문 가지에 스치는 것은
> 또한 누구의 옷자락임니까.
>
> 지금 가을은 印度의 누나들의 珊瑚빛의 손가락이 짠 羅紗의 夜會服을 발길에 끌고 나의 아롱진 記憶의 녯 바다를 건너옵니다.
> ― 김기림, 「아롱진 記憶의 옛 바다를 건너」(1932)[7]

수식 어구를 동반한 의문형 문장들은 긴 호흡을 가지고 있다. 이 호흡은 도치형 문장을 통해 '누구'라는 시적 대상을 강조하는 효과를 지닌다.

---

7 김학동 편, 『김기림 전집』 1, 심설당, 1988(이후 본문에서는 김기림의 작품은 이 책에서 인용한다).

즉 이 시의 문장 표현은 질문의 내용에 집중하도록 만든다. '나'는 자연의 조그만 변화 속에서 미지의 존재를 감지하는 자이다. '나'는 그것이 "누구의 작난"인지, 누구의 "발자취 소리"인지, "누구의 옷자락"인지 묻는다. 이러한 질문은 '당신'은 그 존재를 이미 알고 있을 것이라는 전제에서 출발한다. 그렇다면 계절의 변화 속에서 '당신'은 누구인가, 무엇인가. 가을이라는 계절이 "나의 아롱진 기억의 녯 바다를 건너"올 때, 당신은 자연의 섭리 또는 세계의 이치를 관장하는 더 큰 존재라고 할 수 있다. 미지의, 무정형의 존재에 대한 경외 속에는 어쩐지 불안함이나 초조함이 포함되어 있는 것처럼 보인다. 그러한 감정은 초기시의 긍정적 태도나 낙관적 세계 인식에서는 찾아보기 힘든 것이다.

초기시에서 '옛 것'은 다 '낡은 것' 혹은 '늙은 것'으로 간주되었는데, 이를 논자들은 김기림의 한계이자 문제점으로 지적하였다. 특히 자연물을 통해 가치의 대립을 드러내는 작위성이 세계 이해의 도식성으로 이해되었다. 혼돈과 무질서 자체를 통해 새로움을 도출하는 것이 김기림식의 방법은 아니었을지라도, '당신', '여보' 등을 향한 김기림의 발화는 '나'라는 모순된 존재를 고백하는 단초를 보여준다는 점에서 특이한 지점을 확보하고 있다. 그러할 때 혼종적 시어는 시적 주체의 입지를 반영해주는 요소로 보인다. '당신'을 향한 '나'의 질문은 고유어와 외래어를 동원해서 던져진다. 해오라비의 그림자, 작은 파도, 떨어진 잎새, 발자취 소리, 옷자락 등이 고유어로 표현될 수 있는 감각이라면, 클레오파트라의 눈동자, 루비빛의 임금, 인도의 누나들, 산호빛의 손가락, 나사의 야회복 등이 외래어로 표현될 수 있는 감각이다. 가능한 '모든 것'을 동원하는 이 문학적 주체의 노력에는 더 나은 삶의 조건에 대한 기대와 전망이 포함되어 있다. 가을이라는 계절은 희고 차지만, '나'와 '당신'은 가을의 풍성한 '(포도)덩굴'과 '과육·과즙'을 통해 오랜 피로와 슬픔에서 벗어날 수 있을 것이라 예견하고 있는 것이다.

동시대의 다른 시인들 역시 2인칭 대상을 향해 끊임없이 이야기하는데, 이러한 고백은 언제나 '나' 자신을 향해 있으며 '나' 자신에 관한 정보를 더 많이 포함하고 있다.

> 누나, 검은 이 밤이 다 희도록
> 참한 뮤쯔처럼 쥬므시압.
> 海拔 二千에이트 산 봉우리 우에서
> 이제 바람이 나려 옵니다. (강조는 인용자)
>
> — 정지용, 「엽서에 쓴 글」

> 네거리 모통이 붉은 담벼락이 흠씩 젖었오. 슬픈 都會의 뺨이 젖었소. 마음은 열없이 사랑의 落書를 하고있소. 홀로 글성글성 눈물짓고 있는 것은 가없은 소니야의 신세를 비추는 빩안 電燈의 눈알이외다. 우리들의 그전날 오은 이다지도 외로운지요. 그러면 여기서 두손을 가슴에 넘이고 당신을 기다리고 있으릿가? (강조는 인용자)
>
> — 정지용, 「황마차」

> 거기 당신의 쩨우스와 함께 가두어뒀읍니다.
> 당신이 엿보고 싶은 가지가지 나의 죄를
>
> — 이용악, 「밤이면 밤마다」

얼마나 많은 밤이 당신과 나 사이에

테로스의 바다처럼

엄숙히 놓여져 있읍니까

당신은 당신의 슬픔에서만 나를 찾았고

나는 나의 슬픔을 통해 당신을 만났을 뿐입니까 (강조는 인용자)

— 이용악, 「당신의 소년은」

   식민지 조선의 지식인들이 서구 문화를 접하게 된 것은 대체로 일본 유학이나 수입된 근대 지식 체계를 통해서였다. 익숙한 시적 대상과 소통하고 일체감을 느끼는 낭만적 세계에서 벗어나, 근대적 주체로서 '나'는 새롭게 재구성될 수 있는 것처럼 여겨졌던 것으로 보인다. 이 문학적 주체에게는 시간적 선조성이 결여되어 있다는 점에서 반전통적이며, 새로운 대상은 언제라도 대체 가능한 것이라는 점에서 평면성을 포함하고 있다. '나'는 모어의 세계 속에 여전히 발 딛고 있으며 동시에 새로운 세계를 향해 나아가는 자이다. 이 열정적 움직임과 변화의 동력에 몸을 맡길 때 모어와 외래어의 충돌은 어쩔 수 없는 것이었다. 그러한 충돌과 간극에는 의식적 떨림과 긴장이 반영되어 있는 것 같다. 그것은 단순히 새롭고 신기한 것을 선호하는 것과는 다르다. '부르가우'와 '파르샬렌' 간에 서로 기호를 엇갈려 소비하는 이야기는[8] 외래어를 차용하는 근대 조선

---

8 토마스 베른하르트의 단편소설 「모자」에는 다음과 같은 구절이 있다. "부르가우의 푸주한들은 파르샬렌에서 파르샬렌의 푸주한보다 더 값을 잘 쳐주고, 반대로 파르샬렌의 푸주한들은 부르가우에서 부르가우의 푸주한보다 새끼돼지의 값을 더 잘 쳐주기 때문에, 예로부터 파르샬렌의 새끼돼지 치는 사람들은 그들의 새끼돼지를 부르가우의 푸주한들에게 팔고, 반대로 부르가우의 새끼돼지 치는 사람들은 예로부터 그들의 새끼돼지를 파르샬렌의 푸주한들에게 판다는 것이다." 김현성 역, 『모자』, 문학과지성사, 40~41면.

문학의 주체를 생각하게 만든다. 1930년대 조선문학도 이미 다양한 기호를 자유롭게 소비하는데 이르렀다고 판단된다. 이때의 기호로서 외래어는 고유어와의 거리를 통해 소비되지만 고유어와 적대적 관계를 형성하고 있는 것은 아니다. 즉 역사성과 전통성은 기호 소비에 필수적인 조건은 아니었다. 이러한 혼종성이 반민족적인 것, 전통을 훼손하는 것이라는 오해에서도 자유로워질 필요가 있다. 한정된 고유어, 모어 계열의 언어와 그 용법에만 민족적 정신이 표현되는 것이라면 언어와 문화의 유동성과 영향 관계, 변화 발전 자체를 상정할 수 없기 때문이다.[9]

3. 관념어와 구체어의 혼재 양상

"어린 날개가 물결에 저려서 / 公主처럼 지쳐서 도라온다"(「바다와 나비」)에서, '공주처럼'의 비유는 어쩐지 낯설게 다가온다. 바다 위에 나비를 날아오르게 하는 특이한 상상력이 이중 언어성에 기반을 둔 주변인으로서의 성격을 말해주는 것이라면[10] '공주'라는 시어는 내력이 불투명한 돌출된 시어라고 할 수 있다. 전근대 사회의 시스템(계급)이 무너지기 전에 성립되기 어려운 비유였을 것으로 보인다. 즉 왕이나 공주에 대한 비유는 왕이나 공주가 존재하는 시대에는 불가능한 비유이다. 계급

---

9 외래어 사용 양상이 다소 소략하게 논의되고 있다. 다른 글에서 김기림 시 「가거라 새로운생활로」의 최초 지면 발표에서 '-'(줄표)였던 것이 '바빌론'이라는 시어로 대체된 것을 지적하면서 김기림의 시어 사용의 특수성에 대해 논의한 바 있다(「김기림 시의 언어와 근대성」, 『국어국문학』 141, 2005. 12).

10 허만하, 「「바다와 나비」 그리고 가을의 편지」, 『문예중앙』, 중앙 M&B, 2004. 가을, 337~338면 참조.

을 문학적 대상으로 삼는 불경함은 아주 특수한 경우에만 존재하는데 근대 서정시는 그러한 종류의 불경함과는 다소 거리가 있다. 그러한 비유가 성립 가능한 것이 되었을 때에도 어쩐지 '공주'라는 대상은 이국적 정조를 풍긴다. "새와 꽃, 인형 납병정 기관차들을 거나리고 / 모래밭과 바다, 달과 별사이로 / 다리 긴 王子처럼 다니는것이려니"(정지용, 「태극선」)의 '왕자' 역시 서구의 왕자이다. 그러나 '공주처럼'의 비유가 이국적 정조를 풍겨서 돌출되어 보이는 것과는 별개로 '공주'는 비유의 구체성을 확보하지 못하고 관념적으로 읽힌다. 아마도 그것은 어떤 다른 대상, 즉 초월적 이상을 찾으려는 문학적 주체의 의지 때문일 것이다. '공주처럼 지쳐서'의 표현을 가능하게 했던 것이 '공주'라는 관념이라면, 바다 위에 한 마리 나비를 날려 보내려는 의지-미래를 향한 발걸음을 주저하게 만드는 현실적 고난이 그 관념의 내용을 채우고 있다고 볼 수 있다. '청무우밭', '새파란 초생달'과 같은 구체적이고 감각적인 비유와 함께 이 관념의 효과가 「바다와 나비」를 읽는데 핵심일 것이다.

관념에 구체적 형상을 입히고, 구체적 대상으로부터 자신의 사유를 개진하는 쌍방향의 작업은 김기림의 시적 동력인 것처럼 보인다. 그의 많은 작품들이 이러한 관념 대 구체의 대비를 보여준다. "푸른 모래밭에 자빠저서 / 나는 물개와 같이 完全히 외롭다. / 이마를 어르만지는 찬 달빛의 恩惠조차 / 오히려 화가난다"(김기림, 「孤獨」)에서 고독, 외로움, 은혜라는 관념은 푸른 모래밭, 물개, 찬 달빛을 통해 구체화된다. "나는 이 港口에 한 벗도 한 親戚도 불룩한 지갑도 戶籍도 없는 / 거북이와 같이 징글한 한 異邦人이다"(김기림, 「異邦人」)에서도 '나-이방인'이라는 정서는 '거북이'로 비유되면서 구체화된다. 김기림의 기행시의 대부분이 이런 형식, 즉 관념 대 구체의 대비로 이루어져 있다.

한편 구체적인 형상을 얻기 위해 흔히 빌려오는 동식물에 대한 비유는 김기림만의 고유성이라기보다는 1930년대 문학적 주체에게 공통적으로 발견되는 스타일이라고 할 수 있다. 이들은 왜 이런 비유 대상들을 끌어왔는가. 정지용이 '기차'를 '파충류동물'이라고 했을 때(「파충류동물」), 지금의 관점에서는 매우 그럴 듯해 보이는 비유 관계가 성립하지만, 당대 '파충류동물'이라는 말은 새롭고도 낯선 것이었다.[11] 일본 메이지 시대 진화론이 번역, 소개되었으며 이것을 조선의 유학생들이 접했더라도, 한국에서 동물 분류에 관한 저서가 1950년대 후반에서야 출간된 것을 감안한다면, 외래종 동물에 대한 비유는 '낯설고 새로운 것'이며, 이 낯설고 새로운 것은 문학적으로 유행된 것 같다. 사실 이러한 화법은 동시대의 다른 시인들의 작품에서도 어렵지 않게 발견할 수 있다.

나는 코끼리처럼 말이 없다. (이용악, 「두만강 너 우리의 강아」)

고향은 멀어갈사록 커젓다 (…중략…) 물새처럼 나는 외로워젓다. (임화, 「어린太陽이말하되」)

항안에 든 金붕어처럼 갑갑하다. (정지용, 「유리창(2)」)

오늘 아침에는 나이 어린 코끼리처럼 외로워라. (정지용, 「이른 봄 아침」)

위의 시에서 직접적으로 서술되는 침묵, 외로움, 갑갑함은 개인의 심정이지만 그러한 감정 표현은 개인의 것으로만 읽히지 않는다. 식민지 조

---

11 신지연, 「파충류 동물 혹은 근대의 이미지」, 『다시 읽는 정지용 시』, 월인, 2005, 25~ 38면 참조.

선을 살아가는 현실적 주체들이 가지고 있는 공통의 관념을 예비하고 있는 것이다. 검열 강화라는 식민지 문화 정책으로 인해 문학은 현실 정치로부터 더 거리를 둘 수밖에 없었을 것이다. 근대화와 독립이라는 조선의 이중 과제를 실현하기 위한 문학적 주체의 노력과 의지는 종종 '새로움' 그 자체에 자리를 내어주고는 했다. 구체적 자기 갱신의 화법이 그나마 선택 가능한 방법이었을 것이라 판단된다. 자신의 마음을 '수은방울'에 빗대는(정지용, 「이른 봄 아침」)것은 확실히 감각적이고 새롭다. 새로운 대상을 찾아 조선어 문학의 목록에 편입시키는 작업이야말로 근대어로서 조선어의 위상을 정립하는 한 가지 방식으로 여겨졌을 법하다. 그런데 새로운 대상을 무분별하게 수용하는 것이 모두 '근대적'이라고 할 수는 없고, 그러한 외래어, 문명어를 시어로 차용하는 실험 모두가 '문학적'이라고 할 수도 없다. '나'를 다른 대상에 비유할 때 그 대상에 대한 의미가 남는 것은 아닐 것이다. 수식어(형용어)나 서술어의 차원에서의 의미보다는 서로 이질적인 두 대상을 견주는 행위 그 자체를 통해서 '나'의 내면은 형성되고 그 내면 형성의 원리에는 타자에 대한 인식과 발견의 기회가 주어진다. 자기 갱신의 화법이야말로 근대적 주체의 자기 이해의 방식이며 식민지 조선의 현실 '정치'에 자리를 내준 근대문학의 새로운 입지였을 것이라 판단된다.

한편 '새로움'에도 궁극적으로 해결되지 않는 현실적 고난은 흔히 '병'으로 나타난다. '병'이라는 근대적 관념 역시 김기림 시에서 흔히 찾아볼 수 있다. 김기림이 역점을 두고 시에서 표현하려고 한 바는 '건강성'이었는데 우리 문학에서는 매우 드문 방식이라고 할 수 있다. 이 건강성은 '병'에 대한 상대적 편차에 의해 부각될 수 있었다.

果樹園 속에서는 林檎나무들이 젊은 患者와 같이 몸을 부르르 떱니다. 무덤을 찾어 댕기는 닙 닙 닙…

—「가을의 果樹園」

너는 나의 病室을 魚族들의 아침을 나리고 유쾌한 손님처럼 찾어오너라.

太陽보다도 이쁘지못한 詩. 太陽일 수가 없는 설어운 나의 詩를 어두운 病室에 켜놓고 太陽아 네가 오기를 나는 이 밤을 새여가며 기다린다.

—「태양의 풍속」

그러나 지금은 아침.
순아 어서 나의 病室의 문을 열어다고.
푸른 天幕 꼭댁이에서는
힌 구름이 매아지처럼 달치 안니?

우리는 뜰에 나려가서 거기서 우리의 病든 날개를 햇볕의 噴水에 씻자.

—「噴水」

나의 노래는 다람쥐같은 민첩한 손의 임자인 젊은 看護婦고 싶다.
나로 하여곰 낮과 밤으로 그대의 병상 머리를 지키는 즐거운 義務에 억매여 두옵소서, 님이여.

—「祈願」

저마다 가슴 속에 癌腫을 기르면서

지리한 歷史의 臨終을 苦待한다.

—「療養院」

　김기림은 병적 현실을 타개할 '건강성'을 지향하였다. 「가을의 과수원」에서는 '환자', '무덤'의 대척점에 '바그다드'가 있고, 「태양의 풍속」에서는 '병실'에서 미운 시를 쓰며 '태양'이 오기를 기다린다. 「분수」에서는 '병든' 날개를 '햇볕'에 씻으면 나을 거라는 기대와 전망을 순이에게 이야기한다. 그대의 '병'을 치유할 '나의 노래'의 가능성에 대해 이야기하는 것이 「기원」이라면, 「요양원」에서는 '병든' 역사의 임종을 고대하는 현실적 상황을 '요양원'에 비유한다. '병'에 대한 비유는 시적 주체의 외로움과 고독, 회의감이 반영된 것이라고 볼 수 있다. 그러나 부정적 세계상의 제시와 암울한 정서 역시, 미래에 대한 기대감과 일정한 방향성에서 비롯된 것이다. 희망 찬 미래에 대한 기대와 열망을 가진 자만이 이렇게 통렬하게 인생과 역사를 '병'이라는 관념에 비추어 보는 것이다. "눈보라는 꿀벌떼처럼 / 닝닝거리고 설레는데, / 어느 마을에서는 紅疫이 躑躅처럼 爛漫하다"(「紅疫」)처럼 정지용이 병을 감각적 비유의 대상으로 삼거나 오장환이 '병든' 현실 그 자체에 침잠하여 조선사회를 보여주었던 것과는 확연히 구분된다. 이상이 '병든' 육체를 거울삼아 세계를 들여다보면서 근대도시의 병폐와 자신의 폐병을 나란히 놓으며 극단적 자의식을 보여주었던 것과도 구별된다.[12]

12　이근화, 「문장에 나타난 '질병'과 '피로'의 문학적 전용」, 『시학연구』 26, 한국시학회, 2009, 309~329면 참조.

'근대'와 관련된 김기림의 관념과 그 관념을 구체화하기 위한 노력은 기획 장시『기상도』에 잘 드러난다. "颱風은 네거리와 公園과 市場에서 / 몬지와 休紙와 캐베지와 臟脂와 / 戀愛의 遊行을 쫓아버렸다"(「올배미의 주문」)에서 보는 것처럼 기상도 시편들은 한자어와 외래어와 구체어가 뒤섞여 나타난다. 그런데 일정한 리듬이 만들어지면서 그러한 혼종성 자체는 '태풍'이라는 관념을 더 효과적으로 드러낸다. '바다'에 대해 표현할 때도 그렇다. "어둠에 叛亂하는 永遠한 評論家다"에 이어 "자꾸만 헌 이빨로 밤을 깨문다"가 곧이어 제시된다(「올배미의 주문」).

'바기오'의 東쪽
北緯 15度

푸른 바다의 沈床에서
흰 물결의 이불을 차 던지고
내리쏘는 太陽의 金빛 화살에 얼골을 어더맞으며
南海의 늦잠재기 赤都의 심술재기
颱風이 눈을 떴다
鰐魚의 싸홈동무
돌아올 줄 몰르는 長距離選手
和蘭船長의 붉은 수염이 아무래도 싫다는
따곱쟁이
휘둘르는 검은 모락에
찢기어 흐터지는 구름빨

거츠른 숨소리에 소름치는

魚族들

海邊을 찾어 숨어드는 물결의 떼

황망히 바다의 장판을 구르며 달른

빗발의 굵은 다리

'바시'의 어구에서 그는 문득

바위에 걸터앉어 머리수그린

헐벗고 늙은 한 沙工과 마주쳤다

—「颱風의 起寢時間」

　『기상도』시편들은 '근대'에 대한 '김기림적' 이해를 담고 있다. 김기림
은 '태풍'을 유기체로 표현하고 기상 현상에 인간적인 질서와 형식을 부
여하였다. 우연한 자연적 현상에 필연성을 부여하는 방식은 다분히 인간
적인 발상이며, 근대적 주체의 상상력과 환상을 보여준다. 태풍의 경로
에 대한 표현에는 과학적 지식이 밑바탕 되어 있으며 대자연에 대한 경
외감 대신에 자연을 지배하고 통제할 수 있다는 믿음이 지배적으로 나
타난다. 또한 근대 세계로의 변화에 대한 역사적 필연성을 역설하면서도
문명을 비판하는 성격을 지니고 있다. 「태풍의 기침시간」에서도 변화의
바람이 한반도에 예외 없이 불어 닥칠 것이라 예견하고, 그 점진적 진행
과정을 기상 현상으로 비유한다. 익살과 위트가 섞여 있는 비유는 '태풍'
을 마치 인간적 정서를 지닌 것처럼 이해하게 만든다.
　인용한 작품에서 특히 주목되는 어휘는 "바위에 걸터앉어 머리수그
린 헐벗고 늙은 한 사공"이다. '태풍'을 역동적인 모습으로 그려내고 있

는 것과는 대조적으로 '동양'은 낡고 늙고 지쳐 있다. 이러한 대조를 가능하게 한 것은 일차적으로 김기림이 서로 다른 두 세계의 접경 지점에서 있었기 때문일 것이다. 그에게는 어찌하지 못하는 '과거'가 있었으며 조선을 지배해 온 오랜 유교적 전통에 대한 반감이 내재해 있었던 것으로 보인다. 시론에서 직설적으로 비판했던 것을 고려해 본다면, '태풍'과 '늙은 동양'의 이러한 마주침을 김기림은 역사적 필연성으로 이해하고 있는 것 같다. 물론 김기림은 언제나 그의 시작에서 변화라는 동력에 무게감을 싣고 있다. 변화 가능성이야말로 김기림이 '관념'과 '구체'를 오가는 궁극적 동인일 것이다. 사유의 힘으로 현실을 극복하려는 의지 역시 식민지 문학 주체들에게 공통적으로 드러나는 면이다. 백석이 존재론적 고민을 과거 풍속과 조선의 자연물을 통해 보여주었다면,[13] 김기림은 확실히 과장되고 유머러스한 제스처로 여러 다양한 층위의 사물들을 던져놓는다. 백석의 과거가 현재를 해석하는 잣대가 됨으로써 미래와 연계된다면, 김기림의 미래는 과거와 단절된 현재 속에서 관념적으로 도래하는 경향이 있다.

---

[13] 「南新義州柳洞朴時逢方」에서 '생각의 힘'으로 자신을 극복하려고 시도하는데 그 정점에 위치하는 것이 바로 '갈매나무'이다. 이경수, 『한국 현대시와 반복의 미학』, 월인, 2005, 80면.

4. 표준어와 방언의 혼재 양상

김기림은 해수욕장의 '삐-취 파라솔'을 '캐베지'에 비유하면서도 바닷바람이 불어오는 것을 표현할 때는 다시 '함뿍'이라는 방언을 사용하였다(「해수욕장」). 그의 시에서 바람은 주로 '함뿍' 또는 '함북'이라는 시어로 표현되었다(「항해」, 「지혜에게 바치는 노래」). 스카-트, 테-프, 마스트와 같은 생경한 외래어 속에서 이 토착적인 방언의 사용은 두드러져 보인다. 이 방언이 김기림이 경험한 '바람'의 성질과 부착되어 있어 좀처럼 떼놓기 어려운 것처럼 보인다. 드물지만 '눈포래'(「무지개」), 눈사부랭이(「두견새」)와 같은 함북 방언이 나타나기도 한다. 니그로와 파시스트를 이야기했다가(「시민행렬」) 심술쟁이, 싸홈동무, 따곱쟁이로 '태풍'을 비유하였다(「태풍의 기침시간」). 방언이 두드러지는 것은 표준어와의 위계를 통해서다. 제도적으로 표준어가 확립된 것이 1930년대 중반이었으므로[14] 방언이 의식되는 것 역시 그 즈음의 일이 될 수밖에 없다. 김기림은 '언어'에 대한 관심을 적극적이고 구체적으로 표명한 논자이다. 근대 조선어의 문체 확립에 관한 여러 편의 글에서, 문어체와 구어체를 구별하고 그러한 구별이 근대적 문체의 확립에 어떤 의미를 가지고 있는지 피력한 바 있다. 또한 「文章論新講」(1950.4)에서, 말과 글의 구분이 근대어의 확립과 어떤 상관관계가 있는지 설명하였다. 의식적이든 무의식적이든 그의 방언 돌출 역시 눈여겨볼 만한 시어적 현상이다.

김기림의 시 「바다의 鄕愁」의 공간은 어느 도시의 건물 오층 난간이

---

14 1933년에 한글맞춤법 통일안이 제정되었고, 3년 뒤인 1936년에 표준어 사정안이 마련되었다. 한글맞춤법 통일안이 발표된 것은 1년 뒤인 1937년이었다.

다. '푸른 바다'가 과거 공간이라면 '꾸겨진 구름'의 세계는 현재 공간이다. "소매를 훨신 거둬 올리고 난간에 기대서서 동그랗게 담배연기를 뿜어올리"는 화자는 멋스런 지식인의 풍모를 물씬 풍긴다. 까치 울음소리를 "아모도 모르는 옛 조국의 방언"으로 번역해내는 자이다. 방언에 대한 인식은 표준어와는 다른 모어적 지형을 만들어낸다. 이러한 대비가 현재와 과거의 대치로 나타나고, 시각과 청각적 영상을 겹쳐 놓는 감각적 대비는 '향수'의 감정을 두드러지게 만든다. 「바다의 향수」가 '슬픔 없는' 향수를 시화하고 있다면 「길」은 '김기림답지' 않은 슬픔을 드러내고 있다.

나의 소년 시절은 銀빛 바다가 엿보이는 그 긴 언덕길을 어머니의 喪輿와 함께 꼬부라져 돌아갔다.

내 첫사랑도 그 길위에서 조약돌처럼 집었다가 조약돌처럼 잃어버렸다.

그래서 나는 푸른 하늘 빛에 호져 때없이 그 길을 넘어 江가로 내려갔다가도 노을에 함북 자주 빛으로 젖어서 돌아오곤 했다.

그 江가에는 봄이, 여름이, 가을이, 겨울이 나와 함께 여러번 다녀갔다. 까마귀도 날아가고 두루미도 떠나간 다음에는 누런 모래둔과 그리고 어두운 내 마음이 남아서 몸서리쳤다. 그런 날은 항용 감기를 만나서 돌아와 앓았다.

할아버지도 언제 난지를 모른다는 마을 밖 그 늙은 버드나무 밑에서 나는 지금도 돌아오지 않는 어머니, 돌아오지 않는 계집애, 돌아오지 않는 이야기가 돌아올 것만 같아 멍하니 기다려 본다. 그러면 어느새 어둠이 기어와서 내 뺨의 얼룩을 씻어준다.

—「길」,『朝光』, 1936.3[15]

'과거'는 숨기고자 할 때 더 두드러지게 마련이고 억압된 것은 반드시 귀환한다. 김기림이 결별하려 한 과거도 부정할수록 더 강하게 그 자신의 발목을 잡았던 것으로 보인다. 위의 작품을 통해서 과거를 인식하는 '나'의 두려움 혹은 고독함을 읽을 수 있다. 그런데 그 두려움 혹은 고독함은 한 세계와 결별하고 다른 세계를 맞이한 이에게 생기는 것이 아니라 서로 다른 두 세계에 걸쳐 있는 자에게 발생하는 것처럼 보인다. 낡은 것과 새로운 것, 과거의 것과 현재의 것이 상충하는 식민지 근대라는 공간적 특수성의 문제를 생각하지 않을 수 없다. 과거의 특정 사건이 현재화되면서 현재 시공간은 활성화된다. 기억의 작용은 특정 시공간과 관련된 경우가 많다. 위의 작품의 '길(언덕길)'이 바로 그러한 공간이다. 추억과 상실의 공간인 '그 길'을 통해 '돌아오지 않는' 것들을 기다린다. 이 기다림의 자세가 과거의 '얼룩'에서 비롯된 것이라면 이러한 태도를 위로해 주는 것이 현재의 '어둠'이다. 조선의 근대화라는 성장의 시나리오를 쓰다가 '지친' 김기림의 내면을 짐작해볼 수 있다.

은빛바다, 첫사랑이라는 시어가 과거의 현재화를 통해 명명된 것이라면, 호져, 함북, 항용 등의 방언의 사용은 지속적이고 항구적인 시간

---

15 김학동 편,『김기림 전집』5(심설당, 1988)에 수필로 분류되어 있다. 발표 지면인『조광』(1936.3)에는 "春郊七題 : 二色畵文集"으로 장석표의 그림과 함께 수록되었다.

성 위에서 등장한 시어라고 할 수 있다. 고향에서의 추억을 되새기고 향수의 언어를 사용하는 화자는 탈-고향한 자이다. 고향의 '바깥' 공간, 즉 대도시 유학생활을 통해 익힌 표준어의 세계에 있을 때 방언은 익숙한 고향의 언어 이상의 것이 된다. 방언에 부착된 과거 경험과 향수의 감정은 표준어로 대체될 수 없는 것이기 때문이다.

위와 같은 작품, 즉 모어, 방언 계열이 주를 이루는 작품은 김기림에게 매우 드물다. 더 많은 수의 작품이 외래어, 표준어 계열의 시어로 점철되어 있다. 그는 과거 전통을 강하게 부정했고, 새로움에 강박적으로 매달렸으며 근대성 자체를 너무 많이 의식하였다. 질서를 사랑했으며 과학을 신봉하였다. 김기림에게 나타나는 시어의 혼종성은 새로움에 대한 강박과 과도한 언어적 실험의 산물이다. 이는 조선 문학 주체의 정신적 편력을 보여주는 부분이며, 대중적인 기호를 소비하기 시작한 조선 문학의 특성을 보여주는 대목이기도 하다.

5. 김기림의 근대적 에스프리

조선문학의 근대성은 반전통의 전통을 확보하고자 하는 문학적 주체들의 노력을 통해서 확인할 수 있을 것이다. 이 때 반전통이라는 것도 시인마다 편차가 있으며 서로 다른 기율이 작용한다. 고유어의 세계에서 끌어당기는 외래어의 평면성에서, 관념어와 구체어를 자유롭게 오가는 운동성에서, 표준어의 세계에서 돌출되는 방언의 흔적에서 김기림 시의 근대적 에스프리를 엿볼 수 있었다. 이러한 면들은 동시대의 다른 시인들의 개성과 겹치기도 하고 이질적이기도 하다. 조선문학의 주체들이 확보한 개성들 중에서 어떤 반전통을 전통 삼아 민족의 역사를 이어가느냐의 문제가 남을 것이다. '역사' 혹은 '대중'이 혼종성을 기반으로 하는 개념이면서도 순수한 혈통을 추구한다는 것은 아이러니컬하다.

정지용의 「유리창(1)」이 그의 대표시로 혹은 좋은 서정시로 평가받는 것은 시인의 감각을 정제된 언어로 표현했기 때문이라고 생각하지만, 그럴 때조차도 작품에는 돌출된 언어가 있다. '폐혈관이 찢어진 채로'가 바로 그것이다. 폐병으로 아들을 잃었다는 전기적 사실이 '폐혈관'이라는 돌출된 언어를 중화시키고 있긴 하지만 신체기관을 이르는 직접적인 이 시어는 유리, 별, 산새와는 이질적이다. 「유리창(1)」에 돌출된 이 언어와 다른 언어 사이의 간극을 통해 상처와 고통을 시화하는 초월성을 체감할 수 있게 된다. 정지용이 끝까지 매달린 것이 바로 이 정신의 깊이다.

김기림의 경우 이러한 돌출된 시어들이 굉장히 많다. 문제는 이 돌출성과 혼종성이 근대라는 신기 체험에 지나치게 기울어져 있다는 점이다. 그러나 서로 다른 언어가 충돌하면서 비롯된 혼돈과 이질성으로부터 근대적 주체의 자기 이해 방식을 엿볼 수 있다. 혼종적 언어가 보여주는 대상 간의 거리와 낙차 역시 조선문학의 근대성을 이루는 한 요소일 것이다. 일찍이 김기림은 그의 초기시 「가거라 새로운 生活로」에서 '一'를 '바빌론'이라는 언어로 채운 바 있다. 그가 이 줄표를 다른 시어로 채웠다면 어땠을까. '바빌론'은 쉽게 손에 잡힐 것 같지 않은 새로움을 품고 있지만 사적 맥락이 없는 평면적 언어다. 대중은 '바빌론'이라는 기호에 매혹되지만 역사는 '백록담'의 정신을 더 선호하는 것 같다.

제2장

백석과 이용악 시의 '북방'과
조선적 서정성

1. '북방시' 연구의 면모

'북방시'란 북방과 관련된 소재가 시의 내용에 두드러지게 나타나거
나 북방을 배경으로 한 작품을 말한다. 북방시 연구는 주로 시 의식이나
상상력의 차원에서 다루어지며 방언 사용의 특수성이나 시의 형식적
특성과 함께 논의되고 있다.[1] '북방 의식', '북방 정서', '북방적 상상력',
'북방 언어' 등의 용어가 작품 분석에 주로 사용되고 있다. 한편 '북방 시
인' 또는 '북방시'라는 명칭 속에는 시인의 출생지 및 이데올로기 문제
등이 내포되어 있기도 하다. 흔히 이북 지방에서 출생하거나 분단 이후
납·월북된 시인들을 연구 대상으로 삼게 된다.[2] 그러나 이 글에서는 그
러한 이념적 지향성을 담아 사용하지는 않을 것이다. '북방'이라는 용어
가 문학 연구에서 뚜렷한 합의 없이 포괄적인 의미로 사용되었던 것은,

---

1 곽효환, 『한국 근대시의 북방의식 연구』, 고려대 박사논문, 2007, 1~22면.
2 장윤익은 북방문학이라는 용어를 중국과 옛 소련, 동구 공산국가와 북한 등의 마르크
   스주의 문학 혹은 프롤레타리아 문학이라는 개념으로 사용하였다. 장윤익, 『북방문학
   과 한국문학』, 인문당, 1990.

이 용어가 조선의 식민 역사 속에서 산출되었으며 여러 사회문화적 요구 속에서 등장하였기 때문이다.

'북방'을 시의 대상으로 삼기 시작한 뚜렷한 흔적은 1920년대 김동환에게서 찾아볼 수 있다. 그는 작품 속에 북방 지역의 이야기를 다룸으로써 서사적 장시라는 새로운 형태의 시를 창작할 수 있었다. 1930년대 백석과 이용악의 작품에 '북방'과 관련된 요소가 두드러지게 나타난다. 백석의 '북관'과 '북방', 이용악 시의 '북쪽'과 '북방'은 모두 '북방'이라는 역사적 공간과 관련되어 있다.[3] 이 연구는 1930년대 조선 문학의 주체가 '북방'이라는 역사적 기표를 어떤 문학적 시도와 기획을 바탕으로 사용했는가를 검토할 것이다. 조선 문학의 근대화에 북방이라는 표상이 차지하는 위상을 검토함으로써 외재적 근대화에 맞서는 조선 문학 주체의 행보를 살펴볼 수 있을 것이다. 즉 이 논문에서는 이용악과 백석의 시에서 '북방'이 어떤 의도를 가지고 사용되고 있으며, 그러한 용어가 조선시의 서정성 확립에 어떤 역할을 하였는가를 구체적으로 살펴보고자 한다. '북방'의 영토에 대한 사유와 공론화가 식민지 조선 사회와 조선의 근대문학에 어떤 영향력을 행사했는가의 문제라고 할 수 있다. 이를 통해 조선의 근대화 과정에 대한 균형 잡힌 시각을 확보할 수 있을 것이다.

---

3   김동환, 이용악, 백석, 이찬 등의 작품에서 북방, 북국, 북쪽, 북간도, 만주, 북만, 북새 등은 일제 강점기 후반 한반도 전역에 걸쳐 일어난 유이민의 비극적 상황과 실상이 가장 대규모로 가장 또렷하게 일어난 현장이다. 곽효환, 「이용악의 북방시편과 북방 의식」, 『한국어문학』 88, 한국어문학회, 2005, 278면.

2. 현대시의 표상 체계와 '북방'이라는 공간

'북방'의 실제 영역은 한민족 최초의 국가인 고조선과, 고구려와 발해의 영토라고 할 수 있다. 두 국가의 흥망성쇠에 따라 그 영역이 일정하지 않지만 대체로 현재 중국의 동북부 3성을 모두 포함한 지역이라고 할 수 있으며, 만주와 간도 지역을 주요하게 일컫는다. 문학 작품에서 북방이라는 용어를 사용할 때 그 영역과 경계를 명확히 설정하는 것만큼이나 북방 지역을 왜 문학적 상상력의 공간으로 차용하는가를 검토하는 것이 중요하다.

광개토대왕 비문은 1908년 『증보문헌비고』에 수록되었으며, 1909년 박은식과 신채호가 언론에 소개하였다. 1912년 『권업신문』에도 비문 전문이 게재되었다. 광개토대왕비의 발견은 한반도와 만주의 광대한 영토 사이의 관계를 고민하게 만들었다. 이후 일본이나 중국의 해석과는 달리 고구려(광개토대왕)를 주체로 한 정인보의 해석이 시도된 것이 1930년대 말이니, 재해석의 시점을 염두에 둘 필요가 있다. 즉 1880년대 이미 발굴된 역사적 고적을 1930년대 적극적으로 재사유하는 데에는 조선의 사회 문화적 요구가 있었다고 할 수 있다. 분단 이후 성립된 남한의 정치 체제가 문학 공간을 한반도 이남으로 한정시키고 북방을 원초적 공간으로 기억하는 경향을 초래하였지만, 조선사회에서 '북방'은 고조선 건국의 중심지며, 고구려와 발해의 광대한 영토로서 한반도 역사의 중핵이었다. '북방'의 공간은 문필가들에게 새로운 낭만적 관점을 불러일으켰다. 조선인들은 조상의 영토가 한반도 바깥의 만주 대륙으로까지 확장되었던 고대의 시간 속으로 역사적 시선을 던지게 된 것이다.[4]

조선의 지식인들에게는 식민지라는 조선의 특수한 정치적 조건을 자력으로 벗어나기 위해 과거 역사적 사실을 환기함으로써 민족의 정통성을 증명하는 일이 필요했을 것이다. 여기에는 외재적 근대화에 따라 새롭게 형성된 서구 중심의 표상 체계에 대한 심리적 반발도 포함되어 있다. 근대적 표상 체계의 편향성과 차별성에서 벗어나기 위해서는 민족 고유의 표상 체계를 확립하는 것이 선결조건이었다고 할 수 있다.

1) 근대적 표상의 외부성과 민족적 표상의 고안—백석의 시

1930년대 전후 김기림, 정지용 등의 시인들은 외래어와 신어 등의 문명어를 시어의 목록에 새롭게 포함시키며, 그 문학적 표상을 통해 식민지 조선 사회에 대한 전망과 기대를 드러내고자 하였다. 동시대의 시인들이 문명어를 통해 새로운 감각을 실험하는데 일정한 노력을 기울였다면 백석의 시도는 그 역방향인 것처럼 보인다. 그러나 익숙한 것, 낡은 것들을 다시 호명하여 새롭게 조명하는 방식이야말로 백석 시의 새로움이라고 할 수 있다. 동시대에도 매우 낯선 어휘와 어법으로 새로운 것에 반기를 드는 '오래된 새로움'을 창조하는데 백석의 시어적 가치를 찾을 수 있을 것이다.[5]

새끼오리도 헌신짝도 소똥도 갓신창도 개니빠디도 너울쪽도 집검불도 가

---

4 앙드레 슈미드, 정여울 역, 『제국 그 사이의 한국 1895~1919』, 휴머니스트, 2007, 82 ~83면.

5 백석의 언어는 당대 문인들에게도 매우 낯선 것으로, 지역 관념의 근대적 기원과 그 성격을 해명할 필요가 있다. 김춘식, 「근대 체계와 문학관의 형성」, 『근대성과 민족문학의 경계』, 역락, 2003, 20면 참조.

락닢도 머리카락도 헌겁조각도 막대꼬치도 기와장도 닭의짖도 개턱얼도 타는 모닥불

재당도 초시도 門長늙은이도 더부살이아이도 새사위도 갖사둔도 나그네도 주인도 할아버지도 손자도 붓장사도 땜쟁이도 큰개도 강아지도 모두 모닥불을쬐인다

—「모닥불」[6]

내가 언제나 무서운 외가집은

초저녁이면 안팎마당이 그득하니 하이얀 나비수염을 물은 보득지근한 복쪽재비들이 씨굴씨굴 모여서는 쨩쨩 쨩쨩 쇳스럽게 울어대고

(…중략…)

그리고 새벽녘이면 고방 시렁에 채국채국 얹어둔 모랭이 목판 시루며 함지가, 땅바닥에 넘너른히 널리는 집이다.

—「외가집」

「모닥불」과 「외가집」은 언어 박물지를 연상시킨다. 「모닥불」에서는 버려진 것, 지저분한 것들을 다정하게 늘어놓은 데 이어 주변의 이웃들을 호명한다. 시의 화자는 온갖 사물들과 사람들을 가리지 않고 '모닥불' 주위에 끌어 모은다. '모닥불'을 중심으로 수집된 시어들은 조선적 풍물을 보여주는 전시장을 만들며, 이 때 시어로서 조선어는 조선적 삶의 고

---

6 백석, 「모닥불」, 고형진 편, 『정본 백석 시집』, 문학동네, 2007.(이하 백석의 시는 이 책에서 인용)

유성을 펼쳐 놓는다는 점에서 전통적이며 민족적인 것이라고 할 수 있다. 민족적이고 전통적인 소재를 낯설고 새롭게 배치하고 있다는 점에서 구조적 새로움의 차원에서 백석 시의 근대성을 논의할 수 있다. 이는 외래어와 신어의 낯설고 새로운 감각을 통해 조선시의 근대화를 기도했던 동시대 다른 시인들의 실험 의식과 표면적으로 대비되나 백석 역시 근대 조선시만이 가질 수 있는 특성이란 무엇인가에 대한 고민에서 출발했다고 할 수 있다. 특히 과거를 현대화하여 새로운 표상 체계를 확립하고자 했다는 점에서 그러하다.

「외가집」은 어린 시절 찾아갔던 외가에 대한 기억을 펼쳐 놓는 것이 작품의 얼개를 이룬다. 그 기억을 펼쳐놓는 언어는 마치 가장 조선적인 삶의 모습을 몇 장의 사진으로 찍어 놓은 것처럼 생생하고 구체적이다. 특히 보득지근한, 쇳스럽게, 쩨듯하니, 넘너른히 등의 서술어와 씨굴씨굴, 쨩쨩, 채국채국 등의 의성의태어의 활용은 조선어의 개성을 잘 보여준다. 백석의 시는 조선의 풍속과 삶의 모습을 세세하게 기록하는 언어이다. 「연자간」, 「백화」 등의 작품도 같은 층위에서 논할 수 있을 것이다. 백석의 작품에서는 지역어, 고유어, 방언 등이 조선어 문학에 새롭게 편입되는 양상을 찾아볼 수 있다. 외부로부터 근대적 표상을 찾는 것이 아니라 민족적인 것으로부터 차별적인 새로움을 얻으려는 이 시적 기획은 후기시에서 '북방'이라는 새로운 공간과 만나면서 폭발적인 에너지와 힘을 얻게 된다.

백석은 고향과 고향 아닌 곳, 익숙한 것과 익숙하지 않은 것의 개성을 모두 시화할 수 있는 매우 비범한 재능을 가지고 있었다. 이는 식민지 조선사회의 근대성과 전통성, 새로운 것과 낡은 것, 도시적인 것과 지방

적인 것을 차별화하는 시선을 극복할 수 있는 대안적 서정성이라고 할
수 있다. 북방이라는 특별한 공간을 백석이 찾을 수 있었던 것도 그곳
이 이러한 서로 다른 층위와 차별적인 요소가 하나의 역사와 전통으로
융회될 수 있는 곳이었기 때문일 것이다. 백석 시에 나타난 북방은 다
음 장에서 보다 구체적으로 살필 것이다. 먼저 짚고 넘어갈 것은 백석이
'북관'이라는 말을 사용하는 방식이다.

①
明太창난젓에 고추무거리에 막칼질한무이를 뷔벼익힌것을
이 투박한 北關을 한없이 끼밀고있노라면
쓸쓸하니 무릎은 꿀어진다

—「咸州詩抄—北關」

②
녕감들은 유리창같은눈을 번득걸이며
투박한 北關말을 떠들어대며
쇠리쇠리한 저녁해속에
사나운 즘생같이들 살어졌다

—「夕陽」

③
北關에 계집은 튼튼하다
北關에 계집은 아름답다

아름답고 튼튼한 게집은있어서

힌저고리에 붉은 길동을달어

검정치마에 밫어입은것은

나의 꼭하나 즐거운 꿈이였드니

―「絶望」

④

나는 北關에 혼자 앓어 누어서

어늬 아침 醫員을 뵈이었다

醫員은 如來 같은 상을 하고 關公의 수염을 드리워서

먼 녯적 어늬 나라 신선 같은데

―「故鄕」

　위의 시들은 공통적으로 '북관'이라는 시어를 사용하고 있지만 각각의
작품에서 그 용법은 조금씩 다르다. ①에서 '북관'은 앞의 긴 구절을 받는
말로 북관 사람들이 즐기는 음식의 한 종류이다. "투박한 북관"이라는 말
에서처럼 그 음식은 거칠고 소박한다. 북관 사람들이라면 누구나 다 해
먹고 사는 이 음식의 맛과 냄새에는 오랜 시간의 숨결이 배어 있다. 이 음
식을 통해 "여진의 살내음새", "신라백성의 향수"를 끄집어내는 백석의
시선에는 '북관'의 음식을 통해 '북관'의 시공간을 초월하는 역사적 시선
이 내재되어 있다. ②에서 '북관'은 '영감들의 말'이다. 장날 거리를 지나
가는 영감들의 모습과 행색은 하나같이 다르다. 그 영감들의 공통점이라
고는 "투박한 북관말" 정도이다. 그들은 노을을 배경으로 곧 사라지고 말

겠지만 그들이 "떠들어대는" 북관 말은 장날 거리마다 들릴 것이다. 단절 (죽음)과 지속(삶)은 삶의 근원적 조건이며 인간이라면 누구나 지니고 있는 한계 상황이다. '북관 말'이라는 것은 죽음을 넘어서는 삶의 유전, 단절을 극복한 지속에 대한 비유처럼 보인다. ①, ②에서 북관 또는 북관말을 중심으로 수집되는 백석의 모어들은 북관의 역사와 북관의 삶을 구체화하는데 기여한다.

③에서 '북관의 게집'은 연모의 대상이다. 여인의 아름다움과 그 여인의 신산한 삶의 모습을 전하는 화자의 서러움은 '절망'이라는 감정에 가닿는다. 여기서 '북관'은 연모하는 대상의 고향이자, 그녀를 만난 곳으로서 특별한 추억의 공간이라고 할 수 있다. ④에서 화자는 혼자 앓아눕는 까닭에 '북관'은 서럽고 쓸쓸한 곳이 된다. 그러나 그곳에서 고향 사람을 만나 그의 손을 잡음으로써 잊지 못할 또 하나의 추억의 공간이 된다. ③과 ④에서 북관은 삶의 특별한 국면을 환기시켜주는 공간으로, 유랑 혹은 방랑 생활에서 시인이 경험했을 법한 일들과 감정을 드러내는 계기가 된다.

'북관'은 지명으로 '함경도'를 이르는 말이지만 북관에서의 삶과 사물을 두루 일컫는 말로 그 지역의 특수한 삶의 모습을 구체적이고 생생하게 전달하는 역할을 한다. 이 때 '함경도' 대신 '북관'이라는 말은 한반도 북쪽이라는 방향과 위치를 부각시켜 변경 지대의 삶의 모습과 그 의미를 되새길 수 있게 한다. '북관'이라는 기표의 사용은 조선만의 독특한 풍속과 문화를 재구하는데 핵심이 되는 용어로서 북관이 등장하는 백석의 작품에는 조선의 세부 역사가 살아 숨 쉬고 있다. 식민지 조선의 근대화가 '도시' 중심의 삶의 변화였다면 '농촌'의 삶의 모습을 통해 조선적 삶의 기원을 찾아가는 것은 근대적 질서를 교란시키는 것이다. 중심과 주변의 질서를 무화하는 이 시적 기획은 '북관'이라는 고유명의 효과적 활용으로부터 시작되어 '북방'에 이르러 완성된다.

2) '북방'이라는 공간과 비극적 현실—이용악의 경우

이용악의 시에서 '북' 또는 '북쪽'은 고향이다.[7] 그는 "함경도 사내"(「전라도 가시내」)로 한반도의 어느 곳에 머물더라도 북쪽을 향한 그리움을 감출 수 없다.[8] 휘파람조차 "돌배꽃 피는 洞里가 그리워 / 北으로 北으로 갔다". 개인의 고향으로서 '북쪽'이 아니라 민족적 시련을 표상하는 공간이 되었을 때 북쪽은 "女人이 팔려간 나라"이다(「北쪽」). 이주와 착취, 탈향과 가난이라는 역사적 시련은 조선 민중의 보편적 상황이었고 이용악 시의 중심이었다.[9]

냇물이 맑으면 맑은 물밑엔

조약돌도 디려다보이리라

아이야

나를 따라 돌다리 위로 가자

---

7   이용악 시의 고향 모티프를 다룬 연구로는 이명찬, 「이향과 귀향의 변증법」, 『민족문학사연구』, 민족문학사연구소, 1998, 148~178면; 강연호, 「백석 이용악 시의 귀향 모티프 연구」, 『한국문학이론과 비평』 31, 한국문학이론과 비평학회, 2006, 371~395면.

8   이용악은 1914년 함경북도 경성 출생이다. 1932년 도일하여 일본 광도와 동경에서 수학한 후 귀국하여 『인문평론』의 편집기자로 일하다가 낙향하였다. 그 이후로도 경성과 고향 사이를 오가며 잡지사와 신문사 기자로 일하였다. 윤영천, 「민족시의 전진과 좌절」, 『이용악 시 전집』, 창작과비평사, 1995 참조.

9   윤영천, 「유이민의 비극적 삶을 직핍한 북방시편들의 울림」, 『대산문화』, 2003.가을, 35~37면 참조.

멀구광주리의 풍속을 사랑하는 북쪽 나라

말 다른 우리 고향

달맞이노래를 들려주마

다리를 건너

아이야

네 애비와 나의 일터 저 푸른 언덕을 넘어

풀냄새 깔앉은 대숲으로 들어가자

꿩의 전설이 늙어가는 옛성 그 성밖

우리집 지붕엔

박이 시름처럼 큰단다

구름이 희면 흰구름은

북으로 북으로도 가리라

아이야

사랑으로 너를 안았으니

대잎사귀 사이사이로 먼 하늘을 내다보자

봉사꽃 유달리 고운 북쪽 나라

우리는 어릴 적

해마다 잊지 않고 우물가에 피웠다

하늘이 고히 물들었다

아이야

다시 돌다리를 건너 온 길을 돌아가자

돌담 밑 오지항아리

저녁별을 안고 망설일 지음

우리 아운 나를 불러 불러 외롭단다

— 「아이야 돌다리 위로 가자」[10]

「아이야 돌다리 위로 가자」의 주된 정서는 작품의 표면에 드러나 있듯이 '시름'과 '외로움'일 것이다. '아이야'라는 호명은 그러한 정서를 두 가지 다른 방향으로 움직이도록 한다. 고향을 환기시키면서 시름과 외로움은 강화되기도 하고, 아이를 향한 청유형 서술어를 통해 그러한 정서를 떨쳐버리고자 하기도 한다. 이중적 움직임이 시적 언술을 작동하는 기율이며, 고향은 그러한 정서를 발생시킨 원초적 공간이라고 할 수 있다.

'돌다리'와 '대숲'은 고향을 향한 정서적 움직임을 보여주는 구체적 공간이라고 할 수 있다. '북쪽 나라', '북으로 북으로'라고 했을 때 북쪽은 시인의 고향인 함경도일 것이다. 들여쓰기 된 3행, 즉 2, 4, 7, 9연은 주로 고향의 풍속과 풍경을 드러낸다. '멀구광주리의 풍속'과 '꿩의 전설'이 있는 곳이며 '돌담 밑 오지항아리'와 우물가의 '봉사꽃'의 풍경이 있는 곳이다. 고향은 보편성과 이질성이라는 서로 다른 특성 위에 동시에

---

10 이용악 시는 윤영천 편, 『이용악 시 전집』, 창작과비평사, 1988 에서 인용한다.

놓이는 특수한 공간이다. 누구나 그 자신이 태어나 자란 곳에 대한 그리움을 가지고 있다. 그러나 그러한 보편적 정서는 그 자신의 과거 기억의 특수성이 보장될 때 강력한 역할을 할 수 있게 된다. 고향은 거주의 공간이 아니라 기억의 공간이며, 탈고향의 현재성 위에서 상실과 그리움은 증폭된다. 고향이 상실되었거나 훼손되었다는 정서적 충격과 그로 인한 외로움과 시름, 그리고 그곳을 회복해야 한다는 절실한 감정의 표출이 이용악의 고향 시편의 특수한 양상이라고 할 수 있다.

그러나 이용악의 고향 '북쪽'은 정서적 대상에 한정되지 않는다. 이용악의 시에서 '북쪽'은 이주의 역사가 고스란히 드러나 있는 방위다. "북쪽으로 가는 남도치"(「버드나무」)가 있으며 "우리를 실은 차는 남으로만 남으로만 달린다"(「그래도 남으로만 달린다」). 함경도 사내로서 '나'는 '전라도 가시내'가 있는 북간도 술막에서 "흥참한 기별이 뛰어들 것만 같"(「전라도가시내」)은 불안에 떤다. "북간도로 간다는 강원도치와 마조앉은" 외로움(「두만강 너 우리의 강아」)에 빠져들기도 하며 "북쪽을 향한 발자옥"(「낡은 집」)을 되새긴다. 이 때 고향은 조국과 거의 등가에 놓인다. 따라서 '북' 혹은 '북쪽' 역시 나의 '고향'을 지칭하는 말이기도 하지만, 회복되어야 할 삶의 거처로서의 '조선'이라는 보편적 공간이 된다. 고향의 고유한 풍속과 풍경을 통해 조선인들의 보편적 심정을 드러내는 것은, 식민지 근대화라는 급속한 변화 속에 침탈된 조선 반도와, 그곳에 거처를 삼고 있는 조선인들의 삶을 문제 삼는 것이라고 할 수 있다. '북쪽'과 '북'이라는 기표에는 삶의 근원지로서 고향이라는 보편성과 국권의 상실로 인한 조선인의 삶의 고통이라는 특수성이 동시에 존재한다. 보편적 공간으로서의 고향에는 '흰구름'이 떠가지만, "눈이 오는가 북쪽엔 /

함박눈 쏟아져내리는가"에서처럼 '눈' 내리는 북쪽은 역사적 시련의 공간이라고 할 수 있다.

이용악 시에서 북방 공간은 북방이 아닌 곳에 대한 감각을 표출하는 방식을 통해 더 선명하게 드러난다. 남방의 풍속과 언어가 이용악에게 이질적으로 다가왔다는 다음의 산문은 북방 혹은 북방과 관련된 기표들이 이용악의 내면 깊숙이 새겨져 있음을 역설적으로 보여준다.

남방(南方)으로 가면 나두 돌이랑 모아놓고 절하는 사람이 되는 것일까.

아마 배암이 많은 곳이래서 거기 사람들은 여러 가지의 신(神)을 믿어왔겠다.

철철이 새로운 내 고장이 비길 데 없이 좋긴 하지만 한번은 지나고 싶은 섬들이다. 한번은 살고 싶은 섬들이다.

아리샤니 벨로우니카니 하는, 우리와는 딴 풍속(風俗)을 사는 사람들의 이름이 그저 내 귀에 오래 고왔듯이 세레베스니 마니라니 하는 남방의 섬 이름들은, 어째서 그럴까 그저 어질고 수수하고 미롭게만 생각된다.

―「지도를 펴놓고」

인용한 산문에는 남방의 풍속과 문화에 대한 시인의 감상이 드러난다. 이질적인 풍속과 문화에 대한 호기심과 외래 지명과 인명이 주는 청신한 감각은 북방 태생의 시인에게 특별한 미감을 자극했던 것으로 보인다. 시인의 고향에서 북쪽인 러시아어들이 오래도록 고운 느낌으로 남았던 것처럼 "어질고 수수하고 미롭게" 생각되는 남방의 기표들이 있다. '지도'나 '기차'와 같이 근대 조선에 들어온 새로운 문물과 지식 체계는 세계를 지각하는 새로운 감각을 열어주었을 것이다. 그러한 감각들은 세계를 낭만적으로 향수하는 주체를 낳았으며 조선 문학의 서정적 양식의 마련과 관련된다. 다른 지역의 풍속과 문화 역시 새로운 감각을 여는 계기가 되었다고 할 수 있다. 조선의 근대적 주체가 서양의 풍속과 문화를 통해 개화된 계몽적 성격을 지닌다고 했을 때, 이 때 타자는 외국foreign이다. 그러나 기술의 발전과 시장의 형성은 자국 내의 이동을 용이하게 했으며 타향 역시 고향의 외부로 새롭게 발견된 공간이었다. 민족의 외부 혹은 국가의 바깥만을 지나치게 강조하는 논리 속에는 일종의 패배감이나 소외 의식이 내재되어 있다. 근대적 주체의 형성과 내면의 발견은 내부를 다시 돌아보고 살피는 시선 속에서도 산출될 수 있는 것이다.

따라서 이용악 시에서 '북방'과 관련된 시어의 검토는 방언이나 외래어의 사용과 함께 고려해야 할 것이다. '북방'이라는 용어가 특정 지역의 문화와 환경을 시 속에 편입시키기 때문이다. 이용악의 작품에는 '글거리', '눈포래', '도래샘', '도루모기' '돌개바람', '둥글소', '모초리', '부불', '소곰토리', '싸리말', '얼구며', '오숩소리', '오시러운', '짜작돌' 등의 함경도 방언의 사용을 찾아볼 수 있다. 중국어 '띠팡'과 러시아어 '거린채', '야폰스키', '우라아', '트로이카' 등의 사용도 눈에 띈다. '고오고리', '에세닌' 등의 고유명사도 사용된다. 이용악 시에서 방언과 외래어 사용은 그리 많은 편이 아니지만 이러한 방언이나 외래어 사용이 주로 '북방'이라는 공간과 연결된다는 특이성이 주목할 만하다.

3. '북방'의 서사 수용과 조선 문학의 주체

1) 자아의 기투와 기억의 구조화—백석의 시

백석은 조선이 일본을 매개하지 않고 외부 세계와 만날 수 있는 새로운 역사적 계기와 방식에 대해 고민하였다. 그에게 북방의 언어와 풍속은 조선의 근대화를 반성적으로 점검할 수 있도록 해주었다. 이 때 '북방'은 한반도의 기원을 밝혀줄 역사적 공간이자 그 역사를 기억하는 조선인으로서 역사적 주체를 증명해줄 수 있는 공간이었다. '북방'은 백석 시작에 핵심적인 요소라고 할 수 있는데 '북방'이 가장 매력적으로 형상화되고 있는 백석의 작품이 「북신」과 「북방에서」이다.

> 거리에는 모밀내가 낫다
>
> 부처를 위하는 정갈한 노친네의 내음새가튼 모밀내가 낫다
>
>
> 어쩐지 香山부처님이 가까웁다는 거린데
>
> 국수집에서는 농짝가튼 도야지를 잡어걸고 국수에 치는 도야지고기는 돗
> 바늘가튼 털이 드문드문 백엿다
>
> 나는 이 털도 안뽑은 도야지 고기를 물구럼이 바라보며
>
> 또 털도 안뽑는 고기를 시껌언 맨모밀국수에 언저서 한입에 끌꺽 삼키는
> 사람들을 바라보며
>
> 나는 문득 가슴에 뜨끈한것을 느끼며
>
> 小獸林王을 생각한다 廣開土大王을 생각한다
>
> —「西行詩抄(二)—北新」

아득한 넷날에 나는 떠났다

扶餘를 肅愼을 勃海를 女眞을 遼를 金을,

興安嶺을 陰山을 아무우르를 숭가리를.

범과 사슴과 너구리를 배반하고

송어와 메기와 개구리를 속이고 나는 떠났다.

나는 그때

자작나무와 익갈나무의 슬퍼하든것을 기억한다

갈대와 장풍의 붙드든 말도 잊지않었다

오로촌이 멧돌을 잡어 나를 잔치해 보내든것도

쏠론이 십리길을 딸어나와 울든것도 잊지않었다.

— 「北方에서─鄭玄雄에게」

　　메밀내는 '거리'나 '국수집'과 같은 평범한 삶의 공간에서 길어 올린 감
각이며, "털도 안뽑은", '시껌언' 등과 같이 다듬어지지 않은 투박한 삶의
감각이다. 후각은 고유하며 은밀한 감각이라고 할 수 있다. 고유함이란
다른 것과의 차별적인 관계를 통해 부여받는 특성이며 은밀함은 그것을
알아차리는 데 기민함이 필요하다는 것이다. 「서행시초 (2)─북신」에서
거리의 '모밀내'에 대한 감각은 그런 의미에서 고유성과 은밀함을 포함
하고 있다. '모밀내'에 대한 고유하고 은밀한 감각은 한 개인에게 인지된
것이지만 그것의 의미화를 통해 '우리'의 공통 감각이 되며 동시에 역사
적인 것이 된다. 백석 시의 감각은 풍속의 세부를 공통의 역사적 감각으
로 끌어올리는 역할을 한다. 즉 메밀내의 고유성과 은밀함은 그것을 향

유하는 사람들의 삶과 그들의 역사적 시간을 불러온다. '북방' 공간을 점유했던 고대의 시간을 '생각하'는 것은 그 역사를 면면히 이어온 사람들과 그들의 삶의 가치를 일깨우는 것이라고 할 수 있다. 구조화된 기억은 조선의 역사적 과거를 현재로 불러옴으로써 조선의 미래적 가능성을 열어 놓는다. 과거 소수림왕, 광개토대왕 때부터 즐겼을 법한 국수의 메밀내는 현재의 사람들도 즐기는 맛이며, 미래의 조선에서도 지속될 고유한 맛과 풍속이 되는 셈이다. 잊혀져가는 조선적 삶의 고유한 영역을 기억에서 끌어올려 다시 호명하는 것은 조선사회의 역사적 정통성을 증명하는 일이라고 할 수 있다. 「북신」의 서사적 환기력은 현재 풍속을 통해 과거를 호명하고 그것을 다시 미래에 잇대는 역사적 상상력에서 비롯된다.

「북방에서」의 서사성은 구체적인 사건으로서 '나는 떠났다'에서 출발한다. 북방 민족과 국가명, 자연물을 호명하는 것은 개별적인 사건 너머의 역사적 시간을 환기시킨다. 북방이라는 시공간을 점유했던 모든 개별적인 사건들을 일일이 호명하고, 과거 기억을 재구하는 시선 속에는 슬픔과 서러움이 드러나 있다. 그러한 감정의 표출을 통해서 역사적 주체로서 자기 정당성을 회복하는 맑고 투명한 정신의 오롯함을 보여준다. '나'라는 개별적 주체의 경험 층위에서 기억을 되살려내는 것은 '우리'라는 보편적 주체를 자리매김하고 조선 문학의 개성을 부여하는 방식이 된다.

백석은 조선 반도와 만주 일대를 떠돌아다녔으며 러시아 중국에 이르기까지 두루 여행을 다녔다. 그는 낯선 곳에서의 체험을 신기 그 자체로 제시하는 것이 아니라 과거 시공간과 견주어 보고 그 새로움이 갖는 의미를 되새긴다.[11] 즉 과거 기억을 현재의 시공간 속에서 환상적으로 펼쳐 놓음으로써 누추한 삶을 구제하고자 하는데 백석의 문학적 이상이 놓인다. 모어로서 북방어의 사용은 고향 상실과 과거에 대한 향수라는 근원적 감정과 관련되어 있는데, 그러한 감정을 통제하는 방식은 백석이 보여준 시적 성취의 핵심이라고 할 수 있다.[12]

2) 유이민 정서와 비극의 형식화―이용악의 시

북방 지역에서 조선인들이 어떻게 살아 왔으며, 고향을 등지고 떠나온 그들의 현재 삶이 어떠한가에 대한 이용악의 관심은 시 속에 비극적 서사를 개입하는 방식으로 나타난다. 서사성의 개입은 리얼리티를 강화하는데, 이 때 북방과 관련된 어휘의 활용은 조선적 삶의 역사를 구체적으로 드러내며 반복 기법의 사용은 비극적 정서를 강화하는 리듬을 형성한다.

북방이라는 공간은 서사와 결합하면서 역사적 공간이 된다.[13] 특히 '국경'과 관련해서는 소문과 이야기의 공간이 된다.[14] "강 건너 소문"이 기다

---

11 주로 기행시가 이에 해당되는데, 고형진은 여행지의 지명들을 제목으로 삼은 일련의 시편들을 통해 백석의 표랑의식을 읽어내고, 자족적인 방랑의 세계가 그려지고 있다고 말한 바 있다. 고형진, 앞의 글, 64~71면.

12 이근화, 「1930년대 식민지 조선어의 위상」, 고려대 박사논문, 2008, 82~84면 참조.

13 고형진은 서사적 기법의 도입을 통해 개인의 주관적 정서가 사회적 차원의 보편적 정서로 확산된다고 말하고 있다(「1920~30년대 시의 서사지향성과 시적 구조」, 고려대 박사논문, 1991); 류찬열은 "이용악의 초기 시를 지배하고 있던 낭만적 동경이 구체적 현실과 만나게 됨으로써 심화된 현실주의"를 드러낼 수 있었던 것은 성년 화자의 설정을 통한 서사성의 도입에 따른 것이라고 보고 있다(「1930년대 후반기 리얼리즘 시 연구」, 『어문논집』 35, 중앙어문학회, 2006, 176면).

14 이용악 시의 공간에 대한 연구로는 강연호, 「이용악 시의 공간 연구」, 『현대문학이론 연구』, 현대문학이론학회, 2004, 81~108면; 박용찬, 「이용악 시의 공간적 특성 연구」,

려지는 곳이며(「국경」), 의식적 공간으로서 '조국'을 가리키는 방향이기도 하다(「쌍두마차」). "외할머니 큰아버지랑 계신 아라사를 못 잊어 술을 기울이면 노 외로운 아버지"(「푸른 한나절」)가 있으며, "북으로의 길은 (…중략…) 아버지도 형도 그리고 나도 젊어서 떠나버린 고향"이다. 유이민의 비극적 상황은 비단 고향 사람들의 것만이 아니다. 이용악 시의 '북쪽'은 상실감을 확인시켜주는 방위로서 고향에서 쫓겨나 유랑하는 조선인들의 정서를 시화하는 것은 고향과 조국을 등가로 놓게 만든다. 유랑과 이주, 탈향이 불가피했던 조선의 상황을 시 속에 포용하면서 그는 삶의 터전을 잃은 조선인들의 삶의 비극성 자체를 부각시킬 수 있었다.

우리집도 아니고

일가집도 아닌 집

고향은 더욱 아닌 곳에서

아버지의 寢床없는 최후 最後의 밤은

풀버렛소리 가득차 있었다

露領을 다니면서까지

애써 자래운 아들과 딸에게

한마디 남겨두는 말도 없었고

아무을만의 파선도

『어문학』 89, 한국어문학회, 2005, 259~287면; 이길연, 「이용악 시에 나타난 북방정서와 디아스포라 공간의식」, 『국제어문학』, 국제어문학회, 2008, 153~168면; 이경수, 「이용악 시에 나타난 길의 표상과 고향 조선이라는 심상지리」, 『우리어문연구』 27, 우리문학학회, 2009, 239~268면.

설룽한 니코리스크의 밤도 완전히 잊으셨다

목침을 반듯이 벤 채

—「풀버렛소리 가득차 있었다」

그가 아홉살 되던 해

사냥개 꿩을 쫓아다니는 겨울

이 집에 살던 일곱 식솔이

어데론지 사라지고 이튿날 아침

북쪽을 향한 발자욱만 눈 우에 떨고 있었다

더러는 오랑캐령 쪽으로 갔으리라고

더러는 아라사로 갔으리라고

이웃 늙은이들은

모두 무서운 곳을 짚었다

지금은 아무도 살지 않는 집

마을서 흉집이라고 꺼리는 낡은 집

제철마다 먹음직한 열매

탐스럽게 열던 살구

살구나무도 글거리만 남았길래

꽃피는 철이 와도 가도 뒤울안에

꿀벌 하나 날아들지 않는다

—「낡은 집」

「풀버렛소리 가득차 있었다」에서, 고향이 아닌 곳에서 최후를 맞는 불행은, '아니다', '없다', '잊다' 등의 부정과 결여의 방식으로 서술된다. 부정과 결여를 더욱 부각시키는 것은 '풀버렛소리'다. '북방'과 직접 연관된 어휘를 표면에서 찾아볼 수 있는 것은 아니지만, '노령(러시아, 시베리아 일대)'을 다니던 일을 환기하는 것 속에서 북방 지역에서의 삶을 환기시킨다. "고향은 더욱 아닌 곳"이라는 부정 서술과, '아무을만의 파선', '니코리스크의 밤' 등의 어휘에서도 북방 지역에서의 삶을 그리고 있다는 사실을 알 수 있다. 러시아와의 경계 지역 어디쯤이 고향이며, 현재는 그곳을 떠나왔다. 비극적 최후를 맞이하는 가족사의 이면을 드러내는 데 북방과 관련된 고유명사가 활용되고 있으며, 이러한 비극적 서사는 유이민의 정서를 드러내는 데 기여한다.

「낡은 집」에서, 털보네 일곱 식솔이 사라졌지만 "털보네 간 곳은 아모도 모른다". 다만 "북쪽을 향한 발자욱만 눈 우에 떨고 있"다. '북쪽'은 다시 고유명사로 되짚어진다. '오랑캐령'이나 '아라사'로 갔으리라고 이웃들은 생각한다. 북방에서의 가난한 삶과 그 가난을 이기지 못하고 떠나는 사람들의 이야기는 모두 어린 화자의 두려움과 공포의 감정과 함께 전달된다. 직접적인 방식으로 가난의 고통은 드러나지 않지만 "차그운 이야기", "무서운 곳을 짚었다" 등에 그 가난을 목도하는 어린 화자의 심경이 반영되어 있다. "갓주지 이야기와 무서운 전설 가운데" 아이들은 자란다. '저릎등(긴 삼대를 태워 불을 밝히는 장치)', '짓두광주리(반짇고리)' 등과 같은 함경도 방언과 "재를 넘어 무곡(이익을 보려고 곡식을 사들임)을 다니던 당나귀", "항구로 가는 콩실이에 늙은 둥글소" 등의 서술은 북방에서의 삶의 모습을 구체적이고 감각적으로 전달해준다.

「풀버렛소리 가득차 있었다」, 「낡은 집」에서 볼 수 있는 북방 이주민의 불행하고 가난한 삶은 한두 사람의 특수한 상황이 아니다. 그 불행과 가난을 목도하는 '이웃'이 있고, 그 이웃의 삶도 별반 다르지 않다. 북방의 비극적 서사는 개인의 것이 아니라 조선인들의 삶의 조건이며, 반복 서술과 간접적 전달 방식은 이주민의 정서를 드러내는 데 효과적으로 활용된다. 함경도 방언과 고유명사의 활용은 북방 이주민의 비극적 삶을 더욱 두드러지게 해준다.

조선인들의 비극적인 삶을 장면화하는 데 서사의 수용은 불가피한 것이었지만 이용악은 서정적 리듬과 민중적 호소력을 잃지 않고 있다. 이용악의 시는 근대성 혹은 모더니즘의 형식적 추구를 통해서가 아니라 조선적 삶의 현장성과 구체성을 통해 조선 문학의 가능성을 보여주었으며 이는 조선적 서정성의 표출과 잇닿아 있다. 서정시의 주체를 타자화하는 이용악 시의 중심에는 '북방'이라는 표상이 자리 잡고 있다. 조선의 현실을 날카롭게 보여주면서도 정서적 친화력을 지닐 수 있었던 것은 바로 당대 조선의 역사가 요구하는 바를 문학의 중심에 놓았기 때문이다. 북방의 언어와 공간은 조선의 사회적 요구에 활로를 제시해주었던 것으로 보이며, 이는 이용악 시의 언어와 형식의 중심에 놓이는 요소라고 할 수 있다.

4. '북방'이라는 시적 표상과 조선적 서정성

조선 사회에서 고토 회복의 열망은 광개토대왕비의 발견과 함께 시작되었는데, 선조들의 옛 땅에 대한 향수에는 한반도 이외의 역사적 무대를 기억함으로써 현재의 고난을 극복하고자 하는 욕망이 포함되어 있다. 일본의 식민 정책 강화로 피폐해진 한반도를 떠나 만주와 간도에서 떠돌던 조선 이민자들에게 북방은 역사적 시련의 공간이었다. 한반도 역사의 전성기를 누린 선조들의 호방하고 장대한 기개에 대한 기억은 민족적 감정을 확인하는 계기가 되었으며 이는 시련에 맞서 현재의 고난을 극복하기 위한 내적 구심력으로 작용하였다. 식민지 근대화가 가속화되었던 1920~1930년대 문학에서 북방 공간이 적극적으로 사유되고 있는 것은 이러한 역사적 배경과 문화적 요구를 포함하고 있는 것이었다.

특히 이용악과 백석의 작품을 통해서 '북방'이 조선 문학의 주요한 표상으로 자리 잡고 있음을 확인할 수 있었다. 이용악의 시에는 북방 이주민들의 불행하고 가난한 삶이 드러나 있다. 그는 북방의 비극적 서사가 민족 보편의 역사적 조건이라는 사실을 환기시켜 주었다. 국경 지대 이주민들의 삶에 대한 생생한 묘사는 조선인들의 비극적 삶을 부각시켜 주었다. 백석 역시 토속어와 방언을 효과적으로 사용하며 조선 문학의 개성을 찾아갔다. 그의 시에서 북관의 풍속과 문화는 조선의 과거를 현재와 접속시키는 역할을 하였다. 외재적 근대화의 거센 물결을 개별적이고 고유한 민족적 표상을 통해 돌파하려는 백석의 시적 노력을 확인할 수 있었다.

백석과 이용악의 작품을 중점적으로 다루었지만 김동환, 오장환, 이찬, 유치환, 이육사, 서정주, 노천명, 유치진 등의 시인과의 연계 검토 역시 필요하다. 그러한 작업을 통해 '북방'이라는 문학적 표상이 한국문학사에서 어떤 방식으로 자리 잡고 있는지 해명할 수 있을 것이다. 이는 북한 문학을 다루는 데도 필수적인 요소이다. 북한 문학에서 '북방'은 혁명 문학의 공간이라고 할 수 있다. 북한의 최고 지도자의 출생과 활동 근거지로서 북방 지역은 신성시되었고, 정치 세력의 정통성을 부여하려는 목적으로 취급되었다. 반면 분단 이후 한국 문학에서 '북방'은 시원적 공간이지만 이데올로기적 억압으로 인식의 차원에서 제외되는 경향이 있다. 남북한 문학사에서 '북방'이 어떻게 이질적인 공간이 되어가고 있으며, 그 이질성을 극복하기 위해서 어떤 방안을 모색하는 것이 필요한지 살펴보아야 할 것이다. 이를 위해서는 분단 이전의 조선 근대문학에서 '북방'을 살펴보는 것이 선행되어야 한다. 근대적 개념으로서 '북방'을 검토하는 것은 단절되고 축소된 문학사를 지양하고 통일 문학사를 기술하는데 필요한 기초 작업이라고 할 수 있다.

제3장

이용악 시어의 반복과 화자의 역할

1. 선행 연구 검토

이용악 시의 서정성과 서사성(서술성) 사이의 균형, 리얼리즘과 모더니즘 사이의 긴장에 관한 연구들은 이용악 시의 문학사적 의의를 밝히기에 충분하였다.[1] 이 논문은, 서사성과 서정성 사이의 균형보다는 서사성을 서정적으로 이끌어가는 방식에 대한 관심에서 출발하였다. 즉 이야기가 어떻게 노래처럼 전달되는가에 대한 의문에서 출발하였다. 이용악 시가 서정성과 서사성 사이의 균형과 긴장을 통해 탁월한 성취를 보여주었다면 상당 부분 시의 독특한 화법과 반복 구조 때문일 것이다. 이용악 시의 형식과 구조를 다룬 연구들은 그간의 이용악 시의 주제 의식이나 내용과 형식에 치우친 연구들에 균형감을 준 성과들이라고 할 수 있다. 장석원은[2] 타인의 말이라는 이질적 요소를 수용하는 방식에 주목

---

1   고형진, 「1920~30년대 시의 서사지향성과 시적 구조」, 고려대 박사논문, 1991; 최동호, 「북의 시인 이용악론」, 『평정의 시학을 위하여』, 민음사, 1991; 김명인, 「서정적 갱신과 서술시의 방법」, 『시어의 풍경』, 고려대 출판부, 2000, 101~127면.
2   장석원, 「이용악 시의 대화적 구조 연구」, 고려대 석사논문, 1999.

하여 이용악 시의 대화적 구조를 해명하였다. 윤의섭은 정지용, 백석, 이용악 시의 종결 구조와 그 유형을 시간 구조와 함께 살피고 있다.[3] 황인교는 타인의 말을 분리하여 오히려 이 말이 서사성의 강화에 기여한다고 보았다.[4] 이현승은 이용악 시의 간접 화법을 세 가지로 구분하여 그 효과를 밝히고 있으며,[5] 송현지는 화자와는 대립적인 의미 자질을 보이는 타자의 말에 주목하였다.[6]

이용악 시의 반복 구조에 대한 연구로는 장석원, 이경수, 박순원, 곽효환의 연구를 들 수 있다. 장석원은 반복 기법과 상호텍스트적 관계를 단어·구문의 반복과 도입부와 결말부 반복의 차원에서 살피고 있다.[7] 이경수는 백석, 이용악, 서정주 시의 반복 기법을 살핌으로서 한국 현대시의 시적 언술 구조에서 반복 기법이 차지하고 있는 위상과 그 의의를 밝혔다. 특히 이용악 시의 점층적 반복은 의미의 강화하는 효과가 있으며, 대칭적 연 구성 방식과 화법을 통해 이원적 의미를 창출한다고 보고 있다.[8] 박순원은 「풀버렛소리 가득차 있었다」의 구문과 구절의 반복이 정조의 통일에 기여하고 있으며 이는 서사적 성격의 작품이 서정성을 확보하는 역할을 한다고 보고 있다.[9] 곽효환은 북방 시편의 성과를 다룬 연구에서 이용악 시의 첩어 사용과 시행 반복이 운율감을 살리는데 기

---

3 윤의섭, 「한국 현대시의 종결 구조 연구」, 『한국시학연구』 15, 한국시학회, 2006, 149
   ~179면.
4 황인교, 「이용악 시의 언술 분석」, 이화여대 박사논문, 1990.
5 이현승, 「이용악 시의 발화구조 연구」, *Comparative Korean Studies* 14-2, 국제비교한국학
   회, 2006, 189~215면.
6 송현지, 「이용악 시의 발화 양상 연구」, 고려대 석사논문, 2009.
7 장석원, 앞의 글, 23~54면.
8 이경수, 「한국 현대시의 반복 기법과 언술 구조」, 고려대 박사논문, 2002, 102~151면.
9 박순원, 「이용악 시의 기법 연구」, 『한국시학연구』 17, 한국시학회, 2006, 58~60면.

여하고 있음을 지적하였다.[10]

이 논문에서는 위의 선행 연구를 바탕으로 이용악 시에 나타난 반복 기법을 구절과 문장의 차원, 행과 연의 차원으로 나눠 살펴볼 것이다. 다소 기계적인 구분법일 수도 있으나 이용악 시에 나타나는 반복 구조를 일별하고 그 양상을 구분하여 제시할 수 있을 것이다. 반복은 의미의 변화를 전제로 하며 리듬 생성과 일차적으로 관련된다. 구절과 문장의 반복이 리듬을 형성하거나 메시지를 강화하는 기본적 효과를 창출한다면 행과 연의 차원에서 이루어지는 반복은 이용악의 시적 정서를 강화하거나 치유하는 시의 근본적 효과와 관련을 맺는다. 이러한 접근은 이용악 시의 독특한 화법 해명과 더불어 반복 기법의 궁극적 의미를 밝혀줄 것이다. 반복 기법이 몇몇 작품에 국한된 특성이 아니라 이용악 시의 구조에 근원을 이루는 요소임을 화자의 설정과 관련지어 밝힐 것이다. 조선문학 주체의 개별성을 드러내면서도 민족의 과제와 전망을 담고자하는 보편적 성격을 이용악 시의 화자가 지니는 이중 역할을 통해 확인할 수 있을 것이다. 식민지 조선 사회에서 이용악이 가지고 있었던 비전과 전망, 예술적 의지를 해명하는 데 있어 반복 기법은 그의 시의 화자 설정과 관련지어 논의될 수 있을 것이다.

---

10 곽효환, 「이용악의 북방시편과 북방의식」, 『한국어문학』 88, 한국어문학회, 2005, 296~297면.

2. 구절과 문장의 반복

이용악 시에 나타나는 반복 기법 중에 가장 흔한 형태가 구절과 문장의 반복이다. 일반적으로 그러하듯이 어휘의 반복적 사용은 의미의 통합 또는 담화의 확산에 기여하는 것처럼 보인다.[11] "나의 밑 다시 나의 밑 잠자는 혼을 밟고"(「벌판을 가는 것」)와 같은 반복 구절을 사용하는 경우 의미를 강조하는 효과를 지닌다. "온갖 바다에로 새 힘 흐르고 흐르고"(「구슬」) 등의 서술어의 반복이나 "고달프다 고달프다", "남으로 남으로만 달린다"(「그래도 남으로만 달린다」)의 특정 어휘를 반복하는 경우 역시 메시지의 강화와 관련된다. 동일한 서술어나 어미의 반복적 사용은 리듬감을 창출하기도 한다. 리듬감을 고려한 반복은 두메산골 시편에 두드러지게 나타난다. "히히 웃는다"(「두메산골(2)」), "눈은 내리는데 눈은 내리는데"(「두메산골(3)」), "돌아오는가"(「두메산골(3)」) 등의 반복 구절을 찾아볼 수 있다. 이는 '두메산골'을 시화하는 그리움의 정서가 반복적 리듬을 통해 효과적으로 산출되기 때문이다. 「낡은 집」에 나타난 반복 구절의 경우 확실히 리듬에 대한 고려가 있다. "노랑고양이 울어 울어"나 "~집", "더러는 ~했으리라고"의 반복은 음악성을 불러일으킨다. 이러한 리듬감의 창출은 궁극적으로 「낡은 집」이 가지는 서사를 효과적으로 전달하는 역할을 한다.

특히 메시지를 이어가는 독특한 방식으로서 행을 달리하여 구절을 반복적으로 사용하는 경우도 있다. 이는 반복 구절 사이에 휴지를 둠으로

---

11 문호성, 「이용악 시의 텍스트성」, 『한국문학이론과 비평』 28, 한국문학이론과 비평학회, 2005, 213면.

써 과거를 향한 정서적 효과를 강화하려는 목적을 가진 것처럼 보인다. "날라리 불며 / 날라리 불며 모여드는 옛적 사람들"(벽을 향하면)의 경우가 그러하다. 반복이 나타나는 층위를 몇 개의 유형으로 나누어 설명할 수 있지만 반복의 궁극적 효과는 작품마다 편차가 있다. 이용악의 대표작이라 할만한 「오랑캐꽃」 역시 다양한 해석이 이루어졌지만 반복의 차원에서 다시 살필 때 흥미로운 몇 가지 해석 지점을 찾을 수 있다.

긴 세월을 오랑캐와의 싸홈에 살았다는 우리의 머언 조상들이 너를 불러 '오랑캐꽃'이라 했으니 어찌 보면 너의 뒷모양이 머리태를 드리인 오랑캐의 뒷머리와도 같은 까닭이라 전한다

아낙도 우두머리도 돌볼 새 없이 갔단다
도래샘도 띳집도 버리고 강건너로 쫓겨갔단다
고려 장군님 무지 무지 쳐들어와
오랑캐는 가랑잎처럼 굴러갔단다

구름이 모여 골짝 골짝을 구름이 흘러
백년이 몇백년이 뒤를 이어 흘러갔나

너는 오랑캐의 피 한 방울 받지 않았건만
오랑캐꽃
너는 돌가마도 털메투리도 모르는 오랑캐꽃
두 팔로 햇빛을 막아줄게

울어보렴 목놓아 울어나 보렴 오랑캐꽃 (강조는 인용자)

—「오랑캐꽃」¹²

　1연의 동일한 서술어의 반복은 화자의 서술 태도와 관련이 된다. "-갔단다"는 그 태도가 매우 모호하다. 다른 사람의 이야기를 대신 전하는 것과 같은 효과를 지닌다. 화자의 느낌이나 생각이 아니라 타자의 말인 것처럼 전할 때, 청자는 오히려 이야기 자체에 집중하거나 신뢰할 수 있다. 이야기를 전하는 시점 이전에 그 이야기를 공유했던 사건이 선행하기 때문이다. 구전의 효과란 청자가 개입하면서도 다수 청자의 검증을 받았을 것이라는 사실을 전제한다. 1연은 주어가 생략된 불안정한 진술임에도 불구하고 청자의 마음을 움직이게 만든다. 시적 대상이 무엇인지에 대해서는 바로 말해주지 않는다. 그 답은 3연에 가서나 주어진다. 1, 3연 사이의 단절과 비약은 이 시가 주체의 각성과 갱신을 극적으로 드러내는 한 양상을 보여준다.¹³

　1연에 비해 2연의 "~흘러갔나"라는 서술 어미는 다소 층위가 맞지 않는 것 같은 인상을 준다. 1연에서 반복적으로 사용된 서술어 형태가 어떤 확언의 형태였다면 2연의 서술어는 의문을 담고 있는 불확정적인 말투이다. 이러한 기복은 이야기의 흥미를 끌고 호기심을 유지하도록 만든다. 1연에서 동일 층위의 서술어가 반복되고 있다면, 3연에서는 '오랑캐꽃' 대상의 반복되고 있다. 뒤늦게 답을 반복적으로 말하는 방식

---

12 윤영천 편, 『이용악 시 전집』, 창작과비평사, 1988(이후 작품은 이 책에서 인용한다. 강조 표시는 인용자).

13 박순원, 앞의 글, 69면.

이다. 그러나 실제 1연의 행위 주체는 꽃이 아니라 사람이다. 따라서 진정한 답에 이르기 위해서는 화자나 청자와 연루된 '사람들'을 찾아야 한다. 3연의 오랑캐꽃에 대한 수식이나 서술들이 힌트가 될 수 있을 것이다. 반복되는 의미망 '가다', '흐르다'를 통해 탈향 또는 이주의 역사적 사실이 환기된다. 여진족과 오랑캐꽃을 통해 시적 화자가 유추하려는 바는 결국 자신의 운명이며, 이는 곧 나라 잃은 민족의 운명[14]이라는 해석이 가능하다. 그러나 이 시의 매력은 '나'와 '민족'의 운명을 동위에 놓는 그 자체가 아니라 그것을 다루는 태도와 관련되어 있다. "두 팔로 햇빛을 막아줄게"의 태도는 1, 2연의 진술 태도와는 달리 적극적이고 다정하다. "울어보렴" 역시 어떤 해방감을 겨냥한다. 고통이나 절망에 빠지지 않은 채 그것을 들여다보면서 감싸 안는 태도라고 할 수 있다.

「오랑캐꽃」의 반복은 리듬감의 강화나 메시지 전달에도 기여하지만, 이 시에서 반복의 주요한 효과는 시의 화자가 서둘러 정보를 주거나 결론을 내리지 않고, 그 답변을 지연시킴으로써 청자의 주목을 끌고 흥미를 유지시켜 담화에 참여하거나 동조하게 만든다는 점이다. 반복의 궁극적 효과는 청자의 정서적 이동과 감흥에 있는 것이라고 할 수 있다. 「오랑캐꽃」의 미덕은 '막아 줄게'의 행위 주체가 화자임에도 불구하고 청자를 그 정서와 행위에 동조하게 만든다는 데 있다. 시의 부제 자리를 차지하고 있는 오랑캐꽃의 이름에 대한 유래는, 시의 출발을 전제한 설명인데 본문에서 유래담은 오랑캐꽃에 대한 개성적인 태도로 수정된다. 즉 오랑캐꽃에 대한 객관적 정보와 주관적 해석 사이의 긴장과 변화가 이 시의 반복의 역할이라 할 수 있다.

---

14 윤여탁, 「서정시의 시적 화자와 리얼리즘에 대하여―이용악의 시를 중심으로」, 『한국현대문학연구』 4, 한국현대문학회, 1995, 65면.

어휘나 구절의 반복이 리듬감을 창출하며 시의 메시지 전달 속도를
조정하는 시적 효과를 갖는다면, 문장의 반복은 시적 정서를 만들어내
고 메시지 전달에 영향을 준다. 문장 차원에서 동일한 어미 혹은 문장
전체가 반복될 때 반복 기법은 전체 시의 구조에 지지대가 된다. 이용악
시에서 문장의 반복이 가장 두드러진 효과를 내는 작품은 「풀버렛소리
가득차 있었다」일 것이다. "아버지의 寢床 없는 최후 最後의 밤은 / 풀
버렛소리 가득차 있었다(「풀버렛소리 가득차 있었다」)"의 반복은 소격 효과
를 보여준다. 즉 문장의 반복 사이를 채우고 있는 비극적 서사를 객관적
으로 전달하면서도 청자에게 정서적 감응을 불러일으킨다. 화자의 감정
을 객관화시키면서도 공감의 영역을 확보하는 방식은 다음 시의 마지
막 연의 문장 반복에서도 나타난다.

　　　밤마다 꿈이 많어서
　　　나는 겁이 많어서
　　　어깨가 처지는 것일까

　　　끝까지 끝까지 웃는 낯으로
　　　아해들은 층층계를 내려가버렸나본데
　　　벗 없을 땐
　　　집 한칸 있었으면 덜이나 곤하겠는데

　　　타지 않는 저녁 하늘을
　　　가벼운 병처럼 스쳐 흐르는 시장기

어쩌면 몹시두 아름다워라

앞이건 뒤건 내 가차이 모올래 오시이소

눈감고 모란을 보는 것이요

눈감고

모란을 보는 것이요 (강조는 인용자)

—「집」

  1, 2연에서 동일한 서술어의 반복은 확실히 리듬을 창출하는 효과를 지니지만 동일한 서술어의 반복은 서로 다른 두 대상을 부각시키기도 한다. 1연에서 '-많아서'의 서술 대상인 '꿈'과 '겁'은 이상한 충돌을 일으킨다. 동일한 층위의 것도 아니고 정확히 대비되는 것도 아니다. 이러한 효과는 2연에서 '벗'과 '집'에서도 일어난다. '곤한' 감정은 벗과 집, 모두 없는 상태를 말한다. 결여를 서로 다른 두 차원에서 보게 함으로써 고독한 심리 상태에 있음을 잘 보여준다. 한편 1연의 "어깨가 처지는 것일까"의 의문에서 드러난 자의식이 동화적이라면 "집 한칸 있었으면 덜이나 곤하겠는데"의 진술이 드러낸 조로의 감각은 1연의 태도와 상충되어 극적인 느낌을 불러일으킨다. 즉 이 시의 화자는 어린 시절부터 성년에 이르기까지 극빈과 방랑이라는 절대 고독의 경험을 가지고 있음을 말해준다.

  2연의 "-ㄴ / 는데"의 반복이 꼭 3연의 서술과 연결되어 있는 것은 아니다. 오히려 '시장기'로 암시되는 가난과 그 '곤한' 가난을 '아름다워라'라는 진술로 받는 태도는 마지막 연의 진술을 가능하게 만든다. "눈감고 모란을 보는 것이요"라는 역설은 가난한 삶을 승화하는 태도와 관련된다. 즉「집」의 마지막 연은 동일한 문장이 두 번 반복되는데 이는 가난하고 고독한 삶을 승화하는 태도와 관련된다. 동일한 문장을 행갈이를 바꿔 반복하면서 시적 화자의 태도는 강조된다. 고통스러운 삶 속에서 그것을 극복하려는 예술적 의지를 보여주는 화자의 태도가 이 시의 본령이라고 할 수 있다.

한편 이용악의 다른 시「나를 만나거든」과 같은 작품은 세 연으로 이루어져 있는데 동일한 어미처리 방식이 각 연에서 반복되고 있다. "~나를 ~만나거든 ~를 ~지 마라"의 문장이 반복된다. 명령조의 문형 반복에서 드러난 화자의 원망願望은 역설적인 것처럼 보인다. 메시지 자체보다는 그러한 어조를 반복하는 자의 정서적 상태에 집중하게 만든다. "등불이 보고 싶다"(「등불이 보고 싶다」)의 반복 역시 마찬가지다. 동일한 문형의 반복은 화자의 정서적 상태를 유추하게 만들며 감정적 울림을 준다.

3. 행과 연의 반복

이용악 시의 행과 연 구분은 매우 독특하다. 독특한 행과 연갈이를 반복과 관련해서 살펴보면 시적 상황이나 화자의 정조를 강조하는 경우가 많다. "고향아"(「고향아 꽃은 피지 못했다」)의 반복은 "나는 떠나고야 말았다"의 의미를 강조하게 된다. 암담한 현실은 상실된 고향과 등가에 놓이며 "고향아"의 반복은 과거와 현재를 모두 포함한 탄식이 된다. 탈향과 귀향이라는, 고향을 중심으로 이용악의 삶의 이동이 반복되듯이[15] 고향을 떠나는 순간이나 타향에서 고향을 그리워하는 순간을 그리고 있는 시에서, 반복은 가장 단순하면서도 절실한 발화의 방식이 된다. 그리움을 토로하면서 동시에 원망을 담고자하기 때문이다. 이들 작품에서 기억과 기원이라는 두 동력에 의해 반복은 추동되는 것이라고 할 수 있다.

한편 역사적 사건이나 현실의 문제를 다룰 때 호격 행의 반복이 나타난다는 점이 특기할 만하다. 깊어가는 밤 낯선 주막에서 가난한 현실을 직시할 때, "제비갓흔 소녀야 / 소녀야"(「제비갓흔 소녀야」)의 반복이 나타난다. 반복된 행의 구성이 주로 호격과 관련되는 이유는 정서의 파급력과 관계하기 때문이다. 또한 이러한 호격을 사용하는 진술 방식은 리얼리즘적 경향이 강한 시에 두드러진다. 사실이나 대상을 간접적으로 드러내며 화자의 감정과 거리를 두는 것을 작품 발화의 근원적 지점으로 삼았던 것에 비하면 이러한 진술 태도의 직접성은 그의 문학성이나 세계관의 전환을 뜻하는 것으로 이해할 수 있다. 진술 태도는 더 분명하고 솔직해지면서 반복을 통해 강한 호소력을 가질 수 있도록 한 것이다. 내밀한 정서적 표현에서 메시지의 강화와 설득으로 전환되었다는 점에서 반복의 효과와 기능이 서로 다르다. 후자의 경우 반복이란 것은 청자의 동의나 동조를 구하기 위한 방편이 된다. 동의를 구할 때 그 동의의 내용은 보편적이며 강렬한 것이어야 한다. 동의와 동조를 구할 때 이용악 시의 화자는 복수 주체가 되는 경향이 있다. 즉 발화 지점이 '나'일 때도 '우리'의 원망을 담고 있는 것이다. 우리의 원망의 내용이 반복을 통해 나타나게 되며 이러한 반복을 통해 정서적 치유 효과를 기대할 수 있게 된다.

---

15 이명찬, 「1930년대 후반 한국 현대시의 고향 의식 연구」, 서울대 박사논문, 1992, 112
    면 참조.

제3장 | 이용악 시어의 반복과 화자의 역할 239

풀쪽을 樹木을 땅을

바윗덩이를 무르녹이는 열기가 쏟아져도

오즉 네만 냉정한 듯 차게 흐르는

江아

天痴의 江아

(…중략…)

네가 흘러온

흘러온 山峽에 무슨 자랑이 있었드냐

흘러가는 바다에 무슨 榮光이 있으랴

이 은혜롭지 못한 꿈의 饗宴을

傳統을 이어 남기려는가

江아

天痴의 江아

(…중략…)

江岸에 무수한 해골이 뒹굴러도

해마다 季節마다 더해도

오즉 너의 꿈만 아름다운 듯 고집하는

江아

天痴의 江아 (강조는 인용자)

—「天痴의 江아」

　　인용 작품의 1, 3, 5연은 모두 동일하게 "江아 / 天痴의 江아"로 종결된다. 화자는 '강'을 대상으로 심정적 토로를 이어가지만, 실제 청자는 강을 배경으로 살고 있는 사람들이다. 그런 점에서 이 시의 화자는 원망과 회한이라는 정서를 사람들에게 풀어 놓는 것이라고 할 수 있다. 그러한 정서를 풀어놓을 수 있는 것은 '강'을 배경으로 함께 살아온 삶의 내력이 있기 때문이고, 현재 고통스러운 시간을 함께하고 있기 때문이다. 우리의 열기와 강의 냉기가, 이곳의 소란과 강의 꿈이 대비된다(2연). 도도히 흐르는 강의 심경을 헤아리지 못하는 것은 화자뿐만이 아닐 것이다. 3연의 "이 은혜롭지 못한 꿈의 향연을 전통을 이어 남기려는가"의 의문에서 공동체가 가지고 있는 아픈 상처를 드러낸다. 따라서 이 시에서 반복되는 구절은 화자 단독의 발언이 아니라 '강'을 둘러싼 사람들의 공동의 발언이다. 무장열차가 다니는 국경 지대의 삶은 불안하고 죽음이 가깝다. 삶의 비전 역시 쉽게 갖기 어렵다. 아름다운 꿈을 고집하는(5연) '강'을 향한 화자의 원망은 쉽게 동의할 수 있는 정서이다. 그러나 이러한 정서의 토로가 한탄에서 그칠 수만은 없다. 강의 상징성을 통해 식민지 현실에 제대로 대응하지 못하는 무능한 자신에 관해 질책하고 반성하는[16] 화자의 태도를 읽을 수 있는 것은 이용악 시의 절실함이 공동의 삶에 대한 희망에서 비롯되었기 때문일 것이다. 「두만강 너 우리의 강아」에서 "두만강 너 우리의 강아"의 반복이나 「등불이 보고 싶다」에서 "검은 봉오리 검은

16　이길연, 「이용악 시에 나타나는 북방정서와 디아스포라 공간의식」, 국제어문학회, 2008, 159면.

봉오리"등은 정서적 파급력과 관련을 맺으면서도 시적 상황이나 배경에 대한 강조라고 할 수 있다. 즉 어찌할 수 없는 북방의 현실과 이주민들의 곤궁한 삶에 대한 주목은 그러한 상황을 만든 조선의 식민 현실에 대한 비판적 태도를 함의한다.

이용악 시는 국경 지대의 삶을 배경으로 하고 있다는 점에서 변방 이주민들의 삶의 결속력과 시적 발화의 지점이 모종의 연관이 있을 것이라 생각할 수 있다. 삶의 형태가 불안하고 유동적일수록 그리고 그 삶이 고통스럽고 지난할수록 내부 결속력이 강하게 요구된다. 이민자나 소수자들의 삶의 폐쇄성과 강한 결속력이 그 증거이다. 역사 속에서 배척받고 있는 삶을 조선시 안에 수용하는 이용악 시의 포용력은 특별한 의미를 갖는다. 이러한 점은 백석의 시 정신과도 통한다고 볼 수 있다. 공동의 삶을 수용하고 감싸 안는 정신은 식민지 조선 사회에서 요구되었던 민족주의 정신과 동궤를 형성하지만 이념적 지향이 아니라 삶의 구체적 부면에서 끌어안는 '우리'라는 점에서 보다 절실한 작업이었다고 볼 수 있다.

이용악 시 가운데는 첫 연과 마지막 연이 동일한 경우가 종종 발견된다. 「嶺」에서 "나는 너를 믿고 / 너도 나를 믿으나 / 嶺은 높다 구름보다도 嶺은 높다"의 동일한 구절이 첫 연과 마지막 연에서 반복된다. '높은' 고개에 대한 강조는 나와 너의 믿음과 결속에도 불구하고 현실의 문제를 타개할 만한 힘이 부족하다는 자탄으로 이어진다. 그러한 '높이'에 대한 발견이 노래가 되는 지점에서 그 높이를 극복하고자 하는 의지가 발동되기 시작한다고 볼 수 있다. 한 단어를 시의 시작과 마지막에 반복하는 「폭풍」의 경우에도, 불안한 현실에 대한 고통스러운 마주침이 드러난다. 이용악 시가 한시의 전통적인 수미상관식 반복과 연관되어 있음은 이미 지적된 바 있다.[17] 한시의 대구는 의미와 소리 자질이 서로 조응될 때 성립한다. 이용악 시의 연의 반복은 정확히 일치하는 형태를 가지고 있어 기능과 효과에 초점을 둘 수밖에 없다. 아래의 인용 작품에서도 현실 극복의 의지가 '눈' 내리는 '북쪽'을 문제 삼으며 나타나는데 첫 연과 마지막 연이 동일하게 반복된다.

눈이 오는가 북쪽엔
함박눈 쏟아져내리는가

험한 벼랑을 굽이굽이 돌아간
백무선 철길 우에
느릿느릿 밤새어 달리는
화물차의 검은 지붕에

연달린 산과 산 사이
너를 남기고 온
작은 마을에도 복된 눈 내리는가

잉크병 얼어드는 이러한 밤에
어쩌자고 잠을 깨어

---

17 고형진, 앞의 글, 57면; 이경수, 앞의 글, 178면.

그리운 곳 차마 그리운 곳

　눈이 오는가 북쪽엔
　함박눈 쏟아져 내리는가 (강조는 인용자)

—「그리움」

　　두 개의 수사의문문으로 구성된 연이 담고 있는 정보는 화자가 '북쪽'
으로 상징되는 그리운 고향의 바깥에 존재한다는 사실이다. 추운 겨울
밤 잠을 깨 고향을 그리워하는 화자에게 '눈'은 고향에서의 기나긴 겨울
밤을 생각나게 만드는 요소일 것이다. 첫 연과 마지막 연 사이 '눈'은 타
지에 내리는 눈이어서 고향의 작은 마을과 떠나온 사람을 기억하게 만
든다. 2연의 "백무선 철길 우"와 "화물차 검은 지붕에"는 "북쪽"이라는 추
상이 아니라 구체적인 장소이다. 3연에서 고향을 떠나온 사람에 관해 말
하면서 그리움은 구체화된다. 산골 작은 마을에 누군가를 남기고 떠나온
화자의 그리움은, 구체적인 공간으로서 삶의 터전에 대한 것이며 동시에
함께 한 사람에 대한 것이다. 고향의 정경은 자연과 사물, 사람과 분리될
수 없다. 화자는 "복된 눈"에 대한 기억을 환기하는 방식으로 자신의 소
망과 기원을 이야기한다. 첫 연이 고향에 대한 궁금증이라면, 마지막 연
은 고향에 대한 기원이라고 할 수 있다. 자신의 고독한 심경은 탈고향한
자로서의 그것이지만 고향 작은 마을에 남기고 온 사람의 평안과 안녕을
'눈' 내리는 밤 기원해 보는 것이라고 할 수 있다. 절망과 고독의 치유로
서 '말'의 반복은 그것이 비록 동일한 구절이더라도 서로 다른 의미와 기
능을 지닌다.

다른 작품에서도 연이 반복되는 경우를 발견할 수 있다. 주로 원망이나 기원의 형식을 가지고 있는 경우가 많다. "하늘로 하늘로 기어올라도"(「고향아 꽃은 피지 못했다」)나 "날고 싶어 날고 싶어"(「우라지오 가까운 항구에서」)가 그러하다. 완강한 현실에 맞닥뜨릴 때 의지를 강조하는 시적 화자가 출현하는 지도 모른다. 식민지 현실이 불러온 가난한 삶과 고통받는 이주민들의 좌절감을 근원적으로 치유하기 위한 시적 의지라고 할 수 있다. 그런데 반복된 연의 처리 방식이 정서적 치유의 효과를 지니고 있다고 했을 때, 이 치유의 대상에 관해서는 좀 더 논의가 필요한 것 같다. 고향 상실과 가난 등이 식민지 조선 사회에서 개별적 주체의 문제가 아니었으며 조선인들의 보편적 삶의 조건이었다는 점에서 그러하다. 시가 끌어안을 수 있는 삶의 조건이 그러할 때, 이 반복 구절의 효과 역시 개인적 정서의 치유 이상의 것이 될 수 있을 것이다. 특히 북방의 국경 지대의 삶을 시의 공간으로 삼았을 때 이러한 시적 치유의 효과는 극대화된다.

4. 반복 기법과 화자의 이중 역할

화자가 아닌 제삼자의 말을 수용하고 있는 이용악 시의 화법이 반복 기법과 긴밀히 연관되어 있음은 이미 언급된 바 있다.[18] 동일한 구절이 앞뒤에서 반복될 때 대칭의 원리가 이질적인 요소를 수용하여 공존할 수 있게 열어 둔다면 이 때 시의 화자는 이중적 역할을 떠맡는다. 이야기를 전달하고 정보를 객관화하는 역할 이외에, 그 이야기 또는 정보의 진실성을 강화함으로써 청자(독자)를 그 이야기의 내부에 연루시키는 역할을 한다. 즉 이야기에 적극적으로 참여하고 동조하게 만드는데 어법은 단순하고 객관적이나 궁극적 효과는 적극적이고 실천적이 되는 셈이다. 이는 잘 된 소통으로서의 대화가 가지는 효과라고 할 수 있다.[19] 이용악 시의 대화적 소통 구조가 '나'에서 출발하여 '우리'로 확장될 수 있는 것은 이 때문이다.

집도 많은 집도 많은 남대문턱 움 속에서 두 손 오구려 혹혹 입김 불며 이따금씩 쳐다보는 하늘이사 아마 하늘이기 혼자만 곱구나

거북네는 만주서 왔단다 두터운 얼음장과 거센 바람 속을 세월은 흘러 거북이는 만주서 나고 할배는 만주에 묻히고 세월이 무심찮아 봄을 본다고 쫓겨서 울면서 가던 길 돌아왔단다

띠팡을 떠날 때 강을 건늘 때 조선으로 돌아가면 빼앗겼던 땅에서 농사지으며 가 갸 거 겨 배운다더니 조선으로 돌아와도 집도 고향도 없고

거북이는 배추꼬리를 씹으며 달디달구나 배추꼬리를 씹으며 꺼무테테한 아배의 얼굴을 바라보면서 배추꼬리를 씹으며 거북이는 무엇을 생각하누

---

18 이경수, 앞의 글, 275~276면.
19 장석원은 숨겨진 타인의 말과 내적 대화의 관계를 형성하는 방식으로서 이용악 시에서 이질적인 단어의 역할을 지적한 바 있다. 장석원, 앞의 글, 69~78면.

첫눈 이미 내리고 이윽고 새해가 온다는데 집도 많은 집도 많은 남대문턱 움 속
에서 이따금씩 쳐다보는 하늘이사 아마 하늘이기 혼자만 곱구나 (강조는 인용자)

—「하늘만 곱구나」

「하늘만 곱구나」에서도 "하늘이사 아마 하늘만 혼자 곱구나"라는 문
장이 반복된다. 어떤 격절감과 고독이 전제되어 있다는 점에서 「하늘만
곱구나」의 문장 반복은 회귀형 종결구조로 볼 수 있을 것이다.[20] "혼자만
곱구나"의 발화는 화자의 것이지만 고향 떠나온 거북이의 것이기도 하
다. 이 시의 화자는 거북네 사연을 전하고 동시에 거북이의 마음을 들여
다보고, 그 마음을 전한다. 이야기 안이 거북네의 과거 사연이라면 이야
기 바깥은 현재 심정이다. 공간으로는 '만주'와 '남대문턱 움 속'이 대비
된다. 그런데 '돌아왔단다'라는 사연을 간접적으로 전하는 자와 '달디달
구나'와 같이 그 감각을 직접적으로 감각하는 자 사이의 이격이 매우 자
연스럽게 읽힌다. 이 자연스러움은 상당히 많은 구절이 반복되면서 생기
는 효과에 기대어 있는 것 같다. 즉 화자는 거북네의 사연을 내 것처럼 느
꼈다가도, "거북이는 무엇을 생각하누"라고 묻기도 한다. 거리 조정을 자
유자재로 한다고 할 수도 있고, 화법이나 시점이 엉켜 있다고도 할 수 있
는데, 그럼에도 불구하고 이 시가 반복에 기대어 매우 자연스럽게 읽힌
다는 점이 특징적이다. 첫 연과 마지막 연의 반복은 변주되어 나타나는
데, 이 시의 반복은 거북네 사연을 전하고 그 안타까움을 해소하려는 의
도를 갖는다. 조선으로 돌아왔으나 "집도 고향도 없"는 이들의 마음을 위

---

20 윤의섭, 「한국 현대시의 종결 구조 연구」, 『한국시학연구』 15, 한국시학회, 2006, 155
~157면.

무하고자 한 데 이 작품의 의도가 있다. 이 작품에는 "1946년 12월 전쟁 동포 구제 '시의 밤' 낭독시"라는 설명이 덧붙어 있어 이 시의 기획과 의도를 파악할 수 있게 해준다.

①

　새하얀 눈송이를 낳은 뒤 하늘은 銀魚의 鄕愁처럼 푸르다 얼어죽은 山토끼처럼 지붕 지붕은 말이 없고 모진 바람이 굴뚝을 싸고 돈다 강건너 소문이 그 사람보다도 기대려지는 오늘 폭탄을 품은 젊은 思想이 피에로의 비가에 숨어와서 유령처럼 나타날 것 같고 눈 우에 크다아란 발자옥을 또렷이 남겨줄 것 같다 오늘

ㅡ「國境」

②

나는 나의 祖國을 모른다

내게는 定界碑 세운 領土란 것이 없다

ㅡ그것을 소원하지 않는다

나의 祖國은 내가 태어난 時間이고

나의 領土는 나의 雙頭馬車가 굴러갈

그 久遠한 時間이다

ㅡ「雙頭馬車」

　①은 이용악 시 가운데 드물게 산문시의 형태를 띄고 있는 작품이다.

형태뿐만 아니라 문장 진술도 상당히 차분하고 단정하다. 첫 두 문장 "~푸르다", "~싸고 돈다" 이후 부분은 대칭을 이룬다. "~는 오늘 ~ 같고 ~같다 오늘"의 구조가 반복된다. ①에서 화자는 문면에 드러나지 않는다. 하늘과 지붕과 바람을 목도하는 것은 '나'이며, '오늘'의 기운을 느끼는 것 역시 '나'이지만, 정작 시가 주고자 하는 정보는 '나'에 관한 것이 아니라 '나'를 둘러싼 배경의 문제이다. 국경 지대의 '오늘'이라는 시간을 통해 '우리'라는 민족 공동의 삶의 조건을 드러내는 것이 이 시의 반복의 효과이다. ②에서는 '나'라는 1인칭 주체가 서술하고 있으며 서술 대상 역시 '나'다. '나'에 대한 반복된 서술과 중첩이 이 시의 구조이다. 그러나 이때의 '나' 역시 '우리'에 가깝다. 개별적 주체가 보편적 주체로 끌어당겨지는 것은 반복된 서술로 가능해진다. 식민지 조선을 살아가는 사람들의 보편적 조건과 상황을 환기시키는 것이 이 시의 반복 구조의 효과라고 할 수 있다. 이용악 시의 화자는 정보를 주면서 동시에 정보를 수정한다. 1인칭 화자 '나'가 나의 사건에 대해 기록하면서 나를 둘러싼 사건의 기록은 '우리'의 기억이 되며, 서술어는 '나' 이외의 주체를 포섭할 수 있게 된다. '우리'의 기억이 되면서 반복되는 구절은 공동체 삶의 방향을 환기하는 역할을 한다. 개인의 경험을 역사적 조건 아래 조명함으로써 이용악 시의 화자는 반복 기법에 기대어 대화적 소통 구조를 만드는 역할을 충실히 수행한다.

5. 이용악 시의 반복 구조

이용악 시의 반복은 시의 구조를 결정하는 핵심적인 기법이다. 동일한 구절과 문장을 반복하기도 하고, 행이나 연이 반복되기도 한다. 이용악 시가 개인의 가족사와 민족 공동의 역사를 동일 층위에 놓고 다양한 화법과 시점의 이동을 통해 서사적 환기력을 강화시켰다면 반복 기법의 활용은 그러한 이용악 시의 서정적 효과를 극대화시킨 요소라고 할 수 있다. 특히 화자의 이중 역할과 관련지을 때 이용악 시의 반복 기법은 의미를 갖는다. 이용악 시는 개인의 사건을 기록하면서도 그것을 역사적 사건과 연루시킴으로써 공동의 기억을 문제 삼는다. 이용악 시의 주관과 객관, 개인의 삶과 역사적 조건은 화자의 반복적 발화를 통해 소통하고 대화의 구조를 형성한다. 이러한 화자의 이중 역할은 반복 기법과 함께 이용악 시의 특징적 요소라고 할 수 있다. 한편 반복은 열거와 분리해서 생각할 수 없지만 이 논문에서는 편의상 서로 다른 시적 대상들을 열거하는 방식은 논의하지 않았다. 당대의 풍속과 문화를 채집하듯 새겨 넣는 호명의 방식으로서 열거는 반복만큼이나 음악성을 불러일으키며, 동시에 기억을 호출하고 정보를 각인시키는 역할을 한다. 반복과 함께 열거의 시적 방식을 살펴볼 때 이용악 시에 나타난 조선어 활용법을 보다 폭넓게 살필 수 있을 것이다.

4부

정지용 시 연구

제1장

'유리창' 관련 시편의 해석

1.「유리창」과 정지용

유리에 반사된 대상은 대상 그 자체가 아니라 유리를 바라보는 '나'의 시선 속에 포획된 것으로서 그것을 들여다보는 행위는 또 다른 '나'와 만나는 일이 된다. 유리는 실제 보이는 것을 보이게 하지만 되비침 속에서 새로운 시선이 발생하는 셈이다. 유리창 앞에 시인이 섰을 때 그 만남과 대화 속에서 산출된 언어의 집이 한 편의 시가 되는 셈이다. 정지용 시에 종종 등장하는 '유리 / 유리창'은 매끄럽고 투명한 이미지를 품고 있는 근대적 소재이자, 자신과 세계를 바라보는 거울이며, 자신만의 독특한 감각을 투사하는 매개 역할을 한다. 선창에 서서 바라보는 물결(「갑판우」)이나 구름 한 점 없는 푸른 하늘(「바다 (6)」)은 유리판처럼 맑고 투명하게 보인다. 기차를 타고 가며 창밖의 풍경을 바라보거나 입김을 불어 낙서를 하며 느끼는 멀미는 근대적 속도와 거리가 만들어낸 것일 테다(「슬픈 기차」). 망토 자락을 여미며 들여다보는 검은 유리는 시계일 것인데 삶을 분절하는 근대적 시간에 대한 시인의 감각이 드러난다(「무서운 시계」). 입으로 유리를 쪼듯이 창 가까이 붙으면 열 오른 뺨이 차가운 유리에 닿고 항아리에 든 금붕어처럼 갑갑함을 느꼈던 것 같기도 하다(「유리창 (2)」). 묵묵히 서서 이마를 식힐 수 있는 유리의 차가운 감촉은 언제라도 이지를 깨우는 것이었을 테다(「천주당」). 종이나 나무로 만들어진 문과는 다르게 투명하고 빛나는 '유리창'은 정지용 시의 출발지점이 아닐까 생각해보게 된다. 조선의 청년 시인이 유리창 앞에 서서 근대적 자아로서 자신과 대면했을 때 그것은 하나의 사건이라고 할 만하다. 거기서 조선어의 빛나는 감각이 끌어올려졌으며 독특한 이미지가 산출되었다. 유리에 대한 가장 강렬한 심상을 정지용의 대표작 「유리창」에서 만날 수 있다.

琉璃에 차고 슬픈것이 어린거린다.
열업시 부터서서 입김을 흐리우니
길들은양 언날개를 파다거린다.
지우고 보고 지우고 보와도
새까만 밤이 밀녀나가고 밀녀와 부듸치고,
물어린 별이, 반짝, 寶石처럼 백힌다.
밤에 홀노 琉璃를 닥는것은
외로운 황홀한 심사 이여니,
고흔肺血管이 찌저진 채로
아아, 늬는 山ㅅ처럼 날너갓구나.

— 「琉璃窓」, 『朝鮮之光』 89, 1930.1[1]

「유리창」은 작품 말미에 1929년 12월이라고 창작시기가 밝혀져 있는데 1930년 1월『조선지광』89호에 발표되었다. 뜨거움(격정)과 그것을 다스리는 서늘함(이지)을 동시에 갖고 있는「유리창」의 빛나는 서정은 우리 문학의 교과서로 깊숙이 자리 잡았다. 구체적인 자연물을 통해서 자기 승화의 에너지를 발견하고 그것을 초월적 감성에 잇대는 방식은 정지용 시의 탁월한 성취라고 할 수 있다. 바깥을 내다보는 일이 내면을 들여다보는 일과 통해서 부지런히 자기 자신의 안팎을 단속하지 않으면 안 되는 과업을 조선의 시인들이 떠안게 된 것일까. 유리창에 "차고 슬픈 것이 어린" 거리는 것이 최초의 감정 상태였다면 "밤에 홀로 유리를 닦는" 행위를 통해 "외로운 황홀한 심사"로 승화된다. 시선은 공간을 만들어내고 그 거처에 시인은 언어의 집을 짓는다. 정지용의 집은 차고 슬픈 기운이 감도는 집이며 외롭고 황홀한 정서가 떠돈다. 밤에 홀로 유리는 닦는 행위는 정지용 이후 시인들의 오랜 과업으로 이어져 내려온 것 같다. "지우고 보고 지우고 보아도"의 주저함과 망설임이 거기에 뒤따라 왔고, "고흔폐혈관이 찌저진" 것 같은 병과 고통(작품 속에서 어린 자식의 것이지만 산새처럼 날아간 자식을 지켜보는 부모의 고통도 거기에 함께 있다)이 수반되었다. "날개를 파다거리는" 구체성이 "보석처럼 백히는" 아름다움이 아니라면 감당하기 어려운 것이다.

---

1 최동호 편,『정지용 전집』1(시), 서정시학, 2015, 112면(이후 정지용의 작품은 이 전집에서 인용하고 서명과 면수만 기입).

2. 일본어 창작시 「창에 서리는 숨」과
영문 번역시 「신엄한 죽음의 속살거림」

그런데 정지용의 일본어 창작시 「창에 서리는 숨窓た曇る息」(1926)과 정지용의 영문 번역시 「신엄한 죽음의 속살거림Whispers of Heavenly Death」(1938)을 「유리창」과 나란히 놓고 보면 조금 다른 국면이 떠오른다.

ふと　眼がさめた　よなか──

ぱつと　いつぱいになる　電燈あかり。

自分は　金魚のやうに　淋しくなつた。

へやは　からんと　しづんでゐる。

窓べの　青い星も　のみこんだ。

まつくらい　くらやみが

波がしらのごとく　とゞろいてくる。

硝子が　ぼうと　くもる。

ふいて見ても　やつぱり　怖こわさうな夜よるだ。

　　　　　　　○

しづみきつた　秋の夜更けの

さみしくも　こうこつたる　おもひ。

電燈の下で　ひかる　いんきが

碧い血でも　あるやうに　美しい。

熱帯地方の　ふしぎな樹液の香りがする。

こゝに　いろいろの　話はなしの種たねや

<ruby>郷愁<rt>のすたるぢあ</rt></ruby>が　ひつそり　と

涙でも　あるやうに　<ruby>潤<rt>うる</rt></ruby>んで光る。

—「窓に曇る息」、『自由詩人』4, 1926.4, 4〜5면[2]

神嚴한 죽엄의 속살거림이 속살댐을 내가듣다

밤의 입술이약이—소근소근거리는 合唱,

가벼히 올라오는 발자최—神秘로운 微風, 연하게 나직히 풍기다

보히지 안는 강의 잔물결—흐르는 湖水—넘쳐 흐르는, 永遠히 넘쳐 흐르는,

(혹은 눈물의 출렁거림이냐? 人間눈물의 無限量한 바닷물이냐?)

나는 보다, 바로 보다, 하눌로 우러러, 크낙한 구름덩이 덩이를

근심스러히, 착은히 그들은 굴르다, 묵묵히 부풀어 올으고 섞이고,

때때로, 반은 흐리운 슬퍼진, 멀리 떠러진 별,

나타났다가, 가리웠다가,

(차라리 어떤 分娩—어떤 莊嚴한, 不滅의 誕生,

눈에 트이어 들어올수 없는 邊疆우에

<ruby>2</ruby>　「窓에 서리는 숨」,『정지용 전집』1(시), 300〜301면.
　"번뜩 눈이 떠졌다 한밤중── / 단숨에 가득 차는 電燈. / 나는 금붕어처럼 쓸쓸해졌
　다. / 방은 덩그러니 가라앉아 있다. / 창가의 푸른 별도 삼켰다. / 새까만 어둠이 / 파
　도가 일렁이듯 밀려온다. / 유리가 뽀얗게 흐려진다. / 닦아보아도 역시 무서운 밤이
　다. / ○ / 깊이 가라앉은 가을 이슥한 밤의 / 외롭고 황홀한 생각. / 電燈 아래에서 빛
　나는 잉크가 / 푸른 피라도 되는 듯 아름답다. / 熱帶地方의 이상한 樹液 냄새가 난다.
　/ 여기에 여러 가지 이야깃거리랑 / 鄕愁(nostalgia)가 고요히 / 눈물이라도 되는 듯 글
　썽이며 빛난다."

한 靈魂이 이제 넘어가다)

—「神嚴한 죽엄의 속살거림」, 『해외서정시집』, 1938, 162~163면[3]

정지용은 일본어 창작시 「창에 서리는 숨」(1926)에서 "나는 금붕어처럼 쓸쓸해졌다 / 방은 덩그러니 가라앉아 있다. / 창가의 푸른 별도 삼켰다. / 새까만 어둠이 / 파도가 일렁이듯 밀려온다. / 유리가 뽀얗게 흐려진다"고 했다. 일본에서 유학생활을 하는 식민지 조선 청년으로서 시인은 푸른 잉크의 아름다운 빛깔과 향기 속에서 다하지 못한 말들과 일렁이는 향수를 감지해낸다. "눈물이라도 되는 듯 글썽이며 빛나"는 것들 속에서 느끼는 외로움과 황홀함은 그의 대표작 「유리창」(1930)으로 옮겨온 것이 아닐까.[4] 「유리창」은 월트 휘트먼의 번역시 「신엄한 죽엄의 속살거림」(1938)과도 내적 유사성이 발견된다. 번역시에서 "때때로 반은 흐리운 슬퍼진 멀리 떨어진 별 / 나타났다가 가리웠다가"의 부분은 창작시에서 "물먹은 별이, 반짝, 寶石처럼 백힌다"를 연상시킨다. 두 작품의 간결한 표현과 정밀한 이미지 구축 속에는 강렬한 서사가 내포되어 있다. 번역시가 밤 / 어둠과 죽음에 대한 사유와 성찰의 방식을 보여준다면 창

---

3 『정지용전집』 1(시), 396면.
"Whispers of heavenly death murmur'd I hear, / Labial gossip of night, sibilant chorals, / Footsteps gently ascending, mystical breezes wafted soft and low, / Ripples of unseen rivers, tides of a current flowing, forever flowing, / (Or is it the plashing of tears? the measureless waters of human tears?) // I see, just see skyward, great cloud-masses, / Mournfully slowly they roll, silently swelling and mixing, / With at times a half-dimm'd sadden'd far-off star, / Appearing and disappearing. // (Some parturition rather, some solemn immortal birth; / On the frontiers to eyes impenetrable, / Some soul is passing over.)" Walt Whitman, *Whispers of Heavenly Death*, Leaves of Grass, 1900.

4 김동희, 「정지용과 『自由詩人』」, 『한국근대문학연구』 30, 한국근대문학회, 2015, 349 ~382면 참조.

작시는 아들의 죽음이라는 개인사가 삽입되면서 구원과 치유의 과정을 빛나는 감성으로 전해준다.[5]

정지용의 「유리창」은 이미 우리 문학의 교과서가 된 지 오래다. 「窓 た曇る息」과 "Whispers of Heavenly Death"가 먼저 쓰였다고 해서 「유리 창」을 모방이나 표절이라고 이야기하기는 어렵다. 일본어 시 창작과 영 문시 번역을 오가며 정지용이 섬세하게 고르고 벼린 조선어가 조선적 서정으로 자리 잡았다는 것은 정지용이 당대 시대적 흐름과 조건 속에 서 번역을 통해 자신의 언어를 구축해나간 시인이라는 사실을 입증해 주는 것이라고 볼 수 있다. 정지용의 일본어 시와 산문, 영문 번역시를 읽다 보면 텍스트의 언어를 바꾸는 일 말고도 감각과 리듬, 소재와 비유 등의 다양한 차원에서 '번역'을 실감하게 된다.[6]

3. 휘트먼의 「눈물」과 정지용의 「나븨」

정지용이 번역한 영문시 목록에는 없지만[7] 휘트먼의 다른 시 「눈 물」에는 다음과 같은 구절이 있다. 소재상으로나 방법상으로나 정지용 의 시를 생각나게 만든다.

---

5   이근화, 「이 교과서의 주인은 누구인가」, 『서정시학』, 2015.여름호 참조.
6   이에 대해서는 이근화, 「정지용의 영문시 번역과 시 창작의 상관성 연구」, *JOURNAL OF KOREAN CULTURE* 24, 한국어문학국제학술포럼, 2013, 148~170면 참조.
7   정지용은 일본 도시샤대학에서 수학하였는데 윌리엄 블레이크의 상상력에 관한 논 문을 쓰고 졸업했다. 영문시 번역 목록에는 윌리엄 블레이크와 월트 휘트먼의 작품이 다수 포함되어 있다.

한밤에 쓸쓸히, 눈물이

하얀 바닷가에 뚝뚝, 뚝뚝 떨어져,

모래밭에 빨려드는

눈물, 반짝이는 별 하나 없이,

온통 어둡고 우울한데,

머플러 두른 머리의

눈에서 떨어지는 폭폭 눈물방울

오 저 유령은 누군가?

눈물 젖은 어둠 속의 저 형상은?

저 모래밭에 머리 숙이고, 웅크려 있는

저 무형의 동체는 무언가?

— 「눈물」 [8]

휘트먼의 「눈물」은 환영을 쫓아가는 시처럼 읽힌다. 어둠 속의 형상은 모래밭에 눈물을 떨어뜨리고 서 있는데 무형의 동체, 망령과 한 몸인 그것은 결국 '바다'이다. 폭풍우가 휘몰아치고 간 밤바다는 시인에게 눈물에서 풀려나온unloosen'd 것처럼 보인다. 별 하나 보이지 않는 암흑 속에서 파도의 맹렬한 기세와 그 이후의 고요는 두려운 것이면서 신비로운 것이기도 하다. 소재상으로는 「유리창」의 이미지를 생각나게 하지만, 형상을

---

8   김천봉 편, 『월트 휘트먼—19세기 미국명시 7』, 이담, 2012, 204~207면.
     "Tears! tears! tears! / In the night, In solitude, tears, / On the white shore dripping, dripping. / Suck'd in by the sand, / Tears, not a star shining, / all dark and desolate, / Moist tears from the eyes / of a muffled head; / O who is that ghost? / that form in the dark, with tears? / What shapeless lump is that, / bent, crouch'd there on the sand?"

쫓아가는 시선과 시선 너머를 응시하는 감각과 인식의 방법이 정지용의 후기 산문시 「나븨」와 어쩐지 흡사하게 느껴진다. 정지용이 「나븨」에서 유리창에 어리는 빗물을 떨고 있는 '나비'로 표현했다면,[9] 휘트먼은 「눈물」에서 암흑의 바다를 넘쳐흐르는 '눈물'로 표현했다. 나비의 환영이 "한조각 비맞은 환상"이라면, 탄식의 눈물은 "무형의 동체"로서의 밤바다라고 할 수 있다. 「눈물」의 폭풍우와 「나븨」의 가을비는 망령과 환상을 몰고 온 습기라고 할 수 있을 것이다.

시기지 않은 일이 서둘러 하고싶기에 爐爐에 싱싱한 물푸레 갈어 지피고 燈皮 호 호 닦어 끼우어 심지 튀기니 불꽃이 새록 돋다 미리 떼고 걸고보니 칼렌다 이튿날 날자가 미리 붉다 이제 차츰 밟고 넘을 다람쥐 등솔기 같이 구브레 벋어나갈 連峯 山脈길 우에 아슬한 가을 하늘이여 秒針 소리 유달리 뚝닥 거리는 落葉 벗은 山莊 밤 窓유리까지에 구름이 드뉘니 후 두 두 두 落水짓는 소리 크기 손바닥만한 어인 나븨가 따악 붙어 드려 본다 가엽서라 열리지 않는 窓 주먹쥐어 징징 치니 나를 氣息도 없이 네壁이 도로혀 날개와 떤다 海拔 五千呎 우에 떠도는 한조각 비맞은 幻想 呼吸하노라 서툴리 붙어 있는 이 自在畵 한幅은 활 활 불피여 담기여 있는 이상스런 季節이 몹시 부러움다 날개가 찌저진채 검은 눈을 잔나비처럼 뜨지나 않을가 무섭어라 구름이 다시 유리에 바위처럼 부서지며 별도 휩쓸려 나려가 山아래 어넌 마을 우에 총 총 하뇨 白樺숲 회부옇게 어정거리는 絶頂 부유스름하기 黃昏같은 밤.

—「나븨」 전문, 『문장』 23, 1941.1, 128~129면

9   이에 관한 자세한 논의는 이근화, 「정지용 시의 화자 연구」, 고려대 석사논문, 2001, 54 ~55면 참조.

「나븨」에서도 유리창 앞에 선 화자를 만날 수 있는데 「유리창」 시편과는 다르게 외부 대상에 대한 객관적인 관찰이 주를 이루면서도 사뭇 진지하고 애상적인 어조로 진술하고 있다. 계절이 깊어 가는 가을 산장에서 겨울이 오기 전에 난로를 '서둘러' 지피고, 달력도 '미리' 떼고 걸어둔다. 이 시에 드러난 행위에는 '서두름'이 있는가 하면 어떤 사건에 대한 예감을 내비치기도 한다. 밤이 되자 화자는 유리창에서 무엇인가 신기한 것을 발견하게 된다. '어인 나비'는 예감된 분위기 속에 등장하는 대상이다. 그런데 작품 속의 나비는 실제 나비가 아니라 빗줄기가 만들어낸 환영이다. 정지용의 산문 「비」에서도 창유리에 부딪치는 빗물의 형상을 날벌레 떼로 표현하고 있다. 시인은 빗방울이 떨어져 창문에 번지는 것에 대해 세심한 관심과 애착을 보인다. 유리창에 "날벌레떼처럼 매달린" 빗방울을 보면서 "빗방울을 시름없이 들여다보는 겨를에 나의 체중이 희한이 가볍고 슬퍼지는 것이다. 설령 누가 나의 쭉지를 핀으로 창살에 꼭 꽂아 둘지라도 그대로 견딜 것이리라"[11]라고 말한다. 또 다른 산문 「소묘 3」에서도 '유리쪽에 날ㅅ벌레처럼 모하드는 비ㅅ낫치 다시 방울을 매저 밋그러진다'[12]는 표현을 찾아볼 수 있다.

비에 대한 예감에서 시작하여 실제 창에 들이치는 빗줄기를 보고 거기서 마주하는 환영으로서 '빗물에 젖은 나비'는 습기와 우울을 연결해주는 그럴듯한 이미지다. 창문에 드리워지는 빗물 또는 떨어지는 빗방울을 '나비'로 인식한다는 것은 감각의 새로움이기도 하지만 화자의 태

---

10 『정지용 전집』 1(시), 221면.
11 「비」, 『정지용 전집』 2(산문), 서정시학, 2015, 662~664면.
12 『정지용 전집』 2(산문), 55면.

도와 심적 상황을 반영해준다. 이 시에서 나비 환상을 직접적으로 가능하게 했던 것은 창문을 두들기는 빗줄기와 표면에 어룽지는 빗물이지만 그 밑바탕에는 고적과 우울이 작동하고 있다. 그것은 공간의 차이에 대한 예민한 감각과 기민한 이해에서 비롯된 것이라고 보아야 할 것 같다. 우선 산장 안에서 피어오르는 난롯불이 전해주는 온기와 창문에 낀 서리로 짐작할 수 있는 바깥 산 공기의 차가움이 있다. 그 격차는 '이상스런 계절'이라는 표현을 얻는다. 또 작품 후반부의 깊은 산속 골짜기 산장과 '산아래 어닌 마을' 사이의 대비이다. 가을비 내리는 깊은 계곡의 산장에서 홀로 '빗물 / 나비' 환상에 젖어 황혼 같은 밤을 맞이하는 상황 속에서 자연스럽게 떠오를만한 정서이다. 이러한 공간에 대한 차이와 지각은 감정의 변화를 이끈다. 가여움('가엽서라'), 부러움('부러움다'), 무서움('무섭어라')으로 변하는 것은 빗줄기의 강도와도 관련이 있다. 처음에는 '구름이 드뉘니'와 '주먹쥐어 징징 치니'로 보아서 빗방울이 빗기는 정도였지만 '바위처럼 부서지니'에서는 빗방울이 더욱 굵어지거나 세차게 내리는 상황임을 감지할 수 있다. '별도 휩쓸려 나려'갈 정도의 '비'에 대해 화자는 일종의 위압감을 느끼고 있는 것인지도 모른다. 공간을 지배하고 침투하는 '일기(날씨)'에 대한 시인의 예민한 감각은 유리창에서 '나비' 한 마리를 날아오르게 한다.

4. 정지용 시의 '유리'·'눈물'·'별'

정지용은 초기시에서 일본 시단의 유행과 조선에 유입된 새로운 풍속을 적극적으로 활용하여 이국적 정조와 낭만적 정서를 보여주었다. 그는 근대적 교양과 멋을 지닌 언어를 구사할 줄 알았지만 자기 절제와 반성의 형식으로서 문학을 지지하였고 후기시의 전환은 이러한 그의 성향에서 비롯된 것이라고 할 수 있다. 정지용은 모어의 선택과 배치를 통해 향수라는 근원적 감정을 시화하였고 조선의 고유한 정서와 공통 언어 감각을 통해 민족어로서 조선어를 자리매김 하였으며, 후기시에서 근대적 주체로서 자연의 공간을 새롭게 발견하였다. 정지용의 시세계가 특별히 의미 있는 것은, 그가 신지식과 교양을 습득한 가운데 전통을 재문맥화하고 민족어의 결과 리듬을 되살렸다는 데에 있다.[13] 정지용의 이러한 시세계 변화 과정은 번역 작업과 밀접한 연관성이 있다. 일어시를 창작하고 영문시를 번역하면서 시 창작의 방향성을 모색하고 조선어를 새롭게 발견할 수 있었던 것으로 보인다.

그런데 예민하고 섬세한 감각으로 시어를 가다듬어 빛나는 서정을 발현하고 시적 사유 공간을 촘촘한 묘사와 진술로 채워갔던 정지용의 시에서도 다소 거칠고 과도한 표현을 때때로 찾아볼 수 있다. 「카페프란스」에서 "오오 이국종 강아지야 / 발끝을 핥아다오 / 발끝을 핥아다오"라고 읊었다. 산문에서 "날카로운 기관차들 / 쓸쓸한 유월의 공기들 / 찔러 죽이고 찔러 죽이며 / 달린다"(「차창에서」)고 표현하였다. 여기에 깔려

---

13 이근화, 『근대적 시어의 탄생과 조선어의 위상』, 서정시학, 2012.

있는 페시미즘적 요소를 생각해본다. 정지용 시의 우울과 비관은 근대적 멋의 산물이기도 하고 생래적 감각의 특이성이기도 하다. 전자는 학습에 의한 것이지만 후자는 선천적으로 타고난 것이다. 그러한 울기鬱氣가 아니었다면 '유리'를 들여다보며 "차고 슬픈 것"을 감지하기 어려웠을 것이다. 유리 표면의 차가움에 닿는 뜨거운 입술과 이마, 눈물과 숨결로 뿌옇게 흐려진 유리창에서 파닥거리는 날갯짓, 창밖의 새까만 어둠과 죽음의 그림자, 멀리 떨어져 빛나는 별. 이 모든 것들을 인지하는 '나'와 내가 보는 '대상'은 통합되기 어려운 것이니 시인의 시선 속에서 유리의 안과 밖은 하나이면서 영원히 하나가 되기 어려운 것이기도 하다. '나'와 또 다른 '나'처럼 말이다. 그런데 '눈물'은 시선을 흐리게 만들고 '별'은 시선을 멀리 두게 만든다. '바로' 바라봤을 때 보기 어려운 것들이 '눈물'과 '별'에 의해 가능해진다. 국문 창작시와 일문 창작시, 영문 번역시를 오가면서 발견한 이미지와 시의 공간들은 정지용을 한걸음 더 나아가게 만들었던 것 같다. '눈물'로 흐려진 것들, '별'처럼 먼 것들은 지금 여기의 분명한 고통과 조응한다. 그 사이에 '유리창'이 있으니 그것은 격절이기도 하고 소통이기도 하다. 매개란 중간자이며 통로이다. 우리 앞에 '유리'가 있다는 사실에서 두려움과 연민이 생겨나고, 아름다움과 황홀함이 발생하는 것 같다.

제2장

정지용의 일본어 시와 산문들

1. 들어가며

문화라는 것은 다양한 요소와 조건들이 함께 호흡하면서 형성된다. 이종교배가 없는 문화를 상상하기는 어렵다. 서로 다른 것들이 섞이고 엉키도록 만드는 것 중에 하나가 '번역'이 아닐까. 번역은 좁은 의미에서 텍스트의 언어를 바꾸는 일이지만 넓은 의미에서 문명과 제도를 받아들이고 내면화하는 과정을 일컫는다. 한자어와 일본어, 영어 사용에 익숙했던 정지용에게 번역은 유효한 학습의 도구이자 창작의 방편이었던 것으로 보인다. 정지용은 휘문고보에 다니던 시절 타고르의 『기탄자리』 시편 일부를 번역하여 교지에 소개한 바 있다(1923).[1] 교토 유학을 마치고 조선에 돌아와 영문시를 번역 소개하는 작업이 이어졌다. 『대조』, 『시문학』(1930) 등에 발표한 윌리엄 블레이크의 번역시에는 시어 선택에 세심한 노력을 기울인 흔적이 보인다. 번역시에 없는 시름이나

---

1   최동호, 「정지용의 타고르 시집 『기탄자리』 번역 시편에 대하여」, 『한국학연구』 39, 한국학 연구소, 2011.

고달픔 등의 정조가 추가되면서 그의 초기 민요풍의 동시가 만들어진다. 이후 『해외서정시집』(1938), 『경향신문』(1947), 『산문』(1949) 등에 수록된 월트 휘트먼의 번역시에는 초월적 감성이나 관념적 사유가 드러나는데 이는 이념적 공백을 메우기 위한 정지용의 의식적 노력이라고 할 수 있다. 그는 영문시 번역을 통해 시어로서 조선어의 개성을 발굴하고 자기 세계를 모국어로 새롭게 구축하고자 시도하였다.[1]

정지용은 교토 도시샤 대학 예과에서 수학하던 시절 일본어로 시를 써서 『街』, 『同志社文學』 등의 동인지와 문예지 『近代風景』에 발표하였다. 1925년에서 1928년 사이의 일이니 영문시 번역에 앞선다. 「카페 프란스」, 「파충류동물」(1925)과 같은 실험적인 작품들이 잘 알려져 있다. 교토 유학과 일본어 글쓰기는 정지용의 고유한 시적 개성을 만들어낸 지점이어서 일본 시인이나 시단과의 영향 관계가 논해진 바 있다.[2] 일본어 시와 동일하거나 비슷한 작품의 국문 창작시가 있는데 창작 시기의 선후 관계는 정확히 짐작하기 어렵지만 정지용은 조선어와 일본어 사이를 오가며 창작 방법을 모색했던 것으로 보인다. 이번에 발간된 『정지용 전집』에는 『自由詩人』, 『同志社大學豫科學生會誌』 등에서 새로 발굴된 정지용의 일본어 시와 산문이 수록되어 있다.[3] 일본어 작품 원문과 초역을 제시하여 정지용의 초기 창작 국면을 살필 수 있게 해준다. 영문 번역시와는 또 다른 차원에서 번역이 정지용에게 준 영향을 생각해 볼

---

1 이근화, 「정지용의 영문시 번역과 시 창작의 상관성 연구」, *JOURNAL OF KOREAN CULTURE* 24, 한국어문학국제학술포럼, 2013, 148~170면.
2 임용택, 「정지용과 일본 근대시」, 『비교문학』 17, 한국비교문학회, 1992, 255~290면; 사나다 히로코, 『최초의 모더니스트 정지용-일본 근대문학과의 비교고찰』, 역락, 2002.
3 최동호 편, 『정지용 전집』 1(시)·2(산문), 서정시학, 2015.

수 있다. 정지용은 「편지 하나手紙一つ」에서 "일본의 피리라도 빌려 배우고자 합니다. 저는 아무래도 피리 부는 사람이 될 것 같습니다"라고 했다. 『근대풍경』의 편집진에 보내는 편지의 일부인데 일본에서 유학하며 근대문학을 탐색해가던 조선 청년의 내면에는 어쩐지 동경과 열패감이 자리 잡고 있는 것 같다. 그런데 또 다른 산문 「일본의 이불은 무겁다日本の蒲團は重い」에서는 "걸핏하면 흐려지는 이 마음이 원망스럽다. 추방민의 종이기 때문에 잡초처럼 꿋꿋함을 지니지 않으면 안 된다. 어느 곳에 심겨지더라도 아름다운 조선풍의 꽃을 피우지 않으면 안 된다"고 이야기한 바 있다. 산문의 부제처럼 그러한 고백이 "せんちめんたるなひとりしゃべり"(센티멘털한 혼잣말)일지라도 조선 지식인의 이 말은 유의미하게 들려온다. 정지용은 민족적 주체성의 확립과 문화적 고유성의 개발이라는 과제로부터 자유로울 수 없었던 것으로 보인다. '일본의 피리'와 '조선풍의 꽃' 사이에 번역이 놓이는 것이 아닐까 짐작해본다. 정지용이 모방과 학습을 통해 창작을 시도하고 독자적 영역으로 나아가기까지 그의 내적 고민들을 살펴보는 데 그의 일본어 시와 산문은 꽤 유효하다. "아리랑 쪼 그도 저도 다 잊었읍네"(「船醉」)의 회한이 밀려들 때까지 그는 일본의 피리를 빌려 조선풍의 꽃을 피우기 위해 애썼던 것이 아닐까. 정지용 시가 조선적 서정성의 확보에 기여를 했고 우리가 그의 시를 읽으며 근대 조선 문학의 개성적인 지점을 발견했다면 이 문학 교과서를 만든 시인의 내면 심리와 외적 조건들을 살펴볼 필요가 있는 것 같다.

2. 流와 琉

ものは　みな　しづしづと

おほきな　夜と　ともに　流れゆく。

屋根の上の　月も　西へ西へと　流れる。

のきさきに　枝ぶりをはつてゐる

蜜柑の樹も　流れる。

海に向ふ　さびしい顔の　やうに

あかりも　こゝろも　川原に

水　鶏の巣も　みなみな　流れゆく。
^{くひな}

私も　眠りながら　流されながら

この硝子窓のへやで　船の夢を　見る。

사물은 모두 조용조용히

거대한 밤과 함께 흘러간다.

지붕 위의 달도 서쪽으로 서쪽으로 흐른다.

처마 끝으로 가지를 뻗은
蜜柑 나무도 흐른다.

바다를 향한 쓸쓸한 얼굴처럼
등불도 마음도 모래톱으로
흰눈썹 뜸부기 둥지도 모두모두 흘러간다

나도 잠든 채 떠내려가며
이 유리창 방에서 배 꿈을 꾼다.

1926년에 발표된 정지용의 일본어 시 「夜半」이다.[4] 어두운 방안에 우두커니 앉아 사물의 고요한 흐름을 느끼며 자신과 세계의 흐름을 인지하는 청년의 내면이 정지용 시의 출발지점이 아닐까 생각해보게 된다. 죽음의 방향으로 흘러가는 모든 것들을 잠깐 불러보는 것이야말로 시인의 몫인지도 모르겠다. 사물들을 마주 대하는 '나' 역시도 떠내려가는 존재임을 실감하며 바다 건너 본향을 생각해보는 쓸쓸함에 잠기게 된다. 교토의 어느 차가운 방에서 정지용은 이 시를 썼을까. "잠든 채 떠내려가며 이 유리창 방에서 배 꿈을 꾼다"고 했지만 더 많은 밤 그는 깨어서 유리창 안팎의 것들에 눈을 맞추었을 것이다. 유리창은 낮에는 밖을 보여주지만 밤에는 안을 되비추며 고립감을 발생시킨다. 불 꺼진 창은 단단한 어둠과 침묵의 얼굴로 바뀐다. 배를 타고 바다 건너 조선을 향해 가는 그의 꿈

---

4   『同志社大學豫科學生會誌』5, 1926.2, 40~41면; 『정지용 전집』1(시), 290~291면.

은 유리창에 가로막혀 있었던 것 같다. 밤에 홀로 유리를 닦으며 외롭고 황홀한 감정에 빠져들었을 것이다. 뜨거움(격정)과 그것을 다스리는 서늘함(이지)을 동시에 갖고 있는 「琉璃窓」의 빛나는 서정은 우리 문학의 내부로 깊숙이 자리 잡았다. 바깥을 내다보는 일이 내면을 들여다보는 일과 통해서 부지런히 자기 자신의 안팎을 단속하지 않으면 안 되는 과업을 시인들이 떠안게 된 것이다.

정지용은 일본어 창작시 「窓에 서리는 숨窓た曇ゐ息」(1926)에서 "나는 금붕어처럼 쓸쓸해졌다 / 방은 덩그러니 가라앉아 있다. / 창가의 푸른 별도 삼켰다. / 새까만 어둠이 / 파도가 일렁이듯 밀려온다. / 유리가 뽀얗게 흐려진다"고 했다. 푸른 잉크의 아름다운 빛깔과 향기 속에서 그는 다하지 못한 말들과 일렁이는 향수를 감지해낸다. 「窓에 서리는 숨」에서 "눈물이라도 되는 듯 글썽이며 빛나"는 것들 속에서 느끼는 외로움과 황홀함은 그의 대표작 「유리창」(1930)으로 옮겨 온 것이 아닐까.[5] 「유리창」은 월트 휘트먼의 번역시 「신엄한 죽음의 속살거림(Whispers of Heavenly Death)」(1938)과도 내적 유사성이 발견된다. 번역시에서 "때때로 반은 흐리운 슬퍼진 멀리 떨어진 별/나타났다가 가리웠다가"의 부분은 창작시에서 "물먹은 별이, 반짝, 寶石처럼 백힌다"를 연상시킨다. 두 작품의 간결한 표현과 정밀한 이미지 구축 속에는 강렬한 서사가 내포되어 있다. 번역시가 죽음에 대한 사유와 성찰의 방식을 보여준다면 창작시는 개인사가 삽입되면서 구원과 치유의 과정을 빛나는 감성으로 전해준다. 정지용의 「유리창」의 정서는 이미 교과서적인 것이 되었다. 「窓

---

5   김동희, 「정지용과 『自由詩人』」, 『한국근대문학연구』 30, 한국근대문학회, 2015, 349 ~382면 참조.

た曇る息」과 "Whispers of Heavenly Death" 사이에서「유리창」을 모방이나 표절이라고 이야기하기는 어렵다. 일본어 시 창작과 영문시 번역을 오가며 정지용이 섬세하게 고르고 벼린 조선어가 조선적 서정으로 자리 잡았다는 것은 정지용이 당대 시대적 흐름과 조건 속에서 번역을 통해 자신의 언어를 구축해나간 시인이라는 사실을 입증해주는 것이라고 볼 수 있다. 다른 한편으로 정지용의 일본어 시와 산문을 읽다 보면 텍스트의 언어를 바꾸는 일 말고도 감각과 리듬, 소재와 비유 등의 다양한 차원에서 '번역'을 실감하게 된다.

3. 耳와 異

だんだん　びんぼうに　なりはて
みみ　ばかりが　おうきく　なつた。
あだかも　むちやな　ひとの
せつぷんの　あとの　やう。
きよねんの　しもやけが
また　あからみ　だす。

점점 가난해져서
귀 만이 커졌다.
마치 무모한 사람이

입맞춤한 후와 같이

작년의 동상이

또다시 빨개진다.

정지용의 일본어 시 「耳」이다.[6] 해독이 쉽지 않다. 점점 가난해져서 귀가 커졌다는 진술은 선뜻 이해가 가지 않는다. 동상으로 언 귀라고 생각하니 어쩐지 서글픈 느낌이 든다. 빨개진 귀는 상처이지만 무모한 사람의 입맞춤이라는 비유를 끌고 오니 에로틱한 면이 있다. 가난한 에로스라니 얼마나 빛나고 아름다운가. 작년에도 그랬다니 앞으로도 영원히 그럴 것이라고 생각하면 서러워진다. 동상에 걸려 빨갛게 부어오른 귀의 가난을 지금 상상해보는 일은 어렵지만 곤궁함 속에서 귀의 감각을 '무모한 사람의 입맞춤'으로 옮겨 놓은 시인의 예민한 감각과 부끄럼 많은 성격을 생각해 보게 된다. 고독하고 가난한 시인들에게 신체 감각은 굴레이자 가능성이고, 그 자체로 운명이자 세계가 아닐까.

쓸쓸함과 그리움에 가득 차 있으면 귀가 더 발달하는지도 모르겠다. 일본어 산문 「停車場」에서 시인은, "간곡히 이야기하는 다양한 말이나 사투리를 놓치지 않으려고 귀를 기울여 듣는다"고 했다. "검은 망토 안쪽에서 슬픈 조선의 심장이 하나 자꾸 은시계처럼 떤다"고 고백했다. 차이를 지각하고 분별하는 일이 귀의 감각으로부터 비롯되어 언어화되는 것이라고 했을 때 소리를 분별하기 위해 애쓰는 귀는 뇌의 입술이자 지각의 열쇠라고 할 수 있을 것이다. 귀가 고부라지고 겹을 이루고 있는

---

6 『同志社大學豫科學生會誌』5(1926.2), 41~42면;『정지용 전집』1(시), 294~295면.

것이 매우 신비롭고 아득하게 느껴진다. 감각적 탁월함을 지닌 정지용이 이 귀에 대해 말하는 것은 우연이 아닌 것 같다. 정지용은 이미지즘에 대한 천착만큼이나 시의 리듬과 호흡을 중요시 했는데 소리에 예민한 시인이었으니 말의 감각이 남다른 것은 당연한 일인지도 모르겠다. 짧은 행갈이로 경쾌한 호흡을 불러일으키거나 행간 글자 수나 각운을 맞춰 리듬을 맞추려는 시도가 초기에 이루어진 바 있으나 「鄕愁」(1927)에서 형식적 노력을 넘어서 절창을 이룬다. 잊혀 가는 '그 곳'을 복원해내고 그 절실함을 "차마 꿈엔들 잊힐리야"라는 반복 구절에 담아 과거 시공간을 효과적으로 구현하였다.[7] 이는 정지용이 단순히 소리에 예민해서가 아니라 내적 귀 기울임에 탁월한 감각을 갖고 있기 때문일 것이다. 「향수」에서 고향의 옛 모습과 어린 시절, 가족과 이웃들의 삶의 모습을 추억하며 사용된 모어(충북 방언)는 수탈과 실향으로 피폐해진 조선인들의 삶을 위로해주고 향수라는 보편적인 정서를 우리의 것으로 붙들어 매면서 공통 감각을 재현해낸다. 모어의 사용과 반복 구절을 통해 꿈을 재건하고 환상을 공유하는 것은 식민지 조선 사회에서 언어적 공동체의 형성이라는 문학적 비전을 제시해 준 것이라고 할 수 있다. 민족이란 것은 어떤 소리나 음악에 비슷하게 반응하는 귀의 공동체가 아닐까 생각해 보게 된다. 정지용이 자신의 내면 공간과 기억을 번역해낸 언어가 민족 공통의 보편 감각으로 자리 잡으면서 향수는 우리 서정시의 한 방식이 된 것인 아닐까.

---

7 김은자, 『정지용』, 새미, 1996, 298~306면; 황현산, 「정지용의 「향수」에 붙이는 사족」, 『현대시학』, 1999.11 참조.

4. 杖과 藏

ステッキを振りまわすと空氣が葉つばのやうに切れる。鷹揚な若い士官
のこゝろもちだ。ステッキは太くて腕白なものを持つとふとつぴらな奴に
なぐりつけたくなるからこのやすものゝ竹の根の莖で遠慮する。細い私の
ステッキよ。今朝の水つぽい散歩の空をすがすがしく切つて行かう。

지팡이를 휘두르면 空氣가 잎사귀처럼 잘린다. 의젓한 젊은 士官의 심경
이다. 지팡이는 굵고 장난스러운 것을 쥐면 살찐 놈에게 후려치고 싶어지니
까 이 싸구려 대나무 뿌리의 줄기로 만족하기로 한다. 가는 나의 지팡이야.
오늘 아침 습한 산책의 하늘을 상쾌하게 자르며 가자.

정지용의 「지팡이(ステッキ)」[8]에서 지팡이를 들고 아침 산책에 나선 시
인의 상쾌함을 어떻게 읽어야 할까. 허공을 가르는 지팡이를 "공기가 잎
사귀처럼 잘린다"고 표현하는 재치야말로 정지용의 것이다. 파도에서
재재바른 동물의 발톱을 상상하는 것과 흡사하다. 입술 발진을 뻿나무
열매로, 기차를 파충류 동물로 비유한 것도 그렇다. 비유는 직관으로 가
능한 것이 있다면, 학습으로 가능한 영역이 있는 것 같다. 기차, 황마차와
같은 운반 수단 등도 그렇지만 정지용 시에 무수히 많이 등장하는 동식
물명은 선진 문물에 대한 학습을 통해 가능한 것이지 않았을까 생각해보

---

8 『同志社大學豫科學生會誌』 5(1926.2), 42면; 『정지용 전집』1(시), 298~299면.

게 된다. 도감 및 사전류, 자연 과학 서적을 통해 얻게 된 지식이나 정보가 조금씩 다른 비유를 생산할 수 있게 만들었을 것이다. 소재나 비유의 차원에서 새로운 것들이 쏟아져 들어올 때 가장 적극적이었던 시인 중에 하나가 정지용이었다. 기차를 타거나 파이프를 물거나 장미를 보거나 할 때 근대 문물과 문명에 대한 문학적 번역은 당대 유행이자 지적 트렌드라 할 만한 것이었다.

그런데 정지용은 '景'에서 '俗'으로 넘어갈 때 다소 가벼운 것 같기도 하다. 젊은 사관의 행보를 이야기하는 것 속에는 어떤 동경의 마음이 있는 것처럼 보인다. 굵고 장난스러운 것이 아니라 대나무로 된 가는 것을 들었다 하니 조금은 열등감이나 소외감에 빠져 있는 것도 같다. 굵은 것이든, 가는 것이든 좀 더 진중했어야 하지 않을까라는 반발심리가 드는 이유는 무엇일까. 재기어린 말이 현실의 고난을 가릴 수도 있다는 생각을 해보게 된다. 근대 문물과 문명에 대한 감각적 새로움과 그 번역이 우리말로 자연스럽게 스며드는 동안 차별과 가난과 폭력도 우리말에 스미고 있었을 것이다. 문학과 문학 아닌 것의 거리를 통해 근대를 다시 생각해보게 되는 국면이다. 문자화된 기록이나 언어의 형상화 바깥에서 희생되거나 방기될 수 있는 부분이 많다는 사실을 기억해야 하지 않을까. 우리가 사랑하는 책이 기입하는 현실의 나머지 부분에 대해서 말이다.

5. 驛과 譯

정거장에 가면 마음이 가벼워진다. 낯선 사람들 사이에서 어깨를 나란히 한 채 자리 잡고 앉으면 지친 마음 한층 더 옅어진다. 이국異國 하늘 아래 정거장停車場 대합실待合室이 묘한 가정家庭처럼 참을 수 없이 그립다.

(…중략…)

간곡히 이야기하는 다양한 말이나 사투리를 놓치지 않으려고 귀를 기울이고 듣는다. 특별히 깊은 의미意味가 있는 것도 아니고 인간人間은 그저 우연히 만나서 그저 헤어진다고 하는 교훈을 아무것도 아닌 사람들의 아무것도 아닌 말에서 드러낸다. 그 말의 한 구절 한 구절이 그대로 시로 옮겨질 수 있을 것 같다.

정지용의 일본어 산문 「停車場」의 일부이다.[9] 이국의 정거장에서 "망토의 깃을 여미며 계속 타오르는 스토브를 응시"하는 시인의 모습을 떠올려 본다. 대합실에 앉으면 지친 마음이 다독여지고 가벼워진다고 말하니 낯선 사람들 속에 처한 고독과 정지용은 매우 친했던 것 같다. 그는 이국의 말을, 타인의 소리를 귀 기울여 듣는다. 말의 의미를 떠나 정리의 운명을 느끼는 시인은 그것그대로가 시처럼 들린다고 고백한다. 만나고 헤어지는 자들의 슬픔을, 떠나고 돌아오는 자들의 간절함을 그가 알기 때문일 것이다. 시인은 "아무 것도 아닌 사람들의 아무것도 아

---

9 『정지용 전집』 2(산문), 308~309면.

닌 말"에 귀 기울이고 "그 말의 한 구절 한 구절이 그대로 시로 옮겨질 수 있을 것 같다"고 말한다. 감각과 비유의 문제를 넘어서 삶의 국면에 대한 시적 '번역'이 가능해졌을 때 그가 부리는 말의 독창성에 대해 다시 생각해보게 된다. 사람살이의 부산한 말에서 자연의 고요한 말에 이르기까지 정지용의 시작은 계속되는데 말을 옮겨 적는 이 독창적인 행위는 '묘한 가정'이며 '지친 마음 한층 더 옅어지'게 하는 것이었으니 거기에 정지용 문학의 묘미가 있는 것도 같다. 정지용의 후기 산문시에 삽입된 일화가 나는 또 다른 방식의 사람살이에 대한 번역이라는 생각이 든다. 언어적 감각이나 문명에 대한 번역의 차원과는 달리, 작품에 소소한 일상과 어떤 사건들이 줄글 형식의 시에 개입되기 시작하였다. 한적한 골짜기에 들어 자연물과의 내밀한 대화를 기록하거나 화가의 정사를 적거나 심마니의 사연을 등장시키거나 산속의 어느 장년의 죽음을 묘사하거나 산행의 과정을 기록하거나 하는 일들이 시인 자신과 다른 이들의 인생의 면면을 텍스트로 삼는 일이라고 할 수 있을 것 같다. 서정시라는 장르상의 한계는 현실을 시화하는 온갖 어려움으로 드러나지만 자신과 타인을 대상으로 시를 적어가는 절실함과 솔직함은 장르의 한계를 벗어나 문학만이 갈 수 있는 길인 것 같다.

학위논문을 쓰면서 정지용의 작품에 어떤 답답함 같은 것을 느꼈음을 고백해야 할 것 같다. 정지용의 풍경보다는 백석의 풍속에 매료되었고, 정지용의 절제된 감각보다 김기림의 거친 목소리에 더 매력을 느꼈다. 낯설고 이상한 말들, 빗나가고 잡스러운 말들을 여전히 좋아하지만 언어의 세공과 절제된 감각 속에서 한 시인이 겪었던 내면의 갈등과 번역이라는 거울을 통해 자기 자신과 타인의 삶을 들여다보는 진지한 행로를 우리의 것으로 읽고 쓰는 훈련을, 그 학습의 과정을 긍정할 수밖에 없을 것 같다.

제3장

정지용의 일본어 시 창작과
조선어 인식

1. 일본어 시 창작의 배경

한자어와 일본어, 영어 사용에 익숙했던 정지용에게 번역은 유효한 학습의 도구이자 창작 방법의 모색 과정이었던 것으로 보인다. 정지용은 휘문고보에 다니던 시절 타고르의『기탄자리』시편 일부를 번역하여 교지에 소개한 바 있다(1923).[1] 교토 유학을 마치고 조선에 돌아와『대조』,『시문학』(1930) 등에 윌리엄 블레이크의 영문시를 번역 소개하는 작업이 이어졌다. 이후『해외서정시집』(1938),『경향신문』(1947),『산문』(1949) 등에 월트 휘트먼의 시를 번역 발표하였다. 정지용의 영문 번역시에는 시어 선택에 세심한 노력을 기울인 흔적이 보인다. 또한 초기 민요풍의 동시와 유사한 정조도 발견된다. 영문 번역시 작업을 통해 조선어의 개성을 발굴하고 새로운 감수성을 발견하려는 노력을 엿볼 수 있다.[2] 이러한 면모들은 일본어 시 창작에도 드러난다. 정지용은 교토

---

1   최동호, 「정지용의 타고르 시집『기탄자리』번역 시편에 대하여」,『한국학연구』39, 한국학 연구소, 2011.

도시샤 대학 예과에서 수학하던 시절 일본어로 시를 써서『街』,『同志社文學』등의 동인지와 문예지『近代風景』에 발표하였다. 1925년에서 1928년 사이의 일이니 영문시 번역에 앞선다.「카페프란스」,「파충류동물」(1925)과 같은 실험적인 작품들이 잘 알려져 있다. 최근 발간된『정지용 전집』에는『自由詩人』,『同志社大學豫科學生會誌』등에서 새로 발굴된 정지용의 일본어 시와 산문이 수록되어 있는데 일본어 작품 원문과 초역을 제시하여 정지용의 초기 창작 국면을 살필 수 있게 해준다.³

교토 유학과 일본어 글쓰기는 정지용의 고유한 시적 개성을 만들어낸 지점이어서 영문 번역시와는 또 다른 차원에서 번역이 정지용에게 준 영향을 생각해 볼 수 있다. 정지용은「편지 하나手紙一つ」에서 "일본의 피리라도 빌려 배우고자 합니다. 저는 아무래도 피리 부는 사람이 될 것 같습니다"라고 했다.『근대풍경』의 편집진에 보내는 편지의 일부인데 일본에서 유학하며 근대문학을 탐색해가던 조선 청년의 내면에는 어쩐지 동경과 열패감이 자리 잡고 있는 것 같다. 그런데 또 다른 산문「일본의 이불은 무겁다日本の蒲團は重い」에서는 "걸핏하면 흐려지는 이 마음이 원망스럽다. 추방민의 종이기 때문에 잡초처럼 꿋꿋함을 지니지 않으면 안 된다. 어느 곳에 심겨지더라도 아름다운 조선풍의 꽃을 피우지 않으면 안 된다"고 이야기한 바 있다. 산문의 부제처럼 그러한 고백이 "반

---

2   이근화,「정지용의 영문시 번역과 시 창작의 상관성 연구」, *JOURNAL OF KOREAN CULTURE* 24, 한국어문학국제학술포럼, 2013, 148~170면.

3   2014년 후쿠오카 대학 구마키 쓰토무 교수가『同志社大學豫科學生會誌』(17편),『自由詩人』(19편)에서 발굴한 정지용의 일본어 시를 심포지엄에서 발표하였으며, 2015년 김동희는『自由詩人』에 수록된 정지용의 일본어 시를 발굴하여 국내에 소개하였다(「정지용과『自由詩人』」,『한국근대문학연구』30, 한국근대문학회, 2015, 349~382면).『정지용 전집』(서정시학, 2015)에 일본어 시 원문과 번역본이 수록되어 있다.

んちめんたるなひとりしやべり(센티멘털한 혼잣말)"일지라도 조선 지식인의 이 말은 유의미하게 들려온다. 정지용은 민족 주체성의 확립과 문화적 고유성의 개발이라는 과제로부터 자유로울 수 없었던 것으로 보인다. '일본의 피리'와 '조선풍의 꽃' 사이에 번역이 놓이는 것이 아닐까 짐작해본다. 정지용이 모방과 학습을 통해 여러 시 창작 방법론을 모색하고 자신만의 독자적 영역으로 발전해 나아가기까지 그의 내적 고민들을 살펴보는 데 그의 일본어 시와 산문은 꽤 유효하다. 정지용의 시가 조선적 서정성의 확보에 기여를 했고 현재 우리가 그의 시를 읽으며 근대 조선 문학의 개성적인 지점을 발견했다면 시인의 내면 심리와 외적 조건들을 작품과 함께 면밀하게 살펴볼 필요가 있다. 모국어와 민족문학에 대한 자부심과 긍지를 갖고 정체성과 독자성을 확보하는 일은 새로운 문물과 문화에 노출되어 있던 조선의 지식인으로서 정지용에게 중요한 과제였다고 할 수 있다.[4] 정지용의 시 시계에 대해 보다 깊이 있는 연구가 이루어지려면 유학 시절 일본어로 쓴 창작시에 대한 해명이 함께 이루어져야 할 것이다. 이방인으로서 정지용은 왜 일어시를 썼으며, 조선어로 쓴 시와 어떻게 같고 다른지를 해명한다면 정지용을 연구하는 데 보다 생산적인 논의가 이루어질 것이다.

정지용과 일본 근대문학과의 상관성은 정지용의 문학 세계를 살피는 데 주요한 논점으로 작용하였다. 정지용은 1920년대 초반 교토 도시샤 대학에서 수학했는데 이는 그의 고유한 시적 개성을 만들어낸 체험이어서 일찍이 北原白秋, 朔太郎 및 『詩と詩人』의 시인들과의 영향 관계가 논해

---

4 이근화, 「이 교과서의 주인은 누구인가―정지용 일본어 시와 산문」, 『서정시학』, 2015. 가을, 140면 참조.

진 바 있다.[5] 정지용의 시 세계와 일본 근대시와의 상관성은 일인 학자들의 연구 대상이 되기도 하였다.[6] 조선문학 최초의 모더니스트로서 정지용의 면모가 일본문학과의 상관성과 함께 면밀하게 검토된 바 있다.[7] 정지용과 일본 시인 간의 영향 관계와 비교 논점에 대한 명확한 증거와 논점이 필요해 보이며, 일본어로 쓴 시 작품의 특성과 조선어 시와의 비교의 차원을 명확히 하고 작품 역시 좀 더 세밀하게 살펴볼 필요가 있다.

정지용의 일본어 시 쓰기는 한국적 모더니즘의 정착에 일본어 글쓰기가 개입되어 있다는 면을 가장 잘 보여주는 실례라고 할 수 있다. 그의 일본어 시작의 면모가 일본문학, 비교문학 연구자들에 의해 고찰된 바 있다.[8] 이후 정지용 시 세계 형성에 일본문학의 영향력을 살피는 연구들이 지속적으로 제출되어 왔다.[9] 영향관계나 작품 세계를 논의할 때「카페 프란스」,「황마차」,「파충류동물」,「바다」,「선취」등의 초기시의 감각과 회화적 이미지즘에 주로 초점을 맞추고 있다. 일본어 시 창작을 통

5   임용택,「정지용과 일본 근대시」,『비교문학』17, 한국비교문학회, 1992, 255~290면.
6   熊木勉,「정지용과『近代風景』」,『숭실어문』9, 숭실어문학회, 1992.5; 호테이 토시히로,「정지용과 동인지『街』에 대하여」,『관악어문연구』21, 서울대, 1996.12; 佐野正人,「구인회 メンバーの 일본유학체험」,『인문과학연구』4, 전주대 인문과학종합연구소, 1998, 55~68면; 요시무라 나오끼,「일본 유학시 정지용과 윤동주 시에 나타난 고향의식 연구」, 충남대 석사논문, 2000.
7   사나다 히로코,『최초의 모더니스트 정지용―일본 근대문학과의 비교 고찰』, 역락, 2002.
8   김효순·유재진,「한국모더니즘 문학과 일본어 글쓰기―정지용의 일본어 시작을 중심으로」,『일본연구』30, 중앙대 일본연구소, 2011, 273~295면; 양혜경,「정지용과 北原白秋 시문학에 나타난 근대적 인식 비교 고찰」,『일어일문학』61, 대한일어일문학회, 2014, 415~443면.
9   정승운,「일본인의 감성과 애니미즘―일제강점기 정지용 시를 중심으로」,『호남문화연구』45, 전남대 호남학연구원, 2009, 65~90면; 박경수,「정지용의 일어시 연구」,『비교문화연구』11, 부산외대 비교문화연구소, 2002, 115~126면; 박민영,「한국 근대시에 나타난 일본 체험 양상」,『한국시학연구』29, 한국시학회, 2010, 31~65면; 이동진,「정지용의 일본어 시에 대한 고찰―정지용의 시 세계 형성과 北原白秋」, 부경대 석사논문, 2011.

해 정지용 시의 언어관과 시작 방법을 밝히는 것은 특정 시기에 한정되지 않는다. 시어와 소재, 이미지와 감각, 풍경과 감성, 행연 구분 등 여러 각도로 나누어 고찰함으로써 일본어 시 창작의 방법과 그의 시 세계의 특성 전반을 조망할 수 있을 것으로 기대된다.

정지용의 문학 세계를 온전히 이해하기 위해서는 식민지 사회의 특수한 언어 환경이 창작에 어떤 영향을 주었는지 살펴야 한다. 일본어 시 창작과 영문시 번역 작업 등을 고려할 때 정지용 연구의 영역과 범위를 확대할 필요성을 느끼게 된다.[10] 일본 유학 시기에 창작된 정지용 시의 면모를 통해 그의 시 세계 전반에 걸쳐 유학 체험과 조선문에 대한 인식을 살피는 연구가 제출된 바 있다.[11] 새로 발굴된 일본어 시는 정지용에게 일본어 시 창작이 배움의 도구이자 식민지 지식인의 고뇌를 털어놓을 수 있는 방편으로 작용하였음을 알려주는 자료이다.[12] 동시와 번역시의 발굴 또한 정지용 시 세계를 새롭게 조망해주는 역할을 하고 있다.[13]

최근에 발간된 『정지용 전집』은 새로 발굴된 시 작품과 산문, 원문 자료, 일본어 시와 초역, 영문 번역시 등 정지용과 관련된 제반 자료를 집대성하여 보여주고 있다.[14] 시기별, 연대별로 일목요연하게 정리했을 뿐만 아니라 원문 자료를 충실히 제시하고 있어 정지용 연구의 기초자

---

10 김효중, 「정지용 시의 영역에 관한 고찰」, 『번역학 연구』 3-2, 한국번역학회, 2002, 7 ~25면; 심경호, 「정지용과 교토」, 『동서문학』 247, 2002, 378~403면; 허윤회, 「정지용과 번역」, 『민족문학사연구』 28, 민족문학사학회, 2005, 98~131면.
11 하재연, 「일본 유학 시기 정지용 시의 특성과 창작의 방향」, 『비교한국학』 15, 국제비교한국학회, 2007, 255~277면.
12 김동희, 「정지용의 일본어 시」, 『서정시학』, 2015.봄, 180면.
13 장만호, 「새로 찾은 정지용의 시—두 편의 동시와 열편의 번역시」, 『서정시학』 57, 2013.봄, 207~223면.
14 최동호 편, 『정지용 전집』 1·2, 서정시학, 2015.

료로 활용할 수 있다. 특히 일본어 시 원문과 초역, 일본어 산문 등을 새롭게 발굴, 정리하여 정지용의 작품 세계에 있어서 일문시가 가지고 있는 위상과 의미를 검토할 수 있게 해준다.『가톨릭청년』(1947)에 수록되어 있던 번역시와『自由詩人』에 수록된 일본어 시의 발굴로 상당수의 번역 관련 작품이 보충되었다. 창작시가 167편, 일본어 시가 47편, 번역시가 65편 합하여 시 총 279편, 산문 168편이다.[15] 정지용의 일어시 연구는 이들 자료를 바탕으로 그간 진행되어 온 정지용의 번역 작업 및 영문 번역시 연구[16]와 동궤를 이루는 작업으로 정지용의 문학 세계를 폭넓게 이해하고 나아가 조선문학의 다양한 면모를 살피는데 중요한 논점으로 작용할 것이다.

2. 일본어 시 창작의 양상과 특징

정지용이 일본 문단에 공식적으로 발표한 최초의 일어시는「かっふえやらんす」로, 1926년 12월『근대풍경』1권 2호에 발표되었다. 일본 시단의 영향 관계를 논할 때 가장 빈번하게 인용되는 작품이다.「카페프란스」가『학조』1호에 발표된 것이 1926년 6월이니 여섯 달의 간극을 두고 발표된 셈이다. 발표년도는 국문시가 앞서지만 일어시가 먼저 창

---

15 이근화,「정지용 연구의 범위와 가능성」,『한국시학연구』44, 한국시학회, 2015, 279~291면.
16 최동호,「정지용의 번역 작품과 고전주의적 감수성」,『서정시학』44, 2009.겨울, 196~213면; 이근화,「정지용의 영문시 번역과 시 창작의 상관성 연구」, *JOURNAL OF KOREAN CULTURE* 24, 한국어문학국제학술포럼, 2013, 148~170면.

작되고 후에 조선어 시로 옮겨졌을 가능성을 추측해볼 수 있다. 시의 정조나 표기 방식 등이 유학 당시 일본 문단의 풍토와 유행을 의식하여 창작한 것을 알 수 있다. 다른 일본어 시편의 발표 연도는 별 차이를 보이지 않는 경우가 많다. 「말」 시편의 경우 한 달 차이를 두고 발표되었으며, 「笛」, 「酒場の夕日」의 경우는 일어시가 먼저 발표되었다. 「바다」 연작의 발표 연도를 참고한다면, 조선어 시로 먼저 창작되고 일어시로 번역된 것이 아니라, 일본어로 먼저 씌어지고 조선어로 번역되었을 가능성이 높다. 「황마차」의 경우에도 일어시가 먼저 발표된 것으로 보아, 일어시 창작이 선행된 것으로 보인다. 최근 발굴된 도시샤 대학 재학생 동인지에 발표된 일본어 시를 살펴보면 유학 당시 정지용이 시작 메모나 창작 연습을 일본어로 했을 가능성을 생각해 볼 수 있다.

　정지용의 일본어 시 중에는 「카페프란스」처럼 제목이 같은 경우가 대부분이며 제목이 바뀐 경우는 드물다. 「金ぼたんの哀唱」은 「선취 1」로 바뀌었다. 정지용의 일본어 시와 동일한 국문시가 발견되는 경우는 다음과 같다. 「カフツエー・フランス」(「카페프란스」), 「仁川港の或る追憶」(「슬픈 印象畵」), 「はちゆう類動物」(「파충류동물」), 「山娘野男」(「산 색시들녘 사내」), 「眞紅な機關車」(「새빨간 機關車」), 「幌馬車」(「幌馬車」), 「海」(「바다」), 「悲しき印象畵」(「슬픈 印象畵」), 「金ぼたんの哀唱」(「船醉」), 「甲板の上」(「갑판 위」), 「笛」(「피리」), 「酒場の夕日」(「저녁 햇살」), 「馬」(「말」).[17] 한국어 작품이 없는 일어 창작시도 다수 발견된다. 주로 짧은 단시 형태로 일본 하이쿠의 영향으로 창작된 것이 아닌가 짐작할 수 있다. 정지용이 시작 초기 민요풍의 동시를 창작하며 '아리랑 조'를 의식한 것도 하이쿠에 대응하는 조선풍의 국문 시가에 대한 그의 고민으로 이해할 수 있을

것이다. 일본어 시편의 내용과 형식, 시어의 선택 및 어휘와 소재의 활용 등을 면면히 살펴볼 필요가 있다.

やめる　ピエロ　の　かなしみ　と

はつたび　に　つかれし

つばくらめ　の

さみしき　おしやべり　もて。

(…中略…)

いしころ　ころころ

そは　わが　たましひ　の

かけら　たり。

앓는 삐에로의 설움과

첫 여정에 고달픈

제비의

서글픈 지저귐과.

(…중략…)

조약돌 대굴대굴

그것은 내 영혼의

조각이어라.

　　　　　　　　　　　　　　　—「いしころ(조약돌)」

---

17 김동희는 조선어 시와 동일한 일본어 시를 20편으로 제시한 바 있다(김동희, 「정지용의 일본어 시 개작과 『聲』에 실린 종교시」, 『한국현대문학연구』 33, 2016.4, 37~70면).

セメント敷石の人道側に

かるがる動く雪白い洋装の點景。

そは流るゝ失望の風景にして

空しくオレンヂの皮を嚙る悲みなり。

시멘트 깐 人道쪽으로

사뿐사뿐 옮겨 가는 새하얀 洋裝의 點景.

그것은 흘러가는 失望의 風景이니

부질없이 오렌지 껍질을 씹는 슬픔이어니.

—「仁川港の或る追憶(인천항의 어느 추억)」

國境の淋しいステーション —

まんとの襟をしめしめて

遠いシグナルの燈りを見てた。

國境의 쓸쓸한 스테이션 —

망토의 깃을 여미고 여미며

먼 시그널 불빛을 바라보았다.

—「シグナルの燈り(시그널 불빛)」

びつしより濡れてぶるぶるふるへて

温室と戀と蠟燭の燈をしきりに呪つてゐる。

흠뻑 젖어 벌벌 떨며

溫室과 사랑과 양초 불빛을 계속 원망하고 있다.

—「雨に濡れて(비에 젖어)」

しんに　さびしい

ひるが　きたね (…中略…) さびしいね

참으로 외로운

낮이 왔네요 (…중략…) 외롭네요

—「まひる(대낮)」

泣きくづれてゐるものは燈臺でも鷗でもない。

どこかに落された小さい悲しいもののひとつ。

쓰러져 우는 것은 燈臺도 갈매기도 아니다.

어딘가에 떨어진 작은 슬픔 하나.

—「海邊(해변)」

私は子爵の息子でも何んでもない

手が餘り白すぎて哀しい。

나는 子爵의 아들도 아무것도 아니란다

손이 너무 하얘서 슬프구나.

　　　　　　　　　　　—「カフツエー・フランス(카페・프랑스)」

　1930년대 조선의 지식인들은 서구 근대 문명의 유입으로 형성된 새로운 지식과 문화를 조선 사회의 교양의 영역으로 흡수하면서 다른 한편으로 민족적 전통성을 확보하기 위해 민족적인 것을 적극적으로 탐색하였다. 정지용이 창작한 일본어 시에도 이러한 측면이 발견된다. 외국어 및 외래어의 사용(「カフツエー・フランヌ」,「いしころ」,「仁川港の或る追憶」,「シグナルの燈り」), 근대 박물의 도입(동식물명, 신체어, 문물어) 및 시적 공간의 변화(정류장, 해변, 거리) 등은 전자로 볼 수 있으며 전통적 소재의 개발, 의성의태어의 사용(대굴대굴, 사뿐사뿐, 벌벌, 호호, 느릿느릿), 색채어의 활용(붉은, 푸른, 검은, 흰) 등은 후자로 볼 수 있다. 양자 간의 균형과 접합은 정지용의 일본어 시와 조선어 시를 비교 고찰하는 과정에서도 발견되는 요소로서 그의 시적 고민의 주요 부분이라고 할 수 있다.

　소재의 차원에서 일본어 시에서 발견되는 柘榴, 금붕어(「新羅의 柘榴」), 풀피리(「まひる」), 사과, 장미(「草の上」,「カフツエー・フランヌ」), 심장(「비어젖어」 외), 망토(「雪」 외) 등은 그의 초기작에서 흔히 발견되는 것들이다. 이국적 소재의 활용은 시적 새로움을 찾기 위한 표면적인 노력이라고 볼 수 있을 것이다.

　정서의 차원에서 외로움(「まひる」), 슬픔(「車窓より」), 설움, 서글픔, 고달픔(「いしころ」), 원망(「비에 젖어」) 등이 주조를 이룬다. 이러한 정서적 표현은 유학생활에서 이방인으로서의 고독과 소외감을 견디고 식민지 지식인의 열등감을 해소하는 방식으로서 시 창작에 영향을 준 것으로 보인다. 비유의 차원에서 '금붕어처럼'(「新羅의 柘榴」, 「窓た曇る息」, 「橋」の 上)은 자주 반복되어 주목된다. 물속에서 뻐끔거리는 금붕어의 유영 속에서 시인은 특별히 우아한 비애 같은 것을 발견했던 것으로 보인다.

형용어 및 서술어 차원에서 어른거려(「車窓より」), 찔러 죽이고(「차창에서」), 조잘거리다(「いしころ」), 호젓한, 부비며(「橋」の上), 어여쁜(「眞紅な機關車」), 설핏, 비스듬히(「海」) 역시 정지용의 주요 작품에서 자주 활용되는 어휘들이다. 첨예한 감각과 다양한 시적 진술은 그의 예술 감각을 돋보이게 하는 요소라고 할만하다. 일본어에 해당하는 조선어 어휘를 선택할 때 감각적이면서도 고유한 우리말을 취사선택하기 위한 정지용의 시적 고민을 엿볼 수 있다.

형식적인 측면에서 대화체의 극적 구성 방식이 드러나는 작품들이 많은데 이는 정지용의 초기 시작에 두드러지게 나타나는 특성 가운데 하나이다(「カフツエー・フランヌ」, 「はちゆう類動物」, 「散彈のやうな卓上演説」). 이러한 형식적 특징들은 후기 산문시의 이야기와 도입과 캐릭터의 창출과 연관 지어 논의할 수 있는 부분이다. 동일한 어미로 끝맺으면서 리듬을 맞추려는 시도도 찾아 볼 수 있으며, 묻고 답하는 형식과 구절 반복의 문형(「車窓より」, 「仁川港の或る追憶」, 「夜牛」, 「眞紅た機關車」)이 발견되기도 한다. 일본어 시 작품의 형식적 특성을 살핌으로서 근대시의 양식을 탐색해가는 정지용의 시적 도정을 이해할 수 있을 것이다.

3. 일본어 창작시와 조선어 시의 비교
―「海邊」, 「夜半」과 「琉璃窓」

こちらをむいてくるひとは

なんとなくなつかしさうなひと。

わかりさうなすがたのひと。

だんだんまちかくなると

まるつきりみもしらぬひと。

ぼくはよそつぼをむいてすなをまく。

○

なにか忘れられぬものもあるだらうか。

忘れられぬやうなことはほんの少しもない。

ほんにつめたい砂のやうなこゝろだよ。

はまかぜしほかぜにさらされて

とんぢまつたよ。とんぢまつたよ。

ほんに少しの砂つぶのこゝろも。

○

しめつぽい浪のねをせおつて一人で歸る。

どこかで何物かゞ泣きくづれるやうなけはひ。

ふりむけば遠い燈臺が　ぱち　ぱちと瞬く。

鷗が　ぎい　ぎい　雨を呼んで斜に飛ぶ。

泣きくづれてゐるものは燈臺でも鷗でもない。

どこかに落された小い悲しいものゝ一つ。

— 「海邊」, 『同志社大學豫科學生會誌』6(1926.6), 27~28면;

『近代風景』2-2(1927.2)**18**

「海邊」이라는 일본어 창작시의 주된 정조는 고독과 서러움이다. 첫 번째 부분에서 누군가 다가오면 아는 사람인 것 같은 착각에 빠졌다가 가까워져 오면 모르는 사람이어서 "딴전을 피며 모래를 뿌리"는 외로운 심경이 잘 드러난다. 두 번째 부분에서 "잊혀 지지 않는 것 같은 것은 전혀 조금도 없다"라고 부정하지만 그것은 마치 잊히지 않는 것이 꼭 있다는 고백처럼 들린다. 다 잊고 '차가운 모래'와 같은 마음이고 싶으나 남아 있는 무엇인가 있기에 외로운 것이 아닐까. 세 번째 부분에서 "물결 소리를 등에 지고 홀로 돌아가"나 누군가 등 뒤에 있는 것처럼 느껴지는데 돌아보면 '먼 등대'와 '갈매기'만 있다. 그러한 기적은 시의 화자가 바닷가에 두고 온 '작은 서러움'을 다시 상기하게 만든다. 정지용은 '바다'를 소재로 한 다수의 시를 창작하였다. '바다'는 감각을 일깨우는 모티프로 작용하여 이미지의 실험장이 되기도 하고 홀로 외롭게 서서 마주하는 '바다'

---

18 「海邊」, 『정지용 전집』1(시), 312~313면. "이쪽을 향해 오는 사람은 / 왠지 모르게 그리운듯한 사람. / 알 것 같은 모습의 사람. / 점점 가까워질수록 / 전혀 모르는 사람. / 나는 딴전을 치며 모래를 뿌린다. / ○ 무언가 잊혀 지지 않는 것도 있는 걸가. / 잊혀 지지 않는 것 같은 것은 전혀 조금도 없다. / 정말 차가운 모래와 같은 마음이군요. / 갯바람 바닷바람에 씻겨 / 날아가 버렸어요. 날아가 버렸어요. / 아주 작은 모래알의 마음도. / ○ 축축한 물결 소리를 등에 지고 홀로 돌아간다. / 어디선지 그 누군가 쓰러져 우는 듯한 기적. // 돌아보면 먼 燈臺가 반짝 반짝 깜빡인다. / 갈매기가 끼룩 끼룩 비를 부르며 비스듬히 날아간다. // 쓰러져 우는 이는 燈臺도 갈매기도 아니다. / 어딘가에 떨어진 작은 서러움 하나."

는 먼 곳에 대한 향수를 불러일으켜 그리움을 인식하는 공간이 되기도 한다. 일본어 시에도 '바다'가 자주 등장하지만 국문시가를 통해 더 적극적으로 쓰여진다. 위의 시 「海邊」의 세 번째 부분은 조선어 시 「바다」로 옮겨져 왔으며, 「「마음의 日記」에서―시조 아홉 首」(『학조』 1, 1926.6)의 마지막 수와도 겹친다.[19] 「海邊」이라는 일본어 창작시의 일부가 국문 시가로 번역된 것이다. 그런데 조선어 시 「바다」에서 첫 번째와 두 번째 부분이 확연히 달라져 있다는 점이 특기할 만하다. 일본어 시에서 두드러진 고독과 서러움은 사라지고, 국문시가 「바다」에서는 소리치며 달려오는, 연달아서 몰려오는 파도가, 포도빛으로 부푼 물결이 전면화된다. 감탄사와 의성의태어의 사용으로 자못 경쾌한 느낌을 불러일으킨다. 춤을 추는 파도의 근경에서 멀고 푸른 하늘 끝 원경까지 시선의 움직임이 느껴진다. 세 번째 부분에서 끝없는 모래밭을 마주하며 외로운 마음을 이야기한다. "바다 우로 밤이 걸어 온다"를 통해 해가 지는 바다 풍경이 그려진다. 일본어 시 마지막 부분만 국문시가로 그대로 옮겨져 '서러움'의 정조가 드러난다. '축축한'은 '후주근한'으로, '날어간다'는 '비스듬히 날아간다'로, '쓰러져 우는'은 '우름우는'으로, '작은 서러움'은 '홀로 떨어진

---

19 바다, 『朝鮮之光』 64, 1927.2. "오·오·오·오·오 소리치며 달녀가니 / 오·오·오·오·오 연달어서 몰아온다. // 간밤에 잠살푸시 먼—ㄴ 뇌성이 울더니 / 오늘아츰 바다는 포도비츠로 부푸러젓다. // 철석·처얼석·철석·처얼석·철석·처얼석 / 제비날아들듯 물결 새이새이로 춤을추어 / ○ / 한백년 진흙속에 숨엇다 나온드시 / 긔처럼 녀프로 기여가 보노니 / 머—ㄴ 푸른 한울미트로 가이업는 모래밧 / ○ / 외로운 마음이 한종일 두고 / 바다를 불러 — / 바다 우로 밤이 걸어 온다 / ○ / 후주근한 물결소리 등에지고 홀로 돌아가노니 / 어데선지 그 누구 썰어저 우름 우는듯 한기척, // 돌아서서 보니 먼 燈臺가 반짝 반짝 쌈박이고 / 갈메기쎄 쎄루룩 쎄루룩 비틀불으며 날어간다. // 우름우는 이는 燈臺도 아니고 갈메기도 아니고 / 어덴지 홀로 썰어진 이름도모를 스러움이 하나."

이름도 모를' 정도로 다소 의미의 차이를 보이나 확연히 달라진 것은 없다. 리듬과 호흡이 좀 더 가지런히 정리된 것 정도를 알아 볼 수 있다. 마지막 부분처럼 2(3)행 1연의 형식으로 정리되어 일본어 시가와는 행연구분이 다소 달라졌다. 조선어 창작시 「바다」에 "一九二六・六月・京都"라는 일본어 창작시 「海邊」의 창작 발표 시기를 지시하고 있으니 「바다」가 「海邊」을 참조하였음을 드러낸 것이다. 다른 시에서도 일본어 창작시와 유사한 조선어 시가 존재하는 경우가 있으니 유학시절의 정황이 시적 모티프로 작용하여 일본어로 시 창작이 먼저 이루어지고 나중에 국문시가로 다시 씌어지거나 각색된 경우라고 할 수 있다. 조선어 시로 옮기거나다시 씌어진 경우에 우리말 표현을 선별하여 고른 흔적이 남아 있어 감각과 이미지, 형식과 리듬의 차원에서 조정이 이루어진 것이라고 볼 수 있다.

일본어 창작시만 존재하는 경우도 많은데 대개 짧은 시 형태가 대부분이다. 정지용은 시작 초기에 민요풍의 동시를 창작하며 조선풍의 노래를 짓고자 시도한 바 있다. 내용과 형식적 측면에서 창작 방식의 상관성을 검토해볼 수 있을 것이다. 그중 「夜半」은 정지용의 일본어 시 중에 가장 뛰어난 작품으로 보인다. 근대 사물을 발견하는 엑조틱한 정서, 시적 상황의 창출과 집중된 에너지, 정서의 개발과 감수성의 영역에서 주목되는 작품이다.

ものは　みな　しづしづと
おほきな　夜と　ともに　流れゆく。

屋根の上の　月も　西へ西へと　流れる。

のきさきに　枝ぶりをはつてゐる

蜜柑の樹も　流れる。

海に向ふ　さびしい顔の　やうに

あかりも　こゝろも　川原に

水鷄の巣も　みなみな　流れゆく。

私も　眠りながら　流されながら

この硝子窓のへやで　船の夢を　見る。

―「夜半」,『同志社大學豫科學生會誌』5(1926.2), 40~41면20

　　1926년에 발표된 정지용의 일본어 시「夜半」은 어두운 방안에 우두
커니 앉아 사물의 고요한 흐름을 느끼며 자신과 세계의 흐름을 인지하
는 청년의 내면을 그리고 있다. 정지용 시의 출발지점을 보여주는 작품
으로 죽음의 방향으로 흘러가는 사물들을 마주 대하는 '나' 역시도 떠내
려가는 존재임을 실감하며 바다 건너 본향을 생각해보는 쓸쓸함을 드러
낸다. 교토의 어느 차가운 방에서 정지용은 이 시를 썼을 것이다. 유리창

---

20 「夜半」,『정지용 전집』1(시), 290~291면. "사물은 모두 조용조용히 / 거대한 밤과 함
께 흘러간다. // 지붕 위의 달도 서쪽으로 서쪽으로 흐른다. // 처마 끝으로 가지를 뻗
은/ 蜜柑 나무도 흐른다. // 바다를 향한 쓸쓸한 얼굴처럼 / 등불도 마음도 모래톱으
로 / 흰눈썹 뜸부기 둥지도 모두모두 흘러간다 // 나도 잠든 채 떠내려가며 / 이 유리
창 방에서 배 꿈을 꾼다."

은 낮에는 밖을 보여주지만 밤에는 안을 되비추며 고립감을 발생시킨다. 불 꺼진 창은 단단한 어둠과 침묵의 얼굴로 바뀐다. 배를 타고 바다 건너 조선을 향해 가는 그의 꿈은 유리창에 가로막혀 있던 것 같다. "잠든 채 떠내려가며 이 유리창 방에서 배 꿈을 꾼다"고 했지만 더 많은 밤 그는 깨어서 유리창 안팎의 것들에 눈을 맞추었을 것이다. 유리창 앞에 선 시적 화자는 조선어 시 「琉璃窓」(1929)에도 나타난다.

> 琉璃에 차고 슬픈것이 어린거린다.
> 열업시 부터서서 입김을 흐리우니
> 길들은양 언날개를 파다거린다.
> 지우고 보고 지우고 보와도
> 새ᄭᅢ만 밤이 밀녀나가고 밀녀와 부듸치고,
> 물먹은 별이, 반짝, 寶石처럼 백힌다.
> 밤에 홀노 琉璃를 닥는것은
> 외로운 황홀한 심사 이여니,
> 고흔肺血管이 찌저진 채로
> 아아, 늬는, 山ㅅ새처럼 날너갓구나!
>
> —「琉璃窓」, 『朝鮮之光』 89(1930.1)[21]

「유리창」은 작품 말미에 1929년 12월이라고 창작시기가 밝혀져 있는데 1930년 1월 『조선지광』 89호에 발표되었다. 뜨거움(격정)과 그것을

---

21 「琉璃窓」, 『정지용 전집』 1(시), 112면.

다스리는 서늘함(이지)을 동시에 갖고 있는「유리창」의 빛나는 서정은 우리 문학의 교과서로 깊숙이 자리 잡았다. 구체적인 자연물을 통해서 자기 승화의 에너지를 발견하고 그것을 초월적 감성에 잇대는 방식은 정지용 시의 탁월한 성취라고 할 수 있다. 바깥을 내다보는 일이 내면을 들여다보는 일과 통해서 부지런히 자기 자신의 안팎을 단속하지 않으면 안되는 과업을 조선의 시인들이 떠안게 된 것일까. 유리창에 "차고 슬픈 것이 어린" 거리는 것이 최초의 감정 상태였다면 "밤에 홀로 유리를 닦는" 행위를 통해 "외로운 황홀한 심사"로 승화된다. 시선은 공간을 만들어내고 그 거처에 시인은 언어의 집을 짓는다. 정지용의 집은 차고 슬픈 기운이 감도는 집이며 외롭고 황홀한 정서가 떠돈다. 밤에 홀로 유리는 닦는 행위는 정지용 이후 시인들의 오랜 과업으로 이어져 내려온 것 같다. "지우고 보고 지우고 보아도"의 주저함과 망설임이 거기에 뒤따라 왔고, "고흔폐혈관이 찌저진" 것 같은 병과 고통(작품 속에서 어린 자식의 것이지만 산새처럼 날아간 자식을 지켜보는 부모의 고통도 거기에 함께 있다)이 수반되었다. "날개를 파다거리는" 구체성이 "보석처럼 백히는" 아름다움이 아니라면 감당하기 어려운 것이다.

4. 일본어 창작시와 영문 번역시의 비교
—「窓に曇る息」과 "Whispers of Heavenly Death"

정지용의 일본어 창작시「窓た曇る息(창에 서리는 숨)」(1926)과 정지용의 영문 번역시「신엄한 죽음의 속살거림 Whispers of Heavenly Death」(1938)을

「유리창」과 나란히 놓고 보면 조금 다른 국면이 떠오른다.

ふと　眼がさめた　よなか —

ぱつと　いつぱいになる　電燈。

自分は　金魚のやうに　淋しくなつた。

へやは　からんと　しづんでゐる。

窓べの　青い星も　のみこんだ。

まつくらい　くらやみが

波がしらのごとく　とゞろいてくる。

硝子が　ぼうと　くもる。

ふいて見ても　やつぱり　怖さうな夜だ。

〇

しづみきつた　秋の夜更けの

さみしくも　こうこつたる　おもひ。

電燈の下で　ひかる　いんきが

碧い血でも　あるやうに　美しい。

熱帯地方のふしぎな樹液の香りがする。

こゝに　いろいろの　話の種や

郷愁が　ひつそりと

涙でも　あるやうに　潤んで光る。

　　　　　　　— 「窓に曇る息」,『自由詩人』4(1926.4), 4~5면[22]

---

[22] 「窓에 서리는 숨」,『정지용 전집』1(시), 300~301면. "번뜩 눈이 떠졌다 한밤중 — / 단 숨에 가득 차는 電燈. / 나는 금붕어처럼 쓸쓸해졌다. / 방은 덩그러니 가라앉아 있다.

神嚴한 죽엄의 속살거림이 속살댐을 내가듣다

밤의 입술이약이 ― 소근소근거리는 合唱,

가벼히 올라오는 발자최 ― 神秘로운 微風, 연하게 나직히 풍기다

보히지 안는 강의 잔물결 ― 흐르는 湖水 ― 넘쳐 흐르는, 永遠히 넘쳐 흐

르는,

(혹은 눈물의 출렁거림이냐? 人間눈물의 無限量한 바닷물이냐?)

나는 보다, 바로 보다, 하눌로 우러러, 크낙한 구름덩이 덩이를

근심스러히, 착은히 그들은 굴르다, 묵묵히 부풀어 올으고 섞이고,

때때로, 반은 흐리운 슬퍼진, 멀리 떠러진 별,

나타났다가, 가리웠다가,

(차라리 어떤 分娩 ― 어떤 莊嚴한, 不滅의 誕生,

눈에 트이어 들어올수 없는 邊疆우에

한 靈魂이 이제 넘어가다.)

　　　　―「神嚴한 죽엄의 속살거림」,『해외서정시집』(1938.6), 162~163면[23]

/ 창가의 푸른 별도 삼켰다. / 새까만 어둠이 / 파도가 일렁이듯 밀려온다. / 유리가 뽀
얗게 흐려진다. / 닦아보아도 역시 무서운 밤이다. / ○ / 깊이 가라앉은 가을 이슥한
밤의 / 외롭고 황홀한 생각. / 電燈 아래에서 빛나는 잉크가 / 푸른 피라도 되는 듯 아
름답다. / 熱帶地方의 이상한 樹液 냄새가 난다. / 여기에 여러 가지 이야깃거리랑 /
鄕愁(nostalgia)가 고요히 / 눈물이라도 되는 듯 글썽이며 빛난다."

23 『정지용 전집』1(시), 396면. "Whispers of heavenly death murmur'd I hear, / Labial gossip
of night, sibilant chorals, / Footsteps gently ascending, mystical breezes wafted soft and low,
/ Ripples of unseen rivers, tides of a current flowing, forever flowing, / (Or is it the plashing
of tears? the measureless waters of human tears?) // I see, just see skyward, great cloud-
masses, / Mournfully slowly they roll, silently swelling and mixing, / With at times a half-
dimm'd sadden'd far-off star, / Appearing and disappearing. // (Some parturition rather,

정지용은 일본어 창작시 「창에 서리는 숨窓た曇る息」(1926)에서 "나는 금붕어처럼 쓸쓸해졌다 / 방은 덩그러니 가라앉아 있다. / 창가의 푸른 별도 삼켰다. / 새까만 어둠이 / 파도가 일렁이듯 밀려온다. / 유리가 뽀얗게 흐려진다"고 했다. 일본에서 유학생활을 하는 식민지 조선 청년으로서 시인은 푸른 잉크의 아름다운 빛깔과 향기 속에서 다하지 못한 말들과 일렁이는 향수를 감지해낸다. "눈물이라도 되는 듯 글썽이며 빛나"는 것들 속에서 느끼는 외로움과 황홀함이 그의 대표작 「유리창」으로 옮겨온 것이 아닐까.[24] 「유리창」은 월트 휘트먼의 번역시 「신엄한 죽음의 속살거림(Whispers of Heavenly Death)」(1938)과도 내적 유사성이 발견된다. 번역시에서 "때때로 반은 흐리운 슬퍼진 멀리 떨어진 별 / 나타났다가 가리웠다가"의 부분은 창작시에서 "물먹은 별이, 반짝, 寶石처럼 백힌다"를 연상시킨다. 두 작품의 간결한 표현과 정밀한 이미지 구축 속에는 강렬한 서사가 내포되어 있다. 번역시가 밤 / 어둠과 죽음에 대한 사유와 성찰의 방식을 보여준다면 창작시는 아들의 죽음이라는 개인사가 삽입되면서 구원과 치유의 과정을 빛나는 감성으로 전해준다.[25]

　　정지용의 「유리창」은 이미 우리 문학의 교과서가 된 지 오래다. 「窓た曇る息」과 "Whispers of Heavenly Death"가 먼저 쓰였다고 해서 「유리창」을 모방이나 표절이라고 이야기하기는 어렵다. 일본어 시 창작과 영문시 번역을 오가며 정지용이 섬세하게 고르고 벼린 조선어가 조선적

---

some solemn immortal birth; / On the frontiers to eyes impenetrable, / Some soul is passing over.)" Walt Whitman, *Whispers of Heavenly Death*, Leaves of Grass, 1900.

24 김동희, 「정지용과 『自由詩人』」, 『한국근대문학연구』 30, 한국근대문학회, 2015, 34~38면 참조.

25 이근화, 「유리의 안과 밖」, 『파란』, 2016.봄, 77~93면 참조.

서정으로 자리 잡았다는 것은 정지용이 당대 시대적 흐름과 조건 속에서 번역을 통해 자신의 언어를 구축해나간 시인이라는 사실을 입증해주는 것이라고 볼 수 있다.[26]

はなやかな　街
金魚池のやう　きらびやかな
夜の街を　通りぬけた。

ひとげ　さみしき
橋べに　かゝつた　時
あしの　下では
ちよろ　ちよろ　せゝらぎ
しとやかな　夜話しに　ふけてゐる。

たよりない　頬ぺたの
おきばを　さがしたさに
欄干に　すらして
石を　嗅いてゐる
　　　　　─「橋の上」,『同志社大學豫科學生會誌』7(1926.11), 327〜328면[27]

26　이근화,「정지용의 영문시 번역과 시 창작의 상관성 연구」, *JOURNAL OF KOREAN CULTURE* 24, 한국어문학국제학술포럼, 2013, 148〜170면 참조.
27　「다리 위」,『정지용 전집』1(시), 315면. "다리 위 / 화려한 거리 / 금붕어 연못처럼 황홀한 / 밤거리를 빠져나왔다. // 인기척 그친 / 다리에 다다르니 / 발아래서는 / 졸 졸 잔물결 / 호젓한 밤이야기에 짙어간다. // 부칠 데 없는 뺨 / 둘 곳을 찾은 듯이 / 欄干에 부비며 / 돌을 맡다."

화려한 밤거리를 빠져 나와 돌 다리 위에 선 화자는 인기척이 그친 그곳에서 호젓한 밤 이야기에 귀를 기울인다. 이 시「다리 위」의 수식어들, 화려한, 황홀한, 호젓한, 부칠 데 없는 등은 정지용 시 전반에서 쉽게 찾아볼 수 있는 것이다. 이국의 밤거리에서 느끼는 근원적 외로움의 정서가 그의 시 곳곳에 흔적을 남기고 있는 셈이다. "호젓한 밤이야기에 짙어간다"에서 드러나는 내밀한 청각적 이미지는 정지용 시의 장기라고 할 수 있는데 '호젓한', '짙어간다'의 심리적 풍경(시각)을 '밤이야기'라는 고요한 정서(청각)로 환치시키는 방식이다. 또 "난간에 부비며 돌을 맡다"라는 마지막 구절에서 찾아볼 수 있는 촉각과 후각의 이미지 역시 그의 많은 시를 발동시키는 근원적 감각이라고 할 수 있다. "부칠 데 없는 뺨 둘 곳을 찾"는 이방인으로서의 외로움 심경이 그러한 감각적 전이와 향연을 가능하게 해준 것이라는 점에서 일본 유학 체험과 식민지라는 외적 상황과 창작과 번역 등의 글쓰기 조건이 정지용의 시 창작에 주요한 영향을 미쳤다는 점을 확인할 수 있다.

5. 이중 언어 환경과 조선적 감수성의 개발

정지용은 초기시에서 일본 시단의 유행과 조선에 유입된 새로운 풍속을 적극적으로 활용하여 이국적 정조와 낭만적 정서를 보여주었다. 그는 근대적 교양과 멋을 지닌 언어를 구사할 줄 알았지만 민족어 고유의 리듬과 정서를 섬세하게 살려 쓰는 데도 탁월한 언어 감각을 발휘하였다. 정지용의 시세계가 특별히 의미 있는 것은, 그가 신지식과 교양을 습득한 가운데 전통을 재문맥화하고 민족어의 결과 리듬을 섬세하게 되살렸다는 데에 있다. 민족어의 근대성과 개성을 보여주기 위한 그의 문학적 노력은 식민지 조선의 특수한 언어적 환경에서 비롯된 것이라고 할 수 있다. 영문시 번역과 함께 일본어 시 창작은 그에게 조선어의 감각과 정서, 리듬을 탐구하는 계기가 되었다. 즉 정지용이 보여준 다양한 시어의 활용과 감각적 이미지는 일본어 시 창작과 영문시 번역과 영향 관계에 놓인다고 볼 수 있다. 외국어 학습과 번역 활동을 통해 발휘된 언어 감각은 조선적 감수성의 개발에 밑바탕이 된 것이라고 할 수 있다.

본 연구를 통해 정지용의 일본어 시 창작의 양상과 특징을 살펴보고, 조선어 창작시와 비교를 통해 이들 작품 사이의 연관성을 확인해 보고자 하였다. 최근까지 발굴, 소개된 일본어 시에 대한 연구를 통해 정지용 시 세계를 확장하여 해명할 수 있었는데, 이는 궁극적으로 조선 문학의 근대성과 민족 문학의 독자성을 확인하는 작업이라고 할 수 있다. 민족어는 여러 다양한 언어들의 간섭과 중재 속에서 독창성을 확보할 때 그 지위가 성립된다. 외국어 학습과 번역 활동은 국문 생성의 외적 계기를 마련해주었으며, 조선 문학의 근대성 형성 역시 서구 문명의 번역과 그 영향관계에 놓여 있다. 모방과 번역은 학습과 창작의 구체적인 방식이라고 할 수 있다. 조선의 시인이 일본어로 시를 창작한다는 것은 일면 자국어에 대한 배반이라고 할 만한 것이기도 하지만 정지용에게 일본어 시 창작은 학습의 도구이자 창작의 방편이었다. 정지용이 자신만의 시적 고유성을 찾아 예술적 탐구를 지속할 수 있었던 것도 바깥에 대한 탐색과 내면의 발견이 함께 이루어질 수 있었기 때문일 것이다.

정지용은 「停車場」이라는 산문에서 이국의 정거장에서 "아무 것도 아닌 사람들의 아무것도 아닌 말"에 귀 기울이며 "그 말의 한 구절 한 구절이 그대로 시로 옮겨질 수 있을 것 같다"고 말한 바 있다. 만나고 헤어지는 자들의 슬픔을, 떠나고 돌아오는 자들의 간절함을 그가 잘 알기 때문일 것이다. 다른 말을 우리 시로 옮겨 적는 독창적인 행위는 '묘한 가정'이며 '지친 마음 한층 더 옅어지'게 하는 것이었으니 거기에 정지용 문학의 개성이 자리하고 있다. 번역을 통해 타인의 삶과 자기 자신의 내면을 들여다보는 과정 속에서 정지용이 건져 올린 조선어 시의 감각과 리듬을 긍정할 수밖에 없는 국면을 정지용의 일본어 시 창작에서도 발견하게 된다.

정지용 연구의 범위와 가능성

1. 새 전집 발간의 필요성

그 동안의 정지용 연구는 납북 작가 해금 이후 간행된 김학동 편 『정지용 전집』을 기반으로 하였다.[1] 우리 현대시사의 모더니스트로서 조선적 시어와 형식, 리듬을 개발하기 위한 정지용의 문학적 노력이 여러 연구자들에 의해 밝혀졌다. 전집에 수록되지 않은 작품들이 속속 발굴되고 연구가 축적될수록 전집을 보완하고 개편해야 할 필요성이 부각되었다. 특히 시어 풀이가 작품 해석의 중요한 국면으로 작용하는 경향이 있어 원문과 시어 풀이를 고려한 전집과 선집이 종종 발간되어 왔다. 일찍이 선집 『유리창』에서 대표시와 시어 해석이 이루어진 바 있으며, 유종호는 이후에도 어의 해석을 바로 잡는데 많은 관심과 노력을 기울였다.[2] 『원본 정지용 시집』에서는 두 권의 정지용 시집 원본과 미수록 작

---

1 김학동 편, 『정지용 전집』 1·2, 민음사, 1988.
2 유종호 편, 『유리창』, 민음사, 1995; 「시와 말과 사회사(1~6)」, 『서정시학』 30~33, 2006.여름~2007. 가을.

품을 원문 그대로 제시하고 시어 풀이를 주석으로 달았다. 원문을 고려한 최초의 전집이라고 할 수 있다.[3] 『정지용 시 126편 다시 읽기』에서도 원문과 개작 과정을 비교하여 시어 풀이와 작품 해석을 시도하였으며, 원문과 한글 정본을 따로 제시하였다.[4] 국내외에서 진행된 수많은 자료의 발굴과 원문 확보의 결실은 정지용 연구의 바탕이 될 새 전집을 필요성을 제기하게 되었다.

『정지용 전집』은 정지용 연구에 심혈을 기울여온 최동호 교수와 김동희, 최세운, 송민규, 최호빈 등의 고려대 박사 과정생들로 이루어진 자료 조사 연구원들의 노력의 결과물이라고 할 수 있다. 최동호는 일찍이 『하나의 도에 이르는 시학』에서 정지용 후기시를 '산수시'라 명명하여 그의 후기시를 평가하는 선구적 업적을 남겼다. 이후 정지용 연구의 영역을 끊임없이 넓혀가며 『정지용 사전』, 『그들의 문학과 생애—정지용』, 『정지용 시와 비평의 고고학』 등을 발간하며 정지용 연구의 분야를 개척해나갔다.[5] 연구자로서 집적해온 자료를 전집 발간의 근간 자료로 삼고, 시와 산문 자료 조사를 면밀히 진행하면서 외국어 자료를 수집, 번역하는 작업을 수행해 나간 것이 전집 출간의 성과로 이어졌다.

지금까지의 전집이나 선집에서 찾아볼 수 없는 발굴작들이 새 전집에 수록되어 있다. 동요 「넘어가는 해」, 「겨울ㅅ밤」, 「倚子」, 민요풍의 서정시 「그리워」, 「굴뚝새」, 「내안해 내누이 내나라」, 새로운 「바다」 시편과

---

3 이숭원 주해, 『원본 정지용 시집』, 깊은샘, 2003.
4 권영민, 『정지용 시 126편 다시 읽기』, 민음사, 2004.
5 최동호, 『하나의 도에 이르는 시학』, 고려대 출판부, 1997; 최동호 편, 『정지용 사전』, 고려대 출판부, 2003; 최동호·맹문재 외, 『다시 읽는 정지용 시』, 월인, 2003; 최동호, 『정지용 시와 비평의 고고학』, 서정시학, 2013.

「石臭」, 「追悼歌」, 「꽃 없는 봄」, 후기시「妻」, 「女弟子」, 「碌磻里」 등이 지금까지 전집에서 찾아볼 수 없는 작품들이다.[6] 여기에 더하여 『가톨릭청년』(1947.5)에 수록되어 있던 번역시와『自由詩人』에 수록된 일본어 시의 발굴로 상당수의 번역 관련 작품이 보충되었다. 이 밖에서 새롭게 발굴된 산문과 인터뷰 기사, 정지용의 육필 원고, 「시집『얼굴』을 보며」(1950.5)도 수록되어 있다.[7] 이렇게 해서 모아진 새 작품들이 이번 전집에 모두 수록되었다. 창작시가 167편, 일본어 시가 47편, 번역시가 65편 합하여 시 총 279편, 산문 168편이다. 실로 방대한 양이며, 이제까지 보지 못했던 작품들을 모두 한자리에서 만나볼 수 있게 된 것이다. 즉『정지용 전집』은 수집 가능한 정지용의 모든 작품을 총망라하는 것으로 향후 정지용 연구의 초석을 마련하고자 하는 편저자의 의지와 노력이 결실을 맺은 셈이다. .

2.『정지용 전집』의 체제와 구성

1) 제1권 시집

『정지용 전집』 1권은 정지용 시와 새로 발굴된 작품 원문을 전부 포함하고 있다. 작품 본문 말미에 수록 지면과 발굴 경로 등을 일일이 밝히고 있다. 총 5부로 구성되어 있는데 1부에서는 정지용의 시를 연대별

---

6 박태일, 최동호, 김종욱, 이순옥 등이 발굴자이며 발굴 작품 목록과 경로는 전집에 상세히 수록되어 있다.
7 장만호, 김동희, 최호빈, 이성모 등이 발굴자이며 발굴 작품 목록과 경로는 전집에 상세히 수록되어 있다.

로 보여주고 있어서 각 시기별 작품의 개성과 특징을 조감하며 따라 읽을 수 있다. 2부는 일본어 창작시를 수록하였다.『自由詩人』,『同志社大學豫科學生會誌』 등에 수록된 것으로 상당수의 작품이 보충되었다. 발굴과 초역은 김동희 박사과정생이, 감수는 김춘미, 유종호 교수가 맡았다. 제 3부는 번역시를 제시하고 있다.『휘문』 창간호에 수록된「씨탠젤리」는 정지용이 휘문고보에 다니던 시절 타고르의『기탄자리』 시편 일부를 번역하여 교지에 소개한 것이다.[8] 이 밖에도『대조』,『시문학』,『해외서정시집』,『가톨릭청년』,『경향신문』,『산문』에 수록된 윌리엄 블레이크와 월트 휘트먼의 시 번역을 찾아볼 수 있다. 제 4부는 정지용의 첫 시집『정지용시집』의 작품들을, 제 5부는『백록담』의 작품들을 수록하여 출간 당시의 형태로 작품들을 검토할 수 있게 해주었다.

『정지용 전집』은 초기 발표 지면의 작품과 시집 수록 작품들의 원문을 일일이 대조하여 그 변별점을 도표로 제시하였다. 수정한 어휘와 구절의 변화, 행연갈이 변화, 제목 수정, 퇴고의 흔적 등을 한눈에 알아 볼 수 있다. 시어의 선별과 운용에 각별히 예민했던 정지용의 언어 감각을 감안한다면 이러한 작업은 정지용의 시를 분석, 고찰하는데 중요한 시사점을 준다고 할 수 있다. 원문 확정과 텍스트 선정에 있어 후진 연구자들의 품을 줄일 수 있게 해준 셈이다. 이제 우리는 좀 더 정확한 자료를 바탕으로 깊고 넓게 정지용의 시를 바라볼 준비가 되었다.

---

8 최동호,「정지용의 타고르 시집『기탄자리』번역 시편에 대하여」,『한국학연구』39, 한국학연구소, 2011.

2) 제 2권 산문

전집 2권 산문 편은『문학독본』과『산문』에 수록된 글과 잡지, 신문 등에서 새롭게 발굴된 작품을 제시하고 있다. 1부에서는 발표 시기별 산문이, 2부에서는 일본어와 영어 산문이, 3부에서는 번역 산문이 제시되어 있다. 정지용이 쓴 최초의 소설, 대담 및 좌담 자료, 여행기, 문학론, 작품평, 단상, 설문, 문화평, 독후감, 서평, 편지 등 다양한 형태의 산문을 찾아볼 수 있다. 이는 정지용 연구의 보조 자료로서 한 예술가의 전모와 그의 생애를 이해할 수 있는 자료라고 할 수 있다. 정지용의 산문을 따라 읽다 보면 일제 강점기 지식인이자 조선 문인으로서 정지용의 고충과 심적 갈등 등을 엿볼 수 있으며, 당대 문화적 풍토와 분위기를 감지할 수 있다. 또한 국내외 작품과 문화 전반에 대한 시인의 폭넓은 관심, 그의 직설적 화법과 날카로운 안목, 맑고 순박한 시인의 인간적 면모 등을 엿볼 수 있다. 특히 신문 기자와의 인터뷰인「시인 정지용 씨와의 만담」, 해방 이후 서평으로「시집『얼굴』」을 보며」등의 새로 발굴된 산문이 이목을 끈다.

3) 제 3권 원문 시집

정지용 전집 세 번째 권인『원문시집』은 정지용이 시를 발표할 당시의 지면을 원형 그대로 제시하여 생생하게 그 자료를 볼 수 있도록 편집하였다. 총 266편의 작품을 3부로 구성하여 창작시 152편, 일본어 시 49편, 번역시 61편을 선보이고 있다. 가지런히 조판된 글자와는 또 다른 면모를 원문시집을 통해 확인할 수 있다. 원문 확인의 충실성과 정확성은 연구의 기본이라고 할 수 있다. 이제 연구자들은 원문을 찾는 수고로움을 덜 수 있게 되었다. 이번 새 전집의 발간은 자료 수집의 어려움을 넘어 작품 자체에 충실할 수 있는 계기로 자리잡을 것이다. 새 전집의 자료조사 연구원들의 수고와 노력이 빛나는 부분이라고 할 수 있다.

3. 『정지용 전집』의 발간 의미와 의의

1) 새롭게 발굴된 작품들

『정지용 전집』의 가장 큰 의의는 기존 전집에서 확인하기 어려운 작품 원문을 직접 확인할 수 있다는 데 있다. 백여 편 이상의 새로운 작품이 추가되었으니 새롭게 발굴된 자료를 총망라한 것이 이번 전집의 큰 성과라고 할 수 있다. 「굴뚝새」, 「넘어가는해」, 「겨울ㅅ밤」은 『신소년』(1926.11~12)에, 「그리워」는 『1920년대 시선』(1992)에 수록된 작품인데 초기 민요풍 동시의 면모를 보여준다. 「성부활주일」, 『뉘우침』은 잘 알려져 있지 않은 가톨릭 시로 『별』에 수록된 것이 발굴되었다. 「바다」, 「石臭」 등은 『부인공론』 1권 4호(1932.5)에 수록된 작품인데 2015년 4월 서지학자 김종욱 선생의 도움으로 최동호가 발굴 소개하였다. 정지용은 바다 시편이 많은데, 또 한 편이 추가되어 총 열 편의 바다 시편을 확인할 수 있게 되었다.

또한 후기작 역시 상당히 많이 보충되었다. 「追悼歌」, 「꽃 없는 봄」, 「倚子」, 「妻」, 「女弟子」, 「碌磻理」 등의 작품들이다. 해방 이후 정지용의 시에 대한 연구는 주로 「곡마단」 분석에 초점이 맞추어져 있는데 새 작품의 보충으로 정지용의 말년 시작의 의미를 좀 더 세밀하게 살필 수 있게 되었다. 「宗徒 聖바오로에 對한 小敍事詩」외 9편은 장만호가 발굴하여 2013년 2월 『서정시학』에 공개하였다. 「시그널 불빛」 등의 일본어 시작품은 김동희가, 「자유」 등의 번역시는 최호빈이 발굴하여 2015년 2월 『서정시학』에 공개했다. 이러한 작품들을 총망라하여 정지용 시의 면모를 총괄하여 살필 수 있다는데 이번 전집의 의의를 찾을 수 있을 것이다.

2) 일본어 시와 산문들

정지용은 교토 도시샤 대학 예과에서 수학하던 시절 일본어로 시를 써서 『街』, 『同志社文學』 등의 동인지와 문예지 『近代風景』에 발표하였다. 1925년에서 1928년 사이의 일이니 영문시 번역에 앞선다. 「카페프란스」, 「爬蟲類動物」(1925)과 같은 실험적인 작품들이 잘 알려져 있다. 「夜半」, 「耳」, 「ステッキ」와 같이 일본어 시만 전하는 경우도 있다. 교토 유학과 일본어 글쓰기는 정지용의 시적 개성을 만들어낸 지점이어서 일본 시인이나 시단과의 영향 관계가 여러 연구자들에 의해 논해진 바 있다. 정지용은 조선어와 일본어 사이를 오가며 창작 방법을 모색하고 조선어의 고유성과 미적 감각을 개발하기 위해 애썼던 것으로 보인다.

일본에 산재한 자료를 발굴하여 수록한 것이 다른 전집과는 차별되는 이번 전집의 커다란 성과라고 할 수 있다. 정지용이 유학생 시절에 일본어로 쓴 시와 산문 자료가 다수 발굴되어 그의 초기 시편을 연구할 수 있는 새로운 계기를 마련해주었다. 이번 발간된 『정지용 전집』에는 『自由詩人』, 『同志社大學豫科學生會誌』 등에서 새로 발굴된 정지용의 일본어 시와 산문이 수록되어 있다. 일본어 작품 원문과 초역을 제시하여 정지용의 초기 창작 국면을 면밀히 살필 수 있게 해준다. 영문 번역시와는 또 다른 차원에서 번역이 정지용에게 준 영향을 생각해 볼 수 있다. 이번 정지용 전집에 수록된 일본어 시는 47편으로 2편을 제외하고는 모두 원문 확보가 가능한 것으로 밝혀져 있다. 새로 발굴된 일본어 시는 정지용에게 일본어 시의 창작이 배움의 도구이자 식민지 지식인의 고뇌를 털어놓을 수 있는 방편으로 작용하고 있다는 사실을 말해준다.[9] 조선시의 창작 주체로서 정지용이 일어시를 창작하는 과정에서 조선어의 개성은 새롭게 인식되었으며, 현실과 이상이 충돌하고 화해하는 지점에서 조선적 감성은 새롭게 개발되었던 것으로 보인다. 이 지점에 정지용의 시적 개성과 조선 문학의 특수성을 다시 논의해 볼 수 있을 것이다. 국문 시가와 일본어 시의 비교, 선후 관계, 비교 고찰이 가능하다는 점에서 연구 영역이 크게 확대되어 앞으로 새로운 연구를 기대할 수 있을 것이다.

3) 번역물의 검토와 비교 연구의 가능성

정지용 연구에 있어 번역물에 대한 관심이 높아졌고, 번역시와 창작시의 영향 관계나 상관성에 대한 연구가 많이 제출되어 왔다. 한자어와 일본어, 영어 사용에 익숙했던 정지용에게 번역은 유효한 학습의 도구이자 창작의 방편이었던 것으로 보인다. 정지용은 휘문고보에 다니던 시절 타고르의 『기탄자리』 시편 일부를 번역하여 교지에 소개한 바 있다(1923).[10] 교토 유학을 마치고 조선에 돌아와 영문시를 소개하는 작

---

9   김동희, 「정지용의 일본어 시」, 『서정시학』, 2015.봄, 180면.
10 최동호, 「정지용의 타고르 시집 『기탄자리』 번역 시편에 대하여」, 『한국학연구』 39, 한

업이 이어졌다.『대조』,『시문학』(1930) 등에 발표한 윌리엄 블레이크의 번역시에는 시어 선택에 세심한 노력을 기울인 흔적이 보인다. 번역시에 없는 시름이나 고달픔 등의 정조가 추가되면서 그의 초기 민요풍의 동시가 만들어진다. 이후『해외서정시집』(1938),『경향신문』(1947),『산문』(1949) 등에 수록된 월트 휘트먼의 번역시에는 초월적 감성이나 관념적 사유가 드러나는데 이는 이념적 공백을 메우기 위한 정지용의 의식적 노력이라고 할 수 있다. 그는 영문시 번역을 통해 시어로서 조선어의 개성을 발굴하고 자기 세계를 모국어로 새롭게 구축하고자 시도하였다.[11]

시세계 전반의 흐름을 재구성해볼 수 있을 뿐만 아니라 개별 작품의 비교 연구도 가능하다. 예를 들어 정지용의 「유리창」을 그의 일본어 번역시 「窓た曇る息」과 월트 휘트먼의 시 "Whispers of Heavenly Death"와 비교해보면, 그의 언어 감각이나 이미지 구축 방식에 대한 보다 섬세한 접근이 가능하다. 일본어 시 창작과 영문시 번역을 오가며 정지용이 예민하게 고르고 벼린 조선어가 조선적 서정으로 자리 잡았다는 것은 정지용이 당대 시대적 흐름과 조건 속에서 번역을 통해 자신의 언어를 구축해나간 시인이라는 사실을 시사해준다.[12]『정지용 전집』에 수록된 번역 자료를 통해 비교 연구의 가능성이 무한히 열린 셈이다.

국학 연구소, 2011.12.
11 이근화,「정지용의 영문시 번역과 시 창작의 상관성 연구」, *JOURNAL OF KOREAN CULTURE* 24, 한국어문학국제학술포럼, 2013, 148~170면.
12 이근화,「이 교과서의 주인은 누구인가」,『서정시학』, 2015.가을, 140~151면.

4) 연구의 편의를 제공하는 도표, 부록, 사진 자료들

1권 부록으로 시인 연보와 원문확보 자료가 제시되어 있다. 시인 연보를 읽으며 정지용 생애의 주요 국면과 대표작 발표 시기를 파악하는 것이 가능하며, 해방 이후의 상황과 최근의 연구 국면까지 알 수 있다. 시집 원문 자료의 수치를 한눈에 파악할 수 있는 것이 통계 도표이다. 정지용의 총 시편은 279편으로 창작시가 167편, 일본어 시가 47편, 번역시가 65편이다. 발표 매체 원문이 확보된 것이 259편이고, 원문이 확보되지 않은 것이 20편에 불과하다고 하니 전집 발간의 수고와 노력이 어느 정도였는지 가늠할 수 있다. 또한 시 작품 전체의 창작 연대와 발표 시기, 발표지, 특이사항, 발굴자를 일일이 도표화하여 제시하고 있어 작품에 익숙한 연구자라면 이것을 따라 읽는 것만으로도 정지용 시의 세부를 조망할 수 있는 한 방법이 될 수 있을 것이라 생각된다. 2권 부록은 산문 연표와 연구자료 목록이다. 새로 발굴된 산문의 면면과 그간의 연구 자료 목록이 보충되어 유용하게 활용할 수 있다. 3권 부록은 정지용 시 원문 목록으로, 창작시 편, 일본어 편, 번역시 편의 원문 수록 지면이 제시되어 있다. 이들 부록을 검토하여 활용하는 것만으로도 새로운 연구의 방향과 가능성이 잡힐 것 같다.

정지용의 시편들이 형성한 "두터운 미학적 성층"(유종호)을 확인하기 위해서 이번에 새로 발간된 『정지용 전집』을 손에 들 수 있는 것은 행운이다. 정지용 연구의 범위가 확장되고 새로운 연구의 가능성이 열리게 된 것은 이번 전집이 제시한 비전이다. 원문의 충실성을 높이고 풍부한 자료를 제시함으로써 독자적 연구의 길을 모색하자는 편저자의 뜻이 앞으로 여러 연구자들에 의해 이행될 것으로 전망된다.

5부

김수영 시 연구

제1장

김수영 시의 관념성

1. 김수영 시어의 특수성

김수영은 속어와 비어 등을 시어로 과감하게 사용하였다. 또한 그의 시에는 관념어와 추상어, 외래어 등도 빈번하게 드러난다. 유재천은, 김수영이 흔히 비시적이라고 생각되어 금기시 해 온 일상어를 시작에 과감하게 도입함으로써 우리 시의 시어 확장에 기여했다고 언급한다.[1] 김수영이 구사하는 언어의 다양성과 그 시적 포용력은, 시어의 목록을 통해서가 아니라 개별 작품에서의 시어의 효과에 의해 증명되어야 한다. 시의 언어는 일상어와 대립하는 것이 아니며, 시인의 언어는 시대의 언어의 영향 속에서, 이미 쓰여진 다른 시의 언어와의 대립과 변별로 형성되기 때문이다. 김용희 역시, 김수영의 '언어 혼용의 문제'를 지적하고 있다. 그는, 김수영의 다중적 글쓰기는 일종의 번역불가능한 근대의 혼종을 드러내는 것이며,[2] 일본식 한자어의 사용과 영어의 도입은 근대 도

---

1   유재천, 「김수영의 시 연구」, 연세대 박사논문, 1986, 100면.
2   김용희, 「김수영 시에 나타난 다중 언어와 혼성성」, 『서정시학』, 2003.겨울, 73면.

시적 지식인의 일상을 반영한 것이라고 말한다.[3] 김수영의 시어 사용에서 시대적 징후를 읽어낼 수 있다고 하더라도, 그가 구사하고 있는 어휘의 다양성만으로 근대 지식인의 전형적 글쓰기를 규정지을 수는 없을 것이다. 김수영이 그 자신의 시작을 두고 경계하려고 했던 것이 바로 도시적 지식인의 일상이었다. '생활의 언어'가 아니라 '생활에 밀착된 언어'를 보여주는 것이 김수영의 시적 고민이었으며, 김수영은 현실과 문학과 정치를 어떻게 하나로 밀고 나갈 수 있느냐를 고민했다. 그것은 지식인의 일상으로는 극복할 수 없는 것이다.

　김수영의 시작 태도 및 시어의 운용 방식에 주목한 연구로 황현산의 글을 들 수 있다. 그는 말의 추상성과 구체성이 가장 긴밀하게 결합되는 지점으로 모국어의 역량을 끌어올렸다는 점에서 김수영의 시가 민족어의 용법을 확장했다고 말한다.[4] 또 다른 글에서, 시를 쓰는 정신과 말이 그 시적 실천의 현장을 떠나지 않은 데서 김수영 언어의 힘을 발견할 수 있다고 언급하였다.[5] 즉 황현산은 현실 지향의 의지와 시적 순수 지향의 의지가 어느 면으로도 포기되지 않은 데에서 김수영 시의 난해성의 원인을 찾아내고 있다. 김상환의 글 역시 김수영 언어의 동적인 측면과 현실과의 상관성을 잘 말해준다. 그는, 김수영이 수정을 통한 초월을 작시의 본성으로 사유하고 있으며,[6] 그의 시는 형이상학적 영감의 언어론을 배경으로 한다고 말한다.[7] 김상환의 글에서 사용되고 있는 '초월'이나

3　위의 글, 79면.
4　황현산, 「모국어와 시간의 깊이」, 『말과 시간의 깊이』, 문학과지성사, 2002, 436면.
5　황현산, 「난해성의 시와 정치」, 위의 책, 450면.
6　김상환, 「시인과 모국어」, 『풍자와 해탈 혹은 사랑과 죽음』, 민음사, 2000, 214면.
7　위의 글, 217면.

'형이상학적 영감'이라는 어휘들은, 전통적인 의미에서의 문학 창작 태도를 말하기 위해 쓰인 것이 아니다. 생활의 구체적 바탕 위에서 실존적 언어를 유도하고 그것을 통해 현실의 구체적인 계기들을 이끌어내어 반성하고 변화를 모색하려는 김수영의 시작 방식을 문제삼은 것이라고 할 수 있다. 김수영 역시 시의 내용과 소재에 대해서가 아니라, 그것을 대하는 시인의 의식과 태도에 대해서 언급하는 경우가 더 많다. 김수영이 시의 가치를 긍정할 때는 시적 방법 자체에 대한 회의와 반역이 가능할 때뿐이다.[8]

김수영의 관념어 사용에 대한 언급을 김시태의 글에서도 부분적으로 찾아볼 수 있다. 그는 안이한 허무주의와 관념에의 도피로 기울어질 가능성을 언급하면서 김수영에게서 50년대 한국시의 한계를 발견할 수 있다고 말한다.[9] 그러나 김수영은 관념어나 추상어를 시어로 사용하면서도 관념성이나 추상성에 빠져들지 않고 오히려 그것을 경계하고 지연시키려는 시어의 운용 방식과 시적 전개를 보여준다. 리얼리티를 보여주고 현실의 구체적 단면을 구상화하는 방식으로 관념어나 추상어를 사용한다는 것이 매우 역설적으로 생각되지만 바로 거기에 김수영의 시어 운용 방식의 특징이 있다고 할 수 있다. 경직된 사고와 관념성에서

---

8 "詩無用論은 시인의 최고 혐오인 동시에 최고의 목표이기도 한 것이다. 그러나 진지한 시인은 언제나 이 양극의 마찰 사이에 몸을 놓고 균형을 취하려고 애를 쓴다"(「詩의 '뉴 프런티어」,『김수영 전집』 2(산문), 민음사, 1981, 175면). "나는 詩作의 출발부터 시인을 포기했다. 나에게서 시인이 없어졌을 때 나는 시를 쓰기 시작했다. (…중략…) 시인은 영원한 배반자. 寸秒의 배반자다. 그 자신을 배반하고, 그 자신을 배반한 그 자신을 배반하고, (…후략…)." 「詩人의 精神은 未知」,『김수영 전집』 2(산문), 민음사, 1981, 188~189면.
9 김시태, 「50년대 60년대 시의 차이」,『시문학』, 1975, 85면.

벗어나 생생한 의미의 전화를 이루는 방식과, 경험의 구체성을 살리면서 현실과 소통하는 언어를 구사하는 발화 양상을 검토해야 할 것이다.

한편, 문광훈은 예술과 문학 비평에 대한 전면적인 반성과 검토 위에, 김수영 문학을 재정립하면서 김수영이 예술과 삶의 일치를 보여준다고 말한다. 즉, 김수영의 시적 에너지를 지탱하는 것은 의미론적 파장으로부터 나오는 움직임이며,[10] '문장적 진실'에의 탐구가 시인의 자유를 보장하고, 생애의 역설을 넘어 사랑 속에 부단히 성장하게 된다는 것이다.[11] '움직임'이라는 용어가 모호하기는 하지만, 문광훈은 김수영의 시적 전개 방식에서, 창조적 자기 전개의 과정을 목격하고 거기서 실천의 의미와 문학의 윤리적 측면을 발견해낸다. 어휘의 특성과 그 효과와 더불어 통사적 문장 연결 방식에 대한 고찰이 함께 이루어져야 한다. 관념적 규정과 그 규정에 대해 반복적으로 부정하고 지연시키려는 문장 연결에서 현실을 구상화하는 방식이 또한 추가로 지적될 수 있을 것이다. 즉 시어로서 관념어의 효과 뿐만 아니라 작품 안에서의 관념적 진술을 전개하는 방식을 살펴보는 형식적인 접근이 유효할 것이다.

현실의 구체성과 추상적 관념성이라는 구분 자체가 김수영의 시작을 설명하는데 유효한 것은 아니다. 또한 관념어로 관념만을 드러낼 수 있는 것은 아니며 관념어를 사용하였다고 모든 작품이 관념성에 빠지는 것은 아니다. 그것은 세계 인식의 방법이며 태도의 문제이기 때문이다. 반대로 구체적 사물을 통해 구체적 표현을 얻어내더라도 그것이 세

---

10 문광훈은 앞선 김수영 연구자들이 사용한 속도감, 리듬, 실천, 이행, 운동의 문제를 '움직임'이라는 용어로 정리하고, 그 부단한 움직임의 궤적과 흔적들을 좇아나간다. 문광훈, 『시의 희생자 김수영』, 생각의나무, 2003, 456면.
11 위의 책, 489면.

계를 향한 단독적 발화자의 자기 규정에 불과하다면 관념적일 수 있다. 김수영은 일관된 정서와 논리를 바탕으로 하나의 이상적인 모델을 제시하지 않으며, 모순되고 억압적인 시대의 현실을 초월하려는 태도 또한 찾아보기 어렵다. 그의 시와 산문들은 하나의 정식이나 전체로 환원되지 않는 의미와 거리를 지녔다. 김수영 시의 주제 의식과 시적 실천의 문제를 다루거나 전략적 기법으로서 수사나 형식의 문제에 중점을 두는 연구에 대해, 이 글은 김수영이 구사하고 있는 시어들의 효과와 방향성을 관념어의 사용 양상과 관념적 진술의 전개 방식을 중심으로 살펴보기로 한다. 작품 분석에 도움이 되는 의미 창출의 과정에서나 혹은 논문의 전개 과정에서 사용하는 용어들의 부연을 위해서 김수영의 산문을 부분적으로 인용하기로 한다.

2 . 관념적 진술과 자각의 계기들

1) 관념어의 사용과 시간 의식

우리가 '아름다운 꽃'이라고 말했을 때, 꽃 이외의 다른 식물의 기관이나 개체가 지나온 시간이 그 말속에는 생략되어 있다. 개화의 아름다움에 대해 감탄하는 것만으로 꽃의 내력을 설명할 수는 없을 것이다. 반대로 꽃의 아름다움 속에는 숨어있는 시간과 내력이 있다. 그러한 '꽃'에 대한 진술을 통해서 일상적인 시간의 흐름을 능동적으로 벗어 던지고, 적극적인 의미의 시간을 되찾는 방식이 가능하다. 일상 어법의 모순을 직시하고, 그 어법이 담보로 하고 있는 시간의 허위성을 깨뜨리는 방식을 김수영의 「꽃(二)」을 통해 확인해 보도록 한다.

　　꽃은 過去와 또 過去를 向하여

　　피어나는 것

　　나는 결코 그의 種子에 대하여

　　말하고 있는 것은 아니다

　　또한 설움의 歸結을 말하고자 하는 것도 아니다

　　오히려 설움이 없기 때문에 꽃은 피어나고

　　꽃이 피어나는 瞬間

　　푸르고 연하고 길기만한 가지와 줄기의 內面은

　　完全한 空虛를 끝마치고 있었던 것이다

　　中斷과 繼續과 諧謔이 一致되듯이

　　어지러운 가지에 꽃이 피어오른다

　　過去와 未來에 通하는 꽃

　　堅固한 꽃이

　　空虛의 末端에서 마음껏 燦爛하게 피어오른다

—「꽃(二)」12

　위의 작품 「꽃(二)」에서, '꽃'의 아름다움에 대한 일반적인 감탄과 수식

---

12 『김수영 전집』 1, 민음사, 1981, 99면. 이하 반복 시 책명을 기재하고, 권수와 면수만을
　밝힌다.

을 찾아보기 어렵다. '꽃'이라는 존재는 어떤 특정한 계절의 감수성이나 존재론적인 고민을 환기시키지 않으며, 꽃에 대한 화자의 서술이 감동적으로 다가오지도 않는다. 오히려 관념적이고 추상적인 한자어를 사용한 서술만이 반복된다. 그 서술도 부정과 지연의 방식으로 이루어진다. 일차적으로 개화라는 사건과 그것에 대한 인식을 따라갈 수 있을 뿐이다.

꽃은 '過去와 또 過去를 向하여' 피어난다. 거듭되는 '과거'의 강조는, 개화의 현재 속에서 단순히 과거에 대한 결과로서의 '꽃'(씨앗)이나 미래에 대한 아쉬움으로서의 '꽃'(낙화)을 말하기 위해서가 아니다. 충만한 생명력이 발현되는 순간은 충분히 사건적이다. '種子'(과거의 꽃)나 '설움의 귀결'(미래의 꽃)에 대한 것이 '아니다'라는 부정 어법의 사용이 그것을 보여준다. 오히려 사건으로서의 '개화'는 과거나 미래에 대한 고려가 없으며, '설움이 없기 때문에' 발생한다. 여기서 설움이 없다는 것은, '꽃의 시간'을 읽어내는 힘을 통해 설움을 극복할 수 있는 자리에 시인이 위치해 있다는 것을 보여준다.[13] 김수영은 설움의 극복 속에서 사건으로서의 개화를 목도한다. 꽃의 사건적 드러남은, 무에서의 창조가 아니라 끝없는 시간을 지나 온 식물의 생명력의 폭발이다.

'푸르고 연하고 길기만한' 가지와 줄기의 끝에 매달린 꽃은, 식물의 총화로서 우리가 '가지와 줄기의 내면'을 보는 것 역시 꽃을 통해서이다. 어떤 일정한 시간을 지나 피어난 꽃은, 마찬가지로 어떤 공간 속에 존재한다. 정지되고 붙박혀 있는 듯한, 식물의 의식할 수 없는 자리를 개화를

---

13 이 작품에 드러난 '꽃'에 대해서, 김혜순은 "선회의 자리를 벗음으로써 현사실성을 벗은 꽃"이며, "企投된, 到來한 시간의 상징"이라고 말한다. 김혜순, 「김수영 시 연구」, 건국대 박사논문, 1993, 206면.

통해 발견할 수 있다. 일상의 지각으로 인식할 수 없는 자리에서 천천히 성장하고 있었던 가지와 줄기의 끝에 어느 순간 '꽃'이 매달리게 되고, '꽃'은 식물이라는 전존재를 드러냄으로써 한 공간을 오롯하게 점유하고 있음을 알린다. '완전한 空虛'를 끝마칠 수 있게 된 꽃의 아름다움과 그 아름다움이 현현하는 순간은 한 공간을 점유하고 드러나는, 식물이라는 존재에게 일어나는 '사건'이고 그 현장을 포착하는 시인의 언어가 「꽃(二)」이다.

꽃 속에 감추어진 시간의 역사를 밝혀내고 그 공간적 점유의 의미를 밝혀내는 것이 김수영의 작품이라면, 이 「꽃(二)」에 사용되는 시의 언어는 다분히 관념적이고 추상적이다. 그러나 그러한 시어들은, '꽃'이라는 단어에 부착되어 있는 평범하고 일상적인 의미를 강조하거나 개화에 대해 찬탄하기 위해 쓰여진 것이 아니다. 좀더 적극적으로 그러한 의미의 고착에서 벗어나기 위해 김수영의 언어들은 전개된다. 의사 소통이나 사전적 정의를 위해서가 아니라 관념과 추상을 벗겨내기 위하여, 혼란 그 자체를 미덕으로 하는 '꽃의 언어'들이 있다. 개화를 설명하는 진술로서, '놀랍다', '아름답다'를 쉽게 예상할 수 있다면, '어지럽다'('어지러운 가지와 줄기'), '견고하다'('견고한 꽃')는 시인이 만들어 낸 개화의 언어라고 할 수 있다. 우리의 의식이나 감각 속에서 '아름답고 놀라운' 꽃은 이 작품을 통해 '어지럽고 견고한' 꽃으로 새롭게 피어난다.

김수영의 언어 속에서 꽃은, '어지러운 가지와 줄기'에 피어나는 '견고한 꽃'이다. 이 '어지러움'과 '견고함'이 '꽃'이라는 일상적 관념을 혼란시키고 교란시키는 언어이다. 김수영의 꽃이 새로운 꽃으로서 '마음껏 燦爛하게' 피어오를 수 있는 것은 이 '어지러움'과 '견고함'을 통해서이다. 김수영은 「生活現實과 詩」라는 산문에서, 포오즈만 있는 시를 경계해야 한다고 말하면서, 언어의 서술에서 뿐만 아니라 언어의 작용에서도 현실을 이기는 시인의 방법을 찾아야 한다고 언급한 바 있다.[14] '어지러운 가지'에 피어오르는 '견고한 꽃'이, 작품 「꽃(二)」의 언어의 작용을 가장 극명히 드러내주는 시어이며, 관념어의 빈번한 사용에도 불구하고 이 작품에 힘이 맺혀있는 곳이다. 새로운 자유를 행사하는 진정한 시의 기준으로서 그가 꼽은 것이 바로 이 힘의 소재이다.

'中斷과 繼續과 諧謔이 일치'되는 것을, 시인은 '꽃'을 통해서 새롭게 본다. 꽃은 잎과 뿌리의 기능의 지속으로서 혹은 지난 시간의 '繼續'으로서 피어나고, 공허를 끝마치고 '中斷'된 결과로서 피어난다. 개화는 아름다움으로 충만된 시간이 아니라, '계속'과 '중단'이 상호 충돌하는 사건이다. 이러한 시공간적 충돌과 변하지 않는 꽃의 생명력의 대비는, 개화를 '諧謔'의 순간이 되게 한다.[15] 우리의 사고와 관념 속에서 일치할 수 없는 개념들이, 개화라는 사건을 통해 수긍하고 인식할 수 있는 내용으로 다가올 때, 우리에게 일상의 시간과 그 의미 또한 새롭게 인식될 수 있다. 꽃이 '과거와 미래에 통하는' 것이라고 말할 수 있는 것은 '개화'라는 사건에 기대어 있다. '중단과 계속과 해학이 일치'되는 '어지러움' 속에서 '견고한' 자세를 유지할 수 있을 때, '마음껏 찬란하게' 피어나는 꽃과 꽃의 미래를 기대할 수 있다. 우리의 언어 속에 붙박힌 언어

---

14 『김수영 전집』 2, 193면.
15 황현산은 "'중단과 연속'이란 꽃이 그 공허의 끝맺음이자 축적된 시간의 공간적 확장이라는 뜻이 되겠지만, '해학'이란 이 개화가 농담으로나 가능할 것 같은 기적의 실현이라는 뜻으로 읽혀야 할 것"이라고 말하며, "폐허와 절망의 시간에 기적을 신념하기"의 어려움을 말하며 김수영의 용기와 의지를 긍정한다. 황현산, 「모국어와 시간의 깊이」, 앞의 책, 451~452면.

적 관념과 시간 의식은, 김수영이 구사한 관념어와 그 관념어들의 대립과 충돌을 통해 수정된다.

현실은 '개화'의 순간과 같이, '중단과 계속과 해학이 일치'되는 혼돈의 시간대이다. 김수영의 작품에서 현실의 이러한 복잡다단함과 무질서는 주로 '소음'이나 '소란'으로 표현된다. 그러나 그러한 혼란과 충동과 무질서 속에서 김수영은 '사랑'을 발견해낸다. '어지러움'이 방해가 아니라 원조가 되는 것과 마찬가지로, 복잡하고 모순된 일상을 담보로 했을 때 시의 언어는 '생활에 밀착된 언어'가 된다. 위의 작품과 동일한 제목을 갖고 있는 작품 「꽃」에서, "자기상실에 꽃을 피우는 것이 神"이지만 "나는 오늘도 누구에게든 얽매여 살아야 한다"고 말한다. 신이 아닌 인간으로서 그리고 시인으로서 나는, "塵芥와 糞尿를 꽃으로 마구 바꿀 수 있는 나날" 위에 구체적 일상의 세목을 겹쳐 놓는다. '도야지 우리', '국화꽃 위의 이슬', '동네아이들', '쥐똥', '닭'을 바라보며 시인은 "나의 숙제는 미소이다"라고 말할 수 있다. '자유'와 '사랑'은 '설움'과 '공허' 속에 존재하는 것이며, 두 동력 사이에 팽팽하게 마주 섰을 때만이 발견할 수 있는 것이다.

언어는 고정된 것이 아니라 끊임없이 움직이며 순간적인 지표로 떠올랐다가 가라앉는다. 역동성과 전복의 힘을 가진 언어가 생생한 삶의 현장에서 구현될 때, 일상은 새로이 발견될 수 있다. 산문 「변한 것과 변하지 않은 것」에서, 김수영은 참여파의 작품이든 예술파의 그것이든 간에, "'문맥이 통하는' 단계에서 '작품이 되는' 단계로 옮겨서야 한다"고 말한다. 그리고 "진정한 폼의 개혁은 종래의 부르조아 사회의 美 — 즉 쾌락 — 의 관념에 대한 부단한 부인과 전복에 의해서만 이루어진다"고 역설한다.[16] 김수영의 작품 속에서, 관념어의 사용은 그러한 일상적 관념에 대한 부인을 위해 조율되고 있으며 부정의 시적 태도에 의해 견지되고 있다.

2) '글쓰기'에 대한 관념과 현실

'눈'이라는 제목을 가진 김수영의 작품은 모두 세 편이다. 각각 1956년, 1961년, 1966년에 쓰여졌는데, 모두 시인으로서의 자의식을 표면적으로 드러내고 있는 작품들이다. 아래에 인용한 작품은 가장 나중에 쓰여진 것이며, 다른 두 작품에 비해 짧고 간결한 시행으로 되어 있다. 그 주제 의식이나 의미를 파악하기 쉽지 않지만, 6연에 걸친 반복적인 진술을 종합해 볼 때, '눈 내리는 날의 詩作'을 가정해 볼 수 있다. '廢墟에 내리는 눈'으로의 귀결은 다른 「눈」 연작들과 마찬가지로 생활 속에서의 '글쓰기'에 대한 강한 자기 암시로 볼 수 있을 것이다.[17]

눈이 온 뒤에도 또 내린다

생각하고 난 뒤에도 또 내린다

응아 하고 운 뒤에도 또 내릴까

---

16 『김수영 전집』 2, 245면.
17 김수영은 이 작품에 관한 시작 노트에서, "나는 언어에 밀착했다. 언어와 나 사이에는 한 치의 틈사리도 없다. 「廢墟에 廢墟에 눈이 내릴까」로 충분히 「廢墟에 눈이 내린다」의 宿望을 達했다"고 말한 바 있다. 「詩作 노우트 (6)」, 『김수영 전집』 2, 303면.

한꺼번에 생각하고 또 내린다

한줄 건너 두줄 건너 또 내릴까

廢墟에 廢墟에 눈이 내릴까

— 「눈」, 『김수영 전집』 1, 257면

눈은 내리고 "또 내린다". 눈 내리는 것이 겨울날의 일상이라면, 생각하는 것이나 한 줄 두 줄 무엇인가 적어가는 것은 시인의 일상이다. 그러나 '내린다'의 반복은 눈 내리는 풍경을 완상하거나, 자연적 사건으로서 그 풍경의 아름다움을 표현하기 위한 것으로 보이지 않는다. 일상의 평범함을 깨고 '降雪'과 '詩作'이 폭발적으로 만나게 되는 날이 있다. 인식의 저변에 궁극적으로 가 닿는 우연하고도 창조적인 사건으로 바라봤을 때, '나'는 '눈'과 만나게 된다. 이건제는, 이 작품을 통해서 시인은 "자기의 글쓰기를 통해 객관 현상을 읽어내려 한다"고 설명하며, "'내리다'는 '쓰다'와 동의어이다"라고 말한다.[18] '내린다'와 '내릴까'의 반복 구조 속에서 글쓰기가 강하게 환기되는 것은 사실이지만, 그것을 동의 관계가 아니라 긴장 관계로 파악하고자 하는 것이 본논문의 분석 방법이다.

'廢墟'라는 시어가 강력하게 환기시키는 어떤 부정적 이미지는, '눈이 내린다'는 진술과 결합함으로써 그 의미 함량이 현격하게 덜어진다. '폐허'로 상징화되는 상처가 주술적 치유력을 지닌 눈에 의해 치유되는 것

---

18 이건제, 「김수영에 나타나는 '죽음' 의식」, 황정산 편, 『김수영』, 새미, 2003, 92~93면.

이 이 시에서 성취된 본질적 사건[19]이라고 말할 수 있다. '눈'의 이미지나 '내린다'와 '내릴까'의 반복 자체가 여기서 주술적 의미를 지닌 것이 아니라, "눈이 내린다"의 반복이 마지막 구절에서 '폐허'와 결합되면서, '폐허'의 본래 의미나 이미지 또는 상징으로부터 거리를 갖게 된다. "폐허에 폐허에 눈이 내릴까"는 "폐허에 눈은 내린다"의 진술로 전화되면서, '폐허'가 가지는 상징성은 현실적 자장으로 내려오게 된다.

김상환은 이 작품에서의 '눈'은, "기의로부터 분리되어 가는 기표"라고 말한다. "하얀 눈, 그 백색의 도래와 더불어 세상의 사물과 책 속 관념의 실재성은 중량을 잃어버린다"고 설명한다.[20] 김명인 역시 '현실'과 '폐허'를 등가로 놓고, "눈이 내린다"를 통해 부정적 현실을 긍정하는 힘을 읽어내고 있다.[21] 그러나 '폐허' 그 자체가 아니라 '눈 내리는 폐허'가 '현실'을 암시한다고 보아야 할 것이다. 현실이 부정적이고 암울한 공간으로 표상되고 '눈' 자체가 희망과 긍정의 요소로 작용하는 것이 아니라, 그러한 모순적인 계기들을 언제나 동시에 포함하는 것이 현실이기 때문이다. 일상 속에는 무료함과 놀라움이, 절망과 희망이 등을 맞대고 있다. 그러한 발견 속에서 유일한 축복처럼 "눈은 내린다". 눈이 내리는 현상을 통해 시인에게 시쓰기 공간으로서의 현실이, 현실이라는 바탕 위에 시쓰기가 가능하다. '시작'과 '현실'의 관계는 '강설'이라는 사건에 기대어 있으며, 시인에게 일상의 세부가 중요한 것은 그러한 순간들에 대한 직시가 바로 그 일상 위에서 가능하기 때문이다.

---

19 강웅식, 「언어의 서술과 작용, 그 긴장의 시학」, 위의 책, 257면.
20 김상환, 앞의 책, 206면.
21 김명인, 『김수영, 근대를 향한 모험』, 소명출판, 2002, 252면.

한편, 시 쓰는 행간에 '웅아'와 '廢墟'는 같은 층위에 놓여 있다. 어린 아이의 울음소리를 나타내는 의성어 '웅아'는, 다른 어떤 시어들과의 관계보다 '廢墟'와 이질적이지만 그 이질적인 결합 때문에 그것의 기능은 극대화된다.[22] 의성어는 의미가 없는 단순한 의사소통의 언어이지만, 폐허는 그 의미와 이미지가 꽉찬 상징적이고 관념적인 언어이다. 이 두 언어는 "눈은 내린다"의 반복 속에서 같은 층위에서 제시된다. 김수영은 산문에서 "가장 새로운 집념은 상이하게 되는 것이 아니라 동일하게 되는 것이다"라고 말한다.[23] '웅아'와 '廢墟'라는 이질적인 층위의 언어는, 시인에 의해 같은 층위에 놓임으로써 현실의 다양한 면모와 그 가능성을 함축하게 되고, 그러한 현실을 '눈 내리는 폐허'로 긍정할 수 있게 된다.

모순적이고 이질적인 것들을 겹쳐 놓는 김수영의 시작 방법은 다른 작품에서도 드러난다. 「生活」에서 시인은, "좌판 위에 쌓인 호콩 마마콩"을 보고 "모든 것을 制壓하는 生活 속의 愛情처럼 솟아"올랐다고 표현한다. 그리고 잃어버린 "幼年의 奇蹟"을 기억해낸 듯이, "無爲와 生活의 極點을 돌아서" 생활의 전환점에 들어선다. 일상 위에서 가능한 감각을 새롭게 해석하고 자리매김하는 것이다. 김수영은 현실을 전면적으로 부정하지 하고 현실 안에서 부정의 힘을 마련하고자 한다. 현실을 초월하는 것이 아니라 현실을 읽어내는 힘에서 현실 극복의 자세가 마련

---

22 김정훈은, "'웅아'라는 소리는 이제까지 외부 세계를 바로 보지 못하게 했던 시인의 자기 애착이 깨어지는 '파괴의 소리'이며, 세계와 나와의 관계를 올바로 정립하게 하는 '사랑의 소리'가 된다"고 말한 바 있다(「김수영 시 연구―주제 의식을 중심으로」, 황정산 편, 『김수영』, 새미, 2003, 64면). 그러나 상징적 사건으로 해석하지 않고 상징으로부터 벗어나는 시어의 구체성에 주목한다면, '웅아'는 이 시의 의미 구조나 다른 시어와의 관계를 통해 그 기능을 설명할 수 있을 것이다.

23 「詩作 노우트(6)」, 『김수영 전집』 2, 302면.

된다. 구체적으로 시작 안으로 들어왔을 때, 그것은 논리를 통해서가 아니라 반복을 통해서 가능하다. "눈은 내린다"와 "눈은 내릴까"의 반복이 폐허에 눈이 내리게 한다. 따라서, 각 연의 "눈이 내린다"는 진술은, 우리의 감각과 인식에 고정되어 붙박히지 않고 이행의 언어로 활성화된다. "모든 觀念의 末端에 서서 생활하는 사람만이 이기는 법"(「玲瓏한 目標」)이다. 관념을 추구하거나 회피하는 것이 아니라, 그 관념을 통해 현실을 읽고, 그것을 뚫고 나가려는 것이 김수영의 시작 의도라고 말할 수 있다. 김수영은, 김광섭의 「심부름 가는……」이란 작품에서 섬광을 발견했다고 말하는 가운데, '낡은 것이 새로운 것으로 바뀌어지는 순간, 이 시에는 죽음의 깊이가 있다'고 말한다.[24] 사실적 풍경이나 현상 속에 자리잡은 '눈'(낡은 것)이 폐허에 내림으로써 '눈'(새로운 것)으로 바뀌는 것은, 일상의 흐름 속에서 삶의 본원적 충동을 이끌어내는 시인의 작업과 그 언어를 통해서 가능하다.

3. 관념어의 반복과 현실 수정의 원칙

1) 관념어의 병치와 구상화

반복 기법과 관련된 김수영 시의 형식적 특질과 구조에 관한 논의는 많이 이루어져 왔다. 주로 수사적 기법이나 리듬의 문제로 다루어진다.[25] 관념어의 반복과 관련하여서 현실을 구상화하는 방식을 찾아볼

---

24 「生活現實과 詩」, 『김수영 전집』 2, 198면.
25 황동규, 「정직의 공간」, 『김수영의 문학』, 민음사, 1997, 120~128면; 서우석, 「김수영

수 있을 것이다. 앞에서도 언급한 바와 같이 김수영의 관념어 사용은, 추상적이고 관념적인 의미를 강화하는 것이 아니라, 그 견고한 의미의 틀을 허무는 방식으로 작용한다. 「絶望」에서는, '絶望'을 이미지나 수사로 풀어내지 않고 다른 상관물과 병치시켜 반복하고 있는데, '절망'을 현실 속에서 생동하는 것으로 만드는 방법과 그 효과에 주목해 보기로 한다.

> 風景이 風景을 반성하지 않는 것처럼
>
> 곰팡이 곰팡을 반성하지 않는 것처럼
>
> 여름이 여름을 반성하지 않는 것처럼
>
> 速度가 速度를 반성하지 않는 것처럼
>
> 拙劣과 수치가 그들 자신을 반성하지 않는 것처럼
>
> 바람은 딴 데에서 오고
>
> 救援은 예기치 않은 순간에 오고
>
> 絶望은 끝까지 그 자신을 반성하지 않는다
>
> ─「絶望」,『김수영 전집』1, 247면

'風景'과 '곰팡', '여름'과 '速度', '拙劣'과 '수치'는 모두 그 스스로 움직이고 활동할 수 있는 것들이 아니며, 스스로를 반성할 수 있는 주체들 역시 아니다. 대립되는 의미를 가지거나 동일 층위의 언어가 아니어서 연관성을 찾기 또한 매우 어렵다. 1행에서 5행에 이르는 '반성하지 않는 것'

─리듬의 희열」,『시와 리듬』, 문학과지성사, 1981(1993), 142~165면; 이경희, 「시적 언술에 나타난 한국현대시의 병렬법 연구」, 이화여대 박사논문, 1988, 95~116면; 권혁웅, 「한국 현대시의 시작 방법 연구」, 고려대 박사논문, 2000, 180~197면.

들의 세목들은 더 나열될 수도 있을 것이다. 그러나 이어지는 6행의 '바람은 딴 데서 오고'의 돌연함은, 반복적으로 제시되어 있는 앞의 5행에 새로운 기능을 부여한다. 표면적으로는 1행부터 5행의 반복이 문장 형식으로 보면 6행을 위한 것처럼 되어 있으나, "~이 / 가 ~을 / 를 반성하지 않는 것처럼"과 '바람이 딴 데에서 오'는 것은, 의미상으로 연결되지도 않고 수식이나 비유의 층위를 형성할 수 있는 내용도 아니다. 다음 행의 '救援'이 "예기치 않은 순간"에 오는 것 역시 그러하다. 모든 사물과 현상이 "반성하지 않는다는 것"과 '바람'의 방향과 '救援'의 시간은 특별한 연관이 없는 것으로, 문장 상으로 성립되는 진실이지 사실적인 구조가 아니다. 바로 다음 구절에 제시되어 있는 '絶望'이라는 감정의 속성과 그 존재 방식 또한 논리적으로 이해할 수 있는 것이 아니다. '救援은 예기치 않은 순간에 오고', '絶望은 끝까지 그 자신을 반성하지 않는다'는 사실을, 앞의 반성하지 않는 것들과 함께 제시하는 이 무리한 연결은, 역설적으로 현실의 구조와 그러한 현실에 대한 시인의 탄력적인 태도를 엿볼 수 있게 해준다.

작품의 제목은 '희망'이 아니라 '절망'이다. '구원'은 실현될 것이지, 실현된 역사가 아니다. 그러나 무한 반복되는 현상과 완강한 일상 속에서 절망의 언어를 통하여 현실을 재구하고 '구원'의 역사를 예기할 수 있게 된다. '반성하지 않는 것처럼'의 반복에서 드러나듯이, 어느 것도 그 자신을 반성하지 않는 완고한 현실 속에서 불현듯 다가오는 시간이 있다. '절망'의 변하지 않는 자리를 인정함으로써 역설적으로 왜곡된 현실의 환상에서 벗어날 수 있다. 절망을 희망으로 대치하여 읽는 것보다 절망의 완고함 앞에서 희망을 역설하는 것이, 김수영의 시작 방식이라고 할 수 있다. 김수영에게 그것은 초월적인 수사법이나 치밀한 논리를 통해서 가능한 것이 아니다. 이질적인 층위의 언어를 병치시키거나 동일한 구절을 반복하는 것을 통해 희망을 대신하여 절망의 긍정적 기능이 드러난다. 반성하지 않는 절망의 상황 속에서 관념어들을 반복함으로써 시인은 현실을 구상화하고 있는 것이다.

문학적 구원은 종교적인 구원과 거리가 멀다. 문학의 언어와 종교의 언어가 그 기원을 같이하거나 언어의 주술적 성격에서 시가의 기원을 찾을 수 있는 것이 사실이지만, 문학의 언어와 종교의 언어는 양태를 달리 한다. 종교에서 구원은 과거와 미래의 역사적 사실로서, 현재에서는 유보되기 마련이다. 그러한 구원은 죄의식과 두려움의 다른 이름이며, 억압의 기제로 작용하기 쉽다.[26] 종교의 언어는, 희망을 이야기할 때 절망이 가까이에 존재하고 있다는 것에 대해서는 외면하고 있다. 그러나 문학의 언어는 다르다. 언어에 부착되어 있는 자기 망각과 환상과 오해를 벗겨내는 작업 속에서 시대와 호흡하고 역사의 오점을 밝힐 수 있다. 문장적 진실을 넘어서서 구조 바깥의 현실과, 그 현실을 읽어내는 안목이 김수영 언어의 힘이다.

다른 작품 「비」에서, 시인은 밤바람에 흩날리는 '비'를 보며, 그것을 '움직이는 비애'라 규정한다. '새벽을 향하여 가는' 것은 '밤'이나 '바람'이 아니라, 그 '밤'을 배경으로 '바람'에 기대어 움직이는 '비'이다. '비'는 다시 '결의하는 비애', '변혁하는 비애'로 변주되고 청자(혹은 작품 속의 '아내') '너'를 대신해 움직이고 있다고 언급된다. 일상 속에서 감지되는

---

26 프리드리히 니체, 강수남 역, 「지금까지의 최고가치의 비판─종교의 비판」, 『권력에 의 의지』, 청하, 1988, 114면.

수많은 움직임 속에서, 진정한 움직임과 대면하는 순간에 실제로 우리의 삶은 유의미한 시공간으로 이동된다. '비'는 그런 의미에서 다른 '움직임을 제하는 결의'이며 '움직이는 휴식'이라고 할 수 있을 것이다. '비'를 관념적인 어사를 통해 반복적으로 규정하고 있지만, 그러한 규정들이 병치되는 가운데 '비 오는 밤' 속의 화자는 새로운 현실의 시공간으로 이동하고, 그것을 서술하는 언어들은 관념성을 벗어나 현실의 구체적 단면을 그려낼 수 있게 된다.

　김수영은 「生活의 克服」이라는 글에서, '긍정의 연습'과 '부정의 잔재' 사이의 모순과 그에 대한 고민을 '시간에 대한 해석'으로 해결해 보려고 한다. 모든 사물과 현상을 고정된 사실로 보지 않고 흘러가는 순간을 통해서 포착해야 된다고 말한다.[27] 일상의 모든 사물과 현상 속에 내재하는 시간의 깊이를 읽어내고 현실의 공간을 뛰어넘을 비전을 제시하는 것이 시인에게 요청되는 것이라면, 시인의 언어는 일상의 무의미한 반복과 지리멸렬함을 파괴하는 힘을 또한 가졌을 것이다. 그것은 감각의 새로움과 인식의 변화를 수반하지만 그러한 변화와 개혁은 일회적으로 완성되지 않는다. 물론 유예된 시공간을 살아내는 것이 아니라 창조적 시공간을 구현해내는 문제일 것이다.

27　"모든 사물을 외부에서 보지 말고 내부로부터 볼 때, 모든 사태는 행동이 되고, 내가 되고, 기쁨이 된다. 모든 사물과 현상을 씨 ― 동기 ― 로부터 본다." 「生活의 克服」, 『김수영 전집』 2, 61면.

2) 관념의 개진과 시대의 극복

초기 작품인 「孔子의 生活亂」에서 "사물을 바로 보마"와 "그리고 나는 죽을 것이다"의 연결은, '보다'와 '죽다'를 동위에 놓는다.[28] 단순히 보는 것을 넘어서서 존재의 심연까지 들여다보려는 의지를 엿볼 수 있다. 단일한 의미화나 직접적 규정에 의해서가 아니라 다각적인 접근과 개방성에 의해 사물의 존재를 확인하려는 김수영의 시적 의도는 다른 작품을 통해서도 발견할 수 있다. 그리고 그러한 시도 속에서 김수영이 체험하게 되는 죽음의 깊이는 시대적 현실이나 상황과 밀접한 관련이 있다. 식민 시대와 독립, 한국 전쟁의 발발, 미군정과 독재 정권, 4·19를 거쳐 오는 한국 현대사의 굴곡 속에서 겪었던 고난과 정치적 억압은 그의 시작에 깊숙이 개입되지 않을 수 없었다. 따라서 삶과 죽음을 넘어선 생명력, 그 자체의 자율성을 발견하기까지의 과정과 그 역사적 배경을 염두에 두어야 할 것이다. 외부적 상황과 사물의 존재 양상을 통해 나의 실존은 확인되고, 그러한 작업을 통해 나의 현실과 상황을 재점검하고 변화를 기도할 수 있을 것이다.

저것이야말로 꽃이 아닐 것이다

저것이야말로 물도 아닐 것이다

---

28 김현은, 김수영이 모더니즘을 하나의 문학적 조류로 이해한 것이 아니라, 세계를 이해하고 관찰하는 한 정신의 태도로 받아들였다고 말한다. 그리고 그러한 태도는 김수영의 시 초기에 '본다'라는 형태로 나타난다고 지적하며, 바로 본다는 행위가 언제나 괴로움과 결부되고 설움과 비애로 나타난다고 언급한다. 「자유와 꿈」, 『김수영의 문학』, 민음사, 1998, 106~107면.

눈에 걸리는 마지막 물건이 무엇이냐고 물어보는 듯

영롱한 꽃송이는 나의 마지막 忍耐를 부숴버리려고 한다

(…중략…)

늬가 끊을 수 있는 것은 오직 生死의 線條뿐

그러나 그 悲哀에 찬 線條도 하나가 아니기에

너는 다시 부끄러움과 躊躇를 품고 숨가빠하는가

결합된 색깔은 모두가 엷은 것이지만

설움과 힘찬 미소와 더불어 寬容과 慈悲로 통하는 곳에서

네가 사는 엷은 世界는 自由로운 것이기에

生氣와 愼重을 한몸에 지니고

사실은 벌써 滅하여있을 너의 꽃잎 우에

二重의 봉오리를 맺고 날개를 펴고

죽음 우에 죽음 우에 죽음을 거듭하리

九羅重花

—「九羅重花」,『김수영 전집』 1, 41~42면 부분

「九羅重花」는 부정적 진술이 반복되고 있으며 한자로 이루어진 관념어가 많이 사용되고 있다. '꽃'이라는 대상에 마주하여 시인은 그것의 실체를 밝혀내기 위해 반복적으로 규정을 시도하지만 '꽃'은 계속 그러한

시도를 벗어나 존재한다. '꽃'을 그리려는 의지와 인내는, '꽃'의 존재만큼이나 강하지만, 마주한 '꽃' 앞에서 화자는 번번히 그러한 작업을 완수하기 어렵다. 즉 이 작품은 '영롱한 꽃송이'의 실체를 밝혀낼 수 없다는 고백으로 시작되며 그러한 상황은 화자에게 인내의 한계 상황까지 몰고 간다. 나와 마주한 '꽃'은, '꽃'이라는 개념의 정수를 구현하는 그 '꽃'이 아니며, 그 '꽃'이 아닌 다른 형상, 예를 들어 '꽃'의 생명을 유지해주는 '물'이라고 규정할 수도 없다. 시인은 '마지막 붓'을 들고 신중하지만, 그러한 자신의 태도 또한 반성적 거리에 두고 보면 '恥辱'일 수 밖에 없다.

그러나 '恥辱'을 느끼는 순간에 이르러 화자는, '무수한 꽃송이와 그 그림자'를 다시 보게 된다. 집합적 개념으로서 '꽃'이 아니라 개별적 존재로서의 '무수한 꽃송이'와 그 '그림자'를 바라볼 수 있게 된 지점에서부터 자기 전환이 이루어지고 해석적 전망을 가질 수 있게 되는 것이다. '나의 붓'과 '꽃' 사이에 아무것도 없을 것이라고 기대하지만, 사실 그 사이에는 무수한 시공간이 존재한다. 누구에게도 글을 보이지 않을 시대가 왔으면 좋겠다는 진술을 통해 그 무수한 시공간 속에 남겨져 있는 과오가 있음을 깨닫게 된다. 그제서야 꽃, '너'를 다시 보고 '無量의 歡喜'에 젖는다.

'忍耐'와 '恥辱', '歡喜'로 연결되는 감정과 태도의 변화로 이 작품이 종결되었다면, '글라디올러스'는 깨달음의 매개체이거나, 관념적 사고 전개를 위한 모티프로 기능했을 것이다. 하지만 반성적 사유의 태도 바깥에 서서 화자는 다시 '꽃'을 본다. 전환의 기점에 들어서서 시인은 '꽃'에 대해서 처음부터 다시 기술하기 시작한다. 1연에서와 마찬가지로 7연에서도 부정 어법을 사용한 진술이 반복되지만 그것은 앞의 진술과는 다르다. '꽃'은 많은 관념들로 다시 불려지지만 그 관념적 진술들은 변주되면서 앞선 관념적 진술들을 견제한다. 관념어들이 관념적 의미망에 스스로 빠지지 않고, 관념을 구제하는 방식을 해석과 지연의 긴장 상태 위에서 찾아볼 수 있는 것이다. 해석과 그것을 지연하는 방식은, '날개'에 대한 부연을 통해서도 찾아볼 수 있다. '꽃'은 초월적 아름다움으로 존재하는 것이 아니라 忍耐와 勇氣를 다하여 날개를 펴야 하는 능동적 존재로 그려진다. '現代의 가시 철망' 옆에서도 '꽃'의 아름다움은 변하지 않고 그 존재를 알리고 있기 때문이다. 내면적 소통의 언어를 기대하는 것이 아니라, 실존적 자기 고백과 극복의 언어로서 '관념어'는 활용되고 배치되고 있음을 확인할 수 있다.

그렇게 꽃의 존재와 존재 상황을 직시한 후에, 화자는 꽃을 그 자체의 자율성을 가진 존재로 바라볼 수 있게 된다. '물'이 아니며 '그 누구의 것'도 아닌 '꽃'은, 물같이 엷은 '날개'를 펴며 자신의 '무게를 안고 날아가려는 듯'하다. '물이 아닌'의 부정과 '물같이 엷은'의 비유 사이에는 해석과 그 해석을 지연시키려는 태도가 숨어 있다. '忍耐'와 '勇氣'를 다하라고 격려하면서도, '너의 무게를 스스로 안고 날아'가야 한다는 객관적 태도를 견지하는 진술을 번복하는 것 또한 그러한 이중의 열망을 보여준다. 화자가 '꽃'에서 '죽음'을 보는 것은 그러한 이중의 열망이 단번에 끝날 수 있는 것이 아니라는 것을 '꽃'을 통해서 확인했기 때문이다. '生死의 線條'를 끊을 수 있는 꽃이지만 그러한 '悲哀에 찬 線條도 하나가 아니'라는 사실 또한 '꽃'을 통해서 증명된다. '마음 놓고 고즈넉이' 있는 모습과 '부끄러움과 躊躇를 품고 숨가빠하는' 모습이 꽃에게서 동시에 확인된다. 시인은 生氣와 愼重을 '한 몸에 지니'기 위해서는 설움을 딛고

'힘찬 미소와 寬容과 慈悲로 통하는 곳'으로 나아가야 한다고 말한다.

　마지막 연의 1행, '사실은 벌써 멸하여 있을 너의 꽃잎'에서, '사실은'은 꽃의 존재가 그러한 관념적 해석과 그것의 충돌과는 무관한 자리에서 선험적이고 자율적으로 '二重의 봉우리'를 맺고 날개를 펴고 있으리라는 시인의 확신을 보여준다. 앞선 진술 자체를 무의미한 것으로 돌리는 것이 아니라 그러한 진술의 지향성을 강조하기 위한 또 다른 종류의 반성적 사유이다. 또한 세 번 반복되는 '죽음 위에'를 통해 죽음을 극복한 '생명력'을 다시 한 번 강조한다. 그 꽃의 이름은 '九羅重花'이다. '구라중화'는 '글라디올러스'를 음차한 것이지만 '九羅'는 거듭되는 죽음의 양상과 고난을, '重花'는 꽃잎의 모양과 화자가 견지하려는 이중의 태도를 암시해준다.[29] 어느 소녀가 알고 일러준 '꽃'의 이름은 '글라디올러스'이지만,[30] 그 '꽃' 앞에서 나는 '구라중화'와 만나게 된다.

　「구라중화」에 드러난 시인의 정신적 행로 속에는 무수한 관념의 개진을 찾아볼 수 있지만, 그러한 과정을 통해 역설적으로 실존적 자기 인식에 이르며 현실의 구체성을 깨닫게 된다. '꽃'의 존재에 구체적으로 다가갈 수 있는 계기는 그것의 '그림자'와 '現代의 가시철망'이라는 존재 상황을 통해서이다. 글을 보이지 않아도 되고, 적을 치지(進擊) 않아도 될 시대를 꿈꾼다는 것은 아직은 그러한 시대에 이르지 못했다는 것이다. 꽃의 존재 양상은, 그것을 목도하는 시인의 시대적 특수성을 보여준

29　'九羅'에서 '九'는 죽음의 숫자로 볼 수 있다. 한편 '羅'는 '늘어서다' 또는 '그물'의 뜻이지만, 불교에서 이 글자는 '수가 많은 것', '여러 많은 것' 등의 의미를 가진다(『불교대사전』 상, 홍법원, 1998(2003), 532면). 한편, '重花' 역시 한자식 조어인데, '重'은 '무겁다' 외의 '거듭하다'의 뜻을 고려할 수 있을 것이다.

30　이 작품에는, "어느 소녀에게 물어보니 너의 이름은 글라지오라스라고"라는 부제가 달려 있다.

다. 관념어를 풀어쓰지 않고 관념의 충돌을 통해 부정적 시대상이 지양
되는 곳을 향하여 시어는 움직인다. 관념과 관념의 충돌과, 해석과 그것
을 지연하려는 이중의 태도 속에서 시인은 그러한 행로의 진실성을 보
장받을 수 있게 된다. 단일한 사건과 규정할 수 있는 존재에 대한 확신
을 보여주는 것이 아니라 죽음을 거듭하는 행위 속에서 생명력과 자율
성은 보장받을 수 있음을 간접적으로 시사한다.

〈설사의 알리바이〉에서 역시 시대적 억압은 '他意의 規制'라는 시어
로 드러난다. "우리의 행동 이것을 우리의 시로 옮겨놓으려는 생각은 단
념하라 괴로운 설사"라는 진술 속에는, 이중의 열망이 들어 있다. 행동
을 시로 옮겨야 한다는 강박과, '괴로움의 이행'을 통해서 그러한 강박
을 넘어서려는 의지가 그것이다. "언어가 죽음의 벽을 뚫고 나가기 위한
숙제가 오래"된 것은 그러한 이중의 열망이 쉽게 해결되지 않기 때문이
다. 그러한 이중의 열망을 부여해 놓은 현실과의 대립과 긴장이 시인에
게 '괴로운 설사'를 일으킨다. 최하림은, 김수영에 대해서 '나'를 포기하
고 시대에 투신하지는 못했지만 현실의 구체적인 면에서 그 '나'에 대한
탐구를 멈추지 않고 있다[31]고 말한 바 있다. 시대에의 투신 속에서 시의
자리를 견지하는 것과, 시를 통해 나에 대한 탐구를 지속하는 것은 전혀
다른 방식일 수는 없을 것이다. '나'는 타자와 공동체를 떠나서 존재할
수 없다는 사실을 고려한다면, 김수영에게서 '나'와 '시대'는 그렇게 멀
지 않은 것처럼 보인다.

한편 김지하는 김수영의 자기 폭로와 부정의 정신을 긍정하면서도

---

31 최하림, 『김수영 평전』, 실천문학사, 2001, 335면.

그의 문학의 폭력이 그릇된 민중관 위에 선 것이며, 그 풍자는 매우 위험한 칼춤일 수밖에 없다고 말한다.[32] 민중 시학의 입장에서 김수영의 포에지 자체에 대한 의의와 한계에 대한 언급을 전면적으로 부정할 수 없다고 하더라도 김수영이 끝까지 고수하려고 했던 시의 바탕으로서의 '생활'이 '민중의 바깥'이었다는 비판은 다른 의미에서 유효성을 갖기 어려운 것으로 보인다. '민중'이라는 모호한 실체와 그 개념의 문제를 떠나서, 김지하의 실천이 보여준 절대성 만큼이나 언어적 현실에 대한 회의와 반성 속에서도 현실은 재발견될 수 있기 때문이다. 김지하가 말하는 것처럼[33] 소시민적 일상 또는 서울 중인 계층의 그것이라는 비판이 유효하려면,[34] 김수영의 시 바깥에 있는 것을 그를 비판하는 척도로 삼지 않아야 한다. 김수영의 관심은 민중의 안팎의 문제에 있는 것이 아니라, 문학 안에서 현실을 견지하려는 긴장을 놓지 않으려는 데에 있었던 것으로 보인다. 50년대 전후 김수영에게 '민중성'의 결핍을 탓하기 전에, 과연 그러한 시대에 '민중'의 개념이 유효했던 것인가를 먼저 점검해야 할 것이다. 한편 김지하가 민중문학의 모범적 양식으로 "민족서사시의 대단원적 형식"(곧 민요와 민예의 풍자와 해학, 민중적 비애와 추를 그 미학적 개념으로 하는)이라는 명제를 제시하는 것과는 달리 김수영은 일관된

---

32 김지하, 「풍자냐 자살이냐」, 『김지하 문학 전집』 3, 실천문학, 2002, 39면.
33 김지하, 「시대를 고민하는 사상가의 행로」, 『서정시학』 대담(방민호), 2003.봄, 28면.
34 역사의 현장인 현실로부터 멀리 떨어져 있다거나, 소시민적 삶에 종속되어 있다는 비판은, 김시태와 정과리의 글에서 찾아볼 수 있다. 한편, 백낙청과 염무웅은 김수영의 문학적 성과를 긍정하면서도 그의 시세계가 민중시학을 수립하는 데까지 나아가지 못하고 있음을 한계로 지적한다. 김시태, 「50년대 60년대 시의 차이」, 『시문학』, 1975.1, 84~85면; 정과리, 「현실과 전망의 긴장이 끝간데」, 『문학, 존재의 변증법』, 문학과지성사, 1989, 237~260면; 백낙청, 「참여시와 민족문제」, 『김수영의 문학』, 민음사, 1997, 166~172면; 염무웅, 「김수영론」, 『김수영의 문학』, 민음사, 1997, 139~165면.

정서와 논리를 바탕으로 하나의 이상적인 모델을 제시하지 않는다. 김수영에게, 그것은 끊임없이 부정하고 벗어나야 할 것이지 추구해야 할 것은 아니었다.

4. '생활'의 잠재적 가능성

김수영 시의 현실 참여적인 면모는 대다수의 논자들에 의해 지적되었다. 여기서는 그것을 김수영이 구사하는 언어의 차원에서 살펴보았다. 김수영의 언어는, 언어와 그 주변부를 포섭하는 힘을 가지고 있다. 그가 구사하는 어휘의 다양성과 포용력을 말하는 것이 아니라 밀도를 말하는 것이다. 김수영은 사물의 형상과 일상의 사건 속에서 시간의 깊이를 읽어내고, 그것을 지금 여기의 현실적 공간에 자리잡게 하는 힘을 보여준다. 그러나 그것은 일회적으로 완성되거나 현실 초월적인 성질의 것이 아니다. 시어의 선택은 일차적으로 문맥의 적합성에 있겠지만 김수영의 경우, 또 다른 기율이 작동하고 있는 것으로 보인다. 그것은 '생활'의 잠재적 가능성을 통해서이다. 김수영은 일상의 무기력과 폭력성을 비판하면서도 그 위대함을 긍정할 수 있게 되는 지점을 시의 언어를 통해서 마련한다. 즉 일상에 자리잡은 세부들이 시공간과 대화하고 있다는 것을 발견했을 때, 김수영의 언어는 고정 관념과 사실에 대해 배반의 준비가 되어 있다. 불가능을 사랑하고 선천적인 혁명가인 시인으로서, '정치가에게 허용되지 않은 시인만의 모럴과 프라이드'에 대해 김수영은 언급한 바 있다.[35] 김수영은 일상의 폭력과 이데올로기의 실질적 억압 속에서 그 틈새를 공략하는 실천으로서의 언어를 다룬다.

　김수영은 일생동안 김소월, 김영랑, 서정주와 같은 서정시를 쓰지 않았으며 자연 자체를 완상하는 시를 쓰지 않았다는 점에서 반전통주의자[36]이다. 그러나 관념어 사용의 양상을 통해 살펴본 그의 반전통성은, 전통적으로 언어가 가지고 있는 내포적 의미를 불신하고 언어적 진실을 회의하고 있는 데서 찾을 수 있었다. 언어 안에서 그것에 고착된 의미를 파괴하고 변형시키고, 구체적 현실과 소통의 통로를 마련하는 실천적 기제로 언어를 다룰 때 문학의 윤리적 기능과 사회적 존재 양식을 기대할 수 있을 것이다.

　　어제의 시나 오늘의 시는 그(시인)에게는 문제가 안 된다. 그의 모든 관심은 내일의 시에 있다. 그런데 이 내일의 시는 未知다. 그런 의미에서 시인의 정신은 언제나 미지다. 고기가 물에 들어가야지만 살 수 있듯이 시인의 미지는 시인의 바다다. 그가 속세에서 愚人視되는 이유가 거기 있다. 기정사실은 그의 적이다. 기정사실의 정리도 그의 적이다.

　　　　　　　　　　　　　　　—「詩人의 精神은 未知」, 『김수영 전집』 2, 187면

　　언어에 있어서 더 큰 주는 시다. 언어는 원래가 최고의 상상력이지만 언어가 이 주권을 잃을 때는 시가 나서서 그 시대의 언어의 주권을 회수해주어야 한다. 그런 의미에서 모든 시간의 언어는 언어가 아니다. 그것은 잠정적인 과오다. 수정될 과오, 이 수정의 작업을 시인이 해야 하는 것이다. 그래서 최

---

35 「詩의 '뉴 프런티어'」, 『김수영 전집』 2, 175면.
36 염무웅, 앞의 글, 143면.

고의 상상인 언어가 일시적인 언어가 되어서 만족할 수 있게 해야 한다. 아름다운 낱말들, 오오 침묵이여, 침묵이여.

—「가장 아름다운 우리말 열 개」,『김수영 전집』2, 282면

언어는 관념과 추상에 기댄 채 공소한 호소를 하는데 이용될 수도 있고, 권력과 이데올로기의 시녀가 되어 자기 자신을 속이거나 남을 속박하는데 이용될 수도 있다. 또 언어는 현실과 유리되어 떠돌 수도 있고 현실과 적극적으로 소통하고 변화의 계기를 만들거나 스스로 그 변화 자체가 될 수도 있다. 그것이 한낱 관념과 수사로 한정될 것인지, 유동적이고 충만한 놀이로서 그 경계를 확장하고 새로운 시간을 맞이할 것인지 모든 가능성은 열려 있다. 언어는 경험적으로 현실을 바꾸어 놓을 수 있다. 언어를 통해서 뒤바뀐 '운명적 현실'(우연을 하나의 계기로 만들었다는 점에서 '운명적'이라는 것이다)에 대한 기억을 가지고, 김수영은 "더러운 역사의 진창" 속에서 "영원한 인간과 사랑"을 노래하였다.(「巨大한 뿌리」) 경이와 기적이 일어나는 곳은 바로 그 '생활' 속에서이다. "젊음과 늙음이 엇갈리는 순간"의 사랑을, "敵을 兄弟로 만드는 實證"으로서의 다리를 보았다(「現代式 橋梁」)는 점은, 구체적 현실 위에 완강히 서 있는 김수영의 시적 힘을 보여준다.

제2장

김수영 시에 나타난
'그림자'와 '적'의 형상과 기능

융의 자아심리학을 통해 살펴본 김수영 시의 특성

1. 김수영의 시와 융의 자아심리학

어떤 존재가 조형적 형상을 가지고 있다면 그것은 '그림자'를 가지게 된다. 존재로부터 떨어져 나왔지만 그것에 붙어서 존재하는 그림자는, 바로 그 존재가 환영이 아니라 실체라는 사실을 입증해준다. 실재의 증명 방식과 무관하게 우리는 그림자의 존재를 의식한다. 비유적·상징적 차원에서 그림자는 빛(밝음)의 상대 영역 또는 짝개념이 된다. 태양과 반대되는 부정의 원리로서 그림자는 공포와 비밀스러움, 은밀함과 흔적을 내포하고 있다.[1] 육체의 대상對象으로서 영혼의 의미를 가질 때 그림자에 대한 두려움이나 공포의 감정은 증대된다. 다양한 의미 영역을 거느리고 있는 그림자에 대한 비유와 상징들은 문학 작품과 정신 분석학의 영역에서도 유의미하게 적용된다.

---

1   진 쿠퍼, 이윤기 역, 『세계문화상징사전』, 까치, 1996, 315면('그림자' 항목 참조).

김수영의 시에서 '그림자'[2]는, 위에서 제시한 그림자의 여러 의미와 상징성을 두루 가지고 나타나는데, 그러한 작품들은 김수영의 사물 인식의 특수성을 엿볼 수 있게 해준다. 또한 그림자의 부정성이 극대화된 자리에 나타나는 '적'[3]이라는 대상 시어는, 현실을 인식하는 김수영의 치열한 태도와 시간 의식[4]을 반영해준다. 따라서 김수영의 작품에 드러난 '그림자'와 '적'의 형상과 기능에 대한 분석은, 실상과 허상의 대립과 적과 동지의 이분법을 극복하고 화해와 성장에 이르려는 김수영의 시적 의도를 파악할 수 있도록 해준다.[5] 그림자에 대한 인식은 개인에게

---

2 김수영의 작품에서 '그림자'라는 시어가 나타나는 작품으로는, 「애정지둔」(1953), 「구라중화」(1954), 「도취의 피안」(1954), 「더러운 향로」(1954), 「비」(1958), 「가옥찬가」(1959), 「반주곡」(1959), 「파밭가에서」(1959), 「하······그림자가 없다」(1960), 「허튼소리」(1960), 「이놈이 무엇이지?」(1961) 등이 있다. 의미 영역이 조금 다른, '그늘'이 드러나는 작품으로는 「휴식」(1955), 「파리와 더불어」(1960), 「먼지」(1967) 등이 있으나 논외로 한다.

3 김수영의 작품에서, '적'이라는 시어가 나타나는 작품으로는, 「아픈 몸이」(1961), 「적」(1962), 「현대식 교량」(1964), 「적(1)」(1965), 「적(2)」(1965) 등이 있다. '벽'이라는 시어가 드러난 「국립도서관」(1955), 「하루살이」(1957), 「비」(1958), 「사치」(1958), 「그 방을 생각하며」(1960) 「설사의 알리바이」(1966) 등의 작품에서도 '적'이 드러난 작품과 유사한 사유 구조를 엿볼 수 있으나, 다룰 수 있는 작품 수의 제약으로 일단 논외로 미루기로 한다.

4 김수영의 '시간 의식'을 문제 삼은 연구로, 김혜순, 「김춘수와 김수영 시에 나타난 시간의식의 대비적 고찰」(건국대 석사논문, 1982); 조강석, 「김수영 시에 나타난 시간의식 연구」(연세대 석사논문, 2001); 우필호, 「김수영 시의 일상성과 시간의식 연구」(성균관대 석사논문, 2002); 고봉준, 「김수영 문학의 근대성과 전통─시간 의식을 중심으로」(『한국문학논총』 30, 한국문학회, 2002); 김만석, 「김수영 시의 시간의식 연구」, 부산대 석사논문, 2003; 남진우, 「김수영 시의 시간의식」(김명인·임홍배, 『살아있는 김수영』, 창비, 2005, 199면) 등을 참고로 하였다.

5 김수영의 시어에 대한 연구를 보여주는 논문으로는, 문태환, 「김수영 시의 시어 연구」(동아대 석사논문, 1991); 이강현, 「김수영 시 연구─시어를 통한 시의식 전환을 중심으로」(『중부대 논문집』 5, 1994); 오정혜, 「김수영 시의 언어적 특성 연구」(동아대 석사논문, 1997); 사서영, 「김수영 시어 연구」(원광대 석사논문, 2002); 여태천, 『김수영의 시와 언어』(고려대 박사논문, 2005); 장석원, 「김수영 시의 인칭대명사 연구」(『한국시학연구』 15, 한국시학회, 2006) 등이 있다. 김수영 시에 드러난 특정 주어와 서술

혼돈과 무질서를 가져오고, 깊은 회의감과 허무주의에 빠지게 하지만, 바로 이 그림자에 대한 인식은 자아의 통합과 현실화 가능성의 첫 관문이 된다. 바로 이 지점에서 융의 자아 심리학과 연계되는 지점을 발견할 수 있다.

자아의 어두운 이면을 '그림자Shadow'라 부른 융C.G.Jung은, 주체의 개성화individuation[6] 과정을 설명하기 위해 이 용어를 사용하였다. 융은, 사람들이 되기를 원하지 않지만, 우리를 인간으로 만드는 것은 바로 그림자라고 반복해서 강조한다.[7] 즉 그림자는 열등하게 보이고 또 그렇게 나타나지만 개인적 무의식의 그림자는 의식화로써 분화하여 발달되고 창조적으로 변환될 수 있는 것이며, 원형적 그림자인 경우 비록 그것이 불변의 충격적인 인간 속성을 표현한다고 하더라도 그에 대한 인식은 인간 본성의 전체성을 인식하는데 필수적이다.[8] 다시 말해서 그림자와의 조우를 통해 개인은 통합을 경험하게 되고, 이 때 그림자는 어둡고 부정적인 형상 이상의 기능을 인정받을 수 있게 된다. 그림자를 부인하거나 거절하는 것은 자아의 무의식적 기능에 대한 거부이며 억압이다. 즉 그림

어에 대한 해명이 이루어져 왔고, 문장 종결 형식의 특수성이나 반복 어휘에 대한 해명, 비시적인 어휘나 특정한 시어의 쓰임새와 기능에 대한 평가가 이루어져 왔다. 한편, 황현산은, 「모국어와 시간의 깊이」(『말과 시간의 깊이』, 문학과지성사, 2002, 436면)에서, "말의 추상성과 구체성이 가장 긴밀하게 결합되는 지점으로 모국어의 역량을 끌어올렸다"는 점에서, 김수영의 시가 "민족어의 용법을 확장했다"고 말한 바 있다.

6 융의 이론에 정통한 앤드루 새뮤얼은 개성화에 대해 다음과 같이 말한다. "Individuation can be seen as a movement towards wholeness by means of an integration of conscious and unconscious parts of the personality"(Samuel, Andrew(1985), *Jung and the Post-Jungians*, London : Routledge)

7 앤드루 새뮤얼 외, 민혜숙 역, 『융 분석 비평 사전』, 동문선, 2000, 226면('그림자' 항목 참조).

8 이부영, 「그림자의 분석심리학적 개념」, 『그림자』, 한길사, 1999, 77~78면.

자의 발달은 자아의 발달과 평행平行한다.[9] 자아와의 상관관계 속에서만 그림자의 부정적 속성은 긍정적으로 기능하게 되는 것이다. 융이 그림자의 성질을 취급하는데 있어서 프로이트적 원칙을 보존하고 있는 것은, 환자에게 이 그림자의 존재를 의식적으로 소생시키는 일이 치료의 여러 가지 목적을 위해서 필요했기 때문이다.[10]

융은 집단적 무의식에 존재하는 그림자로서, 동시대의 집단적 광기에 대해서 해명한 바 있다. 즉 그림자는 강력하고 비합리적인 토사로서 그 이웃에게 나타나는데, 이것은 우리 시대의 지독한 편견과 박해에 대한 설명으로서 설득력이 있다.[11] 김수영 시의 현실 비판과 수정의 원칙은 근본적으로 당대의 특수한 현실 위에 있다고 할 수 있다. '그림자'와 '적'의 존재를 인정하고 분석하는 것은 개인과 사회의 충동적인 지배력을 깨는 것이 된다. 김수영이 자기 자신을 포함한 폭로와 비판을 감행한 것은 시대의 어두운 면이 바깥 현실에만 있는 것이 아니라, 현실을 인식하는 자신의 내면에 있다는 것을 알고 있기 때문일 것이다. 그리고 이러한 자각은 내면의 투쟁 의지를 강화하는 작용을 한다.

김수영 시에 나타난 그림자와 융의 자아심리학의 그림자 이론은, 위에서 살펴본 바와 같이 실제로 유사한 의미 영역과 기능으로 설명될 수 있다. 그러나 김수영의 시에 나타난 '그림자'의 의미와 융의 자아 심리학을 접합시키고자 하는 것은, '그림자'라는 어휘가 동일하게 발견되기 때문만은 아니다. 각각 다른 분야에서 어휘의 동질성과 의미론적 유사

---

9   욜란디 야코비, 이태동 역, 『칼 융의 심리학』, 성문각, 1982, 177면.
10 위의 책, 178면.
11 앤드루 새뮤얼 외, 앞의 책, 227~228면.

성을 거느리고 있기도 하지만, 인간과 사회에 대한 비판적인 검토와 통합의 열망이 김수영의 시와 융의 심리학에서 동일하게 드러난다. 또한 융의 자아 통합 이론으로 김수영을 다루고 있다고 해서, 서양 이론과의 상통성만을 정통으로 내세우려는 시도는 물론 아니다.[12] 인간이 가지고 있는 문제 해결을 위해 두 지성이 보여준 의지는, 지적 통어 이상의 실천적 대안을 보여준다고 할 수 있다. 즉 현실 사회를 분석하고 실천적 대안을 찾아가려는 두 지성의 면모는, 오늘날의 문학과 사회를 통찰하는 데에도 유효성을 가지고 있는 것으로 보인다.

본론 1장에서는 두려움이나 고민, 수치가 만들어낸 허상으로서의 '그림자'를 살펴보고, 어떻게 이 그림자를 수용하여 자신의 어두운 내면에서 벗어나 투쟁 의지를 강화하는지 살펴보도록 한다. 2장에서는 그림자를 인식하는 것 속에 드러난 역사와 전통에 대한 인식을 바탕으로 하여, 그림자의 부정성이 극대화된 자리에 나타나는 '적'과의 관계와 그 형상성을 살펴본다. 3장에서는 지속적으로 그림자를 이끌고 가는 방식으로서 '길'의 변주를 살펴보도록 한다. 현재에 드리워진 그림자를 적으로 간주하지만, 이 적으로서의 그림자를 '동지'로 이끌고 가는 방식의 현재적 가능성을 점검한다. 이것은 대립 구도를 지양하고, 적과 동지의 이분

---

12 최동호는 「동양사상과 김수영의 시」(『작가세계』, 2004.여름); 「김수영 시적 변증법과 전통의 뿌리」(『문학과의식』, 1998.여름); 「유가철학과 김수영의 「풀」」(『현대시』, 1999)이라는 글에서, 동양 사상과 김수영의 시 정신의 상관성을 해명하고 있다. 부정의 변증법을 통해 긍정에 이르는 시적 방식과 통합 과정의 제시는 본 논문과 방법론은 다르지만 문제의식의 상통성이 있음을 밝혀둔다. 한편, 문광훈의 『시의 희생자, 김수영』(생각의나무, 2002)에서는, 김수영이 가지고 있는 근원적인 동력을 '움직임'이라는 용어로 설명하고 있는데, 상충과 충돌이라는 정신적 과정을 통해 김수영이 어떻게 실천적 언어로 이행해 가고 있는지를 밝히고 있다.

법을 극복한 자리에서 김수영 시의 성과를 살펴보는 작업이 될 것이다.

2. '그림자'와 '적' 형상과 창조적 가능성

1) '허상'의 발견과 투쟁의 염결성

김수영의 초기시를 '보다(바로보다)'의 시적 가능성 위에서 설명할 수 있는데, 이것은 김수영이 사물과 대상의 내면을 꿰뚫어보는 성찰적 자세를 보여주고 있기 때문이다.[13] 사물의 이면과 감추어진 내력을 밝히는 것은 그의 초기시의 특징일 뿐만 아니라, 그의 시 정신을 관통하는 주요 방법이라고 할 수 있다. 김수영이 '그림자'와의 최초의 만남과 혼란의 과정을 시의 표면에 적극적으로 수용하면서 새로운 언어 질서를 창조했을 때, 가장 먼저 문제시되고 있는 것은 허상의 존재와 투쟁의 의미이다.

> 내가 사는 지붕 위를 흘러가는 날짐승들이
>
> 울고 가는 울음소리에도
>
> 나는 취하지 않으련다
>
> 사람이야 말할 수 없이 애처로운 것이지만

---

13 오성호, 「김수영 시의 '바로보기'와 '비애'」(『현대문학이론연구』 15, 현대문학이론학회, 2001); 신용목, 「시론으로서의 시」(최동호 외, 『다시 읽는 김수영 시』, 모아드림, 2005) 등을 참조하였다.

내가 부끄러운 것은 사람보다도

저 날짐승이라 할까

내가 있는 방 위에 와서 앉거나

또는 그의 그림자가 혹시나 떨어질까 보아 두려워하는 것도

나는 아무것에도 취하여 살기를 싫어하기 때문이다

하루에 한번씩 찾아오는

수치와 고민의 순간을 너에게 보이거나

들키거나 하기가 싫어서가 아니라

(…중략…)

나의 초라한 검은 지붕에

너의 날개 소리를 남기지 말고

네가 던지는 조그마한 그림자가 무서워

벌벌 떨고 있는

나의 귀에다 너의 엷은 울음소리를 남기지 말아라

차라리 앉아 있는 기계와 같이

취하지 않고 늙어가는

나와 나의 겨울을 한층 더 무거운 것으로 만들기 위하여

나의 눈이랑 한층 더 맑게 하여다오

짐승이여 짐승이여 날짐승이여

도취의 *彼岸*에서 날아온 무수한 날짐승들이여

— 「도취의 피안」(1954)[14]

인용된 작품에서, 화자의 태도와 시의 주제를 명료하게 정리할 수 없는 것은 반복적 서술과 양보 구문이 일관적 해석을 끊임없이 방해하고 있기 때문이다. 시의 대상에 대해 쉽게 긍정하거나 부정하는 말이나 행위가 시적 화자에게 두려움을 불러일으키게 되는 것은, 근본적으로 현실 속에서 시인 자신을 방기하는 일로 연결될 수 있기 때문일 것이다. 도취의 피안에서 날아온 새, 바로 그 새에 취하지 않으려는 태도는 새의 울음소리조차 허용하지 않는 의지를 낳게 하며, 이는 그림자에 대한 방언 본능과 연결된다.

시적 화자는 1연에서 "나는 취하지 않으련다"고 선언한다. 이후 서술은 그러한 선언에 대한 해명의 성격을 가지는데, 도취에 대한 염오厭惡의 감정이 드러난다. "~을 위해서"의 긍정적이고 유목적인 방식이 아니라, "~이 싫어서"의 부정적이고 회피의 방식을 통해서 시적 진술을 이어나가고 있는 것이다. 그 염오는 내 자신에 대한 강한 연민과 애착을 동반한다. 화자는 자신의 부끄러움과 두려움(2연), 수치와 고민(3연), 공포(7연)에 대해서 잘 알고 있으며 그것을 애써 숨기지 않는다. 즉 아무렇지도 않게 쉽게 인정해버리는 듯하고, 더 위중하고 시급한 것은 도취하지 않는 것이라고 가장하지만, 이러한 역설은 거꾸로 그러한 감정을 정화하고 엄격한 태도를 갖추려는 의지의 강화라고 볼 수 있을 것이다. 지

---

14 김수영, 『김수영 전집』 1, 민음사, 1981, 43~44면. 이후 본문에서 작품을 인용할 때는 작품명과 해당 면수만 밝히기로 한다.

붕 위를 날아가는 날짐승들의 (조그만) '그림자' 조차도 싫은 것은, "아무 것에도 취하여 살기를 싫어하기" 때문이고, "시간을 가르쳐주는 것이 나는 싫"기 때문이다. 존재론적 괴로움은 '그림자'의 시각적 영상 너머 청각적 두려움으로 전이된다. "날짐승의 (엷은) 울음소리" 조차도 남기지 말기를 요구한다.

'도취의 피안'은 새가 날아온 곳이며, 도취하지 않은 내가 지향하는 곳이기도 하다. 지붕 위를 날아가는 날짐승에 취하지 않는 자기 염결성이야 말로, 바로 그 새에 이를 수 있는 가장 엄격한 방식이라고 할 수 있다. 바로 이 엄격한 자기 발견과 숙고의 자세는 '새'를 보는 동시에 새의 '그림자'를 인식하는 힘에서 비롯된다. '그림자'에 대한 인식이, 본질에 대한 이행의 기본 관문이 된다는 점이 중요하다. 날짐승의 "그림자가 떨어질까 보아 두려워하는 것", "네가 던지는 조그마한 그림자가 무서워" 등의 진술로 보아, 그림자는 본질이나 현상의 이면에 있는 어떤 왜곡된 형상을 가진 것으로 이해할 수 있다. 두려움과 무서움의 감정으로 그것을 대하는 것은, 허상이 자기에게 침투하는 것에 대한 강한 거부인 동시에 방어라고 할 수 있다. 바로 그러한 감정에 대한 확인만이 대상과의 거리를 가질 수 있게 한다. 감정의 폭로와 자기반성에 이르러 이 '그림자'에 대한 두려움은 극복되며, 대상을 바로 볼 수가 있게 된다. 마지막 연에서 취하지 않고 늙어가는 나, 맑은 눈의 나를 위해, 새를 다시 불러본다. "짐승이여 짐승이여 날짐승이여".

한편, 날짐승은 비행할 수 있기 때문에 유일하게 그림자와 거리를 취할 수 있는 존재이기도 하다. 날짐승에 대한 시인의 욕망은 이러한 특성에 기인한 것인지도 모른다. 그러나 인간은 궁극적으로 날짐승의 습생을 따라갈 수 없다. 바로 그렇게 때문에, 즉 인간으로서 '그림자'와 항상 맞붙어 존재하기 때문에 '맑게' 눈을 뜨고 바로 보아야 한다. 명철한 인식과 차가운 이성을 유지하고자 하는 것은 인간의 현실적 존재 방식에 대한 고민으로부터 나온 것이라고 할 수 있다. 작품의 제목인 "도취의 피안"은 자신에 대한 엄격한 태도가 현실의 부정성에 대한 투쟁의 바탕이 된다는 인식에서 비롯된 것이다. 그러나 생활은 쉽게 극복되지 않으며 시대의 고통은 일시에 사라지는 것이 아니다. 나의 노래가 생활과 시대의 현실에 대한 애정에서 비롯된 것이라면, 그것은 지극히 느리고 둔하게 그 영향력을 행사할 뿐이다. 그러한 속도에 대한 수용에서 사랑을 배울 것인가 고독을 배울 것인가의 선택의 문제가 남는다. 다음 작품은 그러한 고민의 한 단면을 보여준다.

조용한 시절은 돌아오지 않았다
그 대신 사랑이 생기었다
굵다란 사랑
누가 있어 나를 본다면은
이것은 확실히 우스운 이야깃거리다
다리 밑에 물이 흐르고
나의 시절은 좁다
사랑은 고독이라고 내가 나에게
재긍정하는 것이
또한 우스운 일일 것이다

조용한 시절 대신

나의 백골이 생기었다

생활의 백골

누가 있어 나를 본다면은

이것은 확실히 무서운 이야깃거리다

다리 밑에 물이 마르고

나의 몸도 없어지고

나의 그림자도 달아난다

나는 나에게 대답할 것이 없어져도

쓸쓸하지 않았다

— 「愛情遲鈍」(1953), 『김수영 전집』1, 26〜27면

「애정지둔」 역시 해석을 통해 일정한 의미를 획득하기 어려운 구조를 가지고 있다. 일정하게 반복되는 어휘와 문장의 반복 속에서 의미의 산출을 기대하기 어려운 대신에 일정하게 대립되는 요소와 그것에 대한 '나'의 태도의 긴장성과 지향성을 읽을 수 있다. 그 핵심에는 '태양'을 위시한 '시절'(시간)의 변화가 있고, 나의 '몸'과 '그림자'의 소멸이 있다. 그 것을 관통하는 것은 '사랑'과 '애정'이며 '백골(죽음)'이다. 차가움과 뜨거움의 대비 속에서 더디게 깨달아 가는 화자의 시간과 생활에 대한 조언을 재구성해 보는 것이 유효한 해석 방법이 될 수 있을 것이다.

화자는 "조용한 시절"을 대신하는 자리에 "(굵다란) 사랑"과 "(생활의) 백골" 생겼다고 말한다. 여기서 "조용한 시절"이 오지 않는다는 것은 어떤 지향점, 목표가 거부된 것을 말하는 것으로 보인다. 바로 그 돌아오지

않는 조용한 시절을 대신하여 생긴 사랑과 백골이 시간의 흐름 속에 나를 변화시켜 놓는다. 변화와 대체에 대한 시인의 해석과 그 고백은 부끄러움과 두려움을 동반한다("누가 있어 나를 본다면은 이것은 확실히 우스운 / 무서운 이야깃거리다"). 그러나 스스로에게 대답할 것이 없어져도 쓸쓸해지지 않는다. 자신에게 사랑을 고독이라고 재긍정하는 것 역시 그러하다. 다리 밑에 흐르던 물이 마르고, 나의 "좁은 시절"을 지나 "나의 몸"도 없어지고 "나의 그림자"도 달아난다.

'태양'이 인간의 삶을 유전시키고 생활을 반복하게 만드는 것이라면, 그러한 긍정적 원리 아래, 나의 '몸'과 '그림자'가 존재하며 나의 손과 나의 노래가 있다. 그것은 죽음과 소멸이라는 자연스러운 법칙 아래 있지만, 바로 이 몸과 그림자, 손과 노래에 의해 '태양' 아래서 나의 시절과 사랑과 애정을 산출할 수 있다. 그것은 느리고 둔하며, 지극히 어리석고 게으른 것 같은 의장을 가지고 있지만 그러한 깨달음과 깨달음의 자세는 '태양' 아래 존재하는 미미한 인간들의 유효한 삶의 방식이라 할 수 있을 것이다. 또한 조용한 시절에 대한 기다림을 대신할 수 있는 유일한 방식이기도 하다.

'그림자'는 몸의 종속적 존재이며, '태양' 아래 몸의 존재적 증거가 되지만, 그것이 사라지는 자리에서도, '나'는 쓸쓸하지 않다. 나는 나에게 대답할 것이 없어져도 나의 손 위에서 신음하는 애정이 있으며, 물방울처럼 나의 노래가 지향할 방향이 있기 때문이다. 인간으로서 거역할 수 없는 정해진 방향이지만, 이것을 수용하는 태도가 중요한 것이다. 이 작품에서는, 인간의 존재 조건과 그것을 가능하게 하는 태양 아래, 그 대별적 존재의 화해와 이해를 이끌어내는 조건으로서 '몸'과 '그림자'가 위치하고 있다.

「도취의 피안」, 「애정지둔」 등의 작품이 시적 화자의 자기 대결 의식을 보여주고 있긴 하지만, 다소 추상적이고 관념적인 진술과 사유 방식을 보여주고 있는 것 역시 사실이다. 김수영이 현실의 구체성 위에서 사물을 인식하고 적극적으로 투쟁해야 할 대상을 찾아가게 되는 것은, 4·19 혁명과 5·16 군사 쿠데타의 경험하게 된 이후라고 할 수 있다. 시대를 변화시킬 혁명 의식을 체험하고 좌절을 경험하게 된 이후에 시대의 그림자를 분명하게 인식하게 된다. 내부의 적이 그림자라면, 외부의 그림자는 적으로 출현하게 된다. 1960년에 쓰인 「하…… 그림자가 없다」에서는 그가 설정하고 있는 '적'의 형태가 분명하게 드러나며, 자유를 향한 갈망과 투쟁 의지의 강화를 직접적으로 언술한다.

> 우리들의 적은 늠름하지 않다
> 우리들의 적은 커크 더글러스나 리처드 위드마크모양으로 사나웁지도 않다
> 그들은 조금도 사나운 악한이 아니다
> 그들은 선량하기까지도 하다
> 그들은 민주주의자를 가장하고
> 자기들이 양민이라고도 하고
> 자기들이 선량이라고도 하고
> 자기들이 회사원이라고도 하고
> 전차를 타고 자동차를 타고
> 요릿집엘 들어가고
> 술을 마시고 웃고 잡담하고

동정하고 진지한 얼굴을 하고

바쁘다고 서두르면서 일도 하고

원고도 쓰고 치부도 하고

시골에도 있고 해변가에도 있고

서울에도 있고 산보도 하고

영화관에도 가고

애교도 있다

그들은 말하자면 우리들의 곁에 있다

(…중략…)

우리들의 싸움은 하늘과 땅 사이에 가득 차 있다

민주주의의 싸움이니까 싸우는 방법도 민주주의식으로 싸워야 한다

하늘에 그림자가 없듯이 민주주의의 싸움에도 그림자가 없다

하…… 그림자가 없다

하…… 그렇다……

하…… 그렇지……

아암 그렇구말구…… 그렇지 그래……

응응…… 응…… 뭐?

아 그래…… 그래 그래.

　　　　　　—「하…… 그림자가 없다」(1960),『김수영 전집』1, 136~142면

이 작품은 '적'의 형상과 존재 방식, 그리고 '우리'와의 관계 방식을 반복과 나열의 방식으로 설명하고 있다. 제목과 시의 후반의 "하…… 그림자가 없다"는 그러한 진술 행위의 최종적 목표이며 지향이라고 할 수 있다. 따라서 '적'에 대한 해명과, "그림자가 없다"는 진술의 의미망을 쫓아가는 것이 일차적인 해독의 과정이 될 것이다. 나와 너의 모습을 그대로 닮아 있고, 우리들의 일상까지도 흉내를 내는 적은 무엇인가. 만상 만화하는 적은, "우리들의 곁에 있다"(1연). 그러나 바로 옆에 있으면서도 적과의 대결 공간, 즉 "戰線은 눈에 보이지 않는다"(2연). 그래서 싸움이 어렵다. 구체적인 형상과 모습을 가지고 천변만화하는 적은 일어났던 전쟁도 아니고, 그 접전지는 지도상에 없으며, 집과 직장과 동네에서 출현하지만 "보이지는 않는다"(2연) 초토작전의 치열함을 가졌지만 활발하고 보기 좋은 것은 아니다. "언제나 싸우고 있"는 나는 적과 언제 어디서나 함께 한다. "우리들의 싸움은 쉽지 않는다"(3연).

화해하지 않고 언제 어디서나 적과 대면하고 있는 형상과, 구체적인 세목의 나열과 반복은, '적'이 '동지'와 같이 친근하게 존재하게 만든다. 그 적의 의미와 적과의 대면 행위의 의의를 보여주는 것은 4연이다. "민주주의의 싸움"으로서 "민주주의식으로 싸워야 한다"는 싸움의 기술은, 지금까지 진술을 통해 적의 의미와 존재 양식, 그리고 우리와의 관계를 해명해 온 시적 화자가 다다른 결론이며, 그 적을 향한 진지한 토로이다. 여기서 "민주주의"는, 현실 사회의 정치적 원리이기보다는 시인 자신이 일상생활 속에서 지향해야 할 가치이자 최종 목표인 것으로 보인다. 민주주의식의 정치 원리가 확보되지 않은 생활 속에 가득 차 있는 비민주주의식 삶의 형태가 '적'이며, 그 적과의 싸움은 민주주의를 위한 것이다. 그리고 그 싸움은 민주주의적 방식으로 이루어져야 한다. 따라서 "그림자가 없다"는 진술은, 그러한 싸움의 염결성과 치열성을 보여준다. 그림자가 없는 실체란 존재하지 않는다. 그러나 그림자가 없다는 진술은 실재의 부정, 즉 부재에 대한 증명이 아니라 실재에 대한 갈망과 요구이다. 즉 "그림자가 없다"는 부정문은, 부정적 존재에 대한 실존적 요구라고 볼 수 있는 것이다. 그 존재에 대한 갈망이 우리의 싸움을 지속시키며, 그 싸움은 "하늘과 땅 사이에 가득 차 있다"(4연).

마지막 연에서 상황적 아이러니를 동반하는 기묘한 감탄과 반어적 질문은 아직 성취할 수 없는 화해와, 언제 어떻게 변할지 모를 적의 형상을 지속적으로 견지할 수밖에 없는 회의감에 대한 표현으로 이해할 수 있을 것이다. 아직 실현되지 않은 가치를 불러내기 위해 어떤 태도를 가장하는 것으로 볼 수도 있을 것이다. 김수영이 동시대의 현실과 정치를 문제 삼아 적극적으로 투쟁하고 자유를 갈망하고자 하는 시인으로서의 정직한 면모를 보여주고 있다면,[15] 그의 이러한 시적 성취는 낙후된 시대, 자유가 없는 정치 현실, 소시민으로서 무능한 개인에 대한 시인의 자각을 바탕으로 한 것이다. 그러한 개인과 현실에 대한 인식이 시적 허무

---

[15] 김수영 연구에서 가장 빈번하게 지적되고 있는 사항이 바로 이 '자유'와 '정직성'의 문제이다. 임중림,「자유와 순교」; 김현,「자유와 꿈」; 황동규,「정직의 공간」; 김우창,「예술가의 양심과 자유」; 김인환,「한 정직한 인간의 성숙과정」; 유종호,「시의 자유와 관습의 굴레」; 이상옥,「자유를 위한 영원한 여정」등의 글이 있다. 위의 글들은『김수영 전집 3』(민음사, 1997)에 수록되어 있다. 권영진,「김수영론—김수영에 있어서의 자유의 의미」(『숭실대논문집』11, 1981.9); 김종윤,「김수영론—정직성과 비극적 현실 인식」(연세대 석사논문, 1983); 최유찬,「시와 자유와 죽음」(『연세어문학』18, 연세대, 1985); 이광호,「자유의 시학과 미적 현대성」(『한국시학연구』12, 한국시학회, 2005); 임홍배,「자유의 이행을 위한 시적 여정」(『살아있는 김수영』, 창비, 2005) 등의 연구에서도 찾아볼 수 있다.

주의로 귀결되지 않는 것은, 냉철한 비판 의식을 가지면서도 개인과 시대의 어두운 그늘과 한계의 수용 가능성을 시적 언어로 보여주었기 때문이다. 위대한 사랑의 실천[16]이라는 측면에서 그의 이러한 시적 가능성을 비판적 회의주의[17]라고 할 수 있을 것이다.

2) '적'의 영원성과 시간의 조형성

'그림자'는 두려움과 신비의 대상이기도 하지만, 그 부정적 속성이 강화되면 외면되거나 억압의 대상이 되기 쉽다. 또 의식의 표면으로 떠오를 경우 '적'으로 간주되기도 한다. '적'은 '그림자'의 변형으로서, 그림자의 부정적 성격이 강화된 양태라고 할 수 있다. 그러나 이 '적'의 형상은 '그림자'보다 적극적으로 주체에게 작용하며 반성과 성찰을 유도하게 된다. 우리를 위협하는 최대의 위험은 어떤 경우에도 마음의 반응을 꿰뚫어보지 못하기 때문에 생기는 것이라고 할 수 있다.[18] 자아와의 조화로운 공존을 위해서 우리는 적과 사귀지 않으면 안 된다.[19] 김수영 시

---

16 부정 정신을 통해 김수영 시가 궁극적으로 제시하고 있는 바가 '사랑'이라는 문제의식은 다음의 연구에서 찾아볼 수 있다. 황동규, 「양심과 자유, 그리고 사랑」(『김수영 전집 3』, 민음사, 1997); 정효구, 「김수영 시에 나타난 사랑」(『20세가 한국시와 비평정신』, 새미, 1997); 유성호, 「타자 긍정을 통해 '사랑'에 이르는 도정」(『작가연구』 5 1998); 김상환, 『풍자와 해탈, 사랑과 죽음』(민음사, 2000); 강웅식, 『시, 위대한 거절— 현대시의 부정성』(청동거울, 2002); 신형철, 「김수영 시에 나타난 '사랑'과 '죽음'의 의미 연구」(서울대 석사논문, 2002); 강연호, 「위대한 소재와 사랑의 발견」(김명인·임홍배, 『살아있는 김수영』, 창비, 2005)

17 정재찬, 「김수영론—허무주의와 그 극복」, 『1960년대 문학 연구』(예하, 1993)이라는 글은, 이 글과 직접적으로 연결되지는 않지만 허무주의를 극복하는 김수영의 시적 특수성을 해명하고 있는 글로 참고할 수 있다.

18 C. G. 융, 설영환 역, 「무의식의 문—그림자」, 『의식의 뿌리에 관하여』, 문예출판사, 1986, 67면.

19 마리 루이즈 폰 프란츠, 권오석 역, 「개성화의 과정」, 야코비 외, 『C. G. 융 심리학 해

의 '적'이 '동지'(친구)가 될 수 있는 것은, '적'의 형상을 내몰거나 부정하거나 쉽게 지워버리지 않기 때문이다. 그림자를 외면하고 있는 것은 부지불식간에 우리의 적을 돕고 있는 형상이 된다.[20] 적을 동지로 만드는 것이 김수영 시의 한 특성이라고 할 수 있다. 존재와 현상에 대한 질문과 대답의 지연, 형상에 대한 반복적 구축이 드러나는 김수영의 작품에서, 적과 동지의 이분법이 극복되는 방식을 확인할 수 있을 것이다. 이러한 방식은 '현재'라는 시간에 구체적 형상을 부여해주는 시적 구조를 보여주며, 궁극적으로 어떻게 적과 대면해야 하는지를 제시해준다.[21]

> 金海東─그놈은 항상 약삭빠른 놈이지만 언제나
>
> 부하를 사랑했다
>
> 鄭炳─그놈은 내심과 정반대되는 행동만을
>
> 해왔고, 그것은 가족들을 먹여살리기 위해서였다
>
> 더운 날
>
> 적을 運算하고 있으면
>
> 아무 데에도 적은 없고
>
>
> 시금치밭에 앉은 흑나비와 주홍나비모양으로
>
> 나의 과거와 미래가 숨바꼭질만 한다
>
> '적이 어디에 있느냐?'

설』, 홍신문화사, 1992, 32면.

20 M. L. 폰 그란츠, 설영환 역, 「개성화 과정」, C. G. 융 외, 『존재와 상징』, 동천사, 1983, 174면.

21 문혜원, 「아내와 가족, 내 안의 적과의 싸움」, 『작가연구』 5, 1998 참조.

'적은 꼭 있어야 하느냐?'

순사와 땅주인에서부터 과속을 범하는 운전수에까지
나의 적은 아직도 늘비하지만
어제의 적은 없고
더운 날처럼 어제의 적은 없고
더워진 날처럼 어제의 적은 없고

—「적」(1962), 『김수영 전집』 1, 198면

'적'은 작품의 제목이자 시인이 해명하려는 대상이지만, 적에 대한 비유와 설명은 그것의 정체를 분명하게 드러내는 동시에, 그것의 정체를 모호하게 만들기도 한다. 적은 해면 같고, 문어발 같지만(1연), 정체가 없으며 눈이 꺼지듯 사라지고(2연), 아무 데에도 없다.(3연) 이중의 방향성 위에서 '나'는 분명하게 '적'을 느낀다. 그것이 현재적 시간 위에서만 가능하다는 점에서, 적을 의식하는 '나'의 현존적 감각이 드러난다. 그러한 감각에 대한 의식은 적을 향한, 나의 대항의 방식을 마련해주는 단초가 된다.

더운 날을 배경으로 나는 왜 적을 "운산하고 있"는 것일까. 적은 단순히 부정적 속성만 가지고 있는 것이 아니다. '김해동', '정병일'은 시인에게 적대적인 인간으로 간주되지만, 그들은 꼭 '적'이 되는 것만은 아니다. '적'에게도 '동지(벗)'적 성격이 발견되는 아이러니 때문에 시인은 고민한다. 내 과거와 미래를 생각하며 시인은 다시 질문을 던져본다. 하지만 나의 시간 위에 숨바꼭질 같은 질문만이 되돌아온다.(4연) 적의 위치와 그것의 필연적 존재 이유를 동시에 묻는 행위 속에서, 나의 시간은 단선적으로 흘러가는 자연스러움에 빗겨나 있음이 드러난다. "어제의 적은 없다"(5연). 순사, 땅주인, 운전수 등과 같은 구체적 대상들이 나의 '적'인 것처럼 느껴지고, 현재의 적은 시간이 흘러가면 과거의 적이 되어야 하지만 그렇게 현재와 과거라는 시간의 흐름에 따라 적은 사라지지 않는다. 어제의 적은 없다는 것은 현재의 적은 늘비하다는 말이다. 현재의 적이 과거가 될, 미래의 적은 없어야 하지만, 시간의 어느 시점에서도 '적'은 사라지지 않는다.

과거의 적은 이미 '나'의 적이 아니다. '적'은 고정된 내용을 가지고 있지 않으며 어떤 실체도 아니다. 비어 있는 공간이며, 일정한 역할을 가지는 것으로 존재한다. 적은 그것의 내용을 통해서가 아니라 그것의 기능을 통해서 활성화된다. 그러나 절망하거나 회의감에 빠질 필요는 없다고 시인은 생각하는 것 같다. '나'의 '적'은 현재의 나에게 가장 치열함을 보장해주는 역설적 존재가 된다. '적'은 현재의 '나'를 통해 조형적 성격을 얻게 되며, '현재'라는 시간 속에 존재하는 나의 치열한 의식은 '나'의 존재를 증명해준다.

다음 두 편의 시에 나타난 '적'의 형상과 존재 방식을 통해 추상적 시간을 감각하는 주체의 자리를 보다 구체적으로 확인할 수 있다.

우리는 무슨 적이든 적을 갖고 있다
적에는 가벼운 적도 무거운 적도 없다
지금의 적이 가장 무거운 것 같고 무서울 것 같지만
이 적이 없으면 또 다른 적 ― 내일

내일의 적은 오늘의 적보다 약할지 몰라도

오늘의 적도 내일의 적처럼 생각하면 되고

오늘의 적도 내일의 적처럼 생각하면 되고

오늘의 적으로 내일의 적을 쫓으면 되고

내일의 적으로 오늘의 적을 쫓을 수도 있다

이래서 우리들은 태평으로 지낸다

—「적(1)」(1965), 『김수영 전집』1, 244면

제일 피곤할 때 적에 대한다

바위의 아량이다

날이 흐릴 때 정신의 집중이 생긴다

신의 아량이다

그는 사지의 관절에 힘이 빠져서

특히 무릎하고 대퇴골에 힘이 빠져서

사람들과

특히 그가 가장 사랑하는 사람과의 관련을 해체시킨다

詩는 쨍쨍한 날씨에 청랑한 들에

환락의 개울가에 바늘 돋친 숲에

버려진 우산

망각의 想起다

聖人은 처를 적으로 삼았다

이 한국에서도 눈이 뒤집힌 사람들

틈에 끼여 사는 처와 처들을 본다

오 결별의 신호여

—「적(2)」(1965), 『김수영 전집』 1, 245~246면

「적」은 연작 형태를 가지고 있는데, 1962년 쓰여진 앞의 작품이, 적에 대한 현존적 감각 위에서 나의 치열성을 드러내는 방식을 가지고 있다면, 1964년 쓰여진 「적(1)」과 「적(2)」는 적의 존재에 대한 좀더 친절한 해명과 대안을 찾아가는 모습을 보여준다. 적을 대하는 나의 방식은 능숙해지고 여유가 생기지만, 그것은 유연하게 적을 물리칠 수 있기 때문이 아니다. 오히려 적의 허점을 교묘하게 파고드는 나만의 방식에 좀더 몰두해 있는 시인의 태도를 찾아볼 수 있다. "영원한 싸움"에서 우연하게 이기기 위해, 잠시도 그 싸움에서 신경을 놓지 않으려는 적에 대한 태도는, 유희에 가깝다. 이 유희야말로 적을 '동지'로 만드는 또 다른 힘이라고 할 수 있을 것이다. 단 한 번의 싸움으로 패퇴시킬 수 있는 것이 적이 아니기 때문이다. 여기서 유희는 치열함 이상으로 강력한 무기가 된다.

우선 「적(1)」에서, 우리는 김수영 시의 '허무주의'의 연원과 그것을 극복하는 방식을 찾아볼 수 있다. 사라지지 않는 '적'의 존재는 시간을 초월하여, 내용 없이 기능적으로 존재한다. 그래서 적은 어제와 오늘과, 내일의 시간 구분에 따라 명확히 존재하거나 존재하지 않는 것이 아니라, 날마다 새롭게 존재한다. 우리들이 지금 여기에서 "태평으로 지낼" 수 있는 것은 현재의 적이 존재하지 않기 때문이 아니다. 또한 현재의 적

을 간단히 물리칠 수 있고 미래에는 적이 존재하지 않기 때문이 아니다. '오늘'과 '내일'의 적을 동시에 인식하는 것은 사라지지 않는 적에 대처할 수 있는 방안을 제공한다. 어쩌면 우리가 적을 극복하는 방식은 바로 이 영원한 무정형의 시간을 극복하는 방식에 달려 있다고 할 수 있다. 추상적 '시간'을 공유하는 삶의 방식 자체가 '적'의 형상일 수 있다. '내일'을 꿈꾸는 방식은, '적'을 의식하는 것에 의해 가능해진다는 점을 "또 다른 적 — 내일"이라는 구절을 통해 추측해 볼 수 있다.

「적(2)」에서는 몇 개의 짧은 에피소드들이 등장한다. 시에 대한 비유와 성인에 대한 단상으로 이루어져 있다. 시나 성인(또는 성인의 처) 그 자체는 적도, 적이 아닌 것도 아니다. 그러나 시를 "버려진 우산"으로 비유하고, 그것을 "망각의 기상"으로 삼았을 때(3연), 시인에게 적의 존재와 시 쓰기는 무관하게 존재하지 않는다. 또 처를 적으로 삼고 있는 성인의 행보는(4연) 시인에게 있어서 적의 존재와 유사한 관계를 갖는 것으로 드러난다. 흐린 날, 나의 피곤과 피로와 마주하는 적은, 시처럼 망각을 깨어날 수 있게 해준다. 처를 적으로 삼은 성인의 행보처럼, 나에게 '적'은 나의 사랑하는 '처·애인'이다(6연). 적은 귀한 것이면서 동시에 넝마적인 이중성을 갖게 된다(5, 6연). 적을 사랑할 수 있을 때만이 나는 이 "우연한 싸움"에서 이길 수 있을 것이다(7연).

우리는 '적'과 함께 할 때, 오히려 "태평으로 지낼" 수 있다(2연). 적이 없는 상태가 아니라 적과의 균형을 통해서 획득할 수 있는 안정은, 적의 소멸 불가능성이라는 허무주의를 극복할 수 있는 계기를 발견하게 해준다. 가벼움과 무거움을 떠나 존재하는, 시간적으로 경계가 없는 적은 나의 시간 위에, 나의 실체를 자각하게 하고 긴장시키며, 내일의 희망으로 오늘을 경계할 수 있게 해준다. 내일의 적과 오늘의 적 사이, 우리는 적을 버리지 않고 함께 갈 수 있다.

3) '길'의 형상과 성찰적 태도

융의 이론에서, '그림자'는 생존을 위해 유용한 현실적인 통찰과 적절한 반응의 원천이다.[22] 그림자를 인정하고 분석하는 것은 그 충동적 지배력을 깨는 것이지만,[23] 그림자에 대한 인식이 어느 한 순간 완벽한 성숙의 경지에 자아를 이르게 하거나, 깨달음의 정점에 변함없이 주체를 위치 지우는 것은 아니다. 융은 그림자 이론에서, 자아의 통합을 하나의 가능성으로 항상 열어두고 있으며, 집단적 해결과 조정의 방식에 대해 성찰하고 있다. 우리는 현재의 시점에서 과거를 통해 미래를 전망하지만, 어느 시점에서도 분명하고 명확한 주체로 서 있는 것은 아니다. 우리는 우리가 무엇이었는지를 잘 안다. 그러나 무엇이 될 것인지는 모른다.[24] 김수영 시에 나타난 '길'의 형상 속에서 현재의 시간 위에서 과거의 역사와 미래의 역사가 어떤 방식으로 통합될 수 있는지 그 가능성을 점검해 보기로 하겠다. 무의식의 내용이 집단에 의해 조정되는 경향을 보이는 것과 같이, 개인의 삶 속에서 보편적 시간을 검증하는 방식은 역사를 바라보는 김수영의 특수한 시각을 해명해 줄 것이다. 그리고 이러한 방법은 김수영에게 있어서 현실 수정의 원칙과 관련된다.

---

22 C. S. 홀 외, 『융 심리학 입문』, 범우사, 1991, 65면.

23 앤드루 새뮤얼, 앞의 책, 228면.

24 C. G. Jung, *The Structure and dynamic of the Psyche*, London : Routledge & Kegan Paul, 1977, p.346.(이부영, 앞의 책, 80면. 재인용)

길이 끝이 나기 전에는

나의 그림자를 보이지 않으리

적진을 돌격하는 전사와 같이

나무에서 떨어진 새와 같이

적에게나 벗에게나 땅에게나

그리고 모든 것에서부터

나를 감추리

검은 철을 깎아 만든

고궁의 흰 지댓돌 위의

더러운 향로 앞으로 걸어가서

잃어버린 愛兒를 찾은 듯이

너의 거룩한 머리를 만지면서

우는 날이 오더라도

철망을 지나가는 비행기의

그림자보다는 훨씬 급하게

스쳐가는 나의 고독을

누가 무슨 신기한 재주를 가지고

잡을 수 있겠느냐

향로인가 보다

나는 너와 같이 자기의 그림자를 마시고 있는 향로인가 보다

내가 너를 좋아하는 원인을

네가 지니고 있는 긴 역사였다고 생각한 것은 과오였다

길을 걸으면서 생각하여 보는

향로가 이러하고

내가 그 향로와 같이 있을 때

살아있는 향로

소생하는 나

덧없는 나

이 길로 마냥 가면

이 길로 마냥 가면 어디인지 아는가

티끌도 아까운

더러운 것일수록 더한층 아까운

이 길로 마냥 가면 어디인지 아는가

더러운 것 중에도 가장 더러운

썩은 것을 찾으면서

비로소 마음 취하여 보는

이 더러운 길.

―「더러운 향로」(1954), 『김수영 전집』 1, 50~51면

앞서 '그림자'와 관련하여 논의된 김수영의 작품들은, 사물을 이면을 통해서 실체에 접근하거나 허상을 통해 역설적으로 본질을 파악하는 과정을 보여주었다. 또한 그림자의 부정적 양상이 극대화된 '적'이 드러나는 작품들은 대립구도를 극복해가는 주체의 시간을 형상화하였다. 그러나 위의 작품 「더러운 향로」에서 '그림자'는 조금 다른 양상을 보여주고 있어 주목된다. '향로'라는 대상 앞에 마주 선 시적 화자의 인식 방법과 태도가 문제되는 것은 앞의 작품들과 마찬가지이다. 그러나 여기서 '그림자'는 드러낼 것이 아니라 감추어야 할 것으로 다루어진다. "나의 그림자를 보이지 않으리", "나를 감추리"는 어떤 비장함을 내포하고 있는데, "철망을 지나가는 비행기의 그림자보다" 훨씬 급하게 스쳐가는 "나의 고독"을 잡을 수 없다는 진술은, 그러한 비장함을 좀더 극적으로 제시해준다. 이러한 비장함은 대상에 대한 대결 의지를 넘어 궁극적인 소통 가능성을 점검하는 시인의 태도에서 비롯된다고 할 수 있다.

　　'나'와 '향로'는, 시종일관 팽팽히 맞서는 존재로 그려진다. "자기의 그림자를 마시고 있는"의 형상은, 역사를 의식하고 있는 '나'와 긴 역사를 지니고 있는 '향로'의 어떤 공통점일 것이다. 나는 향로 앞에 서서, 향로가 거쳐 온 무수한 시공간을 보게 된다. 나와 향로의 경계는 그러한 마주섬을 통해 허물어진다. 향로가 소유하고 있는 역사성 대신에 "살아 있는 향로"를 마주한 어떤 순간에 나는 "소생하는 나"와 만난다. "이 길로 마냥 가면 어디인지 아는가"라고 재차 반문하는 것은, 그러한 대면 자체가 삶의 모든 국면을 해소시켜주지 못하기 때문이다. 작품의 시작에 드러난 바와 같이 "길이 끝이 나기 전에는" 나는 멈추지 않을 것이지만, 앞의 질문에 답할 수 없는 것도 역시 사실이다. 길은 변화하고 생동하며 내게 무수히 많은 자세를 요구한다. 다만 더러운 것을 통해 마음 취하여 더러운 길을 계속 갈 뿐이다.

'더러운'이라는 수식어는 '향로'와 '길'에 모두 붙는다. "더러운 것일수록 더한층 아까운", "더러운 것 중에도 가장 더러운 썩은 것을 찾으면서" 등에서 보이는 바와 같이, 역설적 표현이 가능한 것은, 이 더러움이 삶을 긍정하는 위대함을 포함하고 있기 때문일 것이다. 즉 더러움을 통해 '길'은 구원 가능한 역사적 현재가 된다. 과거는 경험의 시간을 통과했기 때문에 알 수 있지만 미래는 알 수 없으며 다만 전망할 수 있을 뿐이다. 과거의 시간성을 바탕으로 현재를 점검하고, 다시 과거가 될 현재를 인식하고, 우리의 새로운 현재가 될 미래를 위한 글쓰기 작업을 이행하기 위해 김수영은 '향로'의 역사와 더러움을 문제 삼았던 것이다.

「더러운 향로」에서 '길'은 과거와 현재, 미래를 잇는 상징적 역할을 하며, 시인의 성찰적 태도를 보여주는 배경으로서 구상화된 시공간이라고 할 수 있다. 시인에게 그림자를 확인하는 작업은 이제, '골목'의 형상을 통해 변형·확장된다. 아래 인용한 「아픈 몸이」에서 '골목'은 '길'보다 좀더 개별화된 삶의 국면을 제시해주는 시공간으로서, 어떻게 갈 것인가 혹은 어디로 갈 것인가의 문제를 좀더 구체적으로 묻고 답하는 과정을 보여준다.

아픈 몸이
아프지 않을 때까지 가자
골목을 돌아서
베레모는 썼지만

또 골목을 돌아서

신이 찢어지고

온 몸에서 피는

빠르지도 더디지도 않게 흐르는데

또 골목을 돌아서

추위에 온몸이

돌같이 감각을 잃어도

또 골목을 돌아서

아픔이

아프지 않을 때는

그 무수한 골목이 없어질 때

(이제부터는

즐거운 골목

그 골목이

나를 돌리라

—아니 돌다 말리라)

(…중략…)

아픈 몸이

아프지 않을 때까지 가자

온갖 식구와 온갖 친구와

온갖 적들과 함께

적들의 적들과 함께

무한한 연습과 함께

—「아픈 몸이」(1961), 『김수영 전집』 1, 191~192면

이 작품에서 "조용한", "아픈" 등의 수식어는, 화자의 감각인 동시에 타자의 감각을 주체의 것으로 내면화한 감각이기도 하다. 이러한 수식어들은 시적 주체의 분명한 의도를 보여주는 것으로, 비루한 시공간을 변화시킬 가능성을 내포한 언어라고 할 수 있다. "조용한"이라는 시어는 반복을 통해 기능적으로 활성화되며 시대에 대한 시인의 가치 지향과 목표 의식을 드러낸다. 한편 "아픈"이라는 수식어는 어떤 조건이지 결과적 의미로 한정되지 않는다. 즉 아프지 않은 것이 최상의 존재 양태가 아니다. 한계 조건까지 가는 행위 그 자체의 의미가 더 크다고 할 수 있다. 아픔 자체를 넘어설 수 있는 것은 감각을 통해서가 아니라 극복 의지를 통해서이다. "무수한 골목이 없어질 때"까지 계속 나아갈 것을 시인은 요구한다.

구체적으로 베레모와 신발이 소모되고, 추위로 감각이 둔해진다(1연). 그러나 골목이 없어지고 나서 아픔이 없어지며, 그리고 나서야 상황은 역전된다. 내가 골목을 도는 것이 아니라 "골목이 나를 돌리라"(2연). 이 역전을 통해서 골목은 "즐거운 골목"이 된다. '아픈'은 '아프지 않은'으로 변화되는 것이 아니라 '즐거운'으로 대치된다. 가야한다는 명분과 의지의 이행을 통해서 고통이 활성화된 것이, '아픈'을 '즐거운'으로 만들어주는 것이다. 그러나 아직도 가야할 '길'이 남았다. 아직 "절망의 무수한

소리를 내는" 나의 발이 있고, "늙지도 젊지도 않은 몸"이 있다. 시인은 "곰팡내를 풍겨 넣어라"(4연)고 요구한다. 병원 냄새가 소년에게 휴식이 되는 것처럼, 곰팡내가 나에게 새로운 생산의 동력이 될 수도 있을 것이라 기대한다. 그것은 교회의 일처럼 기적적인 것이지만, 시인에게 그것은 실현될 수 있는 것이며, 가깝게 체감할 수 있는 것이다. "썩어가는 탑"과 "나의 연령"과 "4293알의 구슬"은 모두 이질적인 것이면서 동질적인 것이 된다. 그러한 화합의 동력은, "온갖 적"을 나의 '식구'와 '친구'처럼 만들 수 있는 유효한 방법이 된다. 적과, 적들의 적과 함께 무한한 연습이 가능하고, 이 적들을 동지로 만들 수 있는 힘이 '온갖 적'에 내재하고 있다. 온갖 적을 극복할 수 있는 힘은, 아픔과 함께 가면서 '골목'을 '즐거운 골목'으로 대체할 수 있는 반복 훈련을 통해서 만들어지는 것이다. 수식어의 위계와 의미 변화를 통해 현실을 구상화하는 것은 김수영 시의 주요 언술 방식이다. 「아픈 몸이」라는 작품은 '길'의 형상을 통해 개인의 특수한 삶 위에 보편적 시간과 역사를 투영해보는 시인의 반성적 태도를 확인할 수 있게 해준다.

김수영 작품들에 나타나는 '길'이나 '골목'이 삶의 과정이라는 상징을 내포한다면, 현실 자체를 시의 표면에 직접 문제 삼고 있는 작품으로는 「영사판」을 들 수 있다. 현실에 대한 직접적 언술이 드러나지만 그러한 표현들이 생경한 구호로 떨어지지 않는 것은, '영사판'이라는 소재가 현실의 어떤 국면을 드러내는데 상징적 효과를 발휘하기 때문이다. '고통의 영사판' 뒤에 서서, 시인은 "나는 어떠한 몸짓을 하여야 되는가"라고 반문한다. 그러나 현실에 대한 영상을 일깨우는 것은, 영사판의 빛과 주변의 어둠 너머에서 울리는 "비둘기 울음소리"를 통해서이다. 비둘기는

"이미 날아가 버리고" 없는데, 그 울음소리는 "나의 뼈를 뚫고 총알같이 날쌔게" 달아난다. 시각적 영상을 문제 삼았던 시적 화자에게 청각적 충격의 효과는 "화룡점정이 이루어지는 순간"을 가져다준다. 영사판 위의 검은 현실이 "저마다 색깔을 입고" 나타나며, 비둘기의 눈에서 "붉은 광채가 떠오르는 것을" 볼 수 있게 된다. 현실에서도, 영사판 위에 비친 현실에서도 가질 수밖에 없었던 설움의 감정이 마음속에서 합쳐진다. 환상적 리얼리티를 보여주는 「영사판」 역시 보충적으로 논의될 수 있을 것이다.

3. 대립 구도의 극복과 통합의 방식

인간의 내면과 현실 사회의 밝은 면과 어두운 면의 균열에 대해 인식하고, 그것에 대한 관심을 환기시키고 수정하는 작업은 예술의 영역이면서 동시에 정신 분석학의 영역이기도 하다. '그림자'가 끊임없이 변형되어 돌출되는 것과 마찬가지로, 삶도 미결정의 영역 속에서 변화무쌍한 유동성을 보여준다. 융은, 그림자가 자아와 위치가 바뀌어, 오히려 주체화·가시화되었을 때, 우리 시대의 지독한 편견이나 박해로 이어진다는 점에 대해 경고한 바 있다. 김수영이 당대의 현실 속에서 직면한 전쟁과 독재 정권, 부자유와 억압의 상황 속에서 자유와 혁명을 위해 투쟁했을 때, 그는 지식인으로서 자신이 가지고 있는 허점을 노골적으로 드러내며 당대 현실을 날카롭게 비판한다. 고통과 억압은 특수한 현실 속에서만 있는 것이 아니라 인간 삶의 보편적 조건이며, 개인의 문제를 넘어서는 집단의 문제이기도 하다. 이러한 조건들이 통합의 계기가 될 수 있으며, 사랑을 발견할 수 있는 동력으로 전환시킬 수 있다는 믿음을 김수영은 시적 언어를 통해 보여주었다. 우연과 필연의 경계에서 쉽게 단정 짓거나 결론 내리지 않으며, 무한한 연습과 반복 속에 완강하게 서 있는 시인의 치열함과 정직성을 확인할 수 있었다. 또한 미래를 상상 속에서 실현하는 것이 아니라 현재의 시점에 배치하면서 유토피아의 허구성을 지적하는 측면을 살펴볼 수 있었다. 본 논문의 작업은 김수영 산문과 시론을 통해 보충되어야 할 것이다.

제3장

김수영 시에 나타난 조어造語

1. 조어의 시적 가능성

김수영은 다양한 종류와 층위의 시어를 사용하였다. 다종다양한 시어
의 사용은 김수영의 시적 관심의 폭과 개성을 말해준다. 김수영에게는 시
적인 것이 전제되어 있지 않았으며 어떤 대상이라도 그의 시적 소재가 되
었기에 그의 시어의 진폭도 큰 것이라고 할 수 있다. 외래어와 한자어도
쉽게 찾아볼 수 있으며 비어, 속어 등도 시어로 사용되고 있다. 이를 귀족
주의에서 벗어난 '언어의 범속화'라 부를 수 있을 것이다.[1] 특히 당대의 고
유한 언어를 시어로 활용하는 것은 김수영 시의 두드러진 특징으로서 정
치 상황이나 특정 사건, 문화적 유행 등이 반영되어 있다. 이는 김수영 시
의 정치성 혹은 시적 참여 방식의 차원에서 논할 수 있을 것이다.[2]

---

[1] 김주연, 「교양주의의 붕괴와 언어의 범속화」, 『김수영의 문학』, 민음사, 1983, 272면.
[2] 김수영 시어의 특성과 정치성에 대해서는 황현산의 글 「모국어와 시간의 깊이」, 「난
    해성의 시와 정치」(『말과 시간의 깊이』(문학과지성사, 2002, 413~454면); 김용희,
    「김수영 시에 나타난 다중 언어의 혼성성」(『서정시학』, 2003.겨울, 64~79면) 등을 참
    조할 수 있다.

시어의 다종다양한 특성들은 고유명사나 외래어, 한자어, 인칭대명사 등의 체언 계열에 나타나는 시어의 특성이라고 할 수 있다.[3] 그러나 김수영 시의 특성을 더 잘 말해주는 것은 용언 계열을 시어라고 할 수 있을 것이다. '보다', '생각하다', '알다' 등의 인지 및 사유 과정을 드러내는 서술어를 통해 김수영 시의 독특한 전개 방식과 사유 방식을 살펴볼 수 있을 것이다. 특히 '보다'는 주목을 요하는 시어라고 할 수 있다.[4] 그에게 '보다'는 단순히 보는 것이 아니라 사물을 꿰뚫어 보는 성찰의 과정을 포함한다. 그러한 사유 과정을 드러낼 때도 그는 부정의 문법을 주로 구사한다. 아니다, 못하다, 말다 등의 다양한 부정어 활용 어미를 반복적으로 사용하는 양상을 드러낸다.[5] 또한 김수영의 언어는 사랑과 미움, 기쁨과 슬픔 등의 감정적 대립 양상을 극복하는 양상을 보여주며, 무서움, 놀라움, 연민 등의 감정적 양상 역시 사랑과 자유라는 주제 의식과 연결된다.[6] 시적 혁명과 실천의 문제 및 변증법적 시세계 역시 특정 서술어의 빈번한 출현을 통해 감지할 수 있을 것이다.

이 글에서는 기존의 시어에 대한 연구를 참조하여 김수영 시에 나타난 조어造語의 뜻풀이를 시도하고 김수영식 조어법의 특성을 해명하고자 한다. 김수영의 시에는 아직 명확하게 해명되지 않은 시어들이 산재해 있으

---

3   장석원, 「김수영 시의 인칭대명사 연구―'나'와 '너'를 중심으로」, 『한국시학연구』 15, 한국시학회, 2006, 29~49면; 이근화, 「김수영 시에 나타난 '그림자'와 '적'의 형상과 기능」, 『한국문학이론과 비평』 34, 한국문학이론과 비평학회, 2007, 167~196면.
4   김현, 「자유와 꿈」, 『김수영의 문학』, 민음사, 1983, 105~108면; 주영중, 「김수영 시에 나타난 시각적 경험의 발현 양상」, 『한국근대문학연구』 7-1, 한국근대문학회, 2006, 279~314면; 여태천, 『김수영의 시와 언어』, 월인, 2005, 154~175면.
5   김종훈, 「김수영 시의 '부정어' 연구」, 『한국학』 32-3, 한국학중앙연구원, 2009, 333~357면.
6   이현승, 「김수영 시의 감정어 연구」, 『어문논집』 42, 중앙어문학회 2009, 387~406면.

며, 그의 시어 사용의 독특한 면모와 시세계가 조어 생성의 방식에 드러나기 때문이다. 사전에 등재되지 않은 말이거나 일상생활에서는 다소 낯선 표현을 포함한다는 점에서 이 논문에서 사용하고 있는 조어라는 용어는 언어학적으로 엄격한 의미에서 조어가 아니라 시적인 효과를 기대하여 만들어진 말이라고 보아야 할 것이다. 꼭 시적 효과를 기대하여 만들어진 말이 아닌 경우가 있고, 일부는 조어의 개념에 정확히 부합하지 않는 시어인 경우도 있다. 시적 언어의 창출 과정 속에서 의식적으로 취사선택하여 조합어의 양상을 띤 경우를 모두 연구 대상으로 포함하기로 한다.

개정판 『김수영 전집』 1(민음사, 2003)에 수록된 김수영 시는 모두 176편이다.[7] 이후 김수영의 시와 산문, 일기가 발굴되어 『창작과비평』, 『서정시학』 등의 문예지에 소개되었다.[8] 최근에는 김수영의 육필 원고를 묶은 장정본 『김수영 육필원고 전집』이 출간되었다.[9] 기존의 이러한 성과들을 참조하되, 이 글에서는 초판 전집을 텍스트로 삼겠다. 시어 연구인만큼 한자어 등을 그대로 노출시킨 판본이 적절하기 때문이다. 초판에서 발생한 편집상의 오류나 실제 원고와의 차이에 대해서는 재판본을 참고로 하였다.

---

7   『달나라의 장난』(춘조사, 1959)이 김수영 생존 당시 유일하게 발간된 시집이다. 이후 지식산업사, 민음사, 열음사, 창작과비평사, 실천문학사 등에서 선집, 전집 형태의 시집이 발간되었다.
8   방민호는 김수영의 시 「音樂」과 산문 「해운대에 핀 해바라기」를 소개하였다. 시는 『민주경찰』(4-2, 1950.2.20)에서 산문은 『신태양』(3-24, 1954.8)에서 발굴되었으며 각각 『서정시학』 2005년 여름호와 가을호에 게재되었다. 『창작과비평』(2008.여름)에 "김수영 시인 40주기에 부쳐"라는 제목하에 「김일성 만세」 외 14편의 발굴 시와 일기가 소개되었다. 여태천은 『문화재』(1966)에 수록된 김수영의 산문 「마당과 동대문」을 발굴하여 『서정시학』(2008.가을)에서 소개하였다.
9   이영준 편, 『김수영 육필원고 전집』, 민음사, 2009(김수영의 초고, 미발표시, 육필 원고, 정서본, 가필본 등이 수록되어 있다).

2. 고유어의 경우

김수영은 1921년 서울 종로에서 태어나서 자랐다. 어린 시절에는 조당 유치원에 다녔으며 서당에서 한자 교육을 받기도 하였다. 일본 동경에 유학을 가기 전까지 줄곧 서울의 공립 보통학교와 선린상업학교를 다녔다.[10] 김수영은 "내가 아름답다고 생각하는 말들은 아무래도 내가 어렸을 때에 들은 말들이다. 우리 아버지는 상인이라 나는 어려서 서울의 아래대의 장사꾼들의 말들을 자연히 많이 배웠다"고 말한 바 있다.[11] 전쟁 중에 평양과 부산, 거제도를 오가기는 했지만 그는 줄곧 서울말을 쓰는 환경에서 생활하고 글을 썼다. 지역 방언을 그의 시에서 찾아보기 어려운 까닭도 여기에 있다. 김수영이 서울 중인 계층의 포에지를 보여준다거나[12] 소시민적 삶의 전형을 보여준다는 평가[13]는 그의 서울말 사용과 도시의 일상생활을 소재로 한 그의 시적 특성에서 비롯된 것이다.[14] 궁극적으로 그가 현실에 대해 적극적인 관심을 보이며 시적 참여의 방식에 대해 고민하는 출발점도 바로 여기에 있다.[15] 김수영은 도시의 일상생활 속에서 자신의 시적 언어와 그 운용 방식을 집요하게 파고든다.

---

10 최하림, 『김수영 평전』, 실천문학사, 1981 참조.
11 「가장 아름다운 우리말 열 개」, 『김수영 전집』 2(산문), 민음사, 1981, 281면.
12 김지하, 「풍자냐 자살이냐」, 『김지하 문학 전집』 3, 실천문학, 2002, 39면.
13 김시태, 「50년대 60년대 시의 차이」, 『시문학』, 1975.1, 84~5면; 정과리, 「현실과 전망의 긴장이 끝간데」, 『문학, 존재의 변증법』, 문학과지성사, 1989, 237~260면.
14 김수영의 도시 경험의 특수성에 대해서는 노철, 「김기림의 모더니즘과 김수영의 모더니티」, 『민족문학사연구』, 민족문학사학회, 2000, 33면 참조.
15 이에 대해서는 윤여탁, 「시적 실천으로서의 '참여시'에 대한 평가」, 『문학사상』, 1999.6, 74~83면 참조.

비닐, 파리통,

그리고 또 무엇이던가?

아무튼 구질구레한 生活必需品

오 注射器

2cc짜리 國産 슈빙지

그리고 또 무엇이던가?

오이, 고춧가루, 후춧가루는 너무나 창피하니까

그만두고라도

그중에 좀 점잖은 品目으로 또 있었는데

아이구 무어던가?

오 도배紙 천장紙, 茶色 白色 靑色의 모란꽃이

茶色의 主色 위에 탐스럽게 피어있는 천장지

아니 그건 천장지가 아냐 (壁紙지!) (강조는 인용자)

—「마아케팅」¹⁶

너는 이제 스무 살이다

너는 이제 스무 살이다

너는 여전히 기적일 것이다

너의 사랑은 익어가기 시작한다

너의 사랑은

三八線 안에서 받은 모든 굴욕이

16 『김수영 전집』1(시), 민음사, 1981.(이하 작품은 이 책에서 인용)

三八線 밖에서 받은 모든 굴욕이

전혀 정당한 것이 아니라는 것을 알았고

너는 너의 모든 힘을 다해서 **답쌔버릴 것이다**

너의 가난을 눈에 보이는

눈에 보이지 않는 모든 가난을

이 엄청난 어려움을 고통을

이 몸을 찢는 不自由를 不自由를 나날을……

너는 이제 우리의 고통보다도 더 커졌다

우리는 너를 보고 깜짝 놀란다 (강조는 인용자)

—「六五년의 새해」

「마아케팅」의 '구질구레한'과 「65년 새해」에서 '답쌔버릴'은 문맥상 추정 가능하지만 사전에서 그 뜻을 분명하게 찾을 수 없는 단어들이다. '구질구레한'은 '구질구질'과 '자질구레하다'의 결합어로 보인다. 즉 "어떤 상태나 하는 짓 등이 더럽고 구저분한 모양"과 "모두 다 잘고 시시하다"의 뜻을 결합한 조어라고 할 수 있다. 비닐, 파리통, 주사기 등의 생활 필수품을 수식하는 단어로 문맥과 뜻이 잘 통한다. 줄곧 생활 품목들이 열거되는 이 시에서 '구질구레한'이 수식하는 것은 생활필수품이면서 그러한 것들을 사러 나간 자신의 불충분한 기억력인 것처럼 보인다. '생활인'으로서 모란 무늬 벽지를 사러 가서 이것저것 살 것들을 헷갈리는 자신을 향한 답답함이 토로되어 있다. 여러 가지 사물들을 나열하고 그러한 사물들에 대해 반복 기술하는 이 단속적 리듬감은, 도시 생활인의 삶 그 자체이기도 하다. '구질구레한' 삶의 패턴 속에 놓인 일상인으로서 시인은 소소한 소비 생활을 영위해가고 있으며, 그러한 자기 자신을 표현하는 적확한 언어를 보여주고 있다. 김수영의 언어가 생활 속에 일어나는, 일상을 둘러싼 치욕과 기쁨, 환희와 모멸의 복합성을 꿰뚫고 지나가는 것은 이러한 때이다.[17]

「65년 새해」에서 '답째버릴'의 '답째-'는 '답새다'로 추정되는데, '답새다'는 "① 어떤 대상을 두드려 패거나 족치다. ② 냅다 족치다"의 의미를 갖는다.[18] 경음화된 것은 의미를 강조하기 위한 것처럼 보인다. "모든 힘을 다해"라는 앞의 구절도 경음화에 관여하고 있다. 이 작품은 '너'의 모든 성장 과정 속에서 '기적'을 발견하는 '우리'의 시선 속에서 서술된다. '우리'를 앞서고 능가하는 기적으로서 '너'에 대한 기대와 희망은, '우리'가 실현하지 못한 것들을 희망을 걸고 바라볼 수 있게 만든다. '우리'의 불가능, 한계, 굴욕, 부자유, 고통 같은 것이 기적적인 존재로서 '너'에게는 아무 문제도 되지 않을 것처럼 느껴지는 것이다. 그러나 육오년의 새해 '너'와 '우리'는 함께 과제를 풀어야할 존재로서 서로를 마주보게 된다. '답째버릴'의 주체는 표면상으로 '너'이지만, 그런 너를 바라보는 '우리'에게도 필요한 행동 양식이라고 할 수 있을 것이다. "너는 이제 ~이다"의 반복되는 구절 속에서 마치 주문에 걸린 듯, '기적'을 내면화하는 속도감이 발생한다.

> 데칼트의 『方法通說』을 다 읽어보았지
> 阿附에도 여유가 있어야 한다는 말일쎄

---

17 문광훈, 『시의 희생자 김수영』, 생각의나무, 2002, 449면.

18 북한사회과학원 언어학연구소, 『조선말 대사전』, 사회과학출판사, 1992.

만사에 여유가 있어야 하지만

偉大한 '改憲' 憲法에 발을 맞추어가자면

여유가 있어야지

不安을 不安으로 딴죽을 걸어서 퀘지게 할 수 있지

불안이란 놈 지게작대기보다도

더 간단하거든 (강조는 인용자)

—「晩時之嘆은 있지만」

  인용 작품 「만시지탄은 있지만」에서 '퀘지게'는 김수영의 조어로 추정
되지만 그 의미를 뚜렷하게 알 수 없다. 김수영의 육필원고에도 '퀘지게'
로 나와 있어 오식인 것 같지는 않다. '쾌하다' 또는 '쾡하다'의 변형어로
추정할 수도 있겠으나 문맥상 딱 들어맞는 의미를 구하기 어렵다. "불안
을 불안으로 딴죽을 걸어서"라는 앞의 구절은, 대한민국의 정치 현실을
비꼬는 말 중에 하나다. 루소나 데카르트, 베이컨의 저서를 읽어보아도
대한민국의 정치 현실에 대한 해법을 구할 수는 없다. "귀에 걸면 귀걸이
코에 걸면 코걸이"인 세상이고, "공산당만이 아니면" 사람을 죽여도 끄
떡없고(1연), "만사에 여유가 있어야" 해서 개헌 헌법에도 발맞추어야 한
다(2연). "비수를 써"라는 요구는 때늦은 후회에서 나오는 말('만시지탄')이
다(3연). 따라서 '불안을 불안으로 퀘지게 하다'는 말은, 불안(공포에 가까
운)을 불안이 아닌 것으로 만들어내는, 즉 '유쾌하게 만들어내는' 마구잡
이식 개헌의 현실을 개탄하는 말이라고 할 수 있다. 즉 '쾌하다'의 의미에
가까운 조어라고 할 수 있다. 김수영은 '퀘지게'라는 시어를 통해 반어와
역설의 아이러니를 배면에 깔고, 해법 없는 정치적 현실에 대한 불안함

을 강조하고 싶었던 것이다.

위에서 살펴본 시적 조어들은 용언(서술어) 계열이지만, 체언(명사) 계열에서도 시적 진술의 효과를 두드러지게 하는 시어들을 찾아볼 수 있다.

①

웃음은 自己自身이 만드는 것이라면 그것은 얼마나 서러운 것일까

푸른 목

귀여운 눈동자

진정 나는 器械主義的 判斷을 잊고 시들어갑니다.

馬車를 타고 가는 사람이 좋지 않아요

웃고 있어요

그것은 그림

토막방 안에서 나는 宇宙를 잡을듯이 날뛰고 있지요

고운 神이 이 자리에 있다면

나에게 무엇이라고 하겠나요

아마 잘있으라고 손을 휘두르고 가지요

문턱에서. (강조는 인용자)

—「웃음」

②

나는 발가벗은 아내의 목을 끌어안았다

山林과 時間이 오는 것이다

서울역에는 花環이 처음 생기고

제3장 | 김수영 시에 나타난 조어(造語)　389

나는 秋收하고 돌아오는 伯父를 기다렸다

그래 도무지 모 두가 미칠 것만 같았다

무지무지한 坑夫는 나에게 글을 가르쳤다

그것은 千字文이 되는지도 나는 모르고 있었다

스푼과 성냥을 들고 旅館에서 나는 나왔다

물속 모래알처럼

素朴한 習性은 나의 아내의 밑소리부터 始作되었다 (강조는 인용자)

—「아침의 유혹」

「웃음」에서 '토막방'은 '토막'의 의미를 참조하여 "아주 작은 방"으로 풀이할 수 있을 것이다. 다음 구절 "우주를 잡을듯이 날뛰고 있지요"와 대조되어 아주 작은 방에서 큰 포부를 지닌다는 의미로 읽힌다. '토막방'은 내가 "겨울을 맞이"할 공간이며(13행), 거기서 "나는 내 가슴에 또하나의 종지부를 찍어야" 하는 시간을 맞이할 것이다(20행). "웃음은 자기자신이 만드는 것"(1행)이라서 "시간에 달린 기이다란 시간"을 보는 인내심을 가지고 나는 '어리석음'을 극복해야 한다. '토막방'이라는 공간은 '추운 날'이라는 회의와 고통의 시간을 견디는 공간적 상징을 가지고 있다. 궁극적으로 '웃음'이 탄생하는 '미래'의 시간을 산출할 곳이라는 점에서 작고 초라하지만 긍정적인 공간이다.

「아침의 유혹」에서 '밑소리'는 사전에 등재되어 있지 않은 단어이다. "배나 가슴 아래서 나는 소리"라고 풀이할 수 있을 것이다. '밑소리'를 내는 것이 아내인 까닭에 '밑'이 흔히 그렇듯 '여성의 성기'일 수도 있다. "나는 발가벗은 아내의 목을 끌어안았다"(1행)라는 구절을 참조하면 후자에 가까운 것 같다. 서울역에서 백부를 기다리는 이야기, 시간에 대한 서술 등과 함께 시적 정황이 명확히 그려지지 않는 까닭에 더 이상의 추정은 어려운 것이 사실이다.

'밑소리'를 시어로 사용하는 태도는, '밑씻개', '밥찌끼', '구공탄', '불쏘시개' 등의 일상적 언어를 시어로 거침없이 사용하는 데서도 잘 드러난다. 산문「가장 아름다운 우리말 열 개」에서 "나는 지금도 음식점에서 왕성하게 쓰이고 있는 '맛배기'란 말이 좋은데, 어찌된 셈인지 이 말은 우리말 사전에는 없다"고 하며 사라져가는 생활어에 대한 아쉬움을 토로한 바 있다. '밑소리' 역시 은밀한 개인어의 느낌을 주면서도 시인이 아껴 언제라도 사용할 수 있는 우리말인 것처럼 생각된다.

고유어 영역에서 김수영식 시적 조어는 소위 아름다운 우리말이나 서정적인 언어와는 좀 거리가 있다. 평범하다 못해 다소 거칠고 노골적인 데까지 있다. 백낙청은 "김수영은 '시'라는 레텔이 붙은 현대사회의 많은 상품들을 배격하고 일상생활의 어떤 사건이나 사물처럼 전혀 시 같지 않으면서도 시를 찾는 사람에게는 엄연히 시적 사건이요 사물로 생동하게 되는 그런 시를 노렸"다고 말한 바 있다.[19] 김수영 자신도 글을 쓸 때 실감이 나지 않는 "진공의 언어"를 의식적으로 써보는 것 속에서 "순수한 현대성을 찾아볼 수 없을까" 반문하기도 한다.[20] 고유어의 영역에서 김수영식 조어는 확실히 우리말 시어의 영역을 폭넓게 오가고 있으며, 이는 단순히 미적 감각 그 자체에 의해 조율되는 것이 아닌 것처럼 보인다. 일상을 시적 대상으로 하여 새로운 영역을 개척하고 있는 김

---

19 「김수영의 시세계」,『김수영의 문학』, 민음사, 1983, 41면.
20 『김수영 전집』2, 280~281면.

수영의 포에지를 확인할 수 있었다.

3. 한자어의 경우

김수영식 조어에는 한자어와 관련된 것이 특히 많다. 어렸을 때 서당에서 한자 교육을 받았을 뿐만 아니라 일어에도 능통했던 그의 어학 실력을 고려한다면 한자어로 표현 가능한 특별한 영역이 있었던 것 같다. 김수영의 시에 한자어 표기가 많은 것은 논리의 비약과 당돌한 심상이 많기 때문이라는 평가가 있으며,[21] 그러한 특성은 관념에의 도피 성향으로 지적되기도 한다.[22] 그러나 그의 한자어는 관념적 추상성에 기여하지 않고 구체적인 형상성에 기여하는 경우가 많다. 이러한 역설은 그의 시어 운용에 한자가 많이 사용되더라도 말의 구체성과 진실성이라는 기준이 작용하고 있다는 점을 말해준다. 즉 한자어나 한문 구절에 드러난 난해함은 언어의 추상성과 구체성을 연결 짓는 일과 관련된다.

꽃이 열매의 上部에 피었을 때

너는 줄넘기 作亂을 한다

나는 發散한 形象을 求하였으나

그것은 作戰 같은 것이기에 어려웁다

---

21 유종호, 「시의 자유와 관습의 굴레」, 『김수영의 문학』, 민음사, 1983, 257면.
22 김시태, 「50년대와 60년대의 시의 차이」, 『시문학』, 1975.1, 85면.

국수―伊太利語로는 마카로니라고

먹기 쉬운 것은 나의 叛亂性일까 (강조는 인용자)

―「孔子의 生活難」

　　위에 인용된 작품들에서 '작난作亂'은 '어려움을 만들다[자처하다]'로, "오래 보지 못한 달나라의 장난 같다(「달나라의 장난」)", "신은 곧잘 이런 장난을 잘한다(「나가타 겐지로」)"에서 '장난'과 호응하면서도 뜻이 구별된다. 이어지는 구절 "작전같은 것이기에 어려웁다"와 "나의 반란성", 제목 '공자의 생활난'의 '생활난'이라는 표현과도 통한다. 즉 '작난'이라는 언어 '유희'를 통해 시적인 '어려움'과 '난처함'을 강조하려는 의도를 담고 있다. 이 작품에 대한 꼼꼼한 분석의 시도는 시인의 의도적인 농락에 말려들어가는 것으로, 종래의 시적 관습의 굴레에서 대담하게 벗어난 발화 태도를 엿볼 수 있으며,[23] 교양주의에 대한 은근한 혐오를 찾아볼 수 있다.[24] 유희와 고뇌의 아슬아슬한 줄타기, 장난스러움과 지적 태도의 혼재 사이에서 김수영 시의 발화는 시작된다. '작난' 역시 이러한 관점에서 이해해야 할 것이다. 이후 시가 관념의 유희에 빠지지 않고 실천적 행동의 한 방식으로 자리 잡아야 한다는 시론이 정립되었을 때, 김수영은 스스로 「공자의 생활난」은 다소 히야까시 같은 작품이라고 자평하기도 한다.

　　①

　　술 취한 듯한 동네아이들의 喊聲

23　유종호, 앞의 글, 244~245면.
24　김주연, 「교양주의의 붕괴와 언어의 범속화」, 『김수영의 문학』, 민음사, 1983, 263면.

미쳐돌아가는 歷史의 反覆

나무뿌리를 울리는 神의 발자죽소리

가난한 沈黙

자꾸 어두워가는 白晝의 活劇

밤보다도 더 어두운 낮의 마음

時間을 잊은 마음의 勝利

幻想이 幻想을 이기는 時間

―大時間은 결국 쉬는 시간 (강조는 인용자)

　　　　　　　　　　　　　　　　　　　―「장시(二)」

②

더 넓은 展望이 必要 없는 이 無制限의 時間 위에서

山도 없고 바다도 없고 진흙도 없고 진창도 없고 未練도 없이

앙상한 肉體의 透明한 骨格과 細胞와 神經과 眼球까지

모조리 露出落下시켜 가면서

안개처럼 가벼웁게 날아가는 果敢한 너의 意思 속에는

남을 보기 전에 네 자신을 먼저 보이는

矜持와 善意가 있다

너의 祖上들이 우리의 祖上과 함께

손을 잡고 超動物世界 속에서 營爲하던

自由의 精神의 아름다운 原型을

너는 또한 우리가 發見하고 規定하기 전에 가지고 있었으며

오늘에 네가 傳하는 自由의 마지막 破片에

스스로 謙遜의 沈黙을 지켜가며 울고 있는 것이다 (강조는 인용자)

—「헬리콥터」

① '대시간'과 ② '초동물'이라는 시어는 '大'와 '超'라는 한자어 의미를 고려한다면, "큰·많은 시간", "동물계를 초월한 다른 세계" 정도의 일차적인 뜻풀이를 할 수 있을 것이다.

「장시(2)」에서 화자는 주변의 사물과 사람들을 둘러보며, 서로가 서로에게 괴로움을 주는 "보이지 않는 고문인拷問人"(2연)이 아닌가 반문한다. "무감각의 비애"를 느끼며 살아 있음을 실감하지만 어쩌지 못하는 생활에 대한 패배감이 시의 배면에 깔려 있다. 그것은 시대로부터 온 것("시대의 숙명이여", "미쳐돌아가는 역사의 반복")이며, 아주 사소하고 개인적인 사건("머리가 누렇게 까진 땅주인", "혼미하는 아내")으로부터 온 것이기도 하다. 비애와 패배감을 불러일으키는 생활 속에서 마음을 다스리기 위해 그 모든 사물들을 바라보고 있는 것인지도 모른다. 이 '조망'은 휴식의 한 형식이며, 휴식을 취하는 화자에게 "대시간은 결국 쉬는 시간"이 되는 셈이다.

「헬리콥터」에서는 '헬리콥터(너)'에 대해 개관하고 있지만, 그건 단순히 기계나 기술로서의 헬리콥터에 관한 것이 아니라, 이 땅에 헬리콥터가 등장하게 된 역사와 그 비애를 다루고 있는 것이라고 할 수 있다. "비애의 수직선을 그리면서 날아가는" 헬리콥터를 보며 "너는 설운 동물"이라고 했을 때, 헬리콥터는 마치 살아 있는 역사적 존재처럼 그려진다. 궁극적으로 헬리콥터에 대한 진술은 우리가 지녀야 할 '자유'에 대한 고민에서 비롯된 것이다. '초동물세계'는 '자유의 세계'의 다른 말일 것이다. 현재 완벽하게 주어지지 않은 '자유'가, 현실의 문제를 극복하고 쟁

취해야 할 미래의 것이라는 점에서 그러한 조어가 가능했던 것으로 보인다. 김수영은 구체적인 세계에 발 딛고 그 문제점을 해결하기 위해 사물을 직시한다. 이 작품에서는 '헬리콥터'를 통해 '자유의 세계'를 전망하고 있는 것이라고 볼 수 있다.

「장시(2)」의 '대시간', 「헬리콥터」의 '초동물세계'는 모두 당대를 살아가는 시인의 현실 인식을 보여주는 조어들이라고 할 수 있다. 즉 이 한 자어로 된 조어들은 자신의 문제와 자신이 살아가는 시대가 안고 있는 문제들을 극복하려는 포오즈로부터 산출된 것이다.

> 무엇보다도 먼저 끊어야 할 것이 설움이라고 하면서
> 屛風은 虛僞의 높이보다도 더 높은 곳에
> 飛瀑을 놓고 幽島를 점지한다
> 가장 어려운 곳에 놓여 있는 屛風은
> 내 앞에 서서 주검을 가지고 주검을 막고 있다
> 나는 屛風을 바라보고
> 달은 나의 등뒤에서 屛風의 主人 六七翁海士의 印章을 비추어주는 것이었다
> (강조는 인용자)
>
> ──「屛風」

> 나날이 새로워지는 怪奇한 청년
> 때로는 일본에서
> 때로는 以北에서
> 때로는 三浪津에서

말하자면 세계의 도처에서 나타날 수 있는 千手千足獸

美人, 詩人, 事務家, 농사꾼, 商人, 耶蘇이기도 한

나날이 새로워지는 괴기한 인물 (강조는 인용자)

—「絶望」(1962)

「병풍」에서 '육칠옹해사六七翁海士'를 말뜻 그대로 풀이하자면, "육십, 칠십 세 된 바닷가에 사는 선비" 혹은 "육십칠 세 된 바닷가의 선비"가 될 것이다. "병풍의 주인 육칠옹해사"라는 문맥을 고려하면 죽은 이, 즉 병풍 뒤에 주검으로 누워 있는 사람을 가리키는 것처럼 보인다. 또는 "육칠옹해사의 인장"이라는 말을 고려한다면 병풍을 그린 노인이라고 볼 수도 있을 것이다. 병풍을 둘러 싼 이 인물을 해명하기 위해서는 작품의 맥락을 좀 더 짚어볼 필요가 있다. '주검'과 '나' 사이에 '병풍'이 있어, '병풍'은 '주검'으로부터 '나'를 끊어내지만 나는 '병풍'을 바라보는 위치에서 '주검'으로부터 완전히 분리되지 않는다. 이 거리감으로부터 '설움'은 솟아오른다. 용龍, 낙일落日, 비폭飛瀑, 유도幽島가 그려진 '병풍'은[25] 무관심과 초월의 세계에 있지만 '나'는 그렇지 못하다. "허위의 높이보다도 더 높은 곳", "가장 어려운 곳에" 놓여 있는 병풍을 바라보며 '나'는 주검이 관통하는 삶의 비애에 휩싸인다. 그러한 비애를 두드러지게 하는 것이 '나'의 등 뒤에서 비추는 '달'의 존재다. 삶의 이쪽에 놓인 인물로서 '나'와 삶의 저쪽에 놓인 '육칠옹해사'가 대립된다는 점에서, '육칠옹해사'는 죽은 이로 보는 것이 좋을 것이다.

---

25 '비폭(飛爆)'은 '비폭(飛瀑)'의 오기로 보인다. "아주 높은 곳에서 세차게 나는 듯이 떨어지는 폭포"를 말한다. '유도(幽島)'는 병풍에 흔히 그려지는, 안개에 휩싸여 그윽하게 보이는 섬을 뜻한다.

「절망」에서 '천수천족수千手千足獸'는 "손과 발이 천 개씩 달린 짐승"으로, 문맥상 "나날이 새로워지는 괴기한 청년·인물"과 등가 관계를 이룬다. 일본, 이북, 삼랑진 어디에서라도 나타날 수 있고, 미인, 시인, 사무가, 농사꾼, 상인, 야소(예수)이기도 하다. 천수천족수의 등장은 이 작품의 제목이기도 한 "절망"의 감정을 불러일으키는 특별한 사건이라고 할 수 있지만 사건의 구체성은 없고 '얼굴'만 있다. 아내의 가방에 숨은 듯이 걸려 있는 만년필 한 자루를 찾기 위해 온갖 것을 의심하고 "피투성이가 되어 찾던" 스스로에게 던지는 조롱(2연)과 "영원한 미완성"인 자신의 작품에 대한 질책(3연)을 참고할 수 있을 것이다. 어디에서라도 모든 것이 될 수 있는 "천수천족수"는 언제라도 어디서라도 절망에 빠져 '나'를 허우적거리게 만드는 존재이다. '나'는 무기력하게 당할 수밖에 없다. 당대에 대한 날카로운 비판과 냉소에 앞서 김수영의 "자기비판의 철저함"[26]은 그의 절망의 순수함으로부터 비롯된 것이라고 할 수 있다. 그 절망의 깊이를 보여주는 것이 천수천족수이다.

「병풍」의 '육칠옹해사'나 「절망」의 '천수천족수'는 모두 김수영의 조어로, 시인 그 자신의 존재감을 부각시키는 작품 속의 또 다른 시인의 얼굴이다. '나'는 주검 앞에서 '설움'을 느끼며, 도처에서 '절망'의 감정을 느낀다. 일상생활 속에서 '나'가 느끼는 이 시적 정서들의 극적인 제시를 위해 출현한 것이 바로 '육칠옹해사'와 '천수천족수'이다. 이 한자어 조어들은 마치 신화나 고전 속에서 튀어나온 듯이 비현실적이고 환상적인 느낌을 주어서 '나'의 현실은 더욱 극화되는 효과를 갖는다.

---

26 김명인, 「급진적 자유주의의 산문적 실천」, 『살아있는 김수영』, 창비, 2005, 160면.

그리하여 이 공허한 圓周가 가장 찬란하여지는 무렵

나는 또 하나 다른 流星을 향하여 달아날 것을 알고

이 영원한 숨바꼭질 속에서

나는 또한 영원히 늬가 없어도 살 수 있는 날을 기다려야 하겠다

나는 億萬無慮의 侮辱인 까닭에. (강조는 인용자)

―「너를 잃고」

生活無限

苦難突起

白骨衣服

三伏炎天去來

나의 時節은 太陽 속에

나의 사랑도 太陽 속에

日蝕을 하고

첩첩이 무서운 晝夜

愛情은 나뭇잎처럼

기어코 떨어졌으면서

나의 손 위에서 呻吟한다

가야만 하는 사람의 離別을

기다리는 것처럼

生活은 熱度를 測量할 수 없고

나의 노래는 물방울처럼

땅속으로 向하여 들어갈 것

愛情遲鈍 (강조는 인용자)

—「愛情遲鈍」

「너를 잃고」에서 "늬가 없어도 나는 산단다"의 반복 구절은, 사실의 표명이면서 동시에 의지의 표명이기도 하다. 설움과 모욕을 감내하더라도 "나의 생활의 원주 우에 어느날이고 늬가 서기를 바라고" 기대하기 때문이다. "진정으로 위대"한, "가장 찬란"한 그 시간들을 위해 "영원한 숨바꼭질"과 '기다림'을 감내할 수 있다고 말하고, 그 속에서 '너'와 '나'의 진정한 존재감을 찾고 있다. 첫 연의 "너는 억만개의 모욕이다"와 마지막 연의 "나는 억만무려의 모욕인 까닭에"에서 '너'와 '나'의 자리는 모두 '모욕'으로 가득차 있다. 그러나 '원주圓周'라는 말이 시사하는 바와 같이, '너'와 '나'는 하나로 묶여 있으며 묶일 수 있다. 그것이 현재는 불가능한 것이어서 '모욕'이라는 감정이 발생하지만, '모욕'을 긍정하는 것이 삶의 유일한 방식이라고 할 수 있다. '억만무려億萬無慮'는 "헤아릴 수 없을 만큼"으로 풀이할 수 있다. 삶이라는 반복과 순환의 고리 속에서 발견한 '너'에 대한 헤아릴 수 없는 '사랑'이 이 작품의 핵심이며 시인이 발견한 삶의 동력이라고 할 수 있다.

「애정지둔」에서, "조용한 시절 대신" 생겨난 것이 '사랑 / 고독'(1연)과 '백골 / 죽음'(2연)이다. 그 사이에서 김수영만의 독특한 '노래'가 발생한다. 3연에서 "生活無限 / 苦難突起 / 白骨衣服 / 三伏炎天去來"는 "생활은 무한하고 고난은 갑작스레 일어난다. 백골 같은 옷을 걸치고 삼복의 뜨거운 하늘 아래를 왔다갔다 한다"로 풀이할 수 있을 것이다. 같은 연의 구절들도 비슷한 맥락 위에 있다. "나의 시절은/사랑도 태양 속에 일식을 하고"나 "생활은 열도를 측량할 수 없고 나의 노래는 물방울처럼 땅속으로 향하여 들어갈 것"이라는 구절을 참고로 할 때, 네 행의 한문 구절은 '나의 생활'과 '나의 노래'의 의미를 함축하는 구절이라고 할 수 있다. 이 시의 마지막행이면서 제목이기도 한 '애정지둔'은 "사랑은 느리고 둔하다"의 의미를 가지는데, '지둔'은 사랑을 배우게 되는 '더딘' 속도이다. '더디게' 생활 속에서 깨우치는 '사랑'이 김수영 시의 대상이라고 할 수 있다. 그 '사랑'에는 죽음의 얼굴이 만연해서 삶과 죽음이 다른 것이 아니라는 사실을 어렵게 체감할 수 있게 된다.

김수영은 학교에 다닐 때부터 일어와 한자에 관심이 많았고 그 실력도 뛰어났다고 하니, 전거를 찾아 그 정확한 문맥을 짚어낸다면 문맥의 해석과 시의 이해에 도움이 될 것이지만 정확한 전거를 찾을 수 없는 시 구절이 많다. 「세대와 화법」이라는 글에서 김수영은 "기성세대는 너무 지나치게 가식을 쓰고 있고, 젊은 세대는 너무 지나치게 가식을 안 쓰고 있어 보인다"고 말한 적이 있다. 세대교체를 위해 갖추어야 할 것이 적절한 수준의 가식이라면, 그에게 필요한 가식은 시의 격에 맞게 시어를 선별하고 변형하는 것이라고 할 수 있다. 한자어 시어를 만들 때, 그에게는 '세대'에 대한 관념과 의식이 있는 것처럼 보인다. 너무 앞서거나 뒤서지 않으면서도 한 시절을 향한 '사랑'과 '애정'을 발견하는 일이 그의 노래의 과제처럼 주어졌던 것이다. 「애정지둔」에서 드러나는 바와 같이, 언젠가 "나의 몸도 없어지고 나의 그림자도 달아나"도 "쓸쓸하지 않"을 수 있는 것은, "나의 노래"의 힘이며 그것이 바로 "생활의 백골"을 감내하고 생긴 "굵다란 사랑"의 정체이다.

4. 외래어의 경우

김수영이 사용한 외래어 중에는 영어와 일어가 가장 많다. 200여개가 넘는 외래어 시어 중에는 단연 영어가 많다. '헬리콥터', '파자마', '텔레비', '테이블', '카보이' 등은 한 작품에 국한되어 반복적으로 사용되었는가 하면, '라디오'의 경우 여러 작품에 걸쳐 두루 사용되었다. 전쟁 포로 시절의 경험을 내용으로 하는 「어느 날 고궁을 나오면서」 같은 시의 경우 다수의 외래어가 사용되고 있다. 알파벳과 같은 단순 철자나 약자를 제외하면 한 작품에 한해 1회 출현하는 영어는 80여 개 이상이다. 영문과 중퇴의 이력이나 포로 생활 중에 영어를 익힌 내력이 참고가 될 것이다. 원서를 읽거나 번역 작업을 통해 익숙해진 영어가 시어의 선택과 시 창작에 적극적으로 관여했던 것으로 보인다.[27] 김수영의 시에 나타나는 외래어는 서구 추수적인 사고라기보다는, 오히려 자신이 살아온 삶의 역사적 조건을 드러내려는 의도적 산물이라고 할 수 있을 것이다. 외래어 조어 역시 그러한 의도를 지닌 것으로 보인다.

> 新聞會館 三층에서 하는 게 낫다구요. 아녜요.
>
> 거기에는 냉방장치가 없어요. 장소는 二백명가량
>
> 수용될지 모르지만요. 절망의 연료가 모자
>
> 란다구요. 그래요! 半島호텔 같은 데라야

---

27 김수영에게 번역은 "정치성에 시를 희생시키지 않으면서도 정치성을 구현하는 예술가로서의 자부심과 '윤리'를 지키는" 역할을 했으며, "생활의 방편이기 이전에 변모하는 시적 사유의 토대이자 원동력을 제공하는 것이었다". 박지영, 「번역과 김수영의 문학」, 김명인·임홍배 편, 『살아있는 김수영』, 창비, 2005, 358~359면.

미국놈들한테서 입장료를 받을 수 있지요.

여편네하고는 헤어져도 되지만, 아이들이

불쌍해서요, 미해결예요.

코리안 드림이라구요. 놀리지 마세요.

아이놈은 자구 있어요. 구원이지요. 나를

방해를 안하니까요. 절망의 물방울이

튄 거지요.

내주신다면, 당신의 잡지의 八월호에 내주신다면,

특종이니깐요, 극단도 좋고, 당신네도

좋고, 번역하는 사람도 좋고, 나도 좋은

일을 하는 폭이 되지요. (강조는 인용자)

—「電話이야기」

이 시에 등장하는 앨비Edward Albee는 미국의 극작가이다. 앨비의 작품(단
막극)을 번역 출판하기 위한 전화 통화가 1, 2연을 이루는데, 전화 통화의
내용과 형식을 그대로 드러내는 대화체로 제시되어 있다. 200매 가량의
살롱 드라마를 모레까지 완성시킬 수 있다며 공연까지 운운하지만 출판
사에서 긍정적인 대답을 한 것 같지는 않다('부고'). 친구 앞에서 '절망' 운
운하며 앨비의 작품을 이야기하지만, 아마도 그것은 아내와 싸우고 나온
'나'의 심경이기도 하다.

'코리안 드림Korean dream'은 '아메리칸 드림American dream'의 변형으로 김
수영이 만들어낸 말이다. '아메리칸 드림'을 꿈꾸다 절망에 빠지는 것이

앨비 작품의 주제 또는 작품 주인공의 심경이라면, 아내와 싸우고 나와 번역 원고를 넘기는데 실패한 '나'의 심경이나 상황을 '코리안 드림'이라는 말을 만들어 제시하고 있다. 마치 그러한 감정을 해소하기 위해 목소리를 높여 '소란스럽게' 통화해보지만 '절망'이라는 감정은 쉽게 가시지 않는다. 생활비를 벌기 위해 번역 작업도 하고 양계장도 했던 시인의 삶을 참고한다면, 원고료를 받아 지내는 당대 지식인의 삶을 '코리안 드림'이라는 말속에 담고 싶었던 것인지도 모른다. 이 시의 마지막 세 행 "그 무지무지한 소란 속에서 나의 소란을 하나 더 보탠 것에 만족을 느낀 것은 절망에 지각하고 난 뒤이다"는 구절은 앞선 대화체의 산만한 언변이 지향하는 시적 지향을 말해준다. 부재나 결여로 가득한 소란한 삶 속에서 김수영은 "그 부재나 결여를 그의 시적 실천에서의 언어적 긴장으로 변화할 줄 아는 시인"[28]이라고 할 수 있다. 그것은 시대, 국가라는 큰 담론 속에서도 그러하지만, 특히 개인의 일상적인 삶과 그 삶의 경험의 층위를 시적 실천과 맞물리게 하는 데서도 그러하다.

> (그리 흥겨운 밤의 일도 아니었는데)
> 사실은 일본에 가는 친구의 잔치에서
> 伊藤忠商事의 신문광고 이야기가 나오고
> 國境노 마찌 이야기가 나오다가
> 以北으로 갔다는 永田鉉次郎 이야기가 나왔다

---

28 박수연, 「국가, 개인, 설움, 속도」, 김명인·임홍배 편, 『살아있는 김수영』, 창비, 2005, 61면.

아니 金永吉이가

以北으로 갔다는 金永吉이 이야기가

나왔다가 들어간 때이다

내가 長門이라는 女歌手도 같이 갔느냐고

농으로 물어보려는데

누가 벌써 재빨리 말꼬리를 돌렸다……

神은 곧잘 이런 꾸지람을 잘한다 (강조는 인용자)

—「永田絃次郎」

'나가토長門'는 재일교포 출신의 테너가수 '나가타 겐지로永田絃次郎'를
말한다.[29] 작품에서는 언어유희의 일종으로 '나가타 겐지로'를 일부러
'나가토長門'라 한 것으로 보인다. 여럿이 함께 하는 식사자리에서 이런저
런 일본 소식이 전해지고, 나가타 겐지로가 이북에 갔다는 이야기가 나
왔다가 들어간 때 "모두 별안간 가만히 있"는 어색함 속에 빠진다. 나가
타 겐지로를 굳이 시인이 '김영길'로, 농을 걸어 '나가토'라고 부르고 싶
었던 것은 그런 어색함을 빠져 나오기 위한 것이었지만 그럴 기회조차
주어지지 않는다. 농을 건네기도 전에 누군가 말을 돌렸기 때문이다. 이
시가 1960년대에 씌어진 것을 감안한다면 재일교포가 이북으로 건너갔
다는 소식을 자유롭고 편하게 할 수 있었던 때는 아니었던 것으로 보인
다. 그러한 사상적 자기 검열을 들키고 싶지 않았던 시인이 농을 하려 했

---

29 『김수영 전집』 재판(민음사, 2003) 시어 풀이 참조.

지만, 그 듣키고 싶지 않은 마음까지 문책하려는 듯이("신은 곧잘 이런 꾸지람을 잘한다") 실패하고 만다.

작품 속의 이토츄 상사伊藤忠商事, 콧쿄노마치國境の町, 나카타겐지로永田鉉次郎는 모두 일어이다.[30] 이밖에도 김수영 시에는 와사瓦斯, ガス, 에리えり, 오야親, おや, 오야붕親分, おやぶん, 조로じょうろ, 如雨露, 유부우동油腐うどん, 쓰메에리詰襟, 노리다케ノリタケ, 마후라マフラー 등의 일본어가 사용된다. 일본식 한자어의 사용도 쉽게 확인할 수 있다.[31] 일본어로 시작 메모를 했던 사실을 산문에서 그가 직접 밝히기도 하였다. "나는 일본어를 사용하고 있는 것이 아니라 망령을 사용하고 있는" 것이라고 언급할 만큼 김수영은 일본어 사용 문제를 의식하고 있었다. 그러나 이전 세대 식민지 조선의 시인들과는 다르게 김수영에게 일본어는 글쓰기에서 그렇게 절실한 문제는 아니었다. 일본식 교육의 잔재와 조선어에 침투해 있던 어휘들이 그대로 남아 쓰이는 정도였던 것으로 보인다. 실제 일본어 시어의 빈도수나 점유율은 전체 시어에 비해 미미한 편이다.

---

30 이토츄상사(伊藤忠商事) : 1858년 이토 추베이가 설립한 종합무역상사.
 콧쿄노마찌(國境の町) : '국경의 거리'라는 뜻으로 나가타 겐지로(永田鉉次郎)가 부른 노래.
 나가타 겐지로(永田鉉次郎) : 재일교포 출신의 테너 가수. 한국 이름은 김영길(金英吉).

31 1938년 김수영이 18세 되던 해 선린상업학교 전수과를 졸업하고 본과(주간) 2학년으로 진학하는데, 영어와 일본어, 한문 등에 뛰어난 실력을 보였다고 한다. 일본어로 쓴 두 편의 시를 선린상업교지인 『청파』에 싣기도 했다. 1942년 22세 되던 해 선린상업학교를 졸업하고 이후 일본 유학차 도쿄로 건너가는데, 선배였던 이종구(李鐘求)와 도쿄 나카노(東京市 中野區)에 하숙하며 대학입시 준비를 위해 조후쿠 고등예비학교에 다니다가 그만두었다. 쓰키지 소극장의 창립 멤버였던 미즈시나 하루키(水品春樹) 연극연구소에 들어가 연출 수업을 받을 무렵 그는 연극 연출과 시작(試作)에 몰두하였다고 한다. 엘리엇, 오든, 스펜서와 니시와카 준사부로(西脇順三郎), 미요시 다쓰이(三好達治), 무라노 시로(村野四郎) 등의 시를 즐겨 읽었다고 전한다. 『김수영 전집』, 『김수영 평전』 참조.

물소리 빗소리 바람소리 하나 들리지 않는 곳에

나란히 옆으로 가로 세로 위로 아래로 놓여 있는 무수한 꽃송이와 그 그림자

그것을 그리려고 하는 나의 붓은 말할수없이 깊은 恥辱

(…중략…)

늬가 끊을 수 있는 것은 오직 生死의 線條뿐

그러나 그 悲哀에 찬 線條도 하나가 아니기에

너는 다시 부끄러움과 躊躇를 품고 숨가뻐하는가

(…중략…)

사실은 벌써 滅하여 있을 너의 꽃잎 우에

二重의 봉오리를 맺고 날개를 펴고

죽음 위에 죽음 위에 죽음을 거듭하리

九羅重花 (강조는 인용자)

—「九羅重花」

이 작품에는 "어느 소녀에게 물어보니 / 너의 이름은 글라지오라스라고"라는 내용의 부제가 붙어 있다. 제목이면서 이 시의 마지막 행인 '구라중화九羅重花'는 '글라디올러스gladiolus'를 음차한 것이다. 그런데 각각의 한자 선택은 꽃의 모양이나 시의 문맥과도 내용이 통한다. '나'는 글라디올러스의 "무수한 꽃송이와 그 그림자"를 바라보다가, 그 안에서 "인내와 용기", "생기와 신중"을 발견한다. 그것은 이 시대를 견디기 위해 필요한 덕목이다. 또한 "생사의 선조"를 끊을 수 있는 '자유'를 글라디올러스를 통해 발견한 것은 '치욕'과 '환희'를 동시에 경험하게 만든다.

이 작품에 부정어 '아니다'의 기본형과 활용형들이 반복적으로 등장

하는데[32] 대상에 대한 집요한 관찰과 자기 고백을 통해 그 대상과 그것을 인식하는 주체가 발붙이고 있는 시대의 모순과 불합리를 드러내는 데 유효한 방식이라고 할 수 있다. '나의 붓'은 늘 그러한 것들을 시도했다가 실패하지만 그러한 시도를 '나'는 결코 포기할 수 없다. "날개를 펴라 / 펴며 / 펴고"의 반복은 '꽃'을 향한 주문이면서 동시에 '나' 자신을 향한 주문이기도 하다. "죽음을 거듭"하며 삶과 죽음이라는 "이중의 봉오리"를 맺는 것은 '꽃'이며 '나'이다. '구라중화'는 현대 가시철망을 안고 사는 사람들의 본질적인 삶의 모습이라고 할 수 있을 것이다.

5. '조합되고 비틀린' 말의 의의

작품 분석에 있어 시어를 해명한다는 것은, 정확한 뜻풀이를 통해 작품의 의미를 간명하게 제시한다는 것이며, 시인의 생애나 이력을 참고하여 그 시어에 붙은 내력을 통해 작품 해석을 풍요롭게 한다는 것이기도 하다. 그러나 사전이나 이력을 참조하더라도 해명 불가능한 시어의 목록이 자연스럽게 생겨난다. 김수영의 조어는 사전에 없는 말이고 시인에 의해 '조합되고 비틀린' 말이다. 시의 문맥을 통해 이 시어들은 김수영만의 독특한 시적 의미와 태도를 만들어낸다. 궁극적으로는 '문맥이 통하는' 것을 넘어서 '작품이 되기' 위해 새롭게 만들어진 언어들이라고 할 수 있다.[33] 김수영식 조어들은 유연하기보다는 거칠고 마찰력

---

32 김종훈, 앞의 글, 356~357면.
33 "시작품도 그렇고 시론도 그렇고 '문맥이 통하는' 단계에서 '작품이 되는' 단계로 옮겨

있는 언어로서 김수영 식의 리듬과 속도를 만들어낸다. 시의 개성과 독특한 미적 감각을 산출하는 데 기여하는 이러한 조어법을 통해 김수영의 시의 특성을 재확인할 수 있었다. 김수영은 "진정한 시의 테두리 속에서 살아 있는 낱말들"이 진정한 아름다운 우리말이라고 말한 바 있다. 그리고 그러한 말들이 반드시 순수한 우리의 고유의 낱말만이 아닐 수도 있다고 부언한다.[34] 고유어와 한자어, 외래어에 이르기까지 김수영의 시어들은 그의 시의 문맥에 따라, 시인의 포에지에 따라 자유롭게 변형된다. 김수영 시의 '전위성'이나 '불온함'은 거친 시어 그 자체가 아니라, 그러한 시어를 통해 문맥을 비틀리게 하고 비틀린 문맥으로 작품과 현실을 동궤에 놓는 실천적 언어를 꿈꾸었다는 데서 논해야 할 것이다. 시어로서 불가능할 것 같은 언어를 한국어 시어의 목록에 등재함으로써 새롭고 혁명적인 언어로 변화시켰다는 점에서 김수영식 조어의 가치를 발견할 수 있다.

서야 한다. 그러기 위해서는 신진들의 시급한 과제는 그들의 시나 시론이 정상적으로 발전해나갈 수 있는 영양의 보급로를 찾아야 할 일이다."「변한 것과 변하지 않은 것」, 『김수영 전집』 2, 243면.
34 「가장 아름다운 우리말 열 개」, 『김수영 전집』 2, 230~231면.

제4장

김수영의 한자어 사용 양상 연구

1. 김수영 시어의 특수성

김수영의 시에는 독특한 방식으로 사용된 한자어와 한자어구가 많다. 이들 한자어 시어들에는 사전에 등재되지 않은 말이나 일상생활에서는 사용되지 않는 낯선 표현이 포함되어 있다. 특히 한자어 사용의 면모와 시 세계의 특수성이 연관되어 있다는 점에서 김수영의 한자어 사용 양상에 대한 심도 있는 연구가 필요하다. 우선 전기적 사실을 검토하고 한자어 발생 빈도를 살피는 것이 김수영의 전체 시어에서 한자어가 갖는 특성을 점검하는데 필요한 일이라고 할 수 있다. 이를 바탕으로 잘못 사용된 한자어와 일본식 한자어 사용 양상을 살피고, 기타 주목되는 한자어 고찰을 통해 김수영의 시어와 시 세계의 특수성을 해명하고자 한다.

「세대와 화법」이라는 글에서 김수영은 "기성세대는 너무 지나치게 가식을 쓰고 있고, 젊은 세대는 너무 지나치게 가식을 안 쓰고 있어 보인다"고 말한 적이 있다. 세대교체를 위해 갖추어야 할 것이 적절한 수준의 가식이라면, 그에게 필요한 가식은 시의 격에 맞게 시어를 선별하고 변형하는 것이라고 할 수 있다. 한자어 시어를 사용할 때 그에게는 '세대'에 대한 관념과 의식이 있었던 것으로 보인다. 너무 앞서거나 뒤서지 않으면서도 한 시절을 향한 '사랑'과 '애정'을 발견하는 일이 그의 시작에 과제처럼 주어졌던 것이다. 김수영의 시적 주제와 한자어 사용 양상의 연관성을 당대의 문화적 배경을 참조하여 해명할 필요성에 의해 이 글은 구성되었다.

　김수영은 다양한 층위의 언어를 사용하고 있다. 일상어라 할 수 있는 속어와 비어, 유행어 등이 시에 나타난다. 이를 귀족주의에서 벗어난 '언어의 범속화'라 부를 수 있을 것이다.[1] 특히 당대의 고유한 언어를 시어로 활용하는 것은 김수영 시의 두드러진 특징으로서 정치 상황이나 특정 사건, 문화적 유행 등이 반영되어 있다. 이는 김수영 시의 정치성 혹은 시적 참여 방식의 차원에서 논할 수 있을 것이다.[2] 김수영의 시에 한자어 표기가 많은 것은 논리의 비약과 당돌한 심상이 많기 때문이라는 평가가 있으며,[3] 그러한 특성은 관념에의 도피 성향으로 지적되기도 한다.[4] 그러나 한자어의 사용은 좀 더 면밀한 연구와 검토가 필요하다. 전체 시어에서 한자어의 빈도수와 점유율이 높을 뿐만 아니라 그의 언어 운용 방식이나 시 세계와 밀접한 연관성을 갖고 있기 때문이다. 『김수영 사전』은 김수영이 사용한 시어 전체를 표제어로 삼고 용례를 제시하여 그의 시어 운용 방식을 일목요연하게 보여주고 있으며, 체언과 용언 계열의 주요 시어에 대한 통계적 수치를 제시하고 있어 김수영 시 세계를

1　김주연, 「교양주의의 붕괴와 언어의 범속화」, 『김수영의 문학』, 민음사, 1983, 272면.
2　김수영 시어의 특성과 정치성에 대해서는 황현산, 「모국어와 시간의 깊이」·「난해성의 시와 정치」(『말과 시간의 깊이』(문학과지성사, 2002, 413~454면) 등을 참조할 수 있다.
3　유종호, 「시의 자유와 관습의 굴레」, 『김수영의 문학』, 민음사, 1983, 257면.
4　김시태, 「50년대와 60년대의 시의 차이」, 『시문학』, 1975, 85면.

가시화하고 의미화하는 데 주요 자료로 활용할 수 있다. 이들 자료를 바탕으로 한자어가 두드러진 작품을 의미화하고 그의 시 세계를 한자어 사용 양상과 관련하여 살피고자 한다.

시어의 다종다양한 특성들은 고유명사나 외래어, 한자어, 인칭대명사 등의 체언 계열과[5] 인지어, 감각어, 부정어, 감정어 등의 용언 계열의 시어에서 두루 살펴볼 수 있다. 특히 시적 혁명과 실천의 문제 및 변증법적 시세계를 특정 서술어의 빈번한 출현을 통해 감지할 수 있을 것이다. 인지 및 사유 과정을 드러내는 서술어를 통해 김수영 시의 독특한 전개 방식과 사유 방식을 살펴볼 수 있다.[6] 특히 '보다'는 주목을 요하는 시어로 단순히 보는 것이 아니라 사물을 꿰뚫어 보는 성찰의 과정을 포함한다.[7] 사유 과정을 시에서 드러낼 때 김수영은 아니다, 못하다, 말다 등의 다양한 부정어 활용 어미를 반복적으로 사용한다.[8] 또한 김수영의 언어는 감정적 대립 양상을 극복하는 양상을 보여주는데 무서움, 놀라움, 연민 등의 감정적 양상 역시 사랑과 자유라는 주제 의식과 연결된다.[9] 특정 한자어와 이들 용언 계열의 시어가 어떻게 결합되는지 살핌으로써

---

5   장석원, 「김수영 시의 인칭대명사 연구-'나'와 '너'를 중심으로」, 『한국시학연구』 15, 한국시학회, 2006, 29~49면; 이근화, 「김수영 시에 나타난 조어 연구」, 『국어국문학』 153, 국어국문학회, 2009, 413~443면; 박순원, 「김수영 시에 타나난 '돈'의 양상 연구」, 『어문논집』 62, 중앙어문학회, 2010, 253~278면.
6   김현, 「자유와 꿈」, 『김수영의 문학』, 1983, 민음사, 105~108면; 주영중, 「김수영 시에 나타난 시각적 경험의 발현 양상」, 『한국근대문학연구』 7-1, 한국근대문학회, 2006, 279~314면; 여태천, 『김수영의 시와 언어』, 월인, 2005, 154~175면.
7   주영중, 「김수영 시의 감각 인지어 연구」 「김수영 시의 사유 인지어 연구」(『김수영 시어 연구』, 서정시학, 2013) 등을 참조할 수 있다.
8   김종훈, 「김수영 시의 '부정어' 연구」, 『한국학』 32-3, 한국학중앙연구원, 2009, 333~357면.
9   이현승, 「김수영 시의 감정어 연구」, 『어문논집』 42, 중앙어문학회, 2009, 387~406면.

김수영 시의 개성을 효과적으로 드러낼 수 있을 것으로 보인다.

개정판『김수영 전집』1(민음사, 2003)에 수록된 김수영의 시는 모두 176편이다.[10] 이후 김수영의 시와 산문, 일기가 발굴되어『창작과비평』, 『서정시학』등의 문예지에 소개되었다.[11] 최근에는 김수영의 육필 원고를 묶은 장정본『김수영 육필원고 전집』이 출간되었다.[12] 이러한 기존 성과들을 참조하되, 본 연구에서는 초판 전집을 텍스트로 삼겠다. 시어 연구인만큼 한자어 등을 그대로 노출시킨 판본이 적절하기 때문이다. 초판에서 발생한 편집상의 오류나 실제 원고와의 차이에 대해서는 재판본을 참고로 한다.

김수영은 1921년 서울 종로에서 태어나서 자랐다. 어린 시절에는 조당 유치원에 다녔으며 서당에서 한자 교육을 받기도 하였다. 일본 동경에 유학을 가기 전까지 줄곧 서울의 공립 보통학교와 선린상업학교를 다녔다.[13] 김수영은 "내가 아름답다고 생각하는 말들은 아무래도 내가 어렸을 때에 들은 말들이다. 우리 아버지는 상인이라 나는 어려서 서울의 아래대의 장사꾼들의 말들을 자연히 많이 배웠다"고 말한 바 있다.[14]

---

10 『달나라의 장난』(춘조사, 1959)이 김수영 생존 당시 유일하게 발간된 시집이다. 이후 지식산업사, 민음사, 열음사, 창작과비평사, 실천문학사 등에서 선집, 전집 형태의 시집이 발간되었다.

11 방민호는 김수영의 시「音樂」과 산문「해운대에 핀 해바라기」를 소개하였다. 시는『민주경찰』(4-2, 1950.2.20)에서 산문은『신태양』(3-24, 1954.8)에서 발굴되었으며 각각 『서정시학』2005년 여름호와 가을호에 게재되었다.『창작과비평』(2008.여름)에 "김수영 시인 40주기에 부쳐"라는 제목하에「김일성 만세」외 14편의 발굴 시와 일기가 소개되었다. 여태천은『문화재』(1966)에 수록된 김수영의 산문「마당과 동대문」을 발굴하여『서정시학』(2008.가을)에서 소개하였다.

12 이영준 편, 민음사, 2009(김수영의 초고, 미발표시, 육필 원고, 정서본, 가필본 등이 수록되어 있다).

13 최하림,『김수영 평전』, 실천문학사, 1981 참조.

전쟁 중에 평양과 부산, 거제도를 오가기는 했지만 그는 줄곧 서울말을 쓰는 환경에서 생활하고 글을 썼다. 지역 방언을 그의 시에서 찾아보기 어려운 까닭도 여기에 있다. 김수영이 서울 중인 계층의 포에지를 보여준다거나[15] 소시민적 삶의 전형을 보여준다는 평가[16]는 그의 서울말 사용과 도시의 일상생활을 소재로 한 그의 시적 특성에서 비롯된 것이다.[17] 궁극적으로 그가 현실에 대해 적극적인 관심을 보이며 시적 참여의 방식에 대해 고민하는 사유의 출발점도 바로 여기에 있다.[18] 김수영은 도시의 일상생활 속에서 자신의 시적 언어와 그 운용 방식을 집요하게 파고든다. 그는 말의 구체성과 시적 진실성을 위해서라면 일상적인 모든 말들을 거리낌 없이 시어로 차용하였다. 일상어와 대비되게 사용되는 또 다른 영역이 있는데 그것이 바로 외래어와 한자어이다. 지적 수련을 통해 습득된 언어의 영역이 시어 사용에 영향을 미치고 있는 것이다. 특히 일본식 한자어, 조어를 포함한 한자어의 빈번한 사용을 통해 그는 일상적 삶의 구체적 영역과 대비되는 관념과 추상을 끌어옴으로써 김수영만의 독특한 사유 방식과 시적 개성을 펼칠 수 있었다.[19]

1938년 김수영이 18세 되던 해 선린상업학교 전수과를 졸업하고 본과(주간) 2학년으로 진학하는데, 영어와 일본어, 한문 등에 뛰어난 실력

14 「가장 아름다운 우리말 열 개」, 『김수영 전집』 2(산문), 민음사, 1981, 281면.

15 김지하, 「풍자냐 자살이냐」, 『김지하 문학 전집』 3, 실천문학, 2002, 39면.

16 김시태, 앞의 글, 84~85면; 정과리, 「현실과 전망의 긴장이 끝간데」, 『문학, 존재의 변증법』, 문학과지성사, 1989, 237~260면.

17 김수영의 도시 경험의 특수성에 대해서는 노철, 「김기림의 모더니즘과 김수영의 모더니티」, 『민족문학사연구』 16, 민족문학사학회, 2000, 33면 참조.

18 이에 대해서는 윤여탁, 「시적 실천으로서의 '참여시'에 대한 평가」, 『문학사상』, 1999, 74~83면 참조.

19 김수영 시의 혼종성에 대해서는 김용희, 「김수영 시에 나타난 다중 언어와 혼성성」(『서

을 보였다고 한다. 일본어로 쓴 두 편의 시를 선린상업교지인 『청파』에 실기도 했다. 1942년 22세 되던 해 선린상업학교를 졸업하고 이후 일본 유학차 도쿄로 건너가는데, 선배였던 이종구李鐘求와 도쿄 나카노東京市中野區에 하숙하며 대학입시 준비를 위해 조후쿠 고등예비학교에 다니다가 그만두었다. 쓰키지 소극장의 창립 멤버였던 미즈시나 하루키水品春樹 연극연구소에 들어가 연출 수업을 받을 무렵 그는 연극 연출과 시작試作에 몰두하였다고 한다. 엘리엇, 오든, 스펜서와 니시와카 준사부로西脇順三郎, 미요시 다쓰이三好達治, 무라노 시로村野四郎 등의 시를 즐겨 읽었다고 전한다.[20] 이러한 전기적 사실을 고려할 때 김수영의 일본식 한자어의 사용을 폭넓게 이해할 수 있다. 즉 한자어의 빈번한 사용은 어려서 한문 교육을 받고 일본 유학 생활을 한 김수영의 개성이자, 그가 살았던 시대의 문화적 영향이며, 동양 문화권 내의 한국어의 특수성이기도 하다.

김수영 시에서 한자어로 표기된 어휘는 1,813개로 전체 시어 중에 35% 정도를 차지한다.[21] 개정판 전집에는 한자 표기를 한글로 전환하였으나, 표기 방식과 상관없이 시어로서 한자어의 사용 빈도가 매우 높은 편이다. 가장 빈번하게 출현하는 한자어는 '詩', '敵', '自由', '革命', '時間', '生活', '休息', '無數하다', '神' 등이다.[22] 이러한 통계적 수치가 그대로 시세계의 특징이 될 수는 없지만 그의 시적 지향이나 개성을 말해주기는 한다. 작품 안에서 '시' 자체에 대한 언급이 많으며, 추상어 사용도 가리지 않았다는 점을 알 수 있는데 구체와 관념 사이에서 시적인 것을

정시학』, 2003.겨울, 64~79면) 참조.
20 『김수영 평전』, 『김수영 전집』 참조.
21 『김수영 사전』, 서정시학, 2012, 797면.
22 위의 책, 797~798면. 도표 참조.

길어 올리는 시작 방식이 한자어 통계에도 그대로 드러난다. 또한 '자유'와 '혁명'은 그의 작품 세계의 주요한 키워드로 작용하고 있음을 통계적 수치로도 확인할 수 있다.

2. 한자 오식의 경우

『김수영 사전』은 기존에 잘못 풀이된 몇몇 시어를 바로 잡아 밝히고 있다. 그 중 가장 뚜렷한 오식으로 보이는 두 가지 사례를 제시하고 본문의 시적 진술과 연관지어 분석해보고자 한다.

> 나는 원래가 약게 살 줄 모르는 사람이다
> 진실을 찾기 위하여 진실을 잊어버려야 하는
> 내일의 역설 모양으로
> 나는 자유를 찾아서 포로수용소에 온 것이고
> 자유를 찾기 위하여 有刺鐵網을 탈출하려는 어리석은 동물이 되고 말았다
> '여보세요 내 가슴을 헤치고 보세요. 여기 장 발장이 숨기고 있던 格印보
> 다 더 크고 검은
> 호소가 있지요
> 길을 잊어버린 호소예요.' (강조는 인용자)
> ―「조국에 돌아오신 傷病捕虜 동지들에게」[23]

주검에 全面 같은 너의 얼굴 위에

용이 있고 落日이 있다

무엇보다도 먼저 끊어야 할 것이 설움이라고 하면서

병풍은 허위의 높이보다도 더 높은 곳에

飛爆을 놓고 幽島를 점지한다

가장 어려운 곳에 놓여 있는 병풍은

내 앞에 서서 주검을 가지고 주검을 막고 있다 (강조는 인용자)

—「병풍」

　「조국에 돌아오신 傷病捕虜 동지들에게」는 전쟁 중 포로가 된 병사들
이 풀려나온 것을 기념하여 씌어진 시이다. 시인은 자유가 있는 곳으로
돌아온 것에 대해 환영의 인사를 건넨다. 그 역시 거제포로 수용소에 수
감된 이력이 있어 누구보다 격한 감정적 고양감을 느꼈을 법하다. 2연에
서 그들을 장발장에 빗대어 표기하면서 '격인烙印'이라는 한자어가 등장
하는데 이는 '낙인烙印'의 오기로 추정된다. '낙인'은 '불에 달구어 찍은 쇠
도장, 그것으로 찍은 표지'를 뜻한다. 가슴 속에 자유를 향한 열망을 호소
하기 위해 사용한 표현이다. 그러한 자신의 호소가 길을 잃어버린 것이
고, 현실이 수용소보다 더 어두운 곳이라 할지라도 삶을 향한 걸음을 어
렵게 떼보겠다는 것이다. 수용소에서 죽어 사라진 영령들을 기억하는 힘
에 의해 그 말들은 좀 더 진실하게 다가선다. 이 기억은 역사적 사건을 몸
소 체험한 시인의 것이면서 동시에 그 말을 전해 듣는 우리에게 새겨져

---

23 『김수영 전집』 1(시), 민음사, 1981. (이하 작품은 이 책에서 인용).

야 할 것들이다. 시인이 역사의 한 페이지를 기록하는 의도는 자유와 진실에 대한 가치를 옹호하려는 데 있다. 개인들의 용기와 해방 이상의 것을 말하고 싶은 시인에게 뉘우침보다 중요한 것은 동지들과의 연대이며 사랑이라고 할 수 있다.

「병풍」에서 시인은 '나'와 주검 사이에 서 있는 병풍을 바라보며 삶과 죽음에 대한 사유를 끌어낸다. 거기에는 '설움'을 끊어내기 위한 정신적 몸부림이 포함되어 있다. 용과 낙일, 비폭과 유도 등은 병풍에 그려진 그림일 것이다. '비폭飛瀑'은 문맥상 '飛瀑'으로 추정되는데, '아주 높은 곳에서 세차게 떨어지는 폭포'를 말한다. 병풍에 그려진 산수화와 병풍이 가리고 있는 시신 사이의 이격을 시인이 예민하게 감지하기 때문에 "가장 어려운 곳에 놓여 있는"이라는 수식어를 붙일 수 있다. "주검을 가지고 주검을 막고" 있는 병풍을 바라보는 일은 죽음을 바라보면서 '나' 자신의 삶을 인식하는 방법이기도 하다. 병풍이 죽음에 대해 무관심하게 서 있는 것과는 달리 '나'는 죽음과 그 죽음을 가린 병풍 앞에서 무관심해질 수 없다. 삶과 죽음이 언제라도 '나'의 것이기 때문이다. 마지막 구절에서 "달은 나의 등뒤에서"에서 병풍의 주인을 비추지만 언젠가 그런 '나'도 죽을 것이며, 그 때 병풍은 나의 주검을 가릴 것이다. 현재적 장면을 통해 미래의 '나'의 운명을 읽어냄으로써 사물에 대한 집요한 추적은 하나의 시적 사건으로 기록된다.

위의 두 작품에 드러난 한자 오식의 경우는 저자의 오기이거나 조판 중에 발생한 오기로 보인다. 위의 시들은 난해시가 아니며 시어의 의미도 비교적 뚜렷하다. 잘못된 한자어를 바로 잡아야 시 문맥을 바르게 해석할 수 있으며 전체 시의 의도와도 부합된 뜻풀이를 할 수 있다.

3. 조어 사용의 경우

조용한 시절 대신

나의 백골이 생기었다

생활의 백골

누가 있어 나를 본다면은

이것은 확실히 무서운 이야깃거리다

다리 밑에 물이 마르고

나의 몸도 없어지고

나의 그림자도 달아난다

나는 나에게 대답할 것이 없어져도

쓸쓸하지 않았다

生活無限

苦難突起

白骨衣服

三伏炎天去來

나의 시절은 태양 속에

나의 사랑도 태양 속에

日蝕을 하고

첩첩이 무서운 晝夜

애정은 나뭇잎처럼

기어코 떨어졌으면서

나의 손 위에서 신음한다

가야만 하는 사람의 이별을

기다리는 것처럼

생활은 熱度를 측량할 수 없고

나의 노래는 물방울처럼

땅속으로 향하여 들어갈 것

애정지둔 (강조는 인용자)

—「愛情遲鈍」

「愛情遲鈍」의 일부는 한자어구로 되어 있다. "生活無限 / 苦難突起 / 白骨衣服 / 三伏炎天去來"가 그것이다. 『김수영 사전』은 이를 "생활은 무한한데 고난은 갑자기 일어난다. 백골에 옷가지를 걸치고 삼복 뜨거운 하늘 아래 왔다간다"로 풀이하고 있다. 시 본문의 내용을 고려하여 억양을 좀더 넣어 다시 풀어보자면 "반복되는 생활 가운데 고난이 갑작스럽게 닥쳐서 죽음의 형상이 삼복의 뜨거운 하늘에 오간다" 정도가 될 것이다. 뒤의 두 구절을 진술의 태도와 시간 개념을 더해 자연스럽게 풀이해 보자면 "반복되는 생활 가운데 고난이 갑작스럽게 닥쳐서 죽을 듯이 괴롭지만 고통의 시간도 지나갈 것이다"로 바꾸어도 좋을 것이다. '사랑은 고독'이라고 재긍정하는 초탈의 상태를 이 시가 포함하고 있기 때문이기도 하다.

이러한 한자식 조어가 왜 필요했던 것일까. 조용한 시절이 돌아오지 않고 '굵다란 사랑'이 생기기까지의 마음의 행로를 따라가는 것이 이 시의 주요 내용이다. 남들에게는 우스운 이야깃거리가 되겠지만 자신의 시절을 따라가 보며 긍정하는 일은, 그리하여 사랑을 고독이라고 해석해내는 일은 죽음의 고통을 수반하는 것으로 보인다. '생활의 백골'이라는 표현이 가능한 것은 그 때문이다. "나의 몸도 없어지고 나의 그림자도 달아난다"처럼 자신의 존재를 상실한 어느 지점에 대해 상상해보고 그것을 담담하게 받아들일 때 초탈의 자세가 나온다. 생활은 지속되고 애정도 변하고 이별도 이어지지만 그러한 모두 현상을 관조하는 자에게서 흘러나오는 '노래'에 대한 영원한 믿음이 김수영에게는 발견된다. '애정지둔'이라는 제목에서 보이는 바와 같이 '느리고 둔한 사랑'에 대한 발견이 이 시의 주요 메시지라고 할 수 있을 것이다. 시간을 견디고 죽음을 이길 수 있는 사랑의 속도에 대한 시인의 고유한 발견이 한자어구에 드러난 것이라고 할 수 있다.

> 나날이 새로워지는 괴기한 청년
> 때로는 일본에서
> 때로는 이북에서
> 때로는 삼랑진에서
> 말하자면 세계의 도처에서 나타날 수 있는 千手千足獸
> 미인, 시인, 사무가, 농사꾼, 상인, 耶蘇이기도 한
> 나날이 새로워지는 괴기한 인물
>
> 흰 쌀밥을 먹고 갔는데 보리알을 먹고 간 것 같고
> 그렇게 피투성이가 되어 찾던 만년필은
> 처의 백 속에 숨은 듯이 걸려 있고

말하자면 내가 찾고 있는 것은 언제나 나의 가장 가까운

내 곁에 있고

우물도 사닥다리도 愛兒도 거만한 문패도

내가 범인이 되기 전에

(벌써 오래전에!)

범인의 것이 되어 있었고

그동안에도

그뒤에도 나의 시는 영원한 미완성이고 (강조는 인용자)

—「절망」

　인용시 「절망」에는 '천수천족수千手千足獸'란 표현이 나온다. 문맥 그대로 보자면 천 개의 손과 발을 가진 짐승' 정도로 뜻풀이를 할 수 있을 것이다. 불교에서 모든 이의 아픔을 어루만지고 모두를 구제하는 천수관음상이 있으니 그리 이질적인 표현은 아니다. 본문 중에 '야소耶蘇(예수)'도 등장하니 이 시에 어느 정도 종교적 색채의 시어가 등장하는 것이 낯설지 않다. 그러나 시에서 "나날이 새로워지는 괴기한 인물"을 이야기하는 것은 상처의 치유나 구제와는 다소 거리가 있다. 이 시는 '나'를 둘러싼 모든 사물과 사건들, 앞뒤 시간들의 비의를 파헤쳐가며 "영원한 미완성"인 시를 이야기하기 위해 쓰인 것으로 보인다. 따라서 '나날이 새로워지는 괴기한'의 수식을 받는 청년이나 인물은 '나'를 둘러싼 모든 것들을 해석하는, 시를 쓰는 '나'라고 할 수 있다. 시의 제목이기도 한 '절망'은 해석이 언제나 진실에 빗겨나가고 실패하고 있음을 시사해준다. "피투성이

가 되어 찾던 만년필"이 어이없게도 가장 가까운 곳에서 발견되는 것처럼 진지하고 성의를 다해 '실패하는' 삶과 글쓰기의 국면은 언제나 '절망' 그 자체라고 할 수 있을 것이다. 따라서 '천수천족수'는 역설적으로 구제되거나 치유될 수 없는 근원적 실패나 절망의 깊이를 강조하기 위해 만들어진 한자어 조어로 보인다.

한편, 김수영의 시에서 숫자와 관련된 표현이 많은 것은 영원한 것과 순간적인 것을 대비하여 얻게 되는 어떤 깨달음의 표현이라고 볼 수 있다. 「너를 잃고」에서 "나는 또한 영원히 늬가 없어도 살 수 있는 날을 기다려야 하겠다 / 나는 億萬無慮의 모욕인 까닭에"라고 말한다. 「장시 ⑵」에서는 "밤보다도 더 어두운 낮의 마음 / 시간을 잊은 마음의 승리 / 환상이 환상을 이기는 시간 / ─大時間은 결국 쉬는 시간"라는 표현이 나온다. '억만무려億萬無慮'는 '셀 수 없을 만큼 헤아릴 수 없이'라는 뜻이다. '대시간大時間'은 '길고 오랜 시간'으로 추정된다. 인간의 감각과 인식을 초월한 이러한 수의 개념을 통해 인간의 한계와 불가능성을 뛰어넘으려는 것은 현실의 비루함과 고통 때문일 것이다. 김수영의 시에는 '무수하다, 무수한, 무수히'라는 표현도 굉장히 많이 등장한다. "그러니까 이 다리를 건너갈 때마다 / 나는 나의 심장을 기계처럼 중지시킨다 / 이런 연습을 나는 무수히 해 왔다"(「현대식 교량」)에서 나타나는 바와 같이 가능성과 불가능성 사이를 오가며 끊임없이 사랑을 연습하는 것, 반복 속에서 희망을 발견하는 것이 그의 시작 태도라고 할 수 있다.

「九羅重花」는 '글라디올러스'를 한자로 음차한 것으로 보인다. 꽃의 이름과 유사한 한자어를 선택하여 원음을 살리는 동시에 시의 메시지와도 통하는 한자어를 선택하였다. 작품은 꽃을 바라보면서 발견하게 되는 삶과 죽음을 의미를 드러내는데 반복과 생성의 지난한 과정이 뒤따른다. "사실은 벌써 滅하여 있을 너의 꽃잎 위에 / 이중의 봉오리를 맺고 날개를 펴고 / 죽음 위에 죽음 위에 죽음을 거듭하리 / 구라중화"로 시를 맺고 있는데, 꽃의 이름 속에 존재의 비의가 숨겨져 있어 이름과 의미가 하나임을 알 수 있다.

4. 일본식 한자어의 경우

김수영의 시에서 일본식 한자어와 일어의 사용을 쉽게 확인할 수 있다. 이토츄 상사伊藤忠商事, 콧쿄노마치國境の町, 나카타겐지로永田鉉次郎는 모두 일본어 고유명사이다. 이밖에도 시어로 와사瓦斯, ガス, 에리えり, 오야親, おや, 오야붕親分, おやぶん, 조로, 如雨露, じょうろ, 유부우동油腐うどん, 쓰메에리詰襟, 노리다케ノリタケ, 마후라マフラー 등의 일본어가 사용되고 있다. 내무성內務省, 양관洋館, 양화점洋靴店 등도 모두 일본식 표현이다. 「조국에 돌아오신 상병포로 동지들에게」에서 '착감錯感'은 일본식 한자어로, 문맥상 '착각', '혼돈'의 뜻을 가진 것으로 추정된다. "나는 일본어를 사용하고 있는 것이 아니라 망령을 사용하고 있는" 것이라고 직접적으로 언급할 만큼 김수영은 일본어 사용 문제를 의식하고 있었다. 식민 시대의 시인과는 다르게 김수영에게 일본어는 글쓰기에 절실한 문제는 아니었다. 일본식 교육의 잔재와 조선어에 침투해 있던 어휘들이 그대로 남아 쓰이는 정도였던 것으로 보인다. 실제 일본어 시어의 빈도수나 점유율은 전체 시어에 비해 미미한 편이다. 일본어 사용이 두드러진 아래 시는

언어의 문제가 시대적 배경이나 인식의 편차와 연관되어 있음을 보여
준다.

> 모두 별안간에 가만히 있었다
> 씹었던 불고기를 문 채로 가만히 있었다
> 아니 그것은 불고기가 아니라 돌이었을지도 모른다
> 신은 곧잘 이런 장난을 잘한다
>
> (그리 흥겨운 밤의 일도 아니었는데)
> 사실은 일본에 가는 친구의 잔치에서
> 이토츄[伊藤忠] 商事의 신문광고 이야기가 나오고
> 곳쿄노 마찌 이야기가 나오다가
> 이북으로 갔다는 나가타 겐지로(永田鉉次郎) 이야기가 나왔다
>
> 아니 김영길이가
> 이북으로 갔다는 김영길이 이야기가
> 나왔다가 들어간 때이다
>
> 내가 나가토〔長門〕라는 여가수도 같이 갔느냐고
> 농으로 물어보려는데
> 누가 벌써 재빨리 말꼬리를 돌렸다……
> 신은 곧잘 이런 꾸지람을 잘한다 (강조는 인용자)
>
> —「나카타 겐지로」

인용시는 일본으로 떠나는 친구의 환송식 장면을 그리고 있다. 오사카에 있는 '이토츄 상사伊藤忠商事'나 나가타 겐지로永田鉉次郎가 부른 노래 '곳쿄노 마찌國境の町' 등이 언급되는 것은 자연스러운 분위기였을 것이다. '나가타 겐지로永田鉉次郎'는 재일 교포 '김영길'의 일본식 이름으로 테너 가수이다. 그런 가운데 시의 화자가 농으로 던진 한마디가 분위기에 맞지 않아 "모두 별안간에 가만히 있"고 "누가 벌써 재빨리 말꼬리를 돌"리는 것을 경험한다. '나가타'와 '나가토長門'의 언어유희를 누구도 즐길 수 없는 것이고 그런 농담을 던진 시인은 상당히 쑥스러웠을 것이다. 그것을 '신의 꾸지람'이라고 말한다. 씹고 있는 불고기가 마치 돌처럼 느껴지는 순간을 포착하는 것, 그리고 빗기는 감정들에 대해 시로 쓰면서 시인은 무엇을 전달하고 싶었던 것일까. "이북으로 갔다는" 가수의 행방에 대한 가벼운 농담이 누구에게도 가벼이 들리지 않는 시대였을 것으로 보인다. 그것을 마치 연애담처럼 취급하는 시인의 태도에 대해 다른 사람들은 모두 순간 멈칫 했는데 그것을 시의 테마로 삼아 일상적 관념 속에 포함되어 있는 정치적 이데올로기의 경직성에 대해 슬며시 전달하고 싶었는지도 모른다. 1960년이라는 시작 연대를 고려해보면, 전후 남북의 정치적 상황에 대한 농담은 그리 자연스럽게 들리지 않았을 것이다. 일문에 익숙한 시인이 아무 생각 없이 던진 언어유희조차도 사람들의 불편한 심경을 건드리는 것이었다면 언어는 단지 언어 사용 자체의 문제로만 한정되지 않는다. 거기에는 인식의 문제, 시대적 배경, 개인의 편차가 계속해서 개입된다. 새로 발굴된 시에서 김수영은 "김일성 만세"라고 쓴 바 있다. 김수영이 사회주의 사상에 대한 신념으로 가득 차서 썼던 것으로 보기는 어렵다. 언론의 자유, 표현의 자유, 정치적 자유에 대한 시인의 강조는 오히려 일반적인 태도라고 할 수 있다. 경직된 사고방식을 벗어나기 위한 김수영의 시적 노력의 일면이라고 이해할 수 있을 것 같다.

김수영 시에는 일본어 뿐만 아니라 영어나 영문식 표기도 흔히 드러나는데 외국어에 능통하고 외국문화의 경험이 많았던 그에게 외래어의 사용과 문화적 교류는 오히려 한국의 정치 현실과 역사 감각을 시의 전면에 내세울 때 효과적으로 사용되었다. 「나는 아리조나 카우보이야」, 「아메리카 타임지」, 「VOGUE야」, 「제임스 띵」, 「엔카운터지」 등의 작품을 참조할 수 있다.

5. 기타 주목되는 한자어

김수영 시에서는 한자 관용어가 사용되는 경우도 어렵지 않게 찾아볼 수 있다. 「만시지탄은 있지만」에서 '만시지탄'은 "시기에 늦어 기회를 놓쳤음을 안타까워하는 탄식"을 말한다. 그는 현실 정치에 대해 비판하기 위해서 책과는 다른 논리로 돌아가는 세상에 대해 이야기한다. '지조'를 지키는 것보다 '비수'를 쓰는 것이 낫다는 조롱 속에는 현실적 무력감에 대한 강력한 성토가 포함되어 있다. 마지막 구절에서 '만시지탄은 있지만'을 덧붙인 것은 비수를 쓰면 그렇다는 이야기로도 읽히고, 비수를 쓰기로 한 결정이 이미 좀 늦었다는 말처럼 읽히기도 한다. 관용어적 세계를 현실의 일상과 견주어 놓음으로써 극적인 대비를 보여준다.

「육법전서와 혁명」에서 '공서양속公序良俗'은 공공의 질서와 선량한 풍속을 아울러 이르는 말이다. "그대들은 유구한 公序良俗 정신으로 / 위정자가 다 잘해 줄 줄 알고만 있다"는 것은 정치인들에 대한 서민들의 신뢰가 잘못되었다는 것인데 예전과 다른 정치적 상황에 대한 비웃음이 포함되어 있다. 정권에 대한 야욕을 버리지 못해 개헌까지 하는 위정자들에게 육법전서는 아무것도 아니라고 이야기하며 "천국이 온다고 바라고 있는" 불쌍한 믿음을 가진 것에 대해 일깨운다. 현실 정치를 비판하기 위해 한자어 관용어구를 애써 사용한 것이라고 볼 수 있다.

> 여편네와 아들놈을 데리고
> 낙오자처럼 걸어가면서
> 나는 자꾸 허허……웃는다
>
> 무위와 생활의 극점을 돌아서
> 나는 또 하나의 생활의 좁은 골목 속으로
> 들어서면서
> 이 골목이라고 생각하고 무릎을 친다
>
> 생활은 孤絶이며
> 비애이었다
> 그처럼 나는 조용히 미쳐간다
> 조용히 조용히……
>
> —「생활」

인용시 「생활」에서 시인은 시장 좌판에 펼쳐진 호콩 마마콩을 보며

"모든 것을 제압하는 생활 속의 애정처럼 솟아오른 놈"이라고 말한다. "저절로 웃음이 터져나오"는 것은 시공간을 뛰어 넘는 어떤 감각적 환희와 깨달음이 거기 있기 때문이다. 생활의 좁은 골목에서 발견한 '이 골목'은 어떤 것일까. "무위의 생활의 극점을 돌아서", "생활은 고절이며 비애이었다" 등의 진술처럼 이 시는 구체적이고 생생한 것과 사변적이고 추상적인 사유 사이에 줄다리기를 하는 것처럼 보인다. '생활' 속에 시인은 이 양극단을 오가며 깨달음을 얻고 감각적 쇄신을 시도하는 것이라고 할 수 있다. '고절孤絶'은 홀로 깨끗하게 지키는 절개를 말하는데 그런 절개를 지키자는 의미에서 사용되지는 않았다. "나는 조용히 미쳐간다"에서 보이는 바와 같이 고요와 절제 속에서도 역동적 움직임을 읽어낼 수 있는 것이, 그리고 그것을 견지하는 삶이 시인의 '생활'일 것이다. '생활'은 김수영이 즐겨 쓴 시어 중에 하나다. 일상의 소소함 속에 숨어 있는 위대한 정신은 김수영의 시에서 어렵지 않게 찾아볼 수 있다. 비루한 삶을 견딜 수 있는 것은 그에게 일상이 시적 환희의 순간이 되는 바로 그 때였다.

그 밖에 주목되는 한자어로 뇌신雷神(「백의」), 대안對岸(「말」(1958)), 동계動悸(「말」(1964)), 민민하다憫憫−(「구슬픈 육체」) 등이 있다. 모두 일상적으로 사용하지 않는 한자어라고 할 수 있다. 서서瑞西(스위스), 야소耶蘇(예수) 등도 지금으로선 잘 사용하지 않는 한자어 고유명사로 이러한 어휘의 사용은 김수영의 시작 연대와 언어 환경의 흔적을 보여준다.

이밖에도 김수영 시의 한자어 체언이 어떤 종류의 용언과 결합하는지 살펴보면 그의 시적 주제가 한층 선명해진다. 즉 '절망'과 '비애'는 '울다 / 섧다'와, '공포'는 '무섭다 / 두렵다'와, '환희'는 '좋다 / 웃다'와, '애정'과 '선망'은 '사랑하다'와 결합한다. 이들 서술어에 드러난 서러움과 두려움, 사랑과 환희는 김수영 시를 떠받치고 있는 주요한 키워드로 작용하고 있다.

6. 한자어 사용의 의의

김수영의 작품과 시론 연구가 활발히 이루어지고 있으며 상당수 축적되어 온 것에 비해 개별 작품에 대한 정밀하고 명쾌한 분석은 적은 편이다. 본 연구는 정확한 뜻풀이를 요구하는 한자어 시어를 포함한 작품을 대상으로 분석을 시도하였다. 이는 김수영 작품에 대한 해석의 근거를 마련하고 시 세계 해명의 기반을 다지는 일이라고 할 수 있다. 시어의 사용이 작가의 이력(전기적 측면)이나 당대 사회적, 문화적 배경과 어떤 관계를 맺는지 해명함으로써 시인의 개성적 측면과 언어의 보편적 측면이 어떻게 만나고 융합하는지 고찰할 수 있게 해준다. 김수영의 한자어 사용 양상을 밝힘으로써 그의 문학적 개성을 드러낼 수 있었다. 한자어 빈도수, 한자어 오식, 일본식 한자어, 한자어 조어 양상을 살핌으로써 그의 시어 운용 방식과 시 창작 방법을 해명할 수 있었다.

김수영은 어린 시절 서당에서 한자 교육을 받았을 뿐만 아니라 영어와 일어에도 능통했던 것으로 전해진다. 김수영에게는 한자어로 표현 가능한 특별한 영역이 있었던 것으로 보인다. 한자어의 빈번한 사용이 시를 추상적이고 관념적으로 떨어뜨릴 것 같지만 김수영의 한자어는 다양한 시적 효과를 거느리며 구체적인 형상성에 기여하는 경우가 많다. 이러한 역설은 그의 시어 운용에 한자가 많이 사용되더라도 말의 구체성과 진실성이라는 기준이 작용하고 있다는 점을 말해준다. 즉 한자어나 한자어구에 드러난 난해함은 언어의 추상성과 구체성을 연결 짓는 일과 관련되어 있는 것으로 보인다.

해방 이후 우리 문단의 주요한 시인으로 꼽히는 김수영에 대한 이해와 그의 작품에 대한 분석은 한국 현대시에 대한 중요한 접근 경로라고 할 수 있다. 김수영의 작품은 다종다양한 시어를 기반으로 하고 있어 시어에 대한 풀이는 작품 해석에 필수적인 요소이며, 이는 김수영의 작품을 해석하고 한국문학의 언어를 깊이 있게 이해하는 데 요청되는 작업이다. 김수영 작품에 드러난 한자어 오식, 한자어 조어, 일본식 한자어, 한자어 관용어구 등을 정확하게 풀이함으로써 그 동안 잘못 해석되어 온 시어의 의미를 바로잡고 이를 통해 김수영 시에 대한 올바른 이해를 도울 수 있었다. 김수영의 시어 연구는 향후 김수영 연구에 논쟁점을 부각시켜 후속 논의를 촉발할 수 있으며, 주요한 시어에 대한 연구 및 통계를 다양한 연구 주제로 활용할 수 있다.

참고문헌

1. 기본 자료

『가톨릭청년』, 『가톨릭조선』, 『보감』, 『조선일보』, 『동일일보』, 『신동아』, 『가정の우』, 『극예술』, 『대조』, 『동광』, 『동방평론』, 『문장』, 『문학』, 『박문』, 『반도の광』, 『시원』, 『시학』, 『신문계』, 『신여성』, 『어린이』, 『영화보』, 『동아일보』, 『조선일보』, 『조선중앙일보』
『2014 아단문고 미공개 자료총서』, 소명출판, 2014.
『신생』 2-12~3-7, 1929.12~1930.7 · 8
『대중공론』 2-2~2-7, 1930.3~9.
『달나라의 장난』, 춘조사, 1959.
『김수영 전집』 1 (시) · 2 (산문), 민음사, 1981.
『김수영 전집』 재판, 민음사, 2003.

고형진 편, 『정본 백석 시집』, 문학동네, 2007.
권명옥 편, 『김종삼 전집』, 나남, 2005.
김기림, 「『사슴』을 안고」, 『조선일보』, 1936.1.29.
김재용 편, 『백석 전집』, 실천문학사, 1997.
김천봉 역, 『월트 휘트먼』, 이담북스, 2012.
김학동 편, 『정지용 전집』 1 · 2, 민음사, 1988.
_____, 『김기림 전집』 1~5, 심설당, 1988.
백석, 최동호 편, 『사슴』, 서정시학, 2012.
송준 편, 『백석 시 전집』, 학영사, 1995.
윤영천 편, 『이용악 시 전집』, 창작과비평사, 1988.
이남호 편, 『박목월 시 전집』, 민음사, 2003.
이동순 편, 『백석 시 전집』, 창작과비평사, 1987.
이숭원 주해, 『원본 정지용 시집』, 깊은샘, 2003.
_____, 『원본 백석 시집』, 깊은샘, 2006.
이영준 편, 『김수영 육필원고 전집』, 민음사, 2009.
이용악, 『분수령』, 삼문사, 1937.
_____, 『낡은 집』, 삼문사, 1938.
_____, 『오랑캐꽃』, 아문각, 1947.

_____,『이용악집』, 동지사, 1949.

이하윤,『실향의 낙원』, 시문학사, 1933.

_____,『현대서정시선』, 박문서관, 1939.

_____,『물레방아』, 청색지사, 1939.

_____,『불란서시선』, 수선사, 1948.

_____,『영국애란시선』, 수험사, 1954.

이화여대 한국여성연구소,『한국여성관계자료집: 한말여성지』, 이화여대 출판부, 1981.

이화형,『여성지 총목차』, 국학자료원, 2004.

최덕교,『한국잡지백년』, 현암사, 2005.

최동호 편,『정지용 사전』, 고려대 출판부, 2003.

최동호 외편,『백석 문학 전집』 1·2, 서정시학, 2012.

최동호·최유찬 외,『한국 근대잡지소재 문학텍스트 연구』, 서정시학, 2012.

최하림,『김수영 평전』, 실천문학사, 1981.

2. 단행본

강웅식,『시, 위대한 거절―현대시의 부정성』, 청동거울, 2002.

고종석,『모국어의 속살』, 마음산책, 2006.

고형진 편,『백석』, 새미, 1996.

권보드래,『연애의 시대―1920년대 초반의 문화와 유행』, 현실문화연구, 2003.

권영민,『정지용 시 126편 다시 읽기』, 민음사, 2004.

김명인,『시어의 풍경』, 고려대 출판부, 2000.

_____,『김수영, 근대를 향한 모험』, 소명출판, 2002.

김명인·임홍배,『살아있는 김수영』, 창비, 2005.

김병철,『세계문학번역서지목록총람』, 국학자료원, 2002.

김상환,『풍자와 해탈 혹은 사랑과 죽음』, 민음사, 2000.

김승희,『김수영 다시 읽기』, 프레스 21, 2000.

김영민,『한국문학비평논쟁사』, 한길사, 1992.

김용직,『한국현대시사』, 한국문연, 1996.

김윤식,『한국근대작가론고』, 일지사, 1974.

_____,『한국근대문예비평사연구』, 일지사, 1976.

_____,『한국근대문학사상사』, 한길사, 1984.

_____,『이상 연구』, 문학사상사, 1995.

_____,『한국현대문학비평사론』, 서울대 출판부, 2000.

_____,『한·일 근대문학의 관련양상 신론』, 서울대 출판부, 2001.

김윤정,『김기림과 그의 세계』, 푸른사상, 2005.

김은자,『정지용』, 새미, 1996.

김정훈,『김수영』, 새미, 2003.

김종훈,『한국 근대 서정시의 기원과 형성』, 서정시학, 2010.

김지하,『김지하 문학 전집』 3, 실천문학, 2002.

김천봉 편,『월트 휘트먼―19세기 미국명시 7』, 이담, 2012.

김현·황동규 편,『김수영의 문학』, 민음사, 1983.

맹문재 외,『한국 근대여성의 일상문화』, 국학자료원, 2005.

문광훈,『시의 희생자 김수영』, 생각의나무, 2003.

문학사와 비평연구회,『1960년대 문학 연구』, 예하, 1993.

백낙청,『김수영의 문학』, 민음사, 1997.

백철,『신문학사조사』, 신구문화사, 1980.

사나다 히로코,『최초의 모더니스트 정지용―일본 근대문학과의 비교고찰』, 역락, 2002.

신지연,『글쓰기라는 거울―근대적 글쓰기의 형성과 재현성』, 소명출판, 2007.

신현득,『아동문학평론』 31-2, 한국아동문학연구원, 2006.

여태천,『김수영의 시와 언어』, 월인, 2005.

_____,『미적 근대와 언어의 형식』, 서정시학, 2007.

원종찬 편,『별나라』 1~4, 역락, 2010.

유종호,『다시 읽는 한국 시인』, 문학동네, 2002.

_____,『시와 말과 사회사』, 서정시학, 2009.

유종호 편,『유리창』, 민음사, 1995.

이경수,『한국 현대시와 반복의 미학』, 월인, 2005.

이경훈,『어떤 백년, 즐거운 신생』, 하늘연못, 1999.

_____,『오빠의 탄생―한국 근대문학의 풍속사』, 문학과지성사, 2003.

이근화,『근대적 시어의 탄생과 조선어의 위상』, 서정시학, 2012.

이부영,『그림자』, 한길사, 1999.

이숭원,『정지용 시의 심층적 탐구』, 태학사, 1999.

이숭원 편,『정지용』, 문학세계사, 1996.

이숭원 주해,『원본 정지용 시집』, 깊은샘, 2003.

이재철, 『아동문학개론』, 일지사, 1978.

이진경, 『근대적 시·공간의 탄생』, 푸른숲, 2002.

이희중, 『현대시의 방법 연구』, 월인, 2001.

임화, 『문학의 논리』, 서음출판사, 1989.

장윤익, 『북방문학과 한국문학』, 인문당, 1990.

정과리, 『문학, 존재의 변증법』, 문학과지성사, 1989.

정지용, 『정지용문학독본』, 박문출판사, 1948.

정효구, 『20세기 한국시와 비평 정신』, 새미, 1997.

조영복, 『문인기자 김기림과 1930년대 활자도서관의 꿈』, 살림, 2007.

조해옥, 『이상 시의 근대성 연구—육체의식을 중심으로』, 소명출판, 2001.

_____, 『이상 산문 연구』, 서정시학, 2009.

최덕교, 『한국잡지백년사』, 현암사, 2004.

최동호, 『불확정 시대의 문학』, 문학과지성사, 1987.

_____, 『평정의 시학을 위하여』, 민음사, 1991.

_____, 『하나의 도에 이르는 시학』, 고려대 출판부, 1997.

_____, 『정지용 시와 비평의 고고학』, 서정시학, 2013.

최동호 외, 『다시 읽는 김수영 시』, 모아드림, 2005.

_____, 『다시 읽는 정지용 시』, 월인, 2005.

최동호 편, 『정지용 전집』 1(시), 서정시학, 2015.

최정례, 『백석 시어의 힘』, 서정시학, 2008.

최하림, 『김수영 평전』, 실천문학사, 2001.

황상익, 『문명과 질병으로 보는 인간의 역사』, 한울림, 1998.

황동규 편, 『김수영의 문학』, 민음사, 1983.

황정산 편, 『김수영』, 새미, 2003.

황현산, 『말과 시간의 깊이』, 문학과지성사, 2002.

가라타니 고진, 박유하 역, 『일본 근대문학의 기원』, 민음사, 2001.

사나다 히로코, 『최초의 모더니스트 정지용—일본근대문학과의 비교고찰』, 역락, 2002.

앤드루 새뮤얼 외, 민혜숙 역, 『융분석비평사전』, 동문선, 2000.

수전 손택, 이재원 역, 『은유로서의 질병』, 이후, 2002.

아돌포 비오이 카사레스, 송병선 역, 『모렐의 발명』, 민음사, 2009.

앙드레 슈미드, 정여울 역, 『제국 그 사이의 한국 1895~1919』, 휴머니스트, 2007.

욜란디 야코비, 이태동 역, 『칼 융의 심리학』, 성문각, 1982.

융, 칼 구스타프 설영환 역, 『의식의 뿌리에 관하여』, 문예출판사, 1986.

월트 휘트먼, 윤명옥 역, 『휘트먼 시선』, 지만지, 2010.

윌리엄 블레이크, 서강목 역, 『블레이크 시선』, 지만지, 2010.

질 들뢰즈, 서동욱·이충재 역, 『프루스트와 기호들』, 민음사, 2004.

진 쿠퍼, 이윤기 역, 『세계문화상징사전』, 까치, 1996.

테리 이글턴, 강주현 역, 『신을 옹호하다』, 모멘토, 2010.

토마스 베른하르트, 김현성 역, 『모자』, 문학과지성사, 2009.

폰 프란츠·마리 루이즈, 설영환 역, 『존재와 상징』, 동천사, 1983.

_____, 권오석 역, 『C. G. 융 심리학 해설』, 홍신문화사, 1992.

프리드리히 니체, 강수남 역, 『권력에의 의지』, 청하, 1988.

허먼 멜빌, 한기욱 편역, 『필경사 바틀비』, 창비, 2010.

칼빈 홀 외, 최현 역, 『융 심리학 입문』, 범우사, 1991.

Jung, Carl Gustav, *The Structure and dynamic of the Psyche*, London : Routledge & Kegan Paul, 1977.

Samuels, Andrew, *Jung and the Post-Jungians*, London : Routledge, 1985.

Arthur W. Frank, *The Wounded Storyteller : Body, Illness, and Ethics*, The University of Chicago, 1995.

H. lefebvre, *Production of the Space*, Blackwell, 1991.

3. 논문

강연호, 「백석 이용악 시의 귀향 모티프 연구」, 『한국문학이론과비평』 31, 한국문학이론과 비평학회, 2006.

강연호, 「이용악 시의 공간 연구」, 『현대문학이론연구』 23, 현대문학이론학회, 2004.

강웅식, 「언어의 서술과 작용, 그 긴장의 시학」, 황정산 편, 『김수영』, 새미, 2003.

고명철, 「해외문학파와 근대성, 그 몇 가지 문제」, 『한민족문화연구』 10, 한민족문화학회, 2002.

고봉준, 「김수영 문학의 근대성과 전통―시간 의식을 중심으로」, 『한국문학논총』 30, 한국문학회, 2002.

고형진, 「체험의 설화적 시화―백석과 신경림의 시적 방법론과 사회적 문맥」, 『예술논문집』 27, 대한민국예술원, 1988.

_____, 「지용 시와 백석 시의 이미지 비교 연구」, 『현대문학이론연구』 18, 현대문학이론학회, 2002.

_____, 「방언의 시적 수용과 미학적 기능—영랑과 백석과 목월의 시를 중심으로」, 『동방학지』 125, 연세대 국학연구원, 2004.

_____, 「1920~30년대 시의 서사지향성과 시적 구조」, 고려대 박사논문, 1991.

곽효환, 「이용악의 북방시편과 북방의식」, 『한국어문학』 88, 한국어문학회, 2005.

_____, 「한국 근대시의 북방의식 연구」, 고려대 박사논문, 2007.

구인모, 「이하윤의 가요시와 유성기음반」, 『한국근대문학연구』 18, 한국근대문학회, 2008.

권보드래, 「현미경과 엑스레이」, 『한국현대문학연구』 18, 한국현대문학회, 2005.

권영진, 「김수영론—김수영에 있어서의 자유의 의미」, 『숭실대논문집』 11, 숭실대, 1981.

권혁웅, 「한국 현대시의 시작 방법 연구」, 고려대 박사논문, 2000.

김구슬, "Chung Ji-young and William Blake", *Comparative Korean Studies* 15, 국제비교한국학회, 2007.

김동희, 「정지용의 일본어 시」, 『서정시학』, 2015.봄.

_____, 「정지용과 『自由詩人』」, 『한국근대문학연구』 30, 한국근대문학회, 2015.

_____, 「정지용의 일본어 시 개작과 『聲』에 실린 종교시」, 『한국근대문학연구』 33, 한국근대문학회, 2016.

김수태, 「1930년대 천주교 서울교구의 가톨릭 운동—『가톨릭청년』을 중심으로」, 『한국근현대사연구』 49, 한울엠플러스, 2009.

김만석, 「김수영 시의 시간의식 연구」, 부산대 석사논문, 2003.

김명인, 「곡예의 시대와 문학—〈곡마단〉의 작품분석」, 김학동 외, 『정지용 연구』, 새문사, 1988.

김명주, 「테리 이글턴의 종교적 전회」, 『문학과 종교』 17-2, 한국문학과종교학회, 2012.

김성은, 「1920~30년대 미국유학 여성지식인의 현실인식과 사회활동」, 서강대 박사논문, 2012.

김수림, 「방언—혼재향의 언어」, 『어문논집』 55, 민족어문학회, 2007.

김시태, 「50년대와 60년대 시의 차이」, 『시문학』, 1975.

김양선, 「근대 여성작가의 지식 / 지성 생산에 대한 계보학적 탐색」, 『여성문학연구』 24, 한국여성문학학회, 2010.

김용직, 「해외문학파의 외국문학 수용양상」, 『관악어문연구』 8, 서울대, 1983.

김용희, 「김수영 시에 나타난 다중 언어의 혼성성」, 『서정시학』, 2003.겨울.

김욱동, 「외국문학연구회와 양주동의 번역 논쟁」, *Foreign Literature Studies* 40, 한국외대 외국문학연구소, 2010.

김종수, 「『가톨릭청년』의 문한의식과 문학사적 가치 연구」, 『교회사 연구』 27, 한국교회사연구소, 2006.

김종윤, 「김수영론—정직성과 비극적 현실 인식」, 연세대 석사논문, 1983.

김종훈, 「김수영 시의 '부정어' 연구」, 『정신문화연구』 32-3, 한국학중앙연구원, 2009.

김주리, 「근대적 신체 담론의 일고찰—스포츠, 운동회, 문명인과 관련하여」, 『한국현대문학연구』 13, 한국현대문학회, 2003.

김지하, 「시대를 고민하는 사상가의 행로」, 『서정시학』 대담(방민호), 2003.봄.

김춘식, 「근대 체계와 문학관의 형성」, 『근대성과 민족문학의 경계』, 역락, 2003,.

김한식, 「30년대 후반 모더니즘 소설과 질병—최명익과 유항림의 소설을 중심으로」, 『국어국문학』 128, 국어국문학회, 2002.

김현곤, 「한국에 있어서의 불문학」, 『인문과학연구』, 전남대 인문학연구소, 1970.

김혜순, 「김춘수와 김수영 시에 나타난 시간의식의 대비적 고찰」, 건국대 석사논문, 1982.

_____, 「김수영 시 연구」, 건국대 박사논문, 1993.

김효순·유재진, 「한국모더니즘 문학과 일본어 글쓰기—정지용의 일본어 시작을 중심으로」, 『일본연구』 30, 중앙대 일본연구소, 2011.

김효중, 「한국의 문학번역이론」, 『비교문학』 15, 한국비교문학회, 1990.

_____, 「정지용의 블레이크 시 번역에 관한 고찰」, 『국어국문학논총』, 이우성교수정년퇴임기념논총간행위원회, 1990.

_____, 「정지용의 휘트먼 시 번역에 관한 고찰」, 『한민족어문학』 21, 한민족어문학회, 1992.

_____, 「『해외문학』에 관한 비판적 고찰」, 『한민족어문학』 36, 한민족어문학회, 2000.

_____, 「정지용 시의 영역에 관한 고찰」, 『번역학 연구』 3-2, 한국번역학회, 2002.

_____, 「최신 번역이론의 관점에 본 1930년대 한국시 번역」, 『배달말』 33, 배달말학회, 2003.

노 철, 「김기림의 모더니즘과 김수영의 모더니티」, 『민족문학사연구』, 민족문학사학회, 2000.

노춘기, 「안서와 소월의 한시 번역과 창작시의 율격」, 『한국시학연구』 13, 한국시학회, 2005.

류덕제, 「『별나라』와 계급주의 아동문학의 의미」, 『국어교육연구』 46, 국어교육학회, 2010.

류순태, 「이용악 시 연구」, 서울대 석사논문, 1994.

류찬열, 「1930년대 후반기 리얼리즘 시 연구」, 『어문논집』 35, 중앙어문학회, 2006.

문태환, 「김수영 시의 시어 연구」, 동아대 석사논문, 1991.

문혜원, 「아내와 가족, 내 안의 적과의 싸움」, 『흔들리는 말, 떠오르는 몸』, 나남, 1999.

문호성, 「이용악 시의 텍스트성」, 『한국문학이론과 비평』 28, 한국문학이론과 비평학회, 2005.

박경수, 「정지용의 일어시 연구」, 『비교문화연구』 11, 부산외대 비교문화연구소, 2000.

박노균, 「해외문학파의 형성과 활동양상」, 『개신어문연구』 1, 개신어문학회, 1981.

박민영, 「한국 근대시에 나타난 일본 체험 양상」, 『한국시학연구』 29, 한국시학회, 2010.

박순원, 「이용악 시의 기법 연구」, 『한국시학연구』 17, 한국시학회, 2006.

_____, 「김수영 시에 타나난 '돈'의 양상 연구」, 『어문논집』 62, 민족어문학회, 2010.

박영기, 「일제강점기 아동문예지 『별나라』 연구」, 『문학교육학』 33, 역락, 2010.

박용찬, 「이용악 시의 공간적 특성 연구」, 『어문학』 89, 한국어문학회, 2005.

박용철, 「'기교주의'설의 허망」, 『박용철 전집』, 깊은샘, 2004.

박태일, 「경남지역 계급주의 시문학 연구」, 『어문학』 80, 한국어문학회, 2003.

_____, 「나라잃은시기 아동잡지로 본 경남·부산지역 아동문학」, 『한국문학논총』 37, 한국문학회, 2004.

사서영, 「김수영 시어 연구」, 원광대 석사논문, 2002.

서우석, 「김수영-리듬의 희열」, 『시와 리듬』, 문학과지성사, 1981(1993).

서은주, 「1930년대 외국문학 수용의 좌표」, 『민족문학사연구』 28, 민족문학사학회, 2005.

송완순, 「조선아동문학시론」, 『신세대』, 1946.5.

송현지, 「이용악 시의 발화 양상 연구」, 고려대 석사논문, 2009.

신현득, 「『신소년』·『별나라』 회고」, 『아동문학평론』 31-2, 한국아동문학연구원.

신형철, 「김수영 시에 나타난 '사랑'과 '죽음'의 의미 연구」, 서울대 석사논문, 2002.

심경호, 「정지용과 교토」, 『동서문학』 247, 2002.12.

양혜경, 「정지용과 北原白秋 시문학에 나타난 근대적 인식 비교 고찰」, 『일어일문학』 61, 대한일어일문학회, 2014.

여태천, 「김수영의 시와 언어」, 고려대 박사논문, 2005.

_____, 「1920년대 번역에 나타난 조선어 인식」, 『한국시학연구』 30, 한국시학회, 2011.

오성호, 「김수영 시의 '바로보기'와 '비애'」, 『현대문학이론연구』 15, 현대문학이론학회, 2001.

오정혜, 「김수영 시의 언어적 특성 연구」, 동아대 석사논문, 1997.

요시무라 나오키, 「일본유학시 정지용과 윤동주 시에 나타난 고향의식 연구」, 충남대 석사논문, 2000.

우필호, 「김수영 시의 일상성과 시간의식 연구」, 성균관대 석사논문, 2002.

원종찬, 「1920년대 『별나라』의 위상-남북한 주류의 아동문학사 인식 비판」, 『한국아동문학연구』 23, 한국아동문학학회, 2012.

유성호, 「타자 긍정을 통해 '사랑'에 이르는 도정」, 『작가연구』 5, 새미, 2000.

_____, 「정지용 '종교시편'의 의미」, 『정지용시인 탄생 100주년 기념-지용문학세미나』, 대한

출판문화협회, 2002.5.15.

_____, 「해외문학파의 시적 지향—이하윤의 경우」, 『비평문학』 40, 한국비평문학회, 2011.

유재천, 「김수영의 시 연구」, 연세대 박사논문, 1986.

유종호, 「시와 말과 사회사 (1~6)」, 『서정시학』 30~33, 2006.여름~2007.가을.

유진월, 「『신여자』에 나타난 근대 여성들의 글쓰기 양상 및 특성 연구」, 『여성문학연구』 14, 한국여성문학학회, 2005.

윤여탁, 「서정시의 시적 화자와 리얼리즘에 대하여—이용악의 시를 중심으로」, 『한국현대문학연구』 4, 한국현대문학회, 1995.

_____, 「시적 실천으로서의 '참여시'에 대한 평가」, 『문학사상』, 1999.6.

윤영천, 「유이민의 비극적 삶을 직핍한 북방시편들의 울림」, 『대산문화』, 2003.가을.

윤의섭, 「한국 현대시의 종결 구조 연구」, 『한국시학연구』 15, 한국시학회, 2006.

이강현, 「김수영 시 연구—시어를 통한 시의식 전환을 중심으로」, 『중부대 논문집』 5, 중부대, 1994.

이경수, 「한국 현대시의 반복 기법과 언술 구조」, 고려대 박사논문, 2002.

_____, 「백석 시에 쓰인 "-는 것이다"의 문체적 효과」, 『우리어문연구』 22, 우리어문학회, 2004.

_____, 「이용악 시에 나타난 길의 표상과 고향 조선이라는 심상지리」, 『우리문학연구』 27, 경인문화사, 2009.

이경희, 「시적 언술에 나타난 한국현대시의 병렬법 연구」, 이화여대 박사논문, 1988.

이광호, 「자유의 시학과 미적 현대성」, 『한국시학연구』 12, 한국시학회, 2005.

이근화, 「1930년대 식민지 조선어의 위상」, 고려대 박사논문, 2008.

_____, 「정지용 시의 화자 연구」, 고려대 석사논문, 2001.

_____, 「정지용의 영문시 번역과 시 창작의 상관성 연구」, *JOURNAL OF KOREAN CULTURE* 24, 2013.9.30.

이길연, 「이용악 시에 나타난 북방정서와 디아스포라 공간의식」, 『국제어문학』, 국제어문학회 2008.

이동진, 「정지용의 일본어 시에 대한 고찰—정지용의 시 세계 형성과 北原白秋」, 부경대 석사논문, 2011.

이명찬, 「1930년대 후반 한국 현대시의 고향 의식 연구」, 서울대 박사논문, 1992.

_____, 「이향과 귀향의 변증법」, 『민족문학사연구』, 민족문학사학회, 1998.

이미정, 「1920~30년대 여성잡지 연구」, 이화여대 대학원, 2006.

이상숙, 「『문장』의 해외문학 연구」, 『우리어문연구』 39, 우리어문학회, 2011.

이상호, 「이하윤 시 연구」, 『동아시아 문화연구』 7, 한양대 동아시아문화연구소, 1985.

이소연, 「일제강점기 여성잡지연구—1920~30년대를 중심으로」, 이화여대 대학원, 2002.

이수영, 「한국 근대문학의 형성과 미적 감각의 병리성」, 『민족문학사연구』 26, 민족문학사학회, 2004.

이정희, 「한국 근대여성지 연구를 위한 예비적 고찰—여성 고백담과 근대체험」, 『비교문화연구』 5, 경희대 비교문화연구소, 2002.

이현승, 「이용악 시의 발화구조 연구」, *Comparative Korean Studies* 14-2, 국제비교한국학회, 2006.

_____, 「김수영 시의 감정어 연구」, 『어문논집』 42, 중앙어문학회 2009.

이혜령, 「『동아일보』와 외국문학, 해외문학파와 미디어」, 『한국문학연구』 34, 동국대 한국문학연구소, 2008.

이희환, 「젊은날 정지용의 종교적 발자취」, 『문학사상』, 1998.12.

임병권, 「1930년대 모더니즘 소설에 나타난 은유로서의 질병의 근대적 의미」, 『한국문학이론과 비평』 17, 한국문학이론과 비평학회 2002.

임용택, 「정지용과 일본 근대시」, 『비교문학』 17, 한국비교문학회, 1992.

장만호, 「새로 찾은 정지용의 시—두 편의 동시와 열 편의 번역시」, 『서정시학』 57, 2013.봄.

장석원, 「이용악 시의 대화적 구조 연구」, 고려대 석사논문, 1999.

_____, 「김수영 시의 인칭대명사 연구」, 『한국시학연구』 15, 한국시학회, 2006.

장유정, 「이하윤 대중가요 가사의 양상과 특성 고찰」, 『한국민요학』 28, 한국민요학회, 2010.

장은희, 「1930년대 『가톨릭청년』 지의 시사적 연구」, 건국대 석사논문, 1999.

정석태, 「민족보건의 공포시대」, 『삼천리』, 1929.9.

정승운, 「일본인의 감성과 애니미즘—일제강점기 정지용 시를 중심으로」, 『호남문화연구』 45, 전남대 호남학연구원, 2009.

정정덕, 「'정지용의 졸업 논문' 번역」, 『한국언어문화』 13, 한국언어문화학회, 1995.

조강석, 「김수영 시에 나타난 시간의식 연구」, 연세대 석사논문, 2001.

조영식, 「연포 이하윤의 시세계」, 『인문학연구』 3, 경희대 인문학연구소, 1999.

_____, 「연포 이하윤의 번역시 고찰」, 『인문학연구』 4, 경희대 인문학연구소, 2000.

_____, 「해외문학파와 시문학파의 비교 연구」, 경희대 박사논문, 2002.8.

조윤정, 「번역가의 과제, 글쓰기의 윤리」, 『반교어문연구』 27, 반교어문학회, 2009.

조효원, 「세계를 쓰는 자 세계를 읽는 자」, 『작가와 비평』, 2011, 상반기.

주영중, 「김수영 시에 나타난 시각적 경험의 발현 양상」, 『한국근대문학연구』 7-1, 한국근대문학회, 2006.

최동호, 「개편되어야 할 『정지용 전집』」, 『문학사상』, 2002.10.

_____, 「정지용의 타고르 시집 『기탄자리』 번역 시편에 대하여」, 『한국학연구』 39, 한국학 연구소, 2011.12.

_____, 「동양사상과 김수영의 시」, 『작가세계』, 2004.여름.

_____, 「정지용의 번역 작품과 고전주의적 감수성」, 『서정시학』 44, 2009.겨울.

_____, 「정지용의 타고르 시집 『기탄자리』 번역 시편에 대하여」, 『한국학연구』 39, 한국학연구소, 2011.

최유찬, 「시와 자유와 죽음」, 『연세어문학』 18, 연세대, 1985.

최정례, 「백석 시의 근대성 연구」, 고려대 박사논문, 2005.

최학출, 「1930년대 한국 모더니즘시의 근대성과 주체의 욕망체계에 대한 연구」, 서강대 박사논문, 1995.

최호빈, 「정지용의 번역시」, 『서정시학』, 2015.봄.

하재연, 「일본 유학 시기 정지용 시의 특성과 창작의 방향」, 『비교한국학』 15, 국제비교한국학회, 2007.

허만하, 「「바다와 나비」 그리고 가을의 편지」, 『문예중앙』, 2004.가을.

허윤회, 「정지용과 번역」, 『민족문학사연구』 28, 민족문학사학회, 2005.

호테이 토시히로, 「정지용과 동인지 『街』에 대하여」, 『관악어문연구』 21, 서울대, 1996.

황인교, 「이용악 시의 언술 분석」, 이화여대 박사논문, 1990.

황현산, 「정지용의 「향수」에 붙이는 사족」, 『현대시학』, 1999.

熊木勉, 「정지용과 『近代風景』」, 『숭실어문』 9, 숭실어문연구회, 1992.

C. 한스컴, 「근대성의 매개적 담론으로서 신경쇠약에 대한 예비적 고찰」, 『한국문학연구』 29, 동국대 한국문학연구소, 2005.

佐野正人, 「구인회メンバーの 일본유학체험」, 『인문과학연구』 4, 전주대 인문과학종합연구소, 1998.